『后非遗』时代与生态中国之路的思考

方李莉 著

非物质文化遗产保护
理论与方法丛书

文化艺术出版社
Culture and Art Publishing House

图书在版编目（CIP）数据

“后非遗”时代与生态中国之路的思考 / 方李莉著 . —北京：
文化艺术出版社，2019.5
ISBN 978-7-5039-6685-9
Ⅰ.①后…　Ⅱ.①方…　Ⅲ.①非物质文化遗产—保护
—中国—文集　Ⅳ.①G122-53

中国版本图书馆CIP数据核字（2019）第068213号

“后非遗”时代与生态中国之路的思考

著　　者　方李莉
责任编辑　叶茹飞
书籍设计　顾　紫
出版发行　文化艺术出版社
地　　址　北京市东城区东四八条52号　（100700）
网　　址　www.caaph.com
电子邮箱　s@caaph.com
电　　话　（010）84057666（总编室）84057667（办公室）
　　　　　（010）84057696 84057699（发行部）
传　　真　（010）84057660（总编室）84057670（办公室）
　　　　　（010）84057690（发行部）
经　　销　新华书店
印　　刷　国英印务有限公司
版　　次　2020年6月第1版
印　　次　2020年6月第1次印刷
开　　本　710毫米×1000毫米　1/16
印　　张　26
字　　数　370千字
书　　号　ISBN 978-7-5039-6685-9
定　　价　58.00元

目　录

第四编 “后非遗”时代的中国实践

第五编 “后非遗”时代中的文化思考

第六编 艺术乡村建设

第七编　非遗保护理论的国际对话

序　言

我是中国最早投入到非物质文化遗产保护工作中的学者之一，我是从 2000 年开始关注这一问题的。在 1998 年北京大学社会学与人类学研究所举办的“二十一世纪：文化自觉与跨文化对话”的国际学术论坛上，我宣读了《文化生态失衡问题的提出》的论文提纲，第一次提出了文化多样性保护的重要理念，当时只是提出了一些看法和观点，并没有完成全文。后来我通过查找资料完成全文，2000 年参加了由中华炎黄文化研究会举办的“21 世纪中华文化世界论坛”，宣读后受到关注，并被评为优秀论文。这篇论文也引起了费孝通先生的关注，他阅读后就这篇文章和我进行了一次对话，并整理成题为《全球一体化发展中所遭遇的文化困境》的对话录，发表在 2001 年第 2 期的《民族艺术》杂志上，同年又由费孝通先生推荐在《北京大学学报》上发表。

当下，保护文化多样性的观点几乎成为共识，但当时大多数人关注社会发展的焦点主要还是在经济建设上，所以我的这些思考具有一定的超前性，正是因为超前得不到更多的呼应，所以写作和思考的时间很长。由于长时间对这一问题的思考和研究，确定了我后来的所有研究目标与方向。也由此，在 2000 年国家提出西部大开发战略时，我关注到了西部开发经济的同时不仅要保护自然生态和自然资源，也应该保护文化生态和文化资源，因为中国的西部不仅自然生态非常多样，文化生态也非常多样，大多数的少数民族都集中在那片土地上。我的想法不仅得到了费孝通先生的支持，他还亲自设计课题。他将“文化资源”改成“人文资源”并为其下定义，亲自确定课题研究的题目和内容，还带我去甘肃和陕西考察，在中国艺术研究院作了《谈西部人文资源保护、开发和利用问题》的学术报告。在费孝通先生的支持和指导下，由中国艺术研究院牵头，联合清华大学、北京大学、中国社会科学院等40多个大学和研究机构的学者，成功地申报了国家重点课题“西部人文资源的保护、开发和利用”，国家重大课题“西北人文资源环境基础数据库”，两个课题一班人马，由费孝通先生担任课题总指导，本人担任课题组组长。

课题的研究内容包括民俗、民间美术、民间音乐、民间舞蹈、民间戏曲等，共十项，组成了十个子课题组，由170多位课题组成员共同完成。课题组成员们深入到西部各个地方做田野考察，收集了大量民族民间文化和艺术资料，并不断发布录音录像及文字资料的阶段性成果，在学术界引起了巨大的反响。另外，课题的构架和后来的非物质文化遗产保护的内容及项目基本一致，因此我也就成了当时最早的文化部参与论证联合国教科文组织《保护非物质文化遗产公约》的专家，随后又成为我国最早的一批国家级非物质文化遗产保护工作专家委员会委员。2007年，我被国家人事部、文化部授予全国非物质文化遗产保护先进工作者，由当时的全国政协副主席刘延东亲自授奖。在所有的获奖者中，我是年纪最轻的一位，其他都是老先生。如今，当年同时获奖的资华筠先生、祁庆富先生、乌丙安先生均已去世。

之所以回忆这段历史，是觉得自己从事非物质文化遗产保护工作已经多年，在这个过程中，我一直没有离开非物质文化遗产保护的社会实践前沿，目睹了：从民众层面上来说，大家从不知道“非物质文化遗产”为何物，到不但有所认识，还积极投入其中并不断地推进，甚至无论是什么样的传统文化，只要打上“非遗”二字就能得到重视；从国家顶层设计的层面来说，不仅积极申报世界级非物质文化遗产项目，而且还设立了国家级、省级、市级保护项目名录，并在国家和各级地方政府中设立非物质文化遗产保护机构；从教育层面来说，非物质文化遗产不仅进入了中小学课堂，还进入了高等院校，并有了培养这一专业人才的研究方向，面向社会招收研究生。因此，十几年来，在整个中国，无论是乡村还是城市，几乎所有的传统文化，包括现代文化，都接受过非物质文化遗产保护工作的洗礼。

非物质文化遗产是活态的，既然是活态的，就一定是运动和变化的，这是其不同于静态文物的地方。也因此，任何以保护或传承为名的行为都是一种强加于它的“外力”，任何一种“外力”的刺激都会加速非遗的改变与重构，甚至加速其商业化的速度，这似乎已经成为不争的事实。事实就是：经过十几年非遗保护工作的开展，中国已经进入一个“‘后非遗’时代”，这个“‘后非遗’时代”就是无论你是否承认，都已经强烈地改变了中国被冠以“非物质文化遗产”之名的“中国传统文化”，无论是在传统基础上进行的创造性转变，还是在践行所谓的“生产性保护”，都在迅速地改变中国人的文化价值观，“文化自觉”和“文化自信”都是非遗保护带来的成果。但即使是这样，我们的非遗保护理论的变化并不大，因为理论总是滞后于社会实践。为了跟上时代的步伐，我们必须要重新总结和不断研究，提出一些更新的、更有前瞻性的、更重要的新视野、新观点，以理论指导当下的中国文化实践，避免将非物质文化遗产作为一种不变的文物，以教条主义和保守主义的观点去片面强调其所谓的原生态，从而忽略了其内在的创造性以及所具有的生命力，并因此进一步忽略了其在中国社会发展中所呈现出的真正价值。这是我编这本论文集的最大愿望和初衷。

在这本论文集中，我选择了自己从 2001 年至今所写的一些有关非物质文化遗产保护的最重要的论文，以近年最新的写作为主，其中有《文化生态失衡问题的提出》《“从遗产到资源”的理论阐释——以费孝通“人文资源”思想研究为起点》《有关“遗产资源论”观点的提出》《非遗保护 3.0 时代的到来》《本土性的现代化如何实践——以景德镇传统陶瓷手工技艺传承的研究为例》《中国乡村振兴的方向：从乡土中国迈向生态中国》等论文。在这些论文中，我关注“‘后非遗’时代”语境，也就是侧重关注保护与创新的社会现象，尤其关注到了20世纪90年代以来在全球范围内的非西方国家所出现的“民族文化”复兴的现象，并认为这也许是新的“文艺复兴”现象，其带来的也许是一场新的人类文明崛起，将不亚于人类社会从农业文明迈向工业文明的重要性。每次人类面临新的文明转折时都会面临一场思想变革，也就是所谓的“文艺复兴”，这场新的“文艺复兴”中心之地会在中国吗？其将会以什么样新的形式出现在当今社会？这是我在多篇论文中所提及的问题。我认为，如果说当年发生在欧洲的文艺复兴主要体现的是人们对自身的重新认识，反抗的是宗教对人的束缚，那么今天的文艺复兴主要体现的是人们对自身文化的重新认识，所反思的是现代性给自然环境带来的破坏。而且我认为现代化以后，世界上的所有城市都走向了一体化，而多元文化只存在于广大的乡村，非物质文化遗产也大多保留在乡村，因此文艺复兴的爆发点也许是在乡村。

近些年我一直在关注乡村问题，尤其关注在当代艺术界出现的艺术介入乡村建设的现象，我认为这是当代中国文艺复兴的重要组成部分，当代艺术正在以艺术激活传统乡村产业、传统乡村文化。我还由此关注到当代艺术返回生活现场等现象，关注到以艺术激活的手工艺复兴所带来“中国时尚”的潮流。中国的文艺复兴将会带来一场生活革命，最终会诞生一套“中国新的生活样态”的再建构。新的“生活样态”就是“新的文化”，其是老百姓的生活文化，也就是中国文化的底色，对于人类来讲，还有什么比生活更能养育自己的价值观、自己的道德信条？

我认为每一次的文艺复兴都有其重要的指向性，发生在欧洲的文艺复兴返回到轴心时代的古希腊、古罗马时代，那是欧洲文化的精髓，体现的是城邦文化、商业文明，所以最终指向了以商业为中心的工业革命。其对世界的最大贡献就是通过科技的发展，为人类社会打下了丰厚的物质基础。但其弊病也是非常明显的，因为那一套生产技术、方式包括价值体系难以让人类社会可持续地发展下去。因此，人类需要重新思考，找到一条绿色的、可持续发展的和平之路，中国人是否可以参与寻找，甚至带头寻找，这是非常重要的。如果说，在人类社会从农业文明迈向工业文明的历史转折点上，中国人是麻木的、被动的，甚至是被迫转型的，那么今天的中国人面临社会的再一次转型，我们是否能醒悟，不但做到自主转型，还能做到率先转型？我认为认识论是非常重要的，如果我们没有这样的敏感度和一系列认识论的文章出现，我们还是有可能滞后。因此，需要有学者不断地去思考、去呼吁，去积极地参与当下的社会实践。同时还要认识到，所有的理论都不是学者发明创造的，而是在社会实践中已经出现了如此的现象和潮流，学者的任务就是要去发现和总结，并将其呈现出来。这个工作也很重要，因为历史的潮流没有必然性，只有我们看到了、发现了其有可能走向对人类发展有利的方向，有意识地去引导、去产生共鸣，才有可能将人类社会发展的洪流导向更利于人类生存的方向去发展。

我花了 20 多年的时间一直坚持在田野中感受中国社会发展的脉搏，希望中国能率先进入一场新的文明的建构，我认为这一新的文明的特征，一定是建立在智能基础上的生态文明体系，而且中国有条件、有基础在这样的时代走向新的文明。因此，我在近期写了一系列《中国乡村振兴的方向：从乡土中国迈向生态中国》《手工艺的复兴与生态中国之路》《论艺术介入美丽乡村建设》等论文。

希望我的这些论文能抛砖引玉，最好能引起一场广泛的讨论，如：我们保护非物质文化遗产的目的是什么？我们为什么要保护它？它与我们未来社会发展的关系是什么？如果人类社会有一场新的文艺复兴的出现，非物质文化遗产在其中将扮演什么样的角色？在人类社会的转型中，我们对它的重新认识有什么样的价值和意义？有关这些问题在我的论文里都有所涉猎，但有时候我并未完全将其称为非物质文化遗产，而是将其作为传统文化来讨论，但其终极指向是一致的。敬请读者们批评指正。

2019 年 11 月

第一编　非遗保护与文化生态思考

文化生态失衡问题的提出

文章中提到的“文化生态”的概念，和美国人类学中的“文化生态”学派中提到的“文化生态”的概念是不完全一样的。以斯图尔德为首的美国文化生态学派中所提到的“文化生态”，其含义是指人类的文化和行为与其所处的自然生态环境之间互相作用的关系。而文章中所提到的“文化生态”，除了有这一层含义之外，还有另一层含义，那就是以一种类似“自然生态”的概念，将人类文化的各个部分看成一个相互作用的整体，而正是这样互相作用的方式才使人类的文化历久不衰，导向平衡。

在当今自然界生态平衡遭到破坏时，其实人类社会所创立的文化生态的平衡也遭到了破坏。之所以有这样的想法，是因为笔者认为人类所创造的每一种文化都是一个动态的生命体，各种文化聚集在一起，形成各种不同的文化群落，文化圈甚至类似生物链的文化链。它们互相关联成为一张动态的生命之网，其作为人类文化整体的有机组成部分，都具有自身的价值，为维护整个人类文化的完整性而发挥着自己的作用。这种将人类不同的文化看成一张互相作用的网络的观念，是对人类文化整体的一种领悟；而这种领悟的关键在于，我们将如何去理解人类各文化之间的一种相互作用的关系。

据统计，随着工业文明的迅速发展，每天都有一百种左右的物种在消失，这么多物种在短时期内的消失，会使地球上错综复杂的生命之网的完整机体遭到致命的伤害。但是，却从来没有人统计过，随着工业文明的侵染，每年有多少地方性的传统文化在消失，而这种消失也会对人类的文化生态带来伤害吗？这正是本文要提出的问题，这个问题笔者目前考虑得还不太成熟，但正因为不成熟，所以才觉得有必要提出来和大家一起探讨。

一种传统的地方性文化的消失，也许就像一个生物群落里最不起眼的微生物的消失一样，并不会对整个的生物群落带来影响，但如果千千万万个类似这样的文化都在消失的话，问题就不是那么简单了，它会产生一个什么样的后果呢？文化是隐含在人们思想、行为、观念中的一种抽象的概念，现代文明对它产生的危害性是慢慢显露出来的，不像自然生态来得那么快、那么明显。而且，也不容易说明白。所以，在这里笔者打算先运用一点生物学现象，来帮助和启发我们思考一些问题。

按照生物学的观点，每一粒种子（以及每一根芽苗）都携带着种质；它不仅含有基因，而且包含全套的特殊机制，借以控制遗传、规定基因结合的模式、表现基因的特性。食物供应的未来健康取决于种类繁多的不可代替的种质。农作物本身的基因具有抵抗枯萎症、虫害和气候改变造成的大规模破坏的能力，这种抵抗能力对任何食物供应都起到决定性作用。要保持基因的抵抗力，就必须不断引进种质的新变种，而许多变种只在某地的一些特定野生环境中才能找到。

现代的生物技术创造出了某些具有优良特性的新的作物品种，整齐、高产，甚至具有天然抵抗虫灾的能力。但这种实验室里创造出来的新品种很快会形成各种天敌，有时只经过几个生长季节就遭到破坏。虽然每隔几年把新基因嫁接到商用品种上可以加强它们基因的抵抗能力，但是，能够提高粮食作物活力的多种基因只存在于野生环境。而且，农作物生存的能力取决于它的基因资源的丰富多样，但我们现在的作物大多数是单一培育的品种，可能用不了多久，入侵者就会发现这些庄稼的基因防线中的弱点，而我们的人造基因库对此无能为力。

现代作物的基因是软弱的，它们的天敌能够有效地发现它们的弱点，所以，即使最富于生产力的新品种有一天也必须抛弃。为了与迅速形成的病虫害竞赛，科学家被迫不断地在他们的温室和种子库中搜寻新的遗传特征，使下一个“奇迹作物”能够躲过面前的“奇迹凶犯”，而同时又为更大量的人口生产更高产的粮食。但是，时不时地又会出现新的病虫害，而他们的基因储藏库中没有任何一种基因能与之抵抗，在这种情况下，他们只能指望人工品种在大自然里有一个足够强壮的“野生亲戚”。这些野生植物在自然环境的激烈斗争中获得了一种遗传的抵抗力，这是那些娇生惯养的人工作物所没有的一种抵抗力。

找到这门“远房亲戚”不是简单的事情，植物学家必须要到地球上的某一特定地点、到受到危害的植物的老家去寻找，这些基因家乡也叫遗传多样性中心。比如，咖啡的多样性中心在埃塞俄比亚高原地带；玉米的多样性中心是墨西哥和中美的高原地带等。几百年甚至几千年来，这些偏远的多样性中心是安全的，因为它们具有多样的土壤类型、地形和气候。此外，高山的交通不便，各山谷之间各自隔离，为这些地方提供了相对良好的保护，免遭文明和商业活动的破坏。

不幸的是，地球文明急速增长的人口对土地、木材和各式各样资源的要求都如此贪婪，许多社区迅速侵害了所有的多样性中心，甚至一些最偏远的中心。事实告诉我们，避免动植物灭绝的一种办法是保留足够的遗传品种来成功地适应环境改变。如果它的遗传多样性减少，那么它所受到的危害程度就相对增加了，有时会超过一个限度，结果一个品种就会无法避免完全消失的命运。其实，在农业史大部分时期，遗传的多样性不仅可以在粮食的野生亲属中找到，还可以在所谓的农田种族或原始栽培变种中找到。这些植物在遗传上与全球农业系统中使用的粮食作物有关联，是从较原始的农业系统中开发出来的。它们既非生长在山谷中未经耕种的“野生亲戚”，又不像它们现代的杂交“表兄弟”那么精微高雅，然而它们却含有比先进的繁殖育种系统大得多的遗传多样性。不幸的是，许多农田种族由于现代高产品种的蔓延，目前也受到危害。1990 年，在印度马德拉斯举行了一次国际会议。这次会议得出结论：不幸的现实是，许多国家在知道或不知道的情况下，由于高产品种的蔓延而丧失了他们传统的农田族类，从而增加了遗传单一性。

以上笔者花了那么大的篇幅来说明植物的遗传性和多样性的问题，就是希望通过这样的例子来说明一些文化生态中的传统性和多样性的问题。如果我们把西方文化看成那种人工培植的高产品种，把一些尚未被现代化侵染的原始文化看成生长在偏远高山中植物多样性中心的野生植物，把正在发展中的国家的传统文化看成传统的农田族类的话，我们就会发现它们有许多的相似之处。当然，也许这些例子并不恰当，但笔者在这里想说明的是，植物的健康生长需要多样性的遗传基因，同样，人类文化的正常发展也需要多样性的传统与智慧。

现在许多发展中国家正在以西方文化和体制为楷模，努力完成对世界观与经验的完全重建，以及全新的整合、改变或革除原有的体制与传统，进行新形象的集体探索。美国人类学家基辛认为，这种努力是极端困难的，因为如果这种形象与转变要成为可能，就会失去人类的多样性，人类的多样性不只是指个人与个人之间的，也指地域群与地域群、民族与民族、国家与国家之间的特性，除却了人类的多样性，到最后可能会付出源源不绝的代价。[①] 正如地球需要保持形形色色的基因、物种、生物群落才能达到生物平衡一样，人类社会的正常发展也赖以多种文化、多种智慧的渗透。在生物界有一条规律：对于种群，在各方面条件相似的情况下，其脆弱程度与个体数量成反比，个体的数量越多，它所能承受的外界压力也就越大，遭受挫折以后恢复得也就越快；对于生态系统，由于许多物种在生态位和功能上具有互补甚至替代的性质，因此，物种越丰富，大自然的基因库也就越丰富，整个生态系统也就越稳定。所以，明白这个道理的人们正在为地球上日益减少和灭绝的生物资源感到忧虑，然而对于人类自己的文化，又有多少人意识到了这一点？任何一种已经存在过的人类文化，都可以视为人类生活的一种可能性。人类的文化绝

① 参见［美］基辛《当代文化人类学》，于嘉云、张恭启译，台北巨流图书公司 1980 年版。

不是哪一个国家或者个人单独创造的，民族和国家——无论强弱，都或多或少、或正面或负面地对人类的文化宝库做出过贡献。而由于各个文化的形成背景、发展过程不完全一样，它们的贡献又都是不完全一样的，在文化生态位上没有谁可以取代谁。

日本的宗教哲学家池田大作认为，任何一种动物、植物，不论它们多么微小而不惹人注目，它们本身都是一个小小的宇宙。我们曾经面临着成千上万的生物化学和生物物理的问题，无法系统地叙述它们延续到今天的原因。但有时它们却用非常巧妙的方法，很好地解决了这些问题。如果我们能够耐心地进行研究，就可以了解到所有的生命体都是难以置信的极其宝贵的信息库藏。今天一个科学家所要做的工作，可能一条小虫在很久以前已经用更先进、更廉价、无污染的办法完成了。由此看来，消灭其他的生命体，是比烧毁图书馆更为严重的行为，因为这样干，等于是永远破坏了除它所具有的本能的智慧和经验外，其他可能任何地方都不可能存在的智慧的源泉。[①] 其实，这种自然生态的现象也同样表现在文化生态方面。笔者之所以要提出文化生态这样一个概念，并把它的重要性和自然生态的重要性等同起来，就是因为笔者认为，人类每一种文化的形成也是经过了几千年甚至上万年的积累而发展起来的，它们的经验和智慧、它们的信息库藏也是其他的文化所无法代替的。在现代化文明迅速席卷全球的今天，每时每刻都不知道有多少传统的、土生土长的文化在消失。一种落后的传统地方文化的消失，谁也不会注意、谁也不会感到惋惜，但当成批的这样的文化群都在消失的时候，人们有没有想过，这是不是一种文化的生态在遭到破坏？也就是说，以人为中心的观念正使生物圈内的生物急剧递减，同样，以西方文化为中心的观念也正使文化圈内的文化种类在急剧递减。同时，是不是也可以说，人类现代的物质文明是以生物的多样性减少为代价的，而人类现代的精神文明却

① 参见［日］池田大作、［德］奥锐里欧·贝恰《二十一世纪的警钟》，卞立强译，中国国际广播出版社 1988 年版。

是以文化的多样性减少为代价的。我们现在感到的是自然生态的被破坏，自然资源的在减少，但同样我们将面临的还有一个文化生态的被破坏和文化资源在减少的问题。

亚里士多德认为，社会起源于人的本性，而人的本性是相同的，那么，为什么世界各地又有不同的政体、不同的社会制度呢？他提出，一个国家的政治制度与该国的地理位置、气候、疆域等有关。也就是说，一个民族的禀赋是由它所处的地理环境所决定的，至少与地理环境有密切的关系。但应该说，地理环境只是一个民族禀赋发展的客观因素，另外还有一个决定性的内在因素，那就是社会的生产方式。生产力越低下，生产方式越简单，人类对大自然的依赖性就越大，受地理环境的制约也就越大，也就越要让自己的文化适合于周围的生态环境，与其融为一体。

正如美国新进化论学派所认为的那样，文化是一种技术、社会结构和观念的综合构成，它经过调整而适应其自然居住地周围的相互竞争的其他文化。这种适应过程具有两个特征：创造与保持。前者是一种结构和模式的进化，这种特定的模式能使一种文化根据环境进行必要的调适；后者则为一种稳定化的趋势，即保持已实现的合适的结构与模式。文化的创造机制可以表述为：文化是一个开放系统，对自然的适应将造就一种文化的技术，并由此造就该文化的社会成分和观念成分。而对其他文化的适应也会造就社会的观念，后者反过来影响技术并决定其进一步的发展。创造过程的全部结果就是产生一个有组织的文化整体，一种综合性的技术、社会和观念，它应付着可供其选择的自然界和外部文化的双重影响。

文化适应中创造性的主要结果之一，便是它能在特殊的环境下产生多种文化，产生多样性。达尔文的“趋异原则”(即结构变异越大，生命总量也就越大)，亦可以用于文化。文化就是这样通过适应而变成多种文化类型，从而使人类文化呈现千姿百态以便有可能利用地球上的各种资源。[①]

但创造了全球经济一体化的工业文明的发展，正在改变着人与自然的关系，同时也在文化发展的过程中改变着文化与其所处地理环境的关系。以大机器生产为标志的工业文明，极大地创造了人类社会发展的物质基础，建造了一个崭新的技术圈；而这一崭新的技术圈以它巨大的魔力加工和重组自然界的各种物质，创造了自然界原来没有的无数事物，丰富了自然界物质的多样性，增强了人类技术圈的有序性。由于人类改造自然能力的巨大增长，人造的技术环境已扩展到整个地球表面和近地太空，这就有力地影响了自然界的变化，加速着自然界的物质变化过程。然而工业文明在日益扩张人造的物质环境的规模并提高其组织性的同时，不仅破坏了自然生态系统，加速了它的无序化过程，引起了整个地球生物圈的退化，也改变了文化创造的传统方式。本来文化的发展不仅与其赖以生存的技术有关系，而且还与它所居住的自然环境有关系，技术往往是为了适应和利用这些自然环境才产生的。但工业文明的发展却用人工的物质环境割断了文化和其所处自然环境之间的密切联系，因为建立在机械文明基础上的先进的生产力，使人们可以建造一个自成体系的第二自然，也就是人工自然。在这种人造的自然中，人们的生产方式甚至生活方式都可以不受自然条件和地理环境的制约，可以适用于所有的地区和国家，因此从它诞生的那天开始，就迅速地向世界所有地区和国家蔓延。

这种先进的工业文明的技术方式是从西方文化的母体中孕育出来的，对于非西方世界，这种技术方式本身没有文化上的合法性。但是西方技术方式一经转移到非西方世界，就能再生其母体文化，并且瓦解其他文化。西方技术凭借物质变革的巨大作用而得以输入不发达国家和地区，它以舒适和方便的外在特征压制了能够满足人们物质需要的本土技术。

① 夏建中：《文化人类学理论学派：文化研究的历史》，中国人民大学出版社 1997 年版，第 237 页。

伴随着未经选择的技术的输入，西方的饮食习惯、生活方式、行为准则和价值观念也一起侵入不发达地区，诱发了人们过高的物质需求，这就严重地冲击了长期渗透于人们日常生活中的行为规范和传统习俗，改变了人们的思维方式和价值取向，把技术和经济的发展同人们的文化环境割裂开来，同时“将西方和外国模式纳入传统技术的合法地位中将导致传统技术的崩溃。由于技术深深扎根于社会文化组织之中，传统技术的崩溃往往引起地方社区的瓦解，使其失去文化特性，在国家一级加重了对西方文化的依赖”[①]。也就是说，“工业主义的影响，并非简单地仅仅局限于生产的范围，而且也影响到日常生活的方方面面，影响到人类与物质环境互动的一般特性”，同时“也改变了人类的社会组织与环境之间原先的关系”[②]，而且还使地域性无可避免地与全球性彼此关联起来，使传统的地域社区不再仅仅是一个浸透着为人们所熟悉的毋庸置疑的意义环境，而在很大程度上已经是对远距离关系的地域性情境的表现。这是一种非地域文化的形成过程，是现代性楔入传统社会的过程，同时也是地域性文化消解的过程。

一方面，人工的物质环境割断了文化和其所在的自然环境之间的密切联系；另一方面，将西方和外国模式纳入传统技术的合法地位中导致传统技术的崩溃，使许多地方性的原生态文化失去了其赖以生存的根基，并因此遭到了破坏，甚至消亡。更为严重的是许多民族文化在失去自信的同时，也失去了原有的创造力。以中国文化为例，中国文化在历史上曾为世界提供了许多伟大的思想、许多先进的发明和创造，但近一二百年来，有哪一项改变了人类历史进程的科学发明是在中国本土出现的？又有哪一项影响人类历史进程的思想观念是由中国人提出的？如果许多国家的文化都像中国文化一样，正在失去它们的原创力，都只是在复制

① 黄高智等：《内源发展——质量方面和战略因素》，中国对外翻译出版公司 1991 年版，第 103 页。

② ［英］安东尼·吉登斯：《现代性的后果》，田禾译，译林出版社 2000 年版，第 67 页。

由少数先进国家所输出的所谓先进的文化，那么人类多样性的智慧和多样性的文化就将在短时期内迅速地减少。因此，工业文明的发展不仅给我们带来了世界经济的一体化，同时也带来人类文化的单一化。但其实任何民族的文化都有其优势和不足之处，即使我们所认为的最先进楷模的西方文化也有其局限性，需要从其他文化中汲取养分，弥补自己的不足。

以现代西方文明来说，其驱动力在于它根深蒂固的宗教观念，西方犹太系宗教是一种人类中心论的宗教，它们助长了人们对自然的统治态度和对物质的贪欲。例如，基督教教义把神视为在宇宙之外的超然的人格形象，并把人看成最接近神的存在，赋予人类操纵整个自然的力量。由于这个教义把自然视为与人不同的存在，自然只是为人而存在的，所以人类在工业革命过程中将科学技术系统用于征服自然，显示出对自然的优越感，导致了以最大限度追求经济利益为目的的现代工业文明的出现，这是一种奢侈浪费的文明，其正在迅速地耗尽地球上许多珍贵的、不可再生的自然资源，也正在迅速地污染和破坏着地球上所有生命栖居的自然环境。其将人类带到了一个面临重大转折的历史关头，如果地球上的生命圈不再能够作为生命的栖居之地，人类就将面临种属灭绝的命运，所有其他生命也将面临这种命运。因此，保护好地球上养育生命的生物圈，让人类自己和地球上的所有生命得救，这是人类目前所要解决的最重大的事情。

用什么手段来解决？有些科学家和学者认为，当代人类对自然的破坏后果，可以通过进一步发展科学技术来消除；而有些学者则认为，这种看法是根本错误的，因为一切力量，包括进步的科学技术所产生的力量，在伦理上都是中性的，它既可以被用来行善，也可以被用来作恶。“要对付力量所带来的邪恶结果，需要的不是智力行为，而是伦理行为。但是，科学对伦理来说，属于中立的一种智力工作。所以，科学不断发达究竟会带来什么样的结果，若用伦理上善恶的概念来说，就在于科学是被善用还是被恶用。科学所造成的各种恶果，不能用科学本身来根治。”[①]历史学家汤因比确信，要将自然从人类的技术活动所造成的破坏状态中拯救出来，需要人们皈依一种广义的“宗教”，回到古代亚洲东部的多神教，即万物有灵论，或者是回到对自然界抱有崇敬心情的宗教，如佛教、道教等。也就是说，人类社会的发展除需要西方文化以外，还需要其他多种文化和宗教的相互补充，才能得以完善，才能在面临困境时找到一种新的可能性。

现代西方文化相信，人类的理性能够正确地评价人的意义和价值，借助于理性认识和预测功能能够把握生态系统的动态平衡规律，从而管理好自然环境，但事实上人类的理性认识能力是有限度的。虽然人类的理性能力对于认识线性关系的自然事物和机械系统，的确已取得了巨大的成功，例如人们借助于计算机，可以把人造卫星送上太空中的预定轨道。但是，人类的理性能力对于非线性的自然系统，尤其是对于复杂的生态系统的认识和控制，则是令人失望的。在自然界中，有许多动物的复杂行为、语言通信，是难以靠人的理性能力把握的，自然界充满了人的理性不了解的精灵和神秘。对于生态系统的复杂变化，有许多动物都能敏锐地感觉到并做出积极的反应。而那些长期生活在自然环境中的土著居民也能根据自己的经验和直觉能力，敏锐地预感到生态系统将发生的变化，他们的那些感知能力比只相信科学理性的人要强得多。这是一种在自然环境中发展出来的原生态文化的特性，他们的直觉和非理性化的思维特征使他们能直接感悟到大自然的许多规律。人类社会发展到今天，面临自然生态失衡的困境，不仅需要发展科学的理性思维，也需要发展人类直觉中的非理性思维，而人类那些一直未脱离自然环境的原生态文化正好能作为这方面的补充。如果我们在发展中失却了这方面的文化，那将是人类文化发展中的巨大损失，也许是一种不可弥补的损失。就像自然生态之网遭到破坏一样，人类文化生态之网也在遭到破坏。这

① ［英］汤因比、［日］池田大作：《展望二十一世纪》，荀春生等译，国际文化出版公司 1985 年版，第 39 页。

种破坏要是我们不留意，就有可能是毁灭性的。

美国著名人类学家萨林斯曾说："比较矛盾的是许多人类学家所描述的传统都是受到了西方文化浸染的文化，没有人能描绘出他们最初的文化，许多文化是在吸取了西方文化后重新塑造出来的。"① 也就是说，那种类似生长在多样性中心的野生植物的原始文化和那些类似传统农田族的发展中国家的传统文化已经越来越多地在消失，只剩下类似人工培植的高产品种的西方式文化。这种文化的单一性是否也会引起某种文化基因的变异而造成人类文化的某种危机？这种现象引起了许多人类学家的关注和担忧，但萨林斯认为这种担忧是没有必要的，因为这种现象到了20世纪80年代便开始有了改变，大部分第三世界国家出国生活的移民们又回到自己的国家创建新的生活，也就是本土文化的一种复兴。他们的变化是在技术和生活方式上继续学习西方，但一些已经失去了的传统观念和文化正在恢复，如传统的庆典活动、传统的公众仪式、传统的亲属网络等。他还认为，这种传统的恢复是创新的一种手段，世界文化的一体性和差异性是同时发展的，保护自己的文化传统已经在第三世界和第四世界形成一个普遍的现象，这些非西方的人创造他们文化观的斗争已摧毁了传统与变迁的对立、一体化和多样化、西方化和本土化的对立。在他看来，这种本土化运动的出现使文化生态的问题已经得到了解决。香港中文大学的校长金耀基先生更是认为，现代性重新促使了差异性、本土性。同时现代化已成为全球现象，这种发展是第三世界国家的唯一出路，只有在现代化发展到了一定程度以后，才可以谈到本土化和差异化的问题。②

对于以上的看法，笔者认为有一定道理，正如奈斯比特认为的那样，我们的生活方式越是趋于一致，我们就越是坚定不移地紧紧追求更为深

① 美国人类学家萨林斯在1998年4月在北京大学百年校庆举办的"文化自觉与跨文化研究"国际研讨会上的发言。

② 香港中文大学校长金耀基在1998年4月在北京大学百年校庆举办的"文化自觉与跨文化研究"国际研讨会上的发言。

沉的价值观——宗教、语言、文学和艺术，我们的外部世界越是趋向类同，我们也就更加珍惜来自内部的种种传统习惯。按他的观点，一般人们在饮食、衣着和娱乐活动等方面做决定时比较随便，因为这些都是可以使人愉快而且不需太经心的事，在这一点上，人们可以敞开大门，接受外来的影响，但当这些表面活动开始侵入较深的文化领域时，人们又会退而强调他们的差异，即一种文化上的反冲。每一个国家的历史、语言和传统习俗都是独特的，文化民族主义是深藏在人们心底的，当它受到挑战或者有一个可以表达的新机会时，它就会浮到表面来。在全球经济一体化，世界各国的生活越来越彼此相似的时候，人们便越是要强调自身的独特性。①

也就是说，在全球经济一体化越来越深入发展的今天，民族文化的自我保护机制正在产生作用。但这种自我保护是一种下意识的、无意识的，还是对自身文化有一种真正的认识和真正的原创性发展？另外，还有一个问题就是，笔者觉得文化不仅仅是一种习俗、一种观念之类的意识形态，它还应该包括生产方式、消费方式、生活方式等这些人类赖以生存的、根本的、核心性的内容。正如斯图尔德所认为的，整个文化体系分核心文化系统和外围文化系统，核心文化指的是与人类生计有关的文化，主要是指技术经济因素；除此之外的为外围或非核心文化。在全球经济一体化的今天，人类的核心文化正在趋于类同，高度发达的工业文明，使人们住在大同小异的、各种装着空调的方盒子式的建筑里；漫步在大同小异的霓虹灯下的街道上；购物在大同小异的超级市场中；观看在迅速传播着各种同样信息的大众传媒前；采用着几乎相同的生活方式、消费方式，甚至穿着同样的流行服装……在这样情况下所产生的本土文化，难道和传统的本土文化没有本质上的差别吗？

另外，一体化和多样化是同时发展的，甚至是现代性促使了差异化和本土化的出现。在这一观点上笔者也认为是正确的，因为如果没有一

① ［美］约翰·奈斯比特：《2000年大趋势》，中国人民大学出版社1991年版。

体化，人们也就不会有对多样化的需求。就像如果没有对生态平衡的破坏也就不会有“保护生态环境”的这种口号，更不会有什么“绿色革命”和“绿色运动”的出现，它们和生态的被破坏是一对相辅相成的矛盾。正如老子所说的，“天下皆知美之为美，斯恶已；皆知善之为善，斯不善已”。这里的意思是说，当人们开始认识到美的时候，就说明开始有了丑的存在；当人们开始认识到善的时候，就说明开始有了恶的存在。就像鱼游在水中的时候，它根本感觉不到水的存在，只有当它离开了水，才知道了水的存在，也知道了水对自己的重要性。在工业革命以前，人们就根本没有文化多样化和本土化这样的概念，因为那时的文化本身就是充满了差异的，别说民族与民族之间、国家与国家之间，就连村庄与村庄之间的语言和风俗都会有所区别。现在的人们之所以追求多样性、本土化，就是因为觉得这种东西已经在悄悄地离开我们。而一些国家正在爆发民族主义运动和本土化运动，也是因为他们感觉到了这种文化的一体化正在动摇着他们传统文化的根基，正在使他们失去他们的文化传统，因而引起了一种文化反弹和文化自我保护意识的觉醒。由此，那种认为现在已经出现多元化和本土化的趋势了，对这个问题就不用关心和担忧的观点，笔者是表示怀疑的。因为笔者觉得其实这个问题的讨论不是已经结束，而是刚刚开始，就像自然界的生态平衡问题一样，并不是我们已经注意到了这个问题，这个问题就开始不成为问题而不用人们再去担忧和想办法解决了；相反，正因为我们已经意识到了这个问题，我们更要主动想办法去处理好这个问题。

最后，笔者对发展中国家只有在现代化达到一定程度后才能谈到本土化和差异化的问题这样的提法，也有不同的看法。在全球经济一体化的今天，为了加入世界的经济体系，现代化的道路是当今每个国家不可避免要走的一条路，这是毫无疑问的。但并不是因为它是我们不可避免要走的一条路，我们就可以不考虑它所存在的弊端而盲目地发展。就像许多地方为了尽快实现现代化而不考虑生态的问题、环境的问题，最后现代化还没有开始完全实现，但生态失衡和环境污染的情况就已经很严重了。面对这样的情况我们可不可以说，我们现在可以先不管它，等现代化进一步深入以后再说？笔者想这是谁也不会同意的。其实文化的生态问题也是同样的道理，既然现代性和差异性、本土性是同时并存的，那么在实现现代化的开始也就要同时注意这个差异性和本土性的问题。当然，文化生态是一个抽象的问题，不像自然生态是一个具体的、谁都能看得见摸得着的东西，比较容易引起注意；文化生态是一种观念性的、潜移默化的东西，在它发展的初期往往会遭到人们的忽视，而难以引起足够的认识。

自达尔文时代以来，人类就视环境为总生命网，人是这一生命网的组成部分。因此，斯图尔德提出了生态环境决定生产活动，再决定生活方式的理论。其本质就是：文化与自然环境虽然是互相作用的，但是自然环境起最终的决定作用，它不仅允许或阻碍文化发明的运用，而且往往会引起具有深远后果的社会适应。但在工业文明的理论中，人是可以战胜环境和改造环境的，自然和环境只能制约那些落后的民族和社会形态，而且，越是简单原始的生产技术越受环境的制约。就以建筑来说，在农业社会中每个地区建筑物的建造，首先要受制于当地的气候，要根据当地的气候来决定此建筑物的建造是应该属于保温型的还是通风型的。其次，是根据当地所出产物，来决定建房用的材料，往往是就地取材。最后，才是由当地的历史传统、文化习俗和审美观念来决定房子的造型与色彩。因此，才会出现不同的地理环境中、不同的历史文化传统下，具有不同的建筑风格和建筑式样。同样，其他的生产技术和生活方式也是如此受自然环境和传统历史文化所制约的。因此，在多元化的自然环境的基础上形成了人类多元化的文化和历史。但当人类社会进入工业文明以后就不同了，高度发达的技术使人们的生产方式和生活方式不再完全受制于当地的自然环境。还是以建筑为例，因为有了空调设备，人们在建造房子时，可以不再完全受制于当地的气候条件，由于不锈钢、水泥、玻璃等现代建筑材料的运用，加上交通的方便，人们再也用不着就地取材，这些材料可以运向任何地方。也因此，在任何地方都可以不考虑当地的自然环境的因素、文化历史的因素，而建造同样的建筑物，这就导致了上海、北京，甚至纽约、东京等全世界大城市的建筑都大同小异。在物质文明高度发达的社会中，人们似乎可以脱离自然的约束而自由自在地生活，因此，那种令人羡慕的高度发达的物质生活方式成为世界各地的人们追求的目标。人们似乎是战胜了自然、脱离了自然，在这样的基础上建立了一种新的、高度人工化的现代文化。然而，建立在工业文明基础上的现代文化，并不像人们想象的那么十全十美。许多迹象表明，这种脱离了自然的高度发达又非常精密的现代文明，实际上是非常脆弱的，最明显的例子就是这种文化所带来的自然生态的失衡和自然环境的污染。

现代性是工业文明的产物，它的发展的确给人们的生活带来了便利、实用，甚至享乐，却忽视了最重要的一点，那就是由于把焦点主要放在了物质生产的世界里，从而没有注意到人的内心世界、人的意识、人的情感的发展。因此，在造成自然生态失衡的同时，也造成了文化生态的失衡。所以，在 21 世纪里，我们所面临的不仅仅是来自物质世界的科技革命，还有来自人自身的革命。这种人的自身革命就是人的自我认识的革命，也是一个民族、一个国家自我认识的革命。而且，这种自身认识实际上就是一种文化的认识，也就是费孝通先生常提到的文化自觉的问题。美国的人类学家桑格瑞认为，过度地强调本土化就会产生极端的民族主义、关门主义，甚至民族冲突乃至战争。[①] 笔者认为，这也不是没有道理，这正是文化生态遭到了破坏的结果。因此要避免这种后果，首先就要求民族与民族之间、国家与国家之间互相尊重彼此的历史、彼此的文化，而对个人来讲，则要求尊重对方人格上的独立。在 21 世纪，人们关注的焦点不仅仅是自然生态平衡的问题，更重要的还有文化生态平衡的问题。这个问题必然要涉及民族与民族之间、人与人之间、人与自身

① 美国人类学家桑格瑞在 1998 年 4 月在北京大学百年校庆举办的“文化自觉与跨文化研究”国际研讨会上的发言。

心理之间、人与自然之间的种种关系，如何处理好这些关系，将牵涉整个人类未来的命运和前途。我们要在处理好这些关系的基础上，重新恢复人类早期的那种人与自然的亲和关系，在重返大自然的同时，重返我们的精神家园，重建我们新的文化观念，从而出现一个在全球经济一体化背景下的多元推动、多元共存、多元发展的人类社会的新局面。

［原载《北京大学学报》（哲学社会科学版）2001 年第 3 期］

新文化运动的崛起
——人类文化遗产的保护

在全球经济一体化的今天，任何国家重大政策的制定，任何学术重大问题的讨论，都不能忽视全球性的经济背景和文化背景，同时还不能忽略我们人类目前正在面临的地球生态恶化的问题。联合国教科文组织提出要保护人类口头与非物质文化遗产，要像保护生物多样性一样保护人类文化的多样性，应该也是基于这样一个世界性的生态困境下提出的。

笔者一直认为人类目前不仅面临一个自然生态在遭到破坏、自然资源在减少的问题，还面临一个文化生态在遭到破坏、文化资源在减少的问题。也许有人认为这是两个不同领域的两种不同的问题，但笔者认为这是一个问题的两个面，它们相互关联、相互影响。因为自然生态被破坏是人的行为所造成的，而指导人的行为的是人的文化。工业文明发展仅有 200 多年的时间，虽然在科学技术的发展上取得了巨大的成果，给人类创造了物质极度丰富、生活极度便利的生存模式，但人类正在面临一场前所未有的生态环境灾难，这场灾难如果得不到及时、有效的阻止，我们人类就会在短短的几十年里走向毁灭。

面对这样一个巨大的困境，我们不得不停下来反思 200 多年来人类的文化行为。“全球经济一体化”似乎是不久前才开始被大家经常使用的，但这一行为实际上是从 15 世纪欧洲的地理大发现就开始并一步步走向今天的。那时候的南非、南美洲、北美洲、大洋洲均处在原始的渔猎采集的生存状态，这些地方的生态环境保持良好，有大量的原始森林、湖泊与河流，但西欧开始了发达的航海事业，最初只是航海到各陌生的地方进行商贸和探险活动，在这一活动中他们发现了美洲新大陆，还来到了大洋洲的各个岛屿，同时又从海路登上了以前被撒哈拉大沙漠隔绝的南非、西非各地。在他们开始逐步认识我们所生存的地球的地理环境的同时，也开始了他们的海外扩张运动。

现在再来看看我们的地球就会发现，昔日的美洲大陆由于欧洲移民的到来，在北美已建立起了美国和加拿大两个发达的移民国家，这里很少有当地的土著民族存在。中美洲的墨西哥、秘鲁等和南美洲的巴西、阿根廷等原来是印第安人生存的地方，现在也大多是外来的移民，当地的土著只占很少的一部分，而官方语言不是英语，就是西班牙语、葡萄牙语或法语等欧洲的语言。大洋洲，即澳大利亚和其周围的群岛国家也一样，欧洲和外来的各种移民占了大多数，官方语言也是英语或西班牙、荷兰、法国等当年向海外扩张的西欧国家的语言。南非更是如此，当地的新一代年轻人早已不会说自己民族的语言，基本上都是英语。因为这些地方都是昔日的殖民地国家，不仅如此，在美洲大陆和大洋洲群岛，由于许多土著民族的生存环境和生活方式遭到破坏，深深地危及了整个民族的存在，不少土著部落整个都在迅速消失。

而亚洲的一些文明古国，如中国、印度，还有许多的阿拉伯国家，虽然没有改变自己的语言、自己传统的文化习俗，但在全球经济一体化越来越深入发展的今天，整个社会的生活方式及文化也在发生着急剧的变迁，一些地方性的语言和一些地方性的文化传统也在迅速消失。

看看这些状况，我们就可以知道自工业革命以来，人类的不断发展和扩张不仅破坏了我们的自然资源，使许多物种失去了它们赖以生存的自然环境，同时以欧洲为首的西方文化的不断扩展，也造成了许多文化资源的减少和破坏。世界上不仅许多民族的语言、文化传统遭到了破坏，连同他们的生存环境和生活方式也遭到了破坏，导致整个民族的消亡。

如果说我们以前没有注意到这个问题的严峻性，那么在地球自然生态遭到严重破坏的今天，我们就不得不重视这个问题了。

前面已经提到人类的生态环境遭到破坏归根结底还是一个文化观念的问题，并不是所有的文化和所有的民族都会崇尚浪费的文明、崇尚奢华的生活，为了实现这样的生活目标，不顾一切地掠夺自然和破坏自然。虽然我们会认为许多地方的土著民族的文化很落后，他们的生产力很低下，但他们的许多文化和生活方式及生产方式都是在长期与大自然相处中产生的，他们的生存策略、他们对大自然的理解与现代的西方世界有很大的不同，这是另外的、不同的文化和不同的生存智慧，而人类未来的发展需要多种智慧和多种经验来支持。

在西方已经有越来越多的学者关注到了这一问题，一些国际跨学科的研究小组在一些土著部落进行实地考察，结论说："卡亚波人知道如何组合多种植物，让它们成为一起成长的朋友。我们习惯于单一作物的农艺家，在这方面几乎一无所知。""人们以前都认为，巴西胡桃木林是亚马孙河流域自发的现象。错了，这是卡亚波人祖先栽种的，而且他们的后代还在继续栽种。""卡亚波人能分辨出 250 种不同类型的痢疾，每一类型各有一种治疗方法。这事使科研小组的药学家目瞪口呆。"

在中国的藏族地区，人们采用宗教禁忌的手段使自己顺从自然，表达对自然的崇敬、感激和畏惧之情，这些禁忌有对神山的禁忌，对神湖的禁忌，对土地的禁忌，对鸟类、兽类的禁忌，打猎的禁忌等。按照高原牧人的观点，凡未被挖掘破坏的草地是"活地""健康之地"，即有生命力的土地；而被挖掘料草皮的地是"死地"，因为剥去了大地之皮肤。在高寒的草原，生物生长极为艰难，几千年来，牧人通过禁忌保护了草原，使草原生态维持了较好的状态。

以上的例子让我们看到每个民族无论是先进还是落后，都有它们自己独特的与大自然相处的智慧，一些看起来落后的民族在某些方面的知识甚至超过了现代发达的科学范畴，这是从自然知识来说。另外，通过文化和宗教来达成人与自然关系的和谐性，使其生存的自然生态得到有益的保护方面，许多民族也是很有贡献的。也就是说，在我们所生活的这个地球上，不同的国家、民族、地区都有自己千百年流传下来的文化。在这些文化中都有自己独特的对自然、对人与人之间以及人与社会之间的理解和看法，其中的智慧、经验都是其他文化难以完全代替的。这是一份珍贵的文化资源，一份珍贵的人类文化遗产，我们不能轻易地丢掉它。

事实证明，在人与自然的关系上，西方文化是一种错误，为了纠正这一错误，科学家们正在努力用更高级的科学手段去解决自然生态上所面临的问题。但许多问题仅仅用科学技术是无法解决的，这里面重要的还是一种文化的观念以及人对自然的一种态度和一种理解。当人类面临生态危机，面临未来发展的各种困境时，人们不仅在对工业革命以来的种种行为进行反思，同时也将重新认识各种文化给人类遗留下来的宝贵经验，也许它们将是我们克服未来困境的智慧的源泉。但在现代工业文化的冲击下，许多传统文化正在迅速地消失，对其的抢救和保护刻不容缓，迫在眉睫。

为此，我们今天对人类文化遗产的保护不仅仅是为了保护一种民族的文化精神，一个民族的文化认同感，或者是为了作为今后发展文化产业和旅游产业的一种资源，更重要的是为了人类未来的继续生存和发展。基于这样的原因和理由，对人类文化遗产的保护就不再仅仅局限于古文物、古建筑等物质的方面，还有更重要的非物质的方面，如语言的、宗教的、文化习俗的、生产技能的、音乐的、舞蹈的、美术的、戏曲的，等等，有的还应该是一个完整的文化生态的空间，一个整体的民族文化传统。

由此扩展出来的保护理念必将成为在全球经济一体化和高新科学技术两股力量挑战下的一次新的文化运动。现在正是这场新文化运动的开始，今后必会更加地高涨和进一步发展，并由此导致在当今社会，人们将如何生活，如何面对自然、面对不同的文化传统、面对不同的民族的历史传统等新的文化观念的产生，并由此进一步讨论目前人们所面临的生态被严重破坏、自然环境被严重污染、核战争不断威胁各个国家的安全等问题。

论非遗传承与当代社会的多样性发展

——以景德镇传统手工艺复兴为例

一、问题的提出

2001年，笔者曾发表了一篇题为《文化生态失衡问题的提出》的论文，提出“以人为中心的观念使生物圈内的生物多样性急剧递减，同样，以西方文化为中心的观念也正在使人类文化圈内的文化多样性在急剧递减。同时，是不是也可以说，人类现代的物质文明是以生物的多样性减少为代价的，而人类现代的精神文明却是以文化的多样性减少为代价的”①。针对这一问题的研究，2001年至2008年，笔者承担了国家重点课题“西部人文资源的保护、开发和利用”，并担任课题组组长，中国西部是中国少数民族最集中、文化最具多样性的地方，有关这一地区的研究有利于回答以上所提出的问题。笔者和课题组成员们在中国西部做了八年的田野考察。2003年，联合国教科文组织开展了世界性的非物质文化遗产保护工作，这一工作的开展也是建立在保护文化多样性的基础之上的，与我们当年的西部人文资源研究不谋而合。

为此，笔者开始关注非物质文化遗产保护问题，通过对西部众多案

① 方李莉：《文化生态失衡问题的提出》，《北京大学学报》（哲学社会科学版）2001年第3期。

例的研究，笔者认识到非物质文化遗产不是死去的文物，而是还活着的、多样性的、不同地方的传统文化，作为还活着的、还有生命力的传统文化，不仅需要保护，还需要得到进一步发展。因此，我们需要进一步思考的问题是，多元性的传统文化是否能够发展出多元性的现代社会发展模式，也就是说，现代化不会只有一种模式，而是有多种模式。而多种模式形成的基础就在于每个国家都有自己独特的历史和传统。不仅是国家，包括地方也一样，不同的区域和城市的发展都不能搞“一刀切”，而这一切都要从历史中来，从传统中来，从文化遗产中来。我们西部人文资源课题组成员经过八年的考察，完成了70多个案例的研究，出版了400多万字的《西部人文资源研究丛书》，其中的总报告书名为《从遗产到资源——西部人文资源研究报告》①，得出的最重要的结论就是：代表着传统和历史的非物质文化遗产并没有成为过去，而是成为我们发展今天与未来文化和经济的基础与资源。

在这篇论文中，笔者需要进一步提出来的问题是：（1）非物质文化遗产保护提出来的原意是要保护人类文化的多元性发展，因此强调的是活态传承。这种活态传承的形式与结果将如何改变我们当今的社会形态？（2）非物质文化遗产保护的口号之所以有如此的号召力，其深层原因在什么地方？（3）“从遗产到资源”已经成为一种社会实践，在实践的过程中，传统文化开始重新被人们认识，这种认识在如何改变着不同地方的文化、政治与经济？

为了进一步展开这一问题的研究，笔者回到了自己曾经研究过的景德镇，这是一座有着千年制瓷历史的古都，其传统的陶瓷手工艺及传统的工匠文化制度是该城市重要的非物质文化遗产，笔者希望通过其在当今社会中的重构与发展，研究并进一步回答以上所思考的问题。在这一研究中，笔者开始进一步追问：（1）在全球化的今天，谁是非物质文化遗产的传承人？是个体，还是群体？是当地民众，还是包括了外来者，

① 方李莉主编：《从遗产到资源——西部人文资源研究报告》，学苑出版社2010年版。

甚至是不同国家的外来者？（2）保护非物质文化遗产和发展非物质文化遗产的最大动力来自何处？是国家、学者，还是民众或市场？（3）非遗的发展不仅能带来一个地方文化的复兴，还能带来一个地方经济的复兴，而在其中起作用的有哪些最重要的因素？其能否成为一个地方性的现代化发展模式？在这里我们值得思考的是，非物质文化遗产不仅与人类过去的文化以及今天的文化有关，还与人类社会发展的未来息息相关，由此研究出如何将传统文化的多样性转化成现代文化的多样性，从而推动整个世界多元一体的发展趋势是非常重要的。因为只有如此，我们才有可能保持人类文化多元化发展的活力。

二、作为个案研究对象的景德镇

景德镇是一座世界著名的陶瓷手工艺生产城市，早在宋元时期，其生产的青白瓷、青花瓷就远销东南亚、西亚，甚至非洲；到明清时期，除保持传统的陶瓷市场外，还开辟了新的欧洲市场和美洲市场，景德镇成为世界制瓷的中心，其贸易网络遍布世界，可以说是世界上最早走向全球化的古老城市之一。19 世纪欧洲的工业革命开始逐步取代人类的手工生产方式，使中国从一个历史上的手工艺品出口大国沦落为一个工业产品的进口大国，传统的手工业迅速凋零，景德镇的陶瓷手工业生产也难以逃脱此厄运。

创刊于 1917 年的《银行周报》曾报道：“昔景德镇常有窑三千座，从业工人达五六十万，瓷品输出每年六七千万两（银子）以上，自海禁开后，外有洋瓷倾销，内有技术退化，景德镇瓷业始江河日下。”[①] 从这一报道中，我们看到的是发展到 20 世纪初，景德镇已由出口瓷器的城市沦为被外来洋瓷倾销不能自救的城市。为了自救和自强，当时的中国政府决心“以夷制夷”，所以从清末光绪二十九年（1904）开始，江西

① 上海银行公会主办：《银行周报》“国内要闻”第 8 页，1917 年版。

巡抚奏请办景德镇瓷业公司，到宣统二年（1910）正式成立江西瓷业公司。自此以后，在政府的支持下，景德镇不仅开办瓷业公司、陶业管理局、旧式模范瓷厂，以图对景德镇传统的民窑业实行改革，还开办了陶业学堂（后升格为江西省窑业专科学校）。这一阶段，国民政府试图通过教育培养新人，通过办工厂引进机械化生产方式等，改变景德镇的制瓷传统。[①] 这样的努力从清末 1904 年开始，到 1949 年共产党建立中华人民共和国，至 1956 年，全市各行业才基本实现了私营工商业的公私合营和手工业的合作化。其中陶瓷业实行公私营的工厂有 10 个，合作社营的工厂有 20 个。[②] 从此，传统的制瓷手工艺作坊和手工艺的生产方式在景德镇彻底消失了，基本实现了现代的流水作业线的机械化生产。但手工艺制瓷技术并未完全消失，因为当时的国际市场还有对景德镇传统陈设瓷的需要，所以在有些瓷厂还保持了被称为“陶瓷美术研究所”的制作少量手工艺陈设瓷的机构。

20 世纪 90 年代，随着国家改革开放的逐步深入，景德镇的各大瓷厂面临市场的巨大冲击而实行改制，所谓的改制就是将国营变为私有化或股份制。私有化和股份制以后的景德镇并没有出现大家所期待的私营的现代化大公司或大工厂，反而又恢复了手工艺作坊的生产方式。从 20 世纪 90 年代开始，景德镇的机械化陶瓷生产几乎被众多的手工艺陶瓷作坊代替。这一切是如何发生的？而且就从此时开始，景德镇经过近 20 年的发展，呈现出一派手工艺生产和传统文化复兴的景象，也就是说，近 20 多年来，景德镇有些非物质文化遗产在消失，有的不仅没有消失，还大面积地得到复兴。而这一复兴的过程以及内在因素，还有其价值与意义，正是接下来笔者要探讨的话题。

① 景德镇市文史资料研究委员会编：《景德镇文史资料》（第四辑），1987 年，第 91 页。

② ［美］阿尔温 · 托夫勒：《第三次浪潮》，生活 · 读书 · 新知三联书店 1983 年版，第 117 页。

三、景德镇陶瓷手工艺复兴的三个阶段

从20世纪90年代至今，景德镇手工艺陶瓷复兴可分为三个阶段。

第一个阶段：从20世纪90年代初开始至90年代末，这一时期由于国际市场的需要，在景德镇周边的许多农村开始形成一些仿古瓷生产集散地，表1是笔者在1997年的考察记录。[①]

表1　1997年景德镇手工艺陶瓷调查表

地点	户数	生产方式	品种	与市区的距离
樊家井	400余户	手工	中、低档仿古瓷	紧邻市区
筲箕坞	300余户	手工	中、高档仿古瓷	同上
老鸦滩	30余户	手工	镶器、瓷板（仿古）	2公里
李家坳	20余户	手工	高档仿古瓷	3公里
里村	200余户	手工	大件仿古、陈设瓷	1公里
凤凰山	40余户	手工	白胎、陈设瓷	3公里
西瓜洲	40余户	半机械、半手工	以日用瓷的修补为主	紧邻市区
石岑、红源	30余户	半机械、半手工	日用瓷为主	5—10公里
官庄	20余户	半机械、半手工	日用瓷为主	10公里
湖田、三宝蓬	20余户	手工	艺术瓷	10—15公里

这是景德镇传统手工艺复兴的练兵和恢复期，当时的生产者主要有两大部分，一部分是瓷厂的下岗工人，还有一部分是来自周边农村的农民工。技术来源主要是曾经在景德镇陶瓷研究所，以及各大瓷厂的美术研究所、试验组工作过的工艺师、技术员，因为只有这些地方还一直保持着具有艺术鉴赏性的手工陶瓷的生产技术。

① 方李莉:《传统与变迁——景德镇新旧民窑业田野考察》，江西人民出版社2000年版，第49页。

当时的景德镇为了生产仿古瓷，不仅恢复了民国时期的家庭作坊制，就连作坊类型、生产方式、经营方式也都几乎一样。笔者曾在当时最大的仿古村樊家井做田野考察，表2是有关樊家井不同的手工艺陶瓷作坊的分类情况。①

表2　樊家井手工艺陶瓷作坊分类表

作坊类型	生产方式	经营方式	所需设备	品种	所需资金（最少）	所需工人（最少）
坯户（成型、釉下彩绘、色釉）	成型（半机械半手工）釉下彩绘（全手工）	店铺销售（来自各地的客户）	做坯车、喷釉机、放坯的圆板、料板、卖瓷器的货柜、店铺、作坊	青花、釉里红、青花釉里红、青花斗彩、釉下彩、各类颜色釉	3000—5000元人民币	成型：4人 釉下彩绘：2人
坯户（成型，仅造白胎）	成型（半机械半手工）	宾主生意（本社区的客户）	同上（但不需货柜与店铺）	一般白胎、精品白胎	同上	成型：4人
红店（釉上彩绘）	釉上彩绘（全手工）	店铺销售（来自各地的客户）	画瓷器的架子、桌子、颜色、白胎、店铺、货柜	五彩、粉釉、墨彩、金彩、色釉描金、色釉粉彩	2000—3000元人民币	1—2人
窑户（梭式窑）	全自动化	宾主生意（本社区的客户）	梭式窑、液化气、烧窑的房间	烧制各类瓷胎和釉下彩，颜色釉瓷器	6万—10万元人民币	1人

① 方李莉：《传统与变迁——景德镇新旧民窑业田野考察》，江西人民出版社2000年版，第92页。

（续表）

作坊类型	生产方式	经营方式	所需设备	品种	所需资金（最少）	所需工人（最少）
囵户（成型、釉上、釉下彩绘、烧制）	成型（半机械、半手工），釉上彩、釉下彩（全手工），梭式窑（全自动），烤花炉（半自动）	店铺销售（来自各地的客户，有不少长期客户）	做坯车、喷釉机，放坯的圆板、料板画瓷器的架子、桌子、颜料、白胎、梭式窑、液化气、烤花炉、成品店铺陈列室	包括所有的釉上、釉下彩品种（参考坯户红店）	20万—50万元人民币	成型：4人。釉下彩绘：2人。釉上彩绘：2人。烧窑：1人。烤花炉：1人。管理：1人。业务出售：1人

我们从表2中可以看到，在樊家井仿古村，不仅恢复了明清以来在景德镇所形成的作坊分工合作制，而且这种手工艺作坊需要的资金少、人员少，所以只要有一点手工生产技术就很容易产生。

这些手工艺劳动者源自何方？这也是需要讨论的，当然，其中有不少是原国有瓷厂的下岗工人，但大量的还是外来的农民工。景德镇自古就有“工匠来四方，器成天下走”的说法，这里的“四方”大都是指江西境内、景德镇周边的农村，这些农村人自古就有来景德镇打工的传统。周边大多数的农村人在景德镇都有亲戚，20世纪90年代以后，他们通过投奔亲戚的方式开始到景德镇打工。乡土中国时期的手工业城市最大的特征就表现在由血缘、地缘所组成的业缘，也就是不同的地域集团和家族往往垄断着某一种行业。这样的情景在新的手工艺集散地依然会存在吗？笔者当时考察樊家井发现：当代与传统竟然有着惊人的相似，在当时的樊家井竟然又恢复了传统血缘、地缘、业缘的关系。如乐平人以画釉上花鸟较多，丰城人以做低温釉三彩刻花为多，鄱阳人以画人物为多，都昌人以画釉上粉彩和五彩为多，抚州人以仿元代青花为主。如果你了解这些情况以后，只要在樊家井看见卖元代青花的店铺，上前一问保证都是抚州人。为了使读者能更清楚地了解这些不同区域所生产的不同品种及它们在整个樊家井村所占的比例，笔者特地列了一张表（见表3）[①]。

表3 樊家井工匠构成表

地区（以县和地区为单位的工匠）	生产的品种	在樊家井作坊中所占的比例	与景德镇的距离
都昌	粉彩、五彩	30%	90公里
鄱阳	粉彩（人物）	15%	75公里
乐平	粉彩（花鸟）	30%	30公里
抚州	元代青花	10%	180公里
丰城	低温釉三彩刻花	50%	250公里
南昌	粉彩（人物）	2%	280公里
本市下岗工人及当地农民	粉彩、五彩、青花、颜色釉、白胎	35%	

正是这一时期的仿古瓷制作让景德镇重新恢复和发展了当地传统的手工艺技术、传统的手工艺生产方式、生产结构与生产制度等，而这些正是非物质文化遗产的重要组成部分。

第二个阶段：20世纪90年代末到2006年，仿古瓷的制作为景德镇的手工艺陶瓷复兴打下了基础，让景德镇恢复和达到了古代手工技艺的高峰阶段（因为要仿得逼真，当时的仿品都是出自故宫博物院和台北故宫博物院的藏品画册），并培养了大批的工匠队伍。

但仿古毕竟只是在临摹古代，当代的陶瓷手工艺发展还需要创新。为了促进景德镇陶瓷手工艺的创新和发展，从20世纪80年代末开始，

① 方李莉：《传统与变迁——景德镇新旧民窑业田野考察》，江西人民出版社2000年版，第108页。

景德镇市政府和国家轻工业部就不断地组织各种陶瓷艺术评奖活动，有景德镇陶瓷百花奖、景德镇陶瓷节精品大奖赛、全国陶瓷艺术评比、中国工艺美术百花奖等，通过这些奖项使许多陶瓷艺术作品和手工艺人才脱颖而出。

与此同时，为了促进传统工艺美术的保护与发展，根据国家《传统工艺美术保护条例》，将符合一定条件，且在工艺美术领域取得重大成就的人士命名为“老艺人”，后由国务院负责传统工艺美术保护工作的部门授予“国家工艺美术大师”的称号。从 1979 年开始，每四年一届进行评选。最初对这类人才的要求非常严格，1979 年首届评选时，景德镇仅有王锡良一人评上“国家工艺美术大师”（全国总人数 33 人）；1988 年第二届有张松茂、秦锡麟二人评上“国家工艺美术大师”（全国总人数 63 人）；1993 年第三届有王恩怀、李进、唐自强、王隆夫四人评上“国家工艺美术大师”（全国总人数 64 人）；1997 年第四届有戴荣华、刘远长、张育贤、熊钢如、徐庆庚五人评上“国家工艺美术大师”（全国总人数 45 人）。这样的评选使景德镇的陶瓷艺术开始有了一个国家公认的上层精英手艺人。景德镇还有一个陶瓷艺术的精英阶层，那就是景德镇陶瓷学院美术系的教授们，这是当时景德镇唯一的一所全国招生的部级院校，美术系的教授们不仅教陶瓷艺术，同时自己也进行陶瓷艺术创作，并参加各种评选活动，包括全国工艺美术大师的评选。从 20 世纪 90 年代开始，这些大师和教授的作品开始受到海外市场的关注，当时的日本、新加坡，以及我国的台湾、香港地区出现了一些收藏家，收藏这些签有作者名字的景德镇当代艺术瓷，并邀请其中的一些作者到国外举办展览，这是景德镇最早走出国门的手工艺人。

2006 年，“国家工艺美术大师”评选工作开始重启，当时景德镇被评上的有何叔水、余仰贤、吴锦华、宁勤征、王怀俊、李菊生、李文跃、徐亚凤、黄卖九、赖德全、饶晓晴共 11 位国家级工艺美术大师（全国 161 人）。从 1979 年到 1996 年 17 年的时间里，景德镇仅评了 12 位大师，这一次却评上了 11 位，这是前所未有的多，包括全国的名额也是前所未有的多。更有特点的是，“国家工艺美术大师”主要是授予那些长期从事传统手工艺工作的老艺人的一种称号，但在2006年的第五届全国工艺美术大师的评选中，却有三四位来自院校的教授，于是有人认为，“院校教授走的是教育体系的技术职称序列，本来应该是一个高于‘大师’的等级，他们在行业内具有理论指导、教育开发等职能，是应该对‘大师’加以引导，而不是将自己‘降级’和手工艺人争一个‘大师’的头衔”。但也有人认为，大学院校参加评选，除了主管部门定位偏差外，一个重要的原因还是与利益的挂钩，“一个大学教授做的一件工艺品，可能没有人知道，但是如果拥有一个大师名头，放在市场中就会增值”。[①]

这样的现象可以说明两个问题，第一个问题是中国的经济得到了快速的发展，2000年以前还只有港台地区或日本等海外市场购买，2006年以后，富裕起来的中国人开始收藏艺术品，景德镇当代的艺术陶瓷在国内开始有了市场。第二个问题是景德镇传统手工艺得到了收藏界的认同，以往陶瓷艺术往往被认为是工艺品，不是艺术品，另外，即使是艺术品，也是教授和艺术家们做的具有创新性和个性化的作品，而不是工匠所做的具有很强传统性的作品，因此，以往的教授是不屑于与工匠为伍的，但现在教授却愿意参与其中。这样的现象对于景德镇传统手工艺的复兴起了非常大的推动作用，以至于在景德镇的莲社路出现了许多的陶艺廊，专门卖“大师瓷”，这是景德镇从未出现过的新生事物和新的现象。尤其是从2008年开始，嘉德和保利两家拍卖公司开始拍卖当代陶瓷艺术作品，其中景德镇陶瓷占了半壁江山，最贵的作品达到几百万元、上千万元人民币。可以说，景德镇传统的陶瓷手工艺就此不仅得到了传承，还得到了前所未有的发展，景德镇的工匠地位（指大师级的工匠）也达到了历史上前所未有的高度。如果说这一现象的发展主要是限于精英层，那么接下来要描述的发展则深入景德镇的各个层面。

---

① 垕彩：《中国工艺美术大师查询（最新名录）》，2015年4月21日，名窑钧瓷网（http：//www.myjunci.com/wenhua/2014028-650.html）。

四、“景漂”的出现

第三个阶段是从2006年至今，如果说2000年至2006年传统手工艺的复兴主要表现在大师瓷和教授作品的崛起和被关注上，那么到2006年以后，这种传统手工艺的复兴则开始从精英阶层转移到社会的每一层面。这种事情的发生在于全球化、互联网、发达的交通网络的出现。20世纪90年代，笔者考察景德镇时就曾感到后现代的到来和传统的再次恢复也有着某种同构的特性，有时候甚至分不清是传统的简单恢复还是后现代萌芽的出现。[①]在这次考察时，这种感觉不是在淡化，而是更加强烈了。

在这一阶段，景德镇最大的变化就是城市人口的迅速扩大与改变。笔者是景德镇人，曾在这里度过了自己的少年和青年时期，记得那时的景德镇很少有外地人，到处都是熟悉的乡音，偶尔见到一个外地人都感觉很新鲜，更别说是外国人了。但如今的景德镇，满街都是讲普通话的外地人，还有来来往往的外国人。短短的十几年时间，景德镇就从一个传统的手工业城市转变为一个国际化的现代大都市。

这个时候的景德镇出现了一个新的名词——“景漂”，就是从不同城市和不同国家来到景德镇定居或谋生的人。大家熟悉“北漂”，那是一群从不同地方来到北京的年轻人，他们来到北京，即使一时找不到稳定的工作，也愿意在这座城市漂着，因为北京是中国文化、政治、经济的中心，有许多可以实现年轻人梦想的机会。但景德镇作为一座古老的传统陶瓷手工艺城市，它能提供给年轻人以及众多外来者的梦想是什么？这是一个非常值得探讨的问题。

此时在景德镇又出现了许多新兴的手工陶瓷生产集散地，这些集散地和20世纪90年代的仿古瓷集散地发生了许多的变化。如果说20世纪90年代，景德镇手工艺陶瓷主要是生产仿古瓷的话，那么在这一时期则

---

① 方李莉：《传统与变迁——景德镇新旧民窑业田野考察》，江西人民出版社2000年版，第142页。

主要是生产艺术瓷和具有个性化和艺术化的手工生活用瓷。这些区域主要集中在如下一些地方："雕塑瓷厂""老厂""老鸦滩""建国瓷厂""陶瓷艺术大世界""新都"等。在这些集散地中，雕塑瓷厂是以往的旧工厂，有点类似北京的798艺术区，开始是陶瓷艺术家们的工作室比较多，后来这里逐渐成为一个陶瓷艺术品的大集市，更多的店铺向这里集中。而"老厂"和"老鸦滩"是两个外来陶瓷艺术家手艺人比较集中的村庄，有点类似北京的宋庄。还有在市中心的"建国瓷厂"，这也是由一座废弃的旧工厂改建的陶艺家工作室，是外地陶瓷艺术家比较集中的地方，"陶瓷艺术大世界"是当时专为大师们建的工作室集散地，在这附近的莲社路是一家家出售这些陶瓷作品的陶艺廊。这一个个集散地不仅为当地陶瓷手艺人提供了工作的舞台，更为那些外来的"景漂"们提供了可以发挥他们艺术才能、孵化他们梦想的平台。

到景德镇来的"景漂"的构成大概有如下几类人：（1）来自江西附近农村的农民工，从20世纪90年代开始，他们就陆续来到景德镇打工，时间久了，他们学会了技术就成了当地工匠的重要组成部分。（2）毕业于不同艺术院校到这里来创业的年轻人，他们以前大都是学美术或设计专业的学生，来到这里建工作室开创自己的事业。以往景德镇陶瓷学院毕业的学生因在景德镇找不到出路，大多数毕业后都奔向上海、北京、广州等大城市，而且大多数都改行做其他的工作；但现在毕业后大多数留在了景德镇自己创业。这些年轻人大多是2006年以后才定居在景德镇，绝大多数是2008年以后来的。（3）来自不同地区的陶艺家、画家或雕塑家，他们从各地来到景德镇，有的租用长期的工作室，有的租用那些专门为短期在景德镇做创作的艺术家服务的作坊或工作室。许多著名的艺术家，如艾未未、方力钧、冷军，他们都在景德镇做作品；如朱乐耕、刘建华、吕品昌等，都在景德镇建有自己的工作室。这些人来景德镇的时间和那些年轻的学生相似，尤其是近年较多。（4）来自不同国家的陶艺家、画家、雕塑家，他们有的从2002年就来到景德镇，但大多数也是在2006年以后。有需要就有存在，为了让这些国外来的艺术家学习当地的技艺和适应当地的创作环境，景德镇出现了一些专门为这些国外陶艺家提供方便的服务机构和群体。

五、景德镇新的陶瓷艺术集散地

在上一部分我们已经谈到了，在景德镇手工艺复兴的第三个阶段出现了许多新的陶瓷生产集散地，这些集散地和20世纪90年代出现的集散地无论是在区域分布上，还是在产品结构和人员结构上都发生了巨大的变化。为此，从2013年7月开始，笔者组织了一支考察队伍重新回到景德镇做考察。经过一年多时间的实地考察，发现20世纪90年代的一些仿古瓷集散地仍然存在，但已远没有以前繁荣，还有一些半机械化的陶瓷生产集散地也在逐步冷落。与此同时出现了许多新兴的陶瓷集散地，这些陶瓷集散地以艺术瓷、陈设瓷、生活陶艺瓷、画家们的瓷板画等为主。这些陶瓷产品的最大特点就是艺术性含量高而且都有作者签名，大都进入艺术市场或拍卖市场。还有青年艺术家，也就是年轻的学生们，因为他们刚从学校毕业没有几年，不能依靠出售作品生活，所以大都是把自己的艺术才能用于制作日常的手工生活陶瓷，这样的生活陶艺产品充满创意，适合白领以上的中产阶级的时尚品位。以下是当前景德镇主要艺术陶瓷集散地的基本信息（见表4）[①]。

表4　景德镇主要陶瓷集散地表[②]

区域	户数	构成群体	产品	与市中心的距离
老厂	141户	景德镇当地制瓷艺人、年轻学生	传统陈设瓷、日用瓷（茶具类）、学生创意瓷	4.7公里

① 有些信息不一定很准确，还需进一步核实。

② 该表的数据来自笔者所指导的硕士王丹炜的统计。

（续表）

区域	户数	构成群体	产品	与市中心的距离
雕塑瓷厂	156户	景德镇当地制瓷艺人、年轻学生、外国陶艺家	传统雕塑瓷、学生创意瓷	5.8公里
老鸦滩	125户	外来艺术家、年轻学生、景德镇当地制瓷艺人	传统瓷板画、现代瓷板画	3.8公里
新都	100户	外来艺术家、年轻学生、景德镇当地制瓷艺人	规模陶瓷产品	10公里
陶艺一条街	50户	年轻老师、学生、陶艺家	生活陶艺瓷、陈设瓷	6公里
莲社北路，陶瓷大世界	80户	景德镇当地陶艺家、大师	艺术瓷、陈设瓷	紧临市中心
万能达	100户	景德镇当地制瓷艺人	各种坯（茶具类、大瓶）	3.3公里
樊家井	300户	景德镇当地制瓷艺人	仿古瓷	2公里

通过表 4 我们可以看到，这些集散地不仅集中了当地的陶瓷工匠，以及 20 世纪 90 年代以来陆续从周边农村来到景德镇打工的工匠，还有不少刚从全国各大美术院校毕业的青年学生，以及国内外的陶艺家、画家等。就连景德镇陶瓷学院的老师们也加入了这一队伍，他们在教学之余也开工作室，并在陶艺一条街有自己的店铺；他们白天在上课或在工作室做作品，晚上在店铺里接待朋友或客户。这些教授、艺术家、青年学生们的店铺，有点像画廊，又有点像会所，很高雅、别致，与其说像做生意的地方，还不如说更像会客的地方。里面除陈设作品外，往往还设有具有文人气息的茶室，这是景德镇的新传统。

六、年轻学生们对景德镇传统资源的开发和利用

当笔者深入这些集散地考察时，感受到的是在全球经济一体化发展的今天，整个人类社会的政治结构、经济结构和文化结构都在发生巨大的变化，如今在世界范围内的许多地方，以非物质文化遗产为代表的民族的文化传统，正成为一种人文资源，被用来建构和产生在全球一体化语境中的民族政治和民族文化的主体意识，同时也被活用成当地的文化和经济的新的建构方式，不仅重新模塑了当地文化，同时也成为当地新的经济增长点。在这样的背景中，传统文化开始重新被人们认识，包括传统的手工技艺，其不能取代机器的生产地位，但也不再是落后的象征。不仅国家正将其作为一种珍贵的非物质文化遗产加以保护，其独特的工艺价值也正成为一种地方文化的象征被人关注，甚至成为一种富有特色的艺术品。不仅如此，还带来了经济价值，成为当地重要的文化产业。这是一种文化的转型，是一种后工业文明的特征，也是本土性现代化的一种实践。[①] 而笔者考察的景德镇案例可以进一步论证此理论。

在这里，笔者要解剖的一个案例是在景德镇东面离市区 4.7 公里的一个叫“老厂”的村庄，这个村庄在 20 世纪 90 年代开始就有人在那里开作坊，但并未形成气候。到 2000 年以后，这里开始集中了一些下岗工人和从周边农村到景德镇来打工的农民，通过十几年的学习与磨合，这里集中了一批具有高超手艺的工匠。正因为有如此的工匠资源和作坊，而且由于是农村，租金也相对便宜，因此，近年来在这里汇聚了 60 多间学生工作室，他们在这里制作产品。

景德镇传统手工艺作坊的特点就是每一个作坊都只是做其中的某一道工序，多个作坊合作才能完成一件瓷器，所以在明代科学家宋应星写的《天工开物》中，提到景德镇的陶瓷是“共计一坯之力，过手七十二，

① 参见方李莉《本土性的现代化如何实践——以景德镇传统陶瓷手工艺传承的研究为例》，《南京艺术学院学报》(美术与设计版) 2008 年第 6 期。

方克成器”。历史上景德镇的陶瓷工序非常复杂，过手七十二下就是三十六道工序，每一道工序都由相应的作坊来完成。现如今因为有的工序已被机器替代，就减少了很多的工序，但这样的生产体系却一直流传下来。如在这里有专门的拉坯作坊、烧窑作坊、做模具的作坊、注浆作坊、压坯作坊，这些作坊都是可以为学生以及艺术家工作室创作的每一个工作环节服务的。在这里，学生们只要设计好图样，就可以根据不同的需要，到这些不同的作坊去做坯成型，然后将这些半成品的坯胎搬回工作室，在上面彩绘上釉，然后再拿到窑房去烧制，完成后就可以放在自己的工作室或店铺中出售。

为了让读者更清楚地了解制作手工艺瓷的作坊构成，特列出表5[①]。

表5　景德镇手工艺瓷作坊构成表

作坊类型	窑坊（公共窑）	手工坯坊	机压坯坊	注浆作坊	模具作坊
作坊数量	14户	8户	5户	30多户	5户
生产方式	瓦斯窑烧造	手工拉坯成型	压坯成型	模型注浆	手工翻模
经营方式	本区域的客户	本区域的客户	本区域的客户	来自各地的客户	本区域的各户
所需设备	10—14块板梭式窑、液化气、窑房	拉坯车、放坯的架子、烘坯风扇、速烧炉、修坯工具、作坊	压坯机、放坯的架子、烘坯风扇、修坯工具、速烧炉、作坊	搅拌机、倒浆用桶、烘坯风扇、作坊	搅拌机、倒浆用桶、作坊
品种	烧制各类瓷胎和釉下彩、颜色釉瓷器	茶具类素坯、小花插、瓶	茶具类素坯	传统小件陈设瓷、现代艺术瓷	依客户要求生产各种模具、模种

① 该表的数据来自笔者所指导的硕士王丹炜的统计。

（续表）

作坊类型	窑坊（公共窑）	手工坯坊	机压坯坊	注浆作坊	模具作坊
所需资金（最少）	10万—15万元人民币	2700—10000元人民币	10000元人民币	2000元人民币	2000元人民币
所需工人（最少）	2人	2人	3人	1人	1人

通过表5我们基本可以了解到，这些手工作坊的规模和所需的资金都很少，学生工作室也一样，只要有几千元钱就可以租一间房子开始工作，再有一点钱就可以在路边租一间房子作为店铺出售自己的产品。其流程为：学生工作室—坯坊（包括手工拉坯成型、压坯成型、注浆成型、翻模成型等不同类型的坯坊）—学生工作室（上釉彩绘）—窑坊（烧成）—学生工作室—老厂店铺—销售中间商。

一般来说，这里的工匠及学生除有作坊或工作室外，还常常有一个临马路的店铺，在整个老厂共有这样的店铺79家，大部分都是学生们开设的。也就是说，学生或当地的工匠完成了他们的产品后，就将这些产品放在店铺中卖给那些到老厂来批发的中间商，如果有的产品在市场上热销，中间商就会批量订货。

表6是景德镇老厂店铺构成表[①]。

表6　景德镇老厂店铺构成表

店铺类型	茶具店	传统陈设瓷店	镶器店	卖坯	釉料店	锦盒
店铺数量	38家	25家	4家	5家	3家	4家
经营模式	男女朋友或夫妻	夫妻	夫妻	家庭	家庭	家庭
经营者年龄	20—40岁	30—40岁	30—40岁	30—40岁	30—40岁	40—50岁

① 该表的数据来自笔者所指导的硕士王丹炜的统计。

（续表）

店铺类型	茶具店	传统陈设瓷店	镶器店	卖坯	釉料店	锦盒
经营者来源	年轻学生居多，多来自外省如甘肃、河南、东北	景德镇当地人或周边人	景德镇当地人或周边人	景德镇当地人或周边人	景德镇当地人或周边人	景德镇当地人或周边人
教育背景	学生多数为大专、本科，还有研究生	中学、大专、本科	中学	中学	中学	中学
客源	主要是批发，还有一些散客。地点：主要集中在北京、上海及沿海城市	主要是批发，还有一些散客。地点：主要集中在北京、上海及沿海城市	主要是批发到北京、上海及沿海城市的一些陶瓷商店	由于是中间环节，基本都是本地客户	由于是中间环节，基本都是本地客户	由于是中间环节，基本都是本地客户

从表6的店铺结构我们可以看到，老厂一共有79家店铺，其中有29家是本地或从景德镇周边农村来的工匠开的，他们主要卖的是景德镇传统的陈设瓷；还有12家也是本地或周边农村来的工匠开设的，他们是为生产成品作坊服务的卖坯、卖颜料以及卖包装盒的店铺。这些工匠的受教育程度大多是初中或高中，基本没有受过大学教育，和笔者在20世纪90年代在樊家井考察的工匠的教育背景一样。在这里发生的最大变化是其中还有38家"学生们"的店铺，其实叫他们学生是不对的，他们现在也成了当地的工匠，只是他们的受教育程度以及学习技艺的方法不同于当地工匠。他们都具有大专以上的学历，本科生占大部分，还有一小部分硕士研究生。他们的许多知识来自大学教育，包括设计能力和绘画

能力（大部分是美术或设计专业的学生）。有的学生在学校学习过一些传统技艺，但在具体的实践中这些在学校学习的技艺远远不够，所以要依靠当地工匠在某些环节的帮助，他们才有可能完成自己的产品。而景德镇几百年来遗留下来的不同作坊的分工合作制正好满足了他们的这一需求。他们将自己无法完成或不屑于完成的工序外包给当地工匠的作坊完成，自己只完成最富有创造性的设计与装饰部分。

另外，我们还可以看到这里的生产方式也很有意思，首先是手工的，其次是家庭的（包括学生的工作室在内基本都是夫妻店），所以是家庭手工业制，这是一种在中国延续了几千年的手工作坊制。

再看其产品，学生工作室做得最多的产品是茶具。这里的茶具并不像我们想象的只是一些茶壶和茶杯，还包括茶洗、茶叶罐、茶勺、花插、香具等与茶文化相关的配件。而且学生们的产品和传统器具有了很大的不同，更加个性化、更加艺术化、更加具有文化气息。如茶叶罐，这本来是一个日常用品，却被赋予了更多新的设计。大多数的茶叶罐用新文人绘画装饰，并在盖上安一铜制的钮，使其具有更多的文化内涵与传统元素，让人耳目一新，因为传统的茶叶罐并没有如此的讲究并具有文人气息。还有香具，传统的香具基本都是香炉形，但学生们所制作的香炉却有着各种不同的创意。有的被做成书卷形，有的被做成树叶形等，充满了新颖的奇思妙想，但又是在传统基础上的创新，很受顾客们喜爱。这里传达出的信息是，中国正在形成的一种传统文化复兴的趋势，大城市有许多的会所、雅集，还有上流家庭正在大量地需要这些既传统又现代、有艺术性的新的室内陶瓷实用品，这些实用品是中国传统文化复兴的一系列必备的物质文化设备，正在建造着一种新的文化环境。在如此背景下，目前在景德镇不仅是非物质文化遗产正在恢复与复兴，而且形成了一个巨大的文化产业，支持着当代景德镇的经济发展。

七、外来艺术家对景德镇传统资源的开发

以上是有关年轻学生们利用景德镇当地的传统资源和工匠资源到景德镇创业的案例。在这里笔者还想探讨的是一些国内外已成名的艺术家是如何来到景德镇，又是如何利用景德镇的工匠和手工生产体系资源创作自己作品的。

国外来的艺术家工作室基本集中在雕塑瓷厂，这个工厂有点像北京的798艺术区，以前是一个国有瓷厂，现在被出租给当地或来自全国各地乃至世界不同国家的工匠及艺术家做工作室、店铺、艺廊。这里的优点是厂房宽大、租金不贵，最重要的是这里有许多以前从雕塑瓷厂下岗的工匠，他们精巧的雕塑技艺被许多艺术家看重。

2005年，香港乐天陶社在这里建立了景德镇分社，主要的工作就是接待到景德镇来做陶艺的各国陶艺家，沟通景德镇与国际社会的联系。乐天陶社不仅为陶艺家们提供各种工作上的便利，还提供翻译者，从2005年至今，这里接待过1000多位国外陶艺家在这里创作。有一些曾在乐天陶社做过驻厂艺术家的外国陶艺家在熟悉这里的环境以后，开始独立在这里开工作室，此后，这个地方逐步成为外国陶艺家较集中的地方。

如日本的陶艺家安田猛，从2002年就来到景德镇，2004年开始在乐天陶社工作，2011年独立出来，和他的夫人（英国皇家艺术学院的陶艺老师）在这里建立了自己的工作室。还有来自纽约的陶艺家菲力和他的夫人（美国纽约城市大学陶艺系的副教授），也于2012年在这里建立了自己的工作室。现在这里集中了数个外国艺术家的工作室，还有专门提供给外来年轻艺术家居住的青年旅社，同时还有30多家年轻学生的工作室、100多家店铺，还有许多为这些外来艺术家和店铺服务的不同行业的作坊。这里有炼泥作坊、拉坯作坊、高温窑房、低温窑房、彩绘作坊、模具作坊、锦盒作坊，还有专门运瓷坯去加工的搬运工。具体如下图所示。

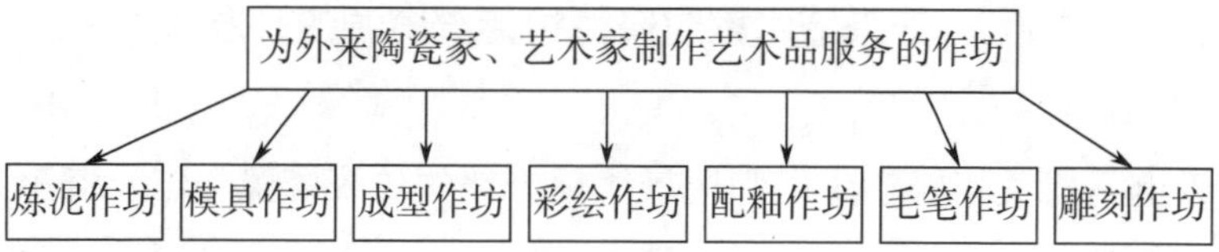

有了这些不同的服务行业，艺术家们在这里做作品非常方便。如香港陶艺家郑祎的系列作品《蝴蝶衣》，是用千万只栩栩如生的陶瓷小蝴蝶密密“织成”，而这些蝴蝶是由当地的女工们以手工制作而成，任何一只都独一无二。这样的微型瓷雕是景德镇的精湛传统。

还有华裔澳大利亚艺术家阿仙在景德镇创作的作品，其特点是以真人翻模的半身胸像作为主体造型，打破了中国传统雕塑陶瓷中人物造型的完整性，全身满绘传统的粉彩、青花等中国传统吉祥图案或山水绘画，使人物的五官变得模糊难辨。用二维的平面图案破坏三维的空间，消除了传统装饰图案的原始意义，让人觉得既传统又现代，既熟悉又陌生，“十分唯美，也十分观念”。各种技巧和各种文化元素的混杂给人一种耳目一新的感觉。在这里，整个作品的理念和雕塑的造型是由他自己完成的，但模具和装饰在雕塑上的各种青花的、粉彩的装饰画面及图案，以及搬运和烧造都是由当地的工匠们完成的，工匠传统而精湛的手艺给作品增添了许多历史性的想象空间。

菲力的夫人、陶艺家何善颖是美国纽约城市大学陶艺专业的副教授，她每年都会利用假期到景德镇和丈夫一起进行陶艺创作。她的作品大多是以景德镇传统的青花结合花纸印刷的手法，在巨大的器皿造型上表现各种全球化背景中的东西方文化，以及传统与现代文化的相互碰撞和交融为主题的图像符号。何善颖的作品与前面几位陶艺家的作品一样，如果没有当地工匠的精湛技艺是很难完成她所想要达到的效果的。无论是那硕大的高温瓷的造型，还是复杂的青花瓷工艺，都是在景德镇以外的地方难以完成的。

乐天陶社的驻厂陶艺家、奥地利的玛蒂娜说：“在这里你可以找到任何你需要的手艺人，他们对自己的领域非常精通，从拉坯、修坯，到上釉、勾花，他们可以帮助艺术家将最初的设想转变为成形的作品。”她还说：“景德镇是一片神奇的土地，这里拥有我前所未见的陶瓷技术。我真庆幸自己可以来到这里。”美国狄更生学院的芭芭拉在景德镇 101 个画师的帮助下完成了作品《蓝色风景线》，她说：“如果不是在景德镇，这是不可能完成的任务。”挪威陶艺家乌拉喜欢做巨大的瓷板壁画，来到景德镇后他如鱼得水，他说：“我非常尊重景德镇的历史，它拥有的技艺是世界上任何其他地方都没有的，它做得出几米高的瓷瓶、几米长的瓷板，而我觉得奇怪的是，为什么景德镇当地的艺术家没有好好地利用这些好的技艺，很少有人有新的想法，而一直都是在重复昨天的历史。”不过也许这些重复也是需要的，因为如果没有这些工匠们的重复劳动、将传统的技艺推到极致，这些外来的艺术家们的许多新的创作就难以实现。

除来自国外的艺术家之外，还有来自北京、上海、广州等大城市的陶艺家、当代艺术家也都纷纷来到景德镇开发当地的传统资源。其中，在中国艺术研究院艺术创作研究院工作的朱乐耕教授的工作室就设立在景德镇，他的作品都是巨大的系列雕塑和陶艺装置壁画。他最著名的作品是坐落在韩国首尔麦粒音乐厅的陶艺装置壁画，壁画布满了整个建筑的室内外和走廊，仅瓷土就用了一百余吨。朱乐耕感慨地说：“历史上景德镇的明清官窑就像是国家最重要的陶瓷研究所，经过成百上千年的研究和积累，为景德镇留下了丰富的技艺遗产、釉料配制的遗产，还有手工艺分工合作制的遗产，如果没有这些遗产作为可以利用的对象，要完成这样巨大的系列作品是不可想象的。”除他之外，还有当代艺术家刘建华的工作室也建立在景德镇，他是一位具有国际影响力的当代艺术家，是景德镇的材料和技术给予了他创作的灵感。另外，中央美术学院的吕品昌教授、清华大学美术学院的白明教授、浙江大学的胡小军教授等，都在景德镇建有自己的陶艺工作室；还有著名的当代艺术家艾未未、方力钧、冷军等，以及众多的水墨画家都先后到景德镇做过自己的艺术创作。

通过以上的例子我们看到的是，景德镇吸引大家的不是它的原料、窑炉等硬件设施，而是它千余年积累下来的手工技艺和手工生产方式，这正是我们要保护的非物质文化遗产。这些以往被人们认为落后的生产技术和生产方式，在今天却成为可以开发和利用的资源，不仅被当地的工匠传承和利用，而且被来自世界不同地方的艺术家、年轻人传承和利用。

记得在20世纪90年代许多国营工厂解体时，人们很担忧这些下岗工人的命运，但今天是景德镇的传统技艺拯救了这些工人。在景德镇，但凡技术好一点的工人每天的工钱在300—500元之间，即使没有技术，景德镇也需要许多出卖劳动力的打杂工、搬运工（瓷坯属于易碎物品，需人工搬运），所以在景德镇很少有失业的陶瓷工人，只要勤快，都能找到适合自己的工作。传统手工艺的复兴让景德镇重新充满了生机，来到这里仿佛回到了民国时期，到处是手工艺作坊和手工工场，这种场景似熟悉又陌生。因为表面是一种传统的回归，但又不完全是传统的回归，甚至也许是未来社会发展的一种新趋势和新潮流。

八、传统的变迁与重构

通过以上的介绍，我们看到的不仅是景德镇传统手工艺的复兴，还看到了传统文化的重组与重构，这种重组与重构体现在如下几个方面。

第一，手艺人结构的改变。以往在我们的概念中，景德镇陶瓷手艺人是在景德镇由师傅带徒弟一代一代传承下来的当地工匠，现当代的景德镇已经完全打破了这一概念。现代的景德镇仍然有传统的师傅带徒弟、父传子的工匠，有从景德镇周边农村来打工的工匠；但让景德镇充满了生机和活力的，则是那些外来的全国各艺术院校毕业的以及毕业于景德镇陶瓷学院的年轻人，而推动他们发展的除了当地的手艺人（他们为这些年轻人的发展提供了技术支持），还有来自国内外的著名艺术家们，他们给予了这些年轻人启发与智慧。这些新的来自不同地域、不同方面的手艺人的结合，一方面传承与发展了景德镇的传统手工艺，另一方面也正在构成一种新的文化。如果说，把外来的艺术家和来到此地谋生的年轻学生们都看成景德镇当代手艺人的一部分的话，那么景德镇非物质文化遗产的传承者和传播者不再仅仅是景德镇当地的工匠，而是来自全国各地毕业于艺术院校的年轻人，甚至还有世界不同区域的陶瓷艺术家们。他们不需要政府号召，也不需要政府授予非物质文化遗产传承人称号，但他们却在努力地传承和发展着作为景德镇这座城市非常重要的非物质文化遗产，即传统的手工艺技术和传统的手工艺生产方式和机制。这一切不仅让景德镇的传统陶瓷文化得以继承和发展，而且促使这座城市经济的繁荣、城市面貌的焕然一新，景德镇似乎找到了一条属于传统手工艺城市的本土性现代化发展道路。这样的案例足以回答文章开篇提出的“多元化的文化传统是否可以形成多元化的当代文化”这样的问题。

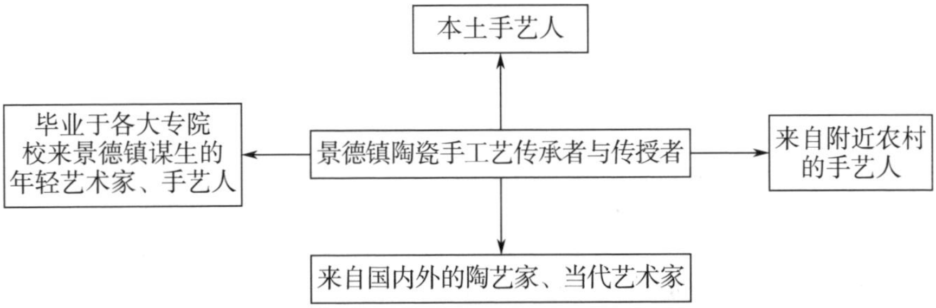

第二，陶瓷生产内容的改变。景德镇自古以来生产的都是生活日用瓷，到明清时期达到生产的高峰，成为世界著名的瓷都，因为其生产的瓷器不仅要提供给国内上至皇宫贵族、下至黎民百姓，还要提供给世界不同国家的不同市场。那时的景德镇是世界制瓷的中心，对于许多欧洲人来讲，景德镇是与中国齐名的地方，因为英文的China，既是中国，也是瓷器，这是一个等同的名字。19世纪，欧洲人不仅学会了制瓷，而且开始用机器制瓷，由于手工制瓷不敌机器制瓷，让近代的景德镇失去了其世界制瓷的中心地位。但今天，景德镇又开始找回它的中心地位，其不再是日用瓷生产的中心，却成为艺术瓷生产的中心。手工艺之所以能在这样的时代复兴，就在于它的人性化、个性化、艺术化。因此，景德镇陶瓷手工艺的复兴不在于它的规模化和产业化——那是机械化生产的优势，而手工艺的优势在于它的独特性和独创性，这一切都是与艺术性紧密联系的。所以今天景德镇的陶瓷产品中，最大量的是艺术陈设瓷、具有艺术性的手工生活日用瓷、艺术家创作的个人陶瓷艺术品。这样的产业结构在传承景德镇传统技艺的同时，又颠覆了景德镇传统的陶瓷产品。

第三，技艺传承方式和知识结构的改变。景德镇自古以来的手工技艺传承方式都是师傅带徒弟或父传子，今天当地的手艺人仍然保持着这样的传统。但那些外来的刚毕业的年轻学生，他们的知识则是来自院校的学习和培养，到景德镇后，他们一方面会向当地工匠学习技艺，同时也会在网上下载或购买相关的教学视频来学习，这样的技艺是普及性的和世界性的。还有许多到景德镇做陶艺的国外艺术家，他们会被景德镇陶瓷学院和乐天陶社邀请去为当地的年轻学生和年轻艺术家做讲座。尤其是乐天陶社，每个星期五都会有国外来的陶艺家在那里做讲座，这样的学习和交流在改变着景德镇的知识结构、促进着景德镇手工陶瓷技艺的不断向前发展。

第四，新的合作与新的文化再生产方式的出现。景德镇能够重新成为世界的陶瓷手工艺中心，最根本的原因在于它悠久的手工艺发展史为其留下了丰富的技艺遗产。记得有一位韩国教授告诉笔者，他高中毕业后曾在美国读陶艺专业，刚开始他认为美国是世界当代陶艺的中心，在这里可以受到最好的陶艺训练，后来他发现美国的当代陶艺是受了日本的影响，日本是一个更有手工艺传统的地方，所以他去了日本留学。从日本留学回国以后，他在韩国最好的艺术大学——弘益大学当陶艺教授。后来他有机会来到景德镇做交流，在这期间他发现景德镇是一个了不起的地方。美国和日本拥有的所有手工技艺和釉质，景德镇都有；日本和美国没有的陶瓷手工技艺及釉质，景德镇还有。这是一个全世界都找不到的陶瓷手工技艺最精湛、釉色品种最丰富的地方。上千年的制瓷史，曾为皇家和全世界不同市场做精美瓷器的景德镇的这种历史积累，也就是我们今天所说的非物质文化遗产，是景德镇最重要的财富和资源，但资源需要有人利用才能显示其价值。这些外来的艺术家以及年轻的学生就是这些资源的寻找者和开采者。这些外来的艺术家带着自己的想法和艺术观念来到景德镇，利用当地的材料以及工匠们的技艺进行艺术创作。外来艺术家与当地工匠的结合，一方面传承与发展景德镇的传统手工艺，另一方面又和当地工匠一起创造着景德镇新的当代文化。

九、结论

笔者考察景德镇手工艺复兴的问题始于 20 世纪 90 年代，当时笔者将这种传统手工艺的复兴定义为传统民窑业的复兴，在当时所撰写的专著中曾写道："之所以如此定义，那是因为这种复兴不仅是一种手艺的复兴，还包括了一套生产体系和生产方式的复兴。笔者所撰写的这种复兴既是一种传统的重新阐释，又是对未来某种趋势的一种孕育。它会对景德镇陶瓷业发展的未来产生什么样的影响呢？不仅如此，这种传统手工艺的复兴，是不是在某种程度上向人们昭示了人类社会正在进入一个新的历史时期。"[①]

现在距笔者第一次到景德镇考察的时间整整过去了 20 年，在这 20 年的时间里景德镇发生了巨大的变化，如果说当初景德镇对传统的回归仅仅表现在城区周边的一些仿古瓷生产的集散地，今天则蔓延到景德镇每一个角落的传统手工艺文化的复兴，包括市政建筑风格向仿古靠拢、修复明清官窑遗址，等等。这些现象证明笔者当时的论断还是有一些预见性的，因为这的确不是简单的复古，而是人类社会结构和价值观念正在发生着巨大的变化，这些变化让当今的景德镇陶瓷文化形成了如下几个特点。

---

① 方李莉：《传统与变迁——景德镇新旧民窑业田野考察》，江西人民出版社 2000 年版。

第一，传统与现代化不再对立。值得深思的是，早期的人类学家普遍认为在外来更先进的文化的冲击下，新的文化取代旧的文化是一种必然的规律。泰勒在其1870年所写的《原始文化》一书中表明，欣赏文化差异性的方法在于建构文化的进化阶段性。也就是说他认为人类的文化都是朝着一个既定的目标前进，原始人的生活就是人类生活的过去，而欧洲人则代表着人类整体文化所发展的方向。马克思也同样假定“工业高度发达的国家，为工业较不发达国家，展示了他们的未来形象”[①]。沃特·罗斯托在其《经济增长的阶段》一书中，列举出了一个从“传统社会”到“高度大众消费的时代”的五个发展阶段的单线序列。在罗斯托的图示中，“传统社会”的解体是“经济起飞”的前提条件。而外来支配也有必要，因为它能够实现这种有益的解体，否则传统生产的习俗关系会阻碍经济增长。在早期人类学家的眼里，只有传统的地方文化彻底解体才会得到经济的发展，从而赶上发达地区的前进步伐。在他们的眼里，传统与变迁是对立的，习俗与理性也是对立的。

时至今日，社会的文化背景发生了变化，人类学家的看法也发生了变化，如人类学家萨林斯在书中写道：“非西方民族为了创造自己的现代性文化而展开的斗争，摧毁了在西方人当中业已被广泛接受的传统与变迁的对立、习俗与理性对立的观念，尤其明显的是，摧毁了20世纪著名的传统与发展的对立观念。”[②]他以爱斯基摩人为例，认为他们从20世纪80年代开始一方面大规模引进现代的技术与便利的生活设施，另一方面又在恢复他们的传统文化与仪式庆典。同时岛上移民的出走并没有使他们的文化丧失掉，他们反之将传统文化扩展到像奥里根和加利福尼亚这样遥远的同宗的居住地。[③]笔者在这里要总结的是，是什么样的原因使传统不再与现代化对立？弗雷德·詹明信认为“后工业化社会”的根本标

① 方李莉：《传统与变迁——景德镇新旧民窑业田野考察》，江西人民出版社2000年版。

② ［美］马歇尔·萨林斯：《甜蜜的悲哀》，王铭铭、胡宗泽译，生活·读书·新知三联书店2000年版，第125页。

③ 同上书，第121页。

志就是“自然”已一去不复返地消失，整个世界已不同以往，成为一个完全人文化了的世界，“文化”成了实实在在的第二自然。一切都被纳入了人的视野、人的认识，换句话说，就是这个世界整个地被知识化、话语化了[①]。

在这个人文化了的世界里，人们每天要面对的、要较量的不再是自然，而是文化。以往人们是通过自然来创造文化，而现在的人们则是通过“文化”来“重构文化”，而我们面对的景德镇手工艺的复兴体现的正是这样一种场景。在这里展示的不仅仅是传统文化的复兴，而是传统文化的重构和再生产、再创造。

第二，身体化文化资源的凸显。“信息化社会”或“后现代”是我们对当前社会变化的一个称呼，日本界屋太一先生认为，在这样的社会中出现了越来越多从事创造“知识与智慧的价值”的人。而随着这种人的逐步增多，从产业革命以来持续的生产资料和劳动力的分离，将又会出现“逆转”现象，即生产资料和劳动力的一体化将成为社会生产的主要现象[②]。这样的现象导致以往只存在于没有文字和教育系统社会才普遍存在的身体化文化资源[③]，又重新在当今社会中受到重视。这些人是设计师、工程师、艺术家、手工艺劳动者，他们的能力和他们的身体是一体的，他们的文化资源在于他们所掌握的技能、知识、经验和创造力，而这些资源在一定的经济场内，就会被转化为资本和生产资料，所以他们的劳动力和他们的生产资料是一体的。景德镇当地的工艺美术大师、年轻的学生、当地的工匠等，他们都是将生产资料和劳动力化为一体的人，也就是说他们是身体化文化资源的拥有者，也是手工技术的载体、文化的载体，甚至是非物质文化遗产的载体。在这里，谁掌握有更多的知识、创造力、技能、经验、信息，谁就是具有竞争力的人。在这里，作为金

① 盛宁：《人文困惑与反思——西方后现代主义思潮批判》，生活·读书·新知三联书店 1997 年版，第 38 页。

② ［日］界屋太一：《知识价值革命》，东方出版社 1986 年版，第 58 页。

③ ［法］皮埃尔·布迪厄：《实践感》，译林出版社 2012 年版，第 179 页。

钱的资本并不重要，而作为知识的资本才最重要，因此，这里具有知识经济的特征。对于当地和外来的手艺人来说，那些被认为是工业社会普遍原理的“通过扩大生产规模取得更大的经济效益”的原则是不起作用的，因为这里的竞争并不是以量取胜的，而是以新技术、新设计、新观念以及新信息取胜的。如果说工业化生产主要是依赖能源和设备，而这些众多的作坊主则是依赖于信息、知识和技艺。[①] 正是这样的变化解体了景德镇在计划经济时期建立起来的工业化生产模式，重构了景德镇整个陶瓷行业的生产结构以及职场结构。

第三，由日用向艺术的转向。历史上，景德镇始终是世界的日用陶瓷生产中心，但现在却转化为世界的艺术瓷创作中心，这样的转化是从2006年以后开始显现出来的。这一时期景德镇最大的变化就是出现了“大师瓷”，出现了许多毕业于美术院校的年轻学生纷纷到景德镇创业谋生，还有许多的外来艺术家到景德镇做艺术创作的种种历史上从未有过的“艺术化”现象。

首先，我们看到“大师瓷”的出现让当地的手艺人产生了明显的分化，让当地手艺人的精英部分开始争取艺术家的地位。“大师”的形成不仅是来自国家的认定，还有一个可以让其成为“神话”的场域，尽管当初“国家工艺美术大师”的评定只是国家对一些有贡献的手艺人的一种称号，但一整套的社会机制却将“大师”的名号“神化”了。

正如布尔迪厄所说的：“大师的名气的确是偶像。这需要描述全部社会机制的出现，社会机制使艺术家作为艺术品这个偶像的生产者成为可能；也就是说，要描述艺术场（分析家、艺术史家本身都在其中）的构成，艺术场是不断生产和再生产信仰艺术价值和属于艺术家的价值创造权力的场所。”[②] 从20世纪70年代末开始，这样的艺术场就在景德镇逐

---

① 方李莉：《传统与变迁——景德镇新旧民窑业田野考察》，江西人民出版社2000年版。

② ［法］皮埃尔·布尔迪厄：《艺术的法则——文学场的生成与结构》，中央编译出版社2001年版，第349页。

步生成：首先是国家级大师的评选，景德镇、江西省以及全国性的陶瓷评比等为这些大师的生成建立了认可机构。2000 年以后，在北京、上海以及景德镇莲社路出现了众多的陶艺廊，使这些作品从以往的商场出售走向了如同艺术品一样展示出售的方式。还有商人、收藏家、艺术批评家、艺术史学家成为促使这些大师队伍形成的行动者，各种陶瓷艺术杂志又为这些行动者提供了宣传的平台。也就是由种种因素形成的艺术场，把“大师”和传统的工匠区分开，开始形成一种新的阶层，这一阶层又给年轻的工匠以希望，并成为他们日后努力的目标，这一群体也就由此而壮大。

景德镇成为世界艺术瓷的中心，仅仅依靠当地的工匠或大师是远远不够的。在文章中提到的景德镇陶瓷学院的学生，还有全国艺术院校毕业的学生，他们留在景德镇或来到景德镇、参与景德镇新的陶瓷艺术的创作，他们才是真正的新的生力军。另外，来自各大城市以及不同国家的陶艺家、艺术家在景德镇开工作室做艺术创作，更是提高了景德镇作为世界陶瓷艺术中心的声誉，也为景德镇成为世界陶瓷艺术中心的“再生产”提供了大量艺术创作的行动者。

当然，艺术场的形成光有行动者是不够的，还需要有提供给这些行动者发展艺术的平台与土壤，这就是当时中国社会的时代背景。2006 年以后，中国高速发展的经济给中国人的生活带来了巨大的变化，如果说以往的中国人还只是满足于温饱，此时，一部分先富起来的中国人开始追求高品位的生活，这种生活需要有新的趣味性，这种新的趣味性就是艺术化生活以及艺术化空间的追求。这种追求不仅在于出现了艺术品收藏者，更重要的是家庭生活空间及公共空间对于艺术化陈设品和日用品的需求。这一时期，在中国的各大城市兴起提供给文化人进行雅集、社交的各种会所，这些会所要尽其所能地打造一种艺术化的文化氛围，这种氛围大都是中式的，甚至有复古的倾向。当然这种复古并不是传统的复制，而是具有古代文人气息的现代时尚品。陶瓷艺术向来是中国的国粹，因此，这类空间中就需要有大量的陶瓷艺术品的烘托。这就是那些年轻学生挖掘传统资源并进行新创造的陶瓷艺术品的最终流向之地，还有大量富有家庭、高级酒店等城市空间都需要这些艺术品。这新的艺术化生活趋势的出现代表着一种新的生活方式和价值观的出现，同时也让传统的手工技术有了新的发展的可能性及活力。

另外，这些年轻的学生来到景德镇也是在追求艺术家的地位。布尔迪厄说：“许多青年人渴望以艺术为生，他们被自己正在创造的生活艺术与其他一切社会范畴分开，随着这样一些青年人聚集在一起，就出现了一个处于社会中的真正社会。”[①] 因此，这些年轻人来到景德镇并不向往成为当地的工匠，甚至由国家评定的“中国工艺美术大师”也未必是他们的目标，他们渴望更大的艺术场域中价值体系的认可，那些外来的当代艺术家可能更能成为他们的榜样。于是他们不仅在创作新的艺术化的生活陶艺，也在创造一种艺术化的工匠生活。无论是他们的工作室还是店铺，不仅干净整洁、别致，有书卷气、文人气，还具有艺术性。景德镇当地工匠并不讲究茶艺，但在这些年轻人的工作室、店铺、艺廊中往往都设有茶桌，使用的茶具讲究，具有贴近自然气息的禅的意境，看起来是复古，但实际上是一种具有古意的创新的空间。这些年轻人与其说是在创造新的生活陶瓷艺术品，还不如说是在创造一种新的生活方式和新的生活时尚。

在这样的过程中，那些外来的艺术家也在其中起着重要的作用，他们的想象力、创造性打破了传统陶瓷艺术的常规，他们的作品与当地的工匠截然不同。如果说工匠的作品更多的是重复和模仿，他们的作品则更多的是独特和创新。在乐天陶社，每个星期五都会有外国陶艺家的讲座，景德镇陶瓷博览会每年都有一个国际陶艺展，参展者是世界各国的陶艺家。这些当代陶艺家为那些到景德镇来创业的年轻人提供了艺术的养分。以上的这三股力量既在推进又在改变着景德镇的传统，说其推进了传统是因为他们让景德镇的传统手工艺重新充满了生命力；说其改变了传统是因为他们

---

① ［法］皮埃尔·布尔迪厄：《艺术的法则——文学场的生成与结构》，中央编译出版社 2001 年版，第 70 页。

让景德镇成为新的、具有艺术活力的、国际化的大都市。

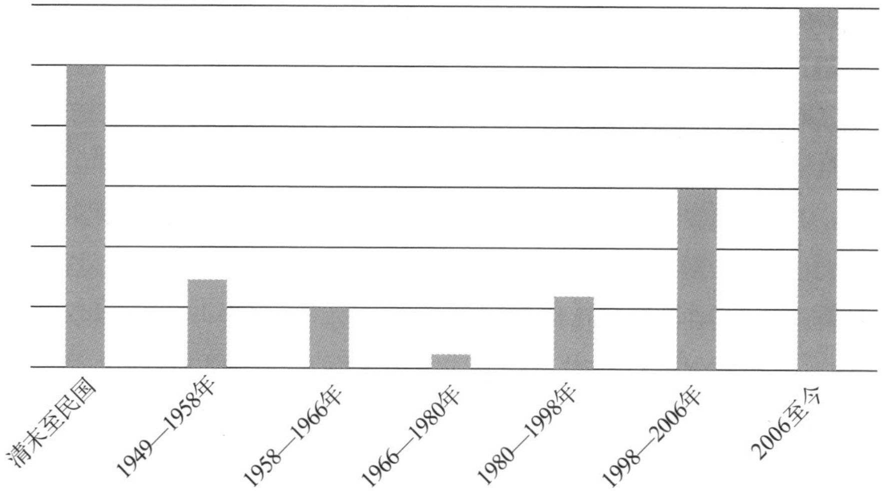

图1　景德镇手工艺制瓷近百年发展柱状图

在图 1 中，我们看到的是景德镇陶瓷手工艺经历了由盛到衰，再到复兴这样的一个曲折过程；还看到今天景德镇的手工艺发展从某种程度来讲已经超越了清末民初。在那样的时代，景德镇虽然还是保持着手工艺陶瓷生产的状态，但由于受到外来洋瓷的影响，整个陶瓷生产已经萎缩。由于其历史上的名声，唯有仿古瓷还在继续维持着其奄奄一息的国内外市场。据民国时期的瓷业调查报告记载，在 1932 年至 1934 年三年的时间里，全景德镇的陶瓷输出总额才不到四百万银圆。[①] 手工业作坊由明清时期的四千余户减少为一千余户，从业人员由二十多万减少到四万。[②]

对比从 20 世纪 90 年代开始的手工艺陶瓷生产的复兴状况，可以说 90 年代以后景德镇的手工艺陶瓷生产超过了民国时期。现在景德镇各处手工艺陶瓷集散地所拥有的作坊和工作室数量有二千余户，其中还有一

① 《赣省统制景德镇瓷器工业》，载《银行周报：国内要闻》1934 年，第 8 页。

② 杜重远：《景德镇瓷业调查记》，《上海申报》1934 年 10 月 1 日。

些大的陶瓷公司，虽然也有一些机械化生产，但实际上都是以手工为主的手工艺工场。如景德镇佳洋陶瓷有限公司主要是做仿古瓷和陈设瓷，可以说是纯手工，其年产值近一亿元人民币；还有景德镇窑盛陶瓷有限公司、景德镇博艺陶瓷有限公司、景德镇艺佳陶瓷有限公司、景德镇市望龙陶瓷有限公司等，在部分机械化生产日用瓷的同时，也生产手工的茶具、陈设瓷、礼品瓷等。

通过本文我们看到的是，在当今的社会发展中，作为传统文化的非物质文化遗产并没有离我们远去，相反，其正在帮助我们建构着我们今天的社会；同时还在帮助我们看到通往人类社会的未来之路。笔者认为，如果人类社会能很好地利用自己的传统文化或非物质文化遗产，就可以发展出一条属于自己的地方性现代文化之路，以及地方性的、独特的现代社会运行模式。也就是说，现代化的道路也可以有多种模式，文化的多样性不仅存在于传统文化之中，也存在于现代文化之中。本文研究的有关景德镇的手工艺复兴的案例就说明了这一问题。另外，在全球化发展的今天，不再存在封闭的文化系统，所以，每个地方性的非物质文化遗产的传承人和传播者未必只是当地民众，也可以由来自不同地区、不同国家的人们共同传承与传播。在人类的知识系统已经世界化了的今天，不同国家和不同地域文化的交融与互动将会是人类世界未来发展的大趋势。

论“文化生态演替”与非物质文化遗产传承的关系

自联合国教科文组织通过《保护非物质文化遗产公约》至今已经13年了，我国启动“国家级非物质文化遗产保护名录”至今也整整10年了。在这10年中，从政府到学者、到民众，大家都投入了极大的热情参与这一工作，可以说取得了令人瞩目的成就。但是我们是不是可以再进一步思考其中的一些理论问题，同时，是不是还可以将其放到一个更加开阔的视野中来认识其中的价值和意义？而这种价值和意义，不仅是关乎历史和当下，还应该关乎未来。也就是说对于非物质文化遗产，我们不仅要看到其需要保护的一面，其属于历史价值的一面，还需要看到其可以发展和属于未来的一面。如果站在这个角度将其价值重新挖掘整理，并将其转化成我们今天的文化政治经济发展的基础及重新生长的文化基因和种子，可能会使我们对非物质文化遗产的保护和利用有一个更深刻的认识，并进一步认识到其当下价值和未来价值之间的关联性，因而从更高的理论层面来进一步推动非物质文化遗产的保护和发掘工作。

一、文化生态的动态性发展

从自然科学发展史来看，生态系统是动态的，从地球上诞生生命至今的几十亿年里，各类生态系统一直处于不断的发展、变化和演替之中。如果将人类的文化也看成一个生态系统的话，其也是一种不断变化和演替的过程。每一次文化的演替就像自然生态的演替一样，新的演替会让旧的群落消失，然后由先锋植物繁衍，改变旧群落的生态环境，新的生态环境反而不利于原有植物的生长，却为他种植物的侵入和定居创造了条件。以此为动力，演替由苔藓地衣阶段经草本群落阶段、灌木群落阶段，最后进入与环境相适应的乔木群落阶段即演替的顶极群落阶段，这是自然生态的演替过程。一般来说，次生演替的基质和环境条件比较好，因为原有群落毁灭后总会留下大量有机质和有生存能力的孢子和种子等，会促使新的群落的产生。因此，由原生种群留下的有机质和有生存能力的孢子和种子非常重要，其是新的种群出现的基础。按笔者的理解，我们的物质的和非物质的文化遗产就是这类有机质和有生存能力的孢子和种子，它们是我们产生新的文化的基础。也就是说，我们可不可以认为全球化和后工业社会的来临也许是人类文化的又一次演替过程，在这一演替的过程中，原有的文化成为新的文化生长的有机质、孢子和种子。因此，非物质文化遗产需要我们去保护，但保护的目的并不是让其静态地存在，而是以一种新的形式重新生长在我们的生活中。

费孝通先生曾说：“文化的生和死不同于生物的生和死，它有它自己的规律。它有它自己的基因，也就是它的种子，这种种子保留在里面。就像生物学里面要研究种子，要研究遗传因子，那么，文化里面也要研究这个种子，怎么才能让这个种子一直留存下去，并且要保持里面的健康基因。也就是文化既要在新的条件下发展，又要适合新的需要，这样，生命才会有意义。”[①]“文化也是一样，如果脱离了基础，脱离了历史和传统，也就发展不起来了。因此，历史和传统就是我们文化延续下去的根

① 方李莉编著：《费孝通晚年思想录》，岳麓书社 2005 年版，第 48—49 页。

和种子。”[①] 他的这种理论和笔者当前提出的“文化生态演替”理论有某种相似之处。笔者认为，在后工业社会中，所有的符号商品都需要有文化的含义，而这种文化往往需要源自某种母体文化，这种母体文化携带着某种基因，能给新的文化带来某种新的生命力，但仅仅有母体文化是不够的，其必须还要有现代的科学技术或现代的新的表现形式。这在文化演替的理论中，就是新的生命还需要在新的生态环境及群种中得到培育及生长。

笔者一直在思考这种新的形式在我们的现实生活中有样板吗？其实无论是在科学方面还是在艺术方面，都有样板给予我们许多新的启示。从自然科学来说，获得诺贝尔奖的屠呦呦就给了我们很大的启示，她所研制的青蒿素是来自中国母体的中草药知识，但是如果没有现代的科学提纯技术，也无法提炼出青蒿素，因此，中国传统的中草药知识是其“遗产资源”，也是其研究的基础，是培育出青蒿素的“种子”。从艺术的角度来讲，这样的例子就更多了。如谭盾的音乐《地图》《女书》、杨丽萍的舞蹈《云南映象》、谭维维的“黄土摇滚”、徐冰的《天书》、吕胜中的“小红人”等，这些作品几乎都是来自中国的母体文化，他们的作品之所以让全世界的观众都感到震撼，是因为在当代的高科技环境中，需要这些来自不同乡土文化中生长出来的多样化的艺术形式。这些例子也让我们看到，今天的文化再生产离不开对原有文化的再利用及再开发。

二、田野中的具体案例

以上我们是从自然科学、当代艺术中找到的将传统转化为现代的例子，而在具体的田野研究中，笔者也看到了许多非物质文化遗产演替与发展的案例。笔者曾在西部的不同地区做过 8 年的田野考察，还曾花了

① 方李莉编著：《费孝通晚年思想录》，岳麓书社 2005 年版，第 48—49 页。

20年时间持续关注景德镇的陶瓷手工艺发展。20世纪90年代，笔者曾在景德镇做考察，完成了自己的博士后出站报告，近几年又一直和英国杜伦大学人类学系的罗伯特·莱顿教授合作，带领一个课题组在景德镇做发展现状及陶瓷手工艺百年变迁的人类学考察。通过考察我们看到，景德镇是一个传统的陶瓷手工艺城市，在计划经济时期，所有的手工艺作坊几乎都为国有机械化大工厂所取代。而今天我们所看到的景德镇的陶瓷手工艺作坊，几乎都是从20世纪80年代末、90年代初由于国际仿古瓷市场的需要而开始恢复和发展起来的，正是仿古瓷的生产为景德镇训练了一批具有高超手工艺的工匠。随着市场经济的发展，20世纪90年代末，景德镇的大工业化瓷厂基本消失，整个城市几乎又恢复了陶瓷手工艺的生产形式。到2006年以后，景德镇出现了一个新的名词“景漂”，他们是一些外来的各艺术院校的大学毕业生，还有来自国内外的当代艺术家们。他们来到这里建陶艺工作室，把他们新的设计思想和新的创作灵感与当地的手工艺人相结合，做出了许多新的艺术作品和新的具有艺术性的手工日用陶瓷。在这里我们看到那些外来的“景漂”和当地的手艺人在共同开发景德镇的“遗产资源”，从而生产出了许多可以进入生活审美化的陶瓷日用品和陶瓷艺术品。[①]这里所谓的“遗产资源”并不是物质的，而是非物质的，即景德镇千百年积累下来的精湛的陶瓷技艺与手工艺生产体系，还有悠久历史所蕴含的文化性。可以说景德镇陶瓷手工艺的复兴得益于其非物质文化遗产不仅被民间传承发展，还被来自不同地方和不同国家的陶艺家及设计师利用和挖掘，不仅推动了景德镇陶瓷手工艺的复兴，还在此基础上创造出了新的景德镇陶瓷文化。景德镇的案例如此，笔者所考察的其他地方的传统文化和非物质文化遗产也都是如此。

笔者当年在西部做国家重点课题“西部人文资源的保护、开发和

---

① 方李莉：《论“非遗”传承与当代社会的多样性发展——以景德镇传统手工艺复兴为例》，《民族艺术》2015年第1期。

利用”时曾考察过陕西凤翔泥塑、陕西榆林堡秧歌、陕西陈炉镇民间陶瓷、陕西延川小程村剪纸、陕南汉调等。在考察中，笔者看到这些“民间艺术”也就是我们所说的“非物质文化遗产”大多数经历了“破四旧”“文革”，其中的传统技艺和表演形式基本都消失殆尽。我们今天之所以还能看到它们，看到它们的蓬勃发展，都是因为在 20 世纪 80—90 年代，国家的改革开放使城市和乡村恢复了市场经济，许多传统的乡村社会结构也得以恢复，连接着乡土结构的传统文化也开始得到复兴，包括传统的民俗生活、宗教仪式也得以复兴，笔者考察的陕西榆林堡秧歌和陕南汉调就是在此背景下重新恢复和发展的。从 20 世纪 90 年代末至今，由于市场经济和旅游业的发展，许多民间工艺美术和手工艺生产又得以蓬勃发展与复兴，陕西陈炉镇民间陶瓷、陕西延川小程村剪纸、陕西凤翔泥塑，包括景德镇的陶瓷手工艺都是如此。所以，我们一方面要看到由于现代化、全球化的发展，许多非物质文化遗产在迅速地消失，我们要及时抢救和保护；但同时我们也要看到，随着后工业文明社会的来临，许多非物质文化遗产不仅没有消失，还得到了重新恢复和发展，成为地方经济发展新的增长点，也成为发展当地文化和经济的种子和基因。

三、文化的基因与“活的历史”

费孝通先生曾说：“文化中的要素不论是物质的或是精神的，在对人们发生‘功能’时是活的，不再发生‘功能’时还不能说‘死’。因为在生物界死者不能复生，而在文化界或人文世界里，一件文物或一种制度的功能可以变化，从满足这种需要转而去满足另一种需要，而且一时失去功能的文物、制度也可以在另一时又起作用，重又复活。”① 在这里我

---

① 费孝通：《重读〈江村经济·序言〉》，载潘乃谷、马戎主编《社区研究与社会发展》，天津人民出版社 1996 年版，第 26 页。

们看到，所有的非物质文化遗产都是“活的历史”，其即使在某些时候“死”了，只要社会需要它，它能具有满足社会的新的功能，它还会得以复活。今天许多非物质文化得以传承保护和继续发展，是因为社会新的文化和经济发展需要它。无论是旅游业的发展，还是文化产业的发展，都需要有其发展的根基和可以开发的资源。而物质的和非物质的文化遗产就是文化产业和旅游业发展的根基和资源，如果没有了非物质文化遗产的存在，也就没有了文化产业发展的根基和可能性。而文化产业是通往未来社会发展的支柱性产业，是人类从消费物质到消费知识、消费文化的桥梁。今后的商品也大都是符号商品、品牌商品，许多的符号和品牌都具有文化性、历史性，许多的文化性和历史性都将源于不同地域的文化母体，而非物质文化遗产就是从这些文化母体中生长出来的活的历史和活的文化。

因此，我们要以新的眼光去看待历史，要认识到历史不是静态的过去，而是活着的生命体，它既通向过去，也存在于当今，通向未来。让其得以存活的就是我们常说的非物质文化遗产的一代又一代的传承体系，为此，非物质文化遗产才会被我们称为“活态文化”。但任何活的文化都需要有土壤，不仅要培植和保护，还要让其得到生长和发展。

所以我们看待非物质文化遗产一定要有两个坐标，一个是纵向的坐标，一个是横向的坐标。从纵向的坐标来看，正如费孝通先生所说的：“任何文化它都是有根的，因此要了解一种文化就是要从了解它的历史开始，这是对的。这种文化的根是不会走的，它是一段一段地发展过来的。”对于非物质文化遗产的研究，我们也不能光看它今天的发展现况，还要将其放在一个时间的维度中去考察，不仅要看到它的过去和现在，还要看到它的未来发展。另外还有一个横向的坐标，也就是以全球化的眼光来看待非物质文化遗产的保护，认识到非物质文化遗产的保护、开发和利用不是在一个国家发生的事情，而是整个人类社会都在发生的事情，所以这是整个人类社会发展的大趋势。在这样的大趋势面前，我们如何去认识非物质文化遗产的保护和发展的问题非常有意义，也非常需要有前瞻性的眼光，因为一个国家的崛起必须要有先知先觉的思想。那么非物质文化遗产的保护与发展与中华文明的崛起有着什么样的深刻联系？其与中国的文化政治经济的未来发展又有着什么样的关联度等等，这些问题都需要我们从理论方面做更进一步的发掘、研究及整理。这是一个需要思考和思想的时代，也希望非物质文化遗产成为这个时代能生长新思想的文化基因与种子！

（原载《美术观察》2016 年第 7 期）

第二编　『遗产资源论』的理论思考

“从遗产到资源”的理论阐释
——以费孝通“人文资源”思想研究为起点

一、费孝通“人文资源”思想提出的社会背景

费孝通先生一生“志在富民”，但随着中国经济的发展，到晚年他提出了“富了以后怎么办?”的问题。他在一次讲话中说:“我志在富民，这是不错的，但仅仅是富，还够不够?其实人是不会满足于吃饱穿暖的。人要安居乐业，这里的安乐就是高一个层次的追求。”“我们现在应当讲的还是科技，是讲科技兴国。但我们的再下一代人，可能要迎来一个文艺的高潮，到那时可能要文艺兴国了，要再来一次文艺复兴。”[①] 在笔者的理解中，费孝通先生一生做了两篇大文章，第一篇是“志在富民”，关心的是中国社会发展中的经济建设问题;第二篇是“富了以后怎么办”，关心的是中国社会发展中的文化建设问题。

文化建设需要有基础，而这一基础就是蕴藏在我们生活中的丰富的人文资源。有关这一点，费孝通先生提出:“我们现在不光要发展经济，也要重新认识人文资源，要回头看到这种资源给我们带来的影响，另外，

① 费孝通:《更高文化层次的走向》，载方李莉编著《费孝通晚年思想录》，岳麓书社 2005 年版，第 10 页。

还要利用这些原有的资源给我们创造出一种新的文化，来服务于我们新的生活，这里面有很深的学问。”

2000年，为了平衡东西部的经济发展，国家推行了西部经济大开发计划。但西部地区是中国自然生态和自然资源最为多样化、少数民族最为集中的地方，也是文化遗产和人文资源保存最为丰富的地方。费孝通先生首先关注到了这一问题，并提出了“西部人文资源的保护、开发和利用”这样一个重要的课题。2001年，为了推动课题的深入探讨，他在兰州召开了一次座谈会，在会上他说道：“今天我们召开一个座谈会，在这个座谈会上我们要研究一个问题，这个问题就是，在西部大开发中，怎样认识人文资源在其中的作用和意义，要如何去保护、开发和利用西部的人文资源。西部的人文资源，不仅包括过去我们祖宗给我们留下的许多人文方面的遗产，也包括现在还活着的并还在继续发展的各种人文方面的活动，尤其是现存的各民族的文化艺术方面的活动。”[①]

虽然人文资源一直蕴藏在我们的文化生活和经济生活中，但认识它却要有一个过程。所以费孝通先生说：“长期以来，我一直对西部很关注，关注的原因是什么呢？是因为觉得在全国的发展中，西部落后了，为了全国经济发展的平衡它必须赶上去，我要为此出把力，帮一帮它。这是我经常到西部考察的出发点，仅仅甘肃，在这十几年间我就来了九次。这期间我所注重和关心的都是经济的发展，目的是‘志在富民’，是想提高农民的收入。所以，到甘肃我挑的第一个地方就是农民生活最苦的定西县，那还是在80年代。那时我从研究东部的发展，开始转到了西部，当时我对西部的贫困印象很深，这种印象不是假的，是真实的。但片面性很强，这种片面性就在于，我只看到了西部贫困的一方面，却没有看到它富有的一方面，没有看到它具有那么多丰富的文化艺术遗产，

① 费孝通：《访问兰州 两次讲话》，载方李莉编著《费孝通晚年思想录》，岳麓书社2005年版，第23页。

那么多还存活的和还在发展的各民族丰富的文化艺术活动。”①

对此，他还谈道：“我这是第九次到兰州来，才第一次讲到了人文资源的问题，这实际上也是一个事物发展的必然性，这意味着人们的思想感情已经开始产生变化了，也就是说当物质发展到一定地步以后，人们就要开始重视精神了。也就是在这个时候人们才发现我们面对的不仅有自然资源，还有宝贵的人文资源，这是在我们的感情产生了变化物质发展到一定程度才能看到的。在经济落后时期，人们不大可能会认为人文活动留下的遗迹和传统是一种资源，是因为经济的发展才促进了人们对人文资源的认识。”②

为了建立起一支学术研究的队伍，费孝通先生在讲座中说：“今天来的都是专家，等一下我要听听你们的意见。我们怎样来组织一支队伍，我主要是想办法来帮助大家，在这一方面不是我的本行，但我愿意以我的力量来帮助一批人，帮助一批艺术家、艺术理论家和考古学家组织起来，看到他们的任务，看到他们将要对国家所做的贡献和以后将要发展的道路。创造一个全球化下面的、21世纪的、能代表中国新的精神面貌的文化艺术出来，做点有意义的事情。当我们考察和研究了西部的人文资源以后，我们就会知道我们究竟有多少家底了，这些都是我们发展未来文化的基础。现在你们要了解这些家产，找到一条发展的路子。”“我的意思是说，第一，还有很多的宝贵财富我们可能没有发现；第二，这些宝贵的人文资源还要靠我们去保护、开发和利用；第三，要提高群众的认识，知道这些东西是珍贵的文物，不能乱破坏。我们的责任就是把这些重要性讲出来，宣传出来。”③

在费孝通说这些话的时候，大家的认识还只是局限于物质生活的建设和物质生产的追求上，有关文化的建设和文化的遗产保护还没有得到

---

① 费孝通：《访问兰州 两次讲话》，载方李莉编著《费孝通晚年思想录》，岳麓书社2005年版，第23页。

② 同上书，第26页。

③ 同上书，第33页。

大家深刻的、普遍性的理解。而费孝通先生则提出：“现在还活着的，并还在继续发展的各种人文方面的活动，尤其是现存的各民族的文化艺术方面的活动。”[①] 实际上就是现在的非物质文化遗产的概念，当时联合国教科文组织还没有提出非物质文化遗产这一理念，而费孝通先生在那时就超前地看到了这一点。

笔者所在的单位——中国艺术研究院非常重视费孝通先生提出的这一想法，为此专门请费孝通先生到中国艺术研究院做了一次有关“西部人文资源的保护、开发和利用”的学术报告。2001 年，为了保护和开发利用这些文化遗产和人文资源，由费孝通先生指导，中国艺术研究院牵头，联合北京大学、清华大学、中国政法大学和西部地区的四十几所院校及研究机构的 184 名学者向科技部申请了“西北人文资源环境基础数据库”的国家重点科研项目。另外，为了加强实地调查研究及理论总结工作，又向文化部申报了“西部人文资源的保护、开发和利用”的国家重点课题。这两个课题均由费孝通先生担任课题总指导，文化部的王文章副部长（兼中国艺术研究院院长）、中国艺术研究院的张庆善副院长、中国艺术研究员著名学者刘梦溪先生为课题的学术指导，笔者是这两个课题的负责人。两个课题，一班人马，研究任务有部分重合，也各有侧重。

二、从“人文资源”理论形成的国际背景探讨

费孝通先生为课题提出了“人文资源”的概念，他对人文资源的定义是：“人文资源是人类从最早的文明开始一点一点地积累、不断地延续和建造起来的。它是人类的历史、人类的文化、人类的艺术，是老祖宗留给我们的财富。人文资源虽然包括很广，但概括起来可以这么说：人

① 费孝通：《有关开发西部人文资源的思考》，载方李莉编著《费孝通晚年思想录》，岳麓书社 2005 年版，第 23 页。

类通过文化的创造，留下来的、可以供人类继续发展的文化基础，就叫人文资源。”[①] 用费孝通先生的话来说，人文资源是人类的文化积累和文化创造，它不是今天才出现在我们的生活中，而是自古就有的。但将其作为资源来认识却是今天才有的。所谓资源是为一定的社会活动服务的，离开社会活动的目的，资源就毫无意义，甚至可以说也就没有了资源的存在。在这个意义上资源并非完全客观的存在，当某种存在物没有同一定社会活动目标联系在一起的时候，它是远离人类活动的自在之物，并非我们所论述的资源。

课题首先针对费先生“人文资源”的理念，对国际的相关研究进行了梳理。在国际学术界的研究中，很少有相对应的“人文资源”的单词，大都称为“文化资源”。在笔者看来，所谓的“人文”就是人所创造的文物、文明，也就是人类的文化。因此，“人文资源”等同于“文化资源”。在日本东京大学文化资源学专攻网站上，“文化资源”的解释是：“文化资源是指为了解某一时代社会和文化所必要的贵重资料的总称，我们把它叫作文化资料体。文化资料体包括建筑物、都市景观或传统技艺、祭祀仪式等有形和无形的东西。将文化资料体活用并资源化后可以成为文化资源。”

这里提出的观点和费先生提出的一样，强调的是对社会的有用性。日本是亚洲国家对人文资源认识最深刻，同时也是实践最多的国家。日本一向提倡将文化财，即文化遗产进行活用，让其成为重振地方文化和地方经济的一种资源。其目的是将文化传统活态地保留在社区中，借此恢复日本传统文化的活力，并在此基础上再造农村社区新生活。这就是将文化遗产从静态转化为活态的过程，也就是说在“人文资源”的概念中，文化遗产不再只是一个前人遗留下来的、死去的过去，而是一个可以用来发展我们未来文化和经济的基础。

如果按照日本人的定义，文化遗产一经活用就可以成为文化资源

---

① 费孝通、方李莉：《关于西部人文资源研究的对话》，《民族艺术》2001 年第 1 期。

的概念的话，那么美国一开始就是将遗产和资源的概念结合在一起的。其将我们定义的“文化遗产”直接就确定为“遗产资源”(Heritage Resources)，也称为“文化资源”(Cultural Resources)，是一个经常用来指一组范围广阔的考古遗址、历史建筑物、博物馆、历史海难和传统文化场所的通用术语。《考古资源保护法》(*Archaeological Resources Protection Act*)及其配套法规所定义的“考古资源”和《国家历史保存法》(*National Historic Preservation Act*)及其配套法规所定义的“历史性财产”通常属于上述分类。①

美国是一个典型的移民国家，为了能够形成爱国主义的认同，必须用它短暂的历史和纪念物等来团结人民，通过保护文物遗产让一般民众认同美国的精神和生活方式。所以，美国早期的历史文化保护与爱国主义密切相关，这一内容成为文化资源保护最重要的保护对象，如为自由和国家独立而牺牲的英雄史迹，独立战争、南北战争的战场，名人故居等等。

美国在这里是将文化遗产作为一种为政治服务的文化资源，自20世纪90年代以来，美国再度对文化资源保护和再利用问题高度重视。文化资源保护分为地方政府主导(Government-oriented)、私有非盈利型(Private Non-profitable)和市场盈利型(Estate Market Profitable)三类。②

在美国，由地方政府具体实施文化资源保护，而不是联邦政府。发掘历史地区的动力、带动地方经济、刺激旧城房地产市场、复苏处于衰败中的历史中心的社会和经济生活是许多地方政府努力的方向。其在这里的概念和日本一样，文化遗产不是一个静态的过去，而是可以带动地

---

① Francis P. McManamon, “An Introduction to Heritage Resources Law”, in Sherry Hutt, Caroline M. Blanco and Ole Varmer ed., *Heritage Resources Law: Protecting the Archeological and Cultural Environment*, New York: John Wiley & Sons, Inc., 1999, p.1.

② Weinberg N., *Preservation in American Towns and Cities*, Colorado: Westview Press, 1979. 转引自张松《历史城市保护学导论——文化遗产与历史环境保护的一种整体性方法》，上海科学技术出版社2001年版，第164—165页。

方经济和复苏地方文化的一种资源。

20世纪70年代的能源危机、工业文明高速发展带来的空气污染、自然生态遭到破坏等使人们对世界的看法开始改变，认识到地球资源的有限性以及环境保护的重要性。从对自然物种多样性的保护开始，重新发现小地方的“部落”的文化和社会价值。

另外，当时在北美还有一种思潮主张民族依靠文化认同来维系。抽象、无形的文化认同需以具体文化遗产来体现。特定族群与文化遗产应有紧密的关系，该民族有权生存在由文化遗产构成的环境中，享受文化、认同文化、传承文化。文化遗产也应留在原处，一方面，该族群人民与后世子孙得以接近利用；另一方面，为此文物与周边环境之关系，依借“脉络”关系带来知识与信息有助于对文物历史的了解。

上述观点在联合国教科文组织于1972年巴黎第十七届会议通过了《保护世界文化遗产和自然遗产公约》，得到广泛的支持。而且这一观点还得到了进一步的延伸，于是作为一种历史的遗留物——文化遗产开始成为一种有利于民族认同的文化资源。

也就是在这样的背景下，欧洲和北美的“新博物馆”理念开始兴起，“新博物馆”改革过去保守传统的经营方式，博物馆不再只局限于“物”的收集、维护与展示的角色；反之，扩展至强调在国家，甚至在国际的网络中，博物馆与地方（places）环境与社区（community）发展之间关系的未来性。新博物馆学的概念基本上涵括了“生态博物馆”及“社区博物馆”的思考架构，是一种以社会文化进步、发展为指标，富有生机的新博物馆类型。[①] 而这样的理念也就是将文化遗产进行活用，让其不要成为静态的过去，而是活态的存在，参与社会的发展与进步，实际上也就是将文化遗产发展为文化资源。

中国台湾地区也比较关注文化遗产和人文资源的关系。如20世纪

---

① Kevin Walsh，*The Representation of the Past: Museums and Heritage in the Post-Modern World*，London：Routledge，1992.

90年代台湾的政治生态发生了变化，文化政策与建设的方向也出现新的思维，开始强调由下而上的政策形成。台湾的文化资产保存政策一方面趋于经由社区民众的参与，而形成以地方民众的文化认同为出发点来进行估计保存；另一方面，也考量到地方文化的保存与经济发展的冲突，故提出将地方文化特色加以产业化的策略，使古迹通过活化的利用成为地方文化产业的资源，创造经济诱因与地方生机[①]。20世纪90年代以后的台湾趋向于一种将文化遗产活用化的方向。

台湾学者林保尧评价：“事实上，一国文化财即使是历史再悠久、再辉煌，总有不喜往过的、传统的气氛之人，但是对于前瞻的、建设的，且是向上发展的，任何人皆会加以关心、重视。因而，此中对‘未来文化向上发展的基础’的强调，实是其立法英明之举。”因此，日本的文化财的保护方式，即是取以活用方式的手段，且是从国民文化着手走向世界文化，其目的并非“为保存而保存的单向思维，而是再度回到原点，即需假以全体国民之手双向互助达成的”[②]。

台湾学者许功明认为：“近几十年来，世界各地一方面感于文化传统之易逝，另一方面，为发展观光之需而出现了普遍发掘、经营文化遗产的现象，即所谓的‘泛遗产化’或‘泛博物馆化’。‘类博物馆’式的机构纷纷被设置，到处可见。‘类博物馆’式的机构，顾名思义就是有点像，但又不完全像是‘博物馆’的地方，不论就形象或组织构架来说，都有十足的弹性，大致上生态博物馆、文化园区、文化村、民俗村、主题园区、文物馆、文化中心、科学中心、历史建筑物等，一致都应算是，不胜其数，而且很难加以统筹。”[③]

而这些“泛博物馆”“类博物馆”式的机构实际上已经在把文化遗产

① 许育典、李惠圆：《私有古迹保存与文化资产保护法制的检讨》，台湾《成大法学》2003年第5期。

② 林保尧：《中日文化资产法令比较与案例审思》，台湾《文资报》，2005年第10期。

③ 许功明：《原住民的文化产业与社区发展——从博物馆的功能谈起》，载1995年台湾省政府建设厅手工业研究所编：“文化·产业”研讨会论文集，第242页。

资源化了，包括物质的和非物质的。从这样的发展趋势中我们看到，文化遗产已不再是一种被动的仅需要保护的对象，而是成为可以发掘和利用的人文资源。在这样的国际化的背景中，我们研究西部的人文资源是有极其重要的意义和价值的。

目前，我们国家的非物质文化遗产保护工作已经深入人心，政府做了大量的工作，专家们也提出了许多的保护理论，但如何进一步深化这一工作，如何将非物质文化遗产的保护工作和中国社会未来政治经济文化的发展结合在一起，这是值得专家学者们进一步探讨的。而费孝通先生提出来的人文资源的概念在此就显得非常重要，课题组在费孝通“人文资源”思想的理论基础上对国际文化遗产保护与人文资源关系的梳理，将进一步加深人们对这一理念的认识。

三、课题的构架与研究内容

按照费孝通先生的思路，课题的研究首先是要对西部的人文资源进行梳理和清点，也就是通过数据库的建立来摸清我们的家底，知道我们在西部到底有哪些重要的人文资源，它们目前的存在状态又是如何？其既是一种文化的研究记录方式，也是一种文化的保护和保存方式，这样的研究是由“西北人文资源环境基础数据库”的课题组来完成。另外是在梳理和清点了西部人文资源的基础上对西部人文资源进行更深入的调查和研究，提出一些可行性的保护、开发和利用的具体措施。这样的研究是由“西部人文资源的保护、开发和利用”的课题组来完成。

（一）有关《西北人文资源环境基础数据库》的研究工作

在《西北人文资源环境基础数据库》的分类中，课题将人文资源概括为十个方面，即人文地理资源、自然与人文景观资源、人口与教育资源、民族与民间风俗资源、民间音乐资源、民间美术资源、民间工艺资源、民间戏曲资源、民间舞蹈资源、考古与文物资源。

上述分类的考虑是从地理与自然、历史与环境出发，着重记录整理以文化艺术为中心的人文资源。对西北地区地理与自然、历史与环境的梳理主要表现在人文地理资源、自然与人文景观资源、人口与教育资源、考古与文物资源四个部分；而对现实中存在的以文化艺术为中心的人文资源的梳理则通过民族与民间风俗资源、民间音乐资源、民间美术资源、民间工艺资源、民间戏曲资源、民间舞蹈资源六个部分来完成。

在研究的过程中，上述划分并不是绝对的，历史与现实、自然环境与人文环境是延续与交叉的。如景观部分的自然景观是自然条件；人文景观是历史的人为遗存，同时在当代又发挥着作用。经过几年的实践，只能说上述的划分基本符合客观的实际，同时又能基本满足研究的要求。

将人文资源作为数据库加以整理和研究是一项新的课题。因为数据库的形式以往主要是和自然学科相结合，用数据库的形式记录人文资源当时并不多见，可参考的范本也很少。当时课题所能见到的有联合国教科文组织亚洲太平洋文化中心于2000年在日本东京出版的《亚洲及太平洋传统大众表演艺术数据库》，这是一部纸质本的非正式出版物。它所做的工作给了课题有益的启发。但在数据量和数据形式上，它还远远不够；课题用电脑数据库的形式记录人文资源，在数据量和表现形式上应该说都有较大的突破。通过近七年的研究，课题初步完成了容纳文字数据18038条、音频1262分钟、视频10104分钟、图片17324幅的《西北人文资源环境基础数据库》。

如果说课题的数据库可以看作取得了初步的成绩，那么它的优点主要是综合性、研究性、可持续性。所谓综合性，是指在课题的数据库中，在历史与综合环境的背景下，整合了民族与民间风俗资源、民间音乐资源、民间美术资源、民间工艺资源、民间戏曲资源、民间舞蹈资源等多方面的资源，这就不是单一数据库或文献资料所能具有的优势。此外，这种综合性还表现在数据库形式的综合性，即这种数据库的形式不仅有文字的形式，还有图片、音频、视频的形式。

所谓研究性，是指数据库每一子数据库的数据采集与整理工作都是由某一领域的著名专家及他所在的研究机构牵头，并组织西北地区相关领域的专家共同完成。例如，人文地理资源部分是由陕西师范大学西北历史环境发展中心牵头；自然与人文景观资源部分是由中国艺术研究院建筑研究所牵头；人口与教育资源部分是由中国艺术研究院中国文化研究所、青海民族学院民族研究所共同牵头；民族与民间风俗资源部分，是由西北民族大学社会人类学民俗学系牵头；民间音乐资源部分是由中国艺术研究院音乐研究所、中国音乐学院共同牵头；民间美术资源部分是由中国艺术研究院美术研究所、西安美术学院共同牵头；民间工艺资源部分是由中国艺术研究院中国文化研究所、清华大学美术学院、西安美术学院共同牵头；民间戏曲资源部分是由中国艺术研究院戏曲研究所牵头；民间舞蹈资源部分是由中国艺术研究院舞蹈研究所牵头；考古与文物资源部分是由北京大学考古系牵头。除以上的牵头单位外，还有西部其他 49 个高校及研究单位参加，参与这项研究工作的各方面学者共有 184 名，形成了较为强大的学术阵营。

所谓可持续性，是指课题的工作虽然取得了阶段性的成果，但无论从数据库结构的可扩充性而言，还是从数据库内容的充实、增加、完善而言，都是必须有后续工作的。我们的前期工作取得了经验，锻炼了团队，为今后的工作创造了良好的条件。

（二）有关《西部人文资源的保护、开发和利用》的研究工作

第二个部分的《西部人文资源的保护、开发和利用》的研究工作是对西部个别不同文化类型的区域进行近距离的实地考察，在研究的过程中，课题组认为，“人文资源”这个词在理论文章里是抽象的、概念化的，但当将其放在一个具体的生活情境中，同时了解到具体承载着这些文化的群体时，就会发现所有的研究顿时会具体起来，会遇到许多在抽象的理论中未曾提出和未曾认识到的问题。

因此，课题组在做“面”的梳理的同时，还做了系列的有关不同“点”的个案研究工作，企图用解剖麻雀的方法，来找到我们所需要研

究的问题所在。当笔者作为课题组的负责人带着问题去请教费孝通先生时，他指出：“解剖麻雀，以小见大，这是人类学里面常用的方法，但要注意，一只麻雀是不能代表所有麻雀的，要多解剖几只，而且要用它们来相互比较。只要我们能科学地解剖这些麻雀，并摆正点与面的位置，恰当处理两者的关系，那么在一定的程度上点上的调查也能反映全局的基本面貌。这么多年的学术研究，我总结出来的经验就是：只有理论联系实际才能出真知，只有到实地中去调查研究，才能懂得什么是中国的特点，什么是中国文化的内在本质。你们的研究要摆脱在概念中兜圈子、从书本到书本的模式，要走出书斋，在实际考察中认识西部、了解西部。”①

他还说：“围绕着西部的文化变迁和人文资源的保护、开发和利用这个主题，来提出问题，然后通过考察来认识问题和回答问题，这种做法是可行的。这种从实践中得来的认识往往比从书本上得来得认识具体得多、充实得多。因为它不是从概念中推论出来的，更不是凭主观臆想出来的，所以只要能自觉地、不留情面地把考察中一切不符合实际的成分筛选掉，它就会成为西部文化艺术变迁的历史轨迹的真实记录，即使过了几十年甚至几百年，当人们来翻看它时，仍然具有价值。这种价值就在于它是未来的起步，而今后的变化则是它的延续。我们的一生，人类的一代又一代，对事物的认识总是一步一个脚印地跟着往前走的。我们今天对西部文化变迁的认识，过些时候回头一看，如果能发现它的肤浅和幼稚，那就证明我们的认识有了进步，这不是也很好吗？社会总是在不断的有新的认识中不断发展的。包括我们的学术研究也一样，每一次的实地调查都会给我们带来许多意想不到的收获，甚至是一种认识论的提高和一种新的理论体系的初步形成。”②

① 费孝通：《关于西部人文资源研究的对话》，载方李莉编著《费孝通晚年思想录》，岳麓书社 2005 年版，第 103 页。

② 费孝通：《关于西部人文资源研究的对话》，载方李莉编著《费孝通晚年思想录》，岳麓书社 2005 年版，第 105 页。

费孝通先生给课题的研究指明了方向，也就是说课题组成员虽然都来自不同的人文学科领域，却能对一个共同的地域文化，从不同角度提出自己的看法，那就是我们不仅有一个共同的研究目标，还有一个共同的研究方法，那就是到实地去，到田野中去，观察最鲜活的社会事实，捕捉最新的文化重构方式，感受最新的时代发展的脉搏。

经过努力，最后课题组完成了73篇考察报告，并按内容编辑成五本考察集（《关中民间器具与农民生活》《西部人文资源考察实录》《西北少数民族仪式考察》《陇戛寨人的生活变迁——梭戛生态博物馆研究》《“呼图克沁”：蒙古族村落仪式表演》）；还完成了四本考察笔记（《西行风土记——陕西民间艺术田野笔记》《梭戛日记—— 一个女人类学家在苗寨的考察》《陕西药王崇祀风俗考察记》《西南山地文化考察记》）；两本论著（《人文资源法律保护论——以西部人文资源保护为起点的研究》《西部人文资源论坛文集》）；一本总报告书（《从遗产到资源——西部人文资源研究报告》），共12本书，400余万字。

在费孝通先生的学术思想以及其他学术指导的引领下，在中国艺术研究院及其他众多学术机构的大力支持下，课题于2008年完成，并通过了验收。在验收时专家们给予了很高的评价，专家组在专家评语中写道："该成果基础厚实，资料丰富，内容翔实。在科学发展观指导下，对西部文化的生态环境、功能和过程，做了准确的记录、描述、梳理和研究，是重要的文化战略研究，具有相当的科学价值和重要的历史价值。"

"《从遗产到资源——西部人文资源研究报告》，对西部文化资源所做的调查、梳理、描述、概括与研究，是中华人民共和国成立以来文化领域里的重要成果。所取得的当代文化资料，为中国的文化学的学科建设、为政府有关部门对我国文化国情的调研与决策，以及对开发大西北的国家战略，提供了重要参考，具有重要现实意义。"

四、课题完成后的理论与思考

经过七年多的实地考察以及大量文献的研究，课题组形成了自己的一些基本看法，总体报告书的题目为《从遗产到资源——西部人文资源研究报告》。该报告书既是对费孝通先生“人文资源”理论的进一步阐释，也是对课题研究的许多成果的总结与梳理。在梳理的过程中，总报告书提出了一些值得思考的理论与观点。笔者是课题的负责人，总报告的总论部分是笔者在阅读完课题组成员们的研究报告以后具体执笔完成的，既是课题组共同的思考，也代表了笔者自己的观点，以下将一些主要观点列出来供读者们思考。

（一）在课题研究中逐步厘清的几个概念

在课题研究进行不久，国家开展了非物质文化遗产的保护工作，这一工作对课题的研究无疑起到了巨大的推动作用。在这一工作的推动下，课题首先对几个重要的概念进行了梳理，课题研究的对象是人文资源，但其所包含的内容却和人们通常所说的物质文化遗产及非物质文化遗产纠缠在一起。因此，我们对于文化遗产、非物质文化遗产、文化财、文化资产、文化资源等相关的概念都进行了逐一的研究。通过研究我们发现，“文化遗产”这个词基本是欧洲人的概念，而其所包括的范围基本是在文物建筑等有形的遗迹中。将这些有形物称为人类的文化遗产是准确的，因为它表述的是前人使用过的，在当今已不再继续发展的、不再具有生命力的东西。

在研究中课题组还发现，最早每个国家关注到的都是物质层面的文物和建筑的保护，到后来才逐渐有所扩展。最早从关注文化遗产保护发展到对自然遗产保护的是欧洲国家，但最早从关注物质文化遗产保护到关注非物质文化遗产保护的则是日本、韩国、非洲及拉丁美洲的一些国家，还有生活在美国的拉丁美洲裔和印第安后裔的有色人种等。这些非西方国家对非物质文化遗产的保护是在人类意识到文化多样性存在的重要性以后，对自己民族国家传统文化反思及寻根以后的结果。这样的结果意味着非物质文化保护的概念实际上是非西方国家反对西方文化独霸天下，寻求文化多样性发展的结果。

同时，“非物质文化遗产”概念的出现与以往“文化遗产”概念最大的不一样就是前者更关注文化遗产中的文物价值，更多的是一种形而下的器物层面的概念；而非物质文化遗产则更强调文化的意义价值，其中包括了宇宙知识、生活方式等形而上的精神层面的概念。用这样的概念去衡量文化遗产，不仅是放宽了标准，拓宽了保护对象的范围，也使人们更难用“遗产”来加以表达，因为如果用“遗产”，其实是在暗示“祖辈遗留下来的东西”，意味着与现实中民众生活方式的一定程度上的区别。但是，某些被统归为“非物质文化遗产”中的东西并不是“遗留物”，而是仍旧作为民众生活方式的、仍然具有旺盛生命力的、民众一直都拥有的东西。而且按照联合国教科文组织《保护非物质文化遗产公约》的解释，它不但存在于民众的生活当中，而且还要随着新的时代得到传承、发展与创新。因此，它不应该是“遗产”，而应该是一种还活着的生活方式与价值观念。

“遗产”的定义是必将要过去的或者已经过去了的东西，这是一个静态的、固化的、不可逆转的状况。面对这样的状态，我们往往把它当成一种传统留存下来的“活化石”，或设博物馆，或设民族文化生态园、原生态文化保护区将其保护起来。但事实上生活方式、价值观念是可以保护的吗？要保护，如何保护？毕竟它和人有关系，只有人才是这些文化的载体。如果将其定义为“遗产”，那么承载着这些“遗产”而生活的人是不是也成为过去的人、过时的人、即将被淘汰的人？他们愿意当过去的人、过时的人、即将被淘汰的人吗？如果不愿意，他们会选择什么样的生活？他们还会愿意继承他们的传统、保护他们的文化遗产吗？因此，在传统文化被当作一种资源不断地供给人们精神需要和物质需要的今天，我们认为，以往的“遗产”概念不能充分体现人们由于时代的发展和需要而不断赋予“文化”的多重意义，我们需要对其进行认真的解读。

在解读中，我们看到国际文化遗产保护的发展趋势是从单一化保护走向整体化保护，例如：从单一关注文化遗产走向关注文化遗产与自然生态的关系；从单一关注物质文化遗产走向对非物质文化遗产的保护；从关注文化遗产的历史价值与艺术价值到关注文化遗产的文化价值；从关注单一的遗产保护到关注遗产的活用价值。而这种活用价值的强调就是对其资源价值的强调。因此，"从遗产到资源"这一个措辞的改变是有它的时代意义的，同时也是对传统文化如何在当今社会存在的一个新定义。在这样的定义中，"文化资源"更多地传递并强调了"文化"的资源意义和价值，为阐明当今时代对传统文化的开发和利用的意义做了一种铺垫。

通过这样的梳理，我们进一步看到了遗产与资源的关系，尤其是非物质文化遗产，其要想活态地传承，就必须融入当今社会，就要和社会的发展紧密相连。记得费孝通先生看完笔者的博士后出站报告《传统与变迁——景德镇新旧民窑业田野考察》后说过一段话："有关文化的死活我一直想写成一篇专门的文章，但现在精力不行了，你今后把它发挥发挥写出来。文化的生和死不同于生物的生和死，它有它自己的规律。它有它自己的基因，也就是它的种子，这种种子保留在里面。就像生物学里面要研究种子，要研究遗传因子，那么，文化里面也要研究这个种子，怎么才能让这个种子一直留存下去，并且要保持里面的健康基因。也就是文化既要在新的条件下发展，又要适合新的需要，这样，生命才会有意义。脱离了这些就不行，种子就是生命的基础，没有了这种能延续下去的种子，生命也就不存在了。文化也是一样，如果要是脱离了基础，脱离了历史和传统，也就发展不起来了。因此，历史和传统就是我们文化延续下去的根和种子。"[①]

当时，笔者对他的话理解不深，但当笔者在西部做了大量的考察，与课题组成员们共同完成了许多的研究后突然明白了，费先生说的所谓

---

① 费孝通：《文化的传统与创造》，载方李莉编著《费孝通晚年思想录》，岳麓书社 2005 年版，第 48 页。

的文化的种子以及文化的基因就是这些我们竭力保护的物质的与非物质的文化遗产。但种子必须要培育，要有各种的气候等条件才能成长，而从遗产到资源的过程就是让种子成长为参天大树的过程。

在研究种子如何成长之前，必须要了解种子的保存现状，所以课题的首要任务是了解西部人文资源的保护现状与所面临的挑战。当然，自国家于 2003 年启动非物质文化遗产的保护工程以来，西部的非物质文化遗产保护得到了国家和当地政府的重视，但是重视并不意味着问题的解决，其有主观的因素还有许多客观的因素。下面让我们看看其遇到的挑战来自哪些方面。

（二）西部人文资源及非物质文化遗产保护所遭遇的挑战

在中国的现阶段，西部人文资源的保护状况和受破坏的程度究竟如何，这是大家所关心的，也是课题一直在叙述和讨论的问题，在这里笔者将其做一个简单的归纳。在研究中我们看到，任何文化的存在、任何人文资源的存在都需要有一定的自然环境和社会环境，如果没有这样的环境，它的存在就必然会受到威胁，它的发展与传承就必然会受到阻碍。通过大量的个案研究和实地考察，我们看到的是西部传统的文化和人文资源所赖以存在的自然环境正在受到破坏，以至于逐步变化和消失，还有其所依存的传统农业社会的结构也在逐步地改变和解体。虽然广大的民众在某些方面还仍然需要这些文化，官方也在努力推进，但文化的发展与变化自有其内在的规律，需要我们去进一步理解。

另外，课题通过大量的实例研究对中国的非物质文化遗产保护当前所面临的一些挑战也进行了归纳与分析。

第一，西部地区自然生态环境目前所面临的问题十分严峻，而西部的自然生态不仅是西部人们赖以生存的物质条件，也是产生其文化所依附的必要环境。比如，狩猎文化源于森林，游牧文化源于草原，森林没有了，草原沙化了，其文化还会如何存在与发展下去？因此，生态环境的改变不仅威胁着西部人们的物质生活，也在威胁着西部非物质文化遗产的保护与发展。

第二，改革开放以后我国加快了由农业文明向工业文明转化的步伐，西部传统的农业文明结构也在发生着巨大的变化。当许多偏远的乡村修通了公路、架起了电线以后，传统的、手工的、农业文明状态的技术模式开始被电动的、机械的、工业文明状态的技术模式取代，虽然这些地方的机械化程度还不是太高，但其由传统技术所构成的功能圈已开始解体。而技术所代表的不仅是一种劳动的方式，还是一整套文化模式及社会结构。另外，交通和通信的发达、大量游客的涌入和电视机的出现，一方面，在迅速地改变农村传统文化的象征符号的同时，也带来了新的文化象征符号，还有新的审美、新的时尚、新的文化意义；另一方面，也改变了传统的娱乐方式和获取知识的方式。文化模式、社会结构及娱乐方式、获取知识的方式等方面的改变，抽离了原有的非物质文化遗产所依存的基础。

第三，随着中国城市化的发展，许多西部农村的年轻人为了追求先进的现代化的城市生活，纷纷离开自己的家乡到城市打工。在我们所考察的西部农村，百分之八九十的青壮年劳动力都到城市打工，村子里剩下的大部分是老人和孩子，还有一些妇女。没有了人，没有了年轻人对自己传统文化的认同，非物质文化遗产如何保护？如何传承？

第四，在众多个案的研究中我们不断发现，在现代外来文化的冲击下，许多传统的、民间的和少数民族的文化开始失去效用，而那些在现代文明中失去效用的传统的民间及少数民族文化开始成为一种艺术欣赏品，供人们去旅游、去观赏、去体验。而当地的人们为了取得经济的利益，也在迎合这种需求。于是我们所看到的民间的和少数民族的文化都是在表演，他们在唱歌，他们在跳舞，他们在剪纸，他们在做各种手工艺品，他们在举行各种神奇的仪式……他们的文化不仅成为政府要保护的对象，也成为当地重要的旅游资源。把日常生活变成表演，把民俗活动变成更加盛大的表演。于是许多农民有了一个新的兼职，那就是农民艺术家。我们看到的传统文化的复兴已经不是原有意义上传统文化的再现，而是经由市场经济、国家推动甚至是学者参与等各种力量的交锋后构成的传统文化的再生产。而这种再生产凸显的不再是内容，而是形式。但在这些形式的背后，与农民的宇宙观、道德观、生命观乃至生产方式紧密相连的传统文化正有遭遇碎片化甚至空洞化的可能。

第五，中国地大物博，发展非常不平衡，北京、上海这样的大城市已经进入了后工业文明，但一些西部偏远山区或少数民族地区却仍然生活在农业文明之中。发展的不平衡也造成了对文化遗产保护认识上的不平衡。在大城市中的一些受教育较高的群体中，保护文化遗产的呼声很高；但在偏远的山村，在那些依然生活在农业文明的环境中的人群中，非物质文化遗产保护的概念实在是离他们的生活太远。尤其是一些偏远的少数民族地区，对于他们来说最重要的问题还是如何生存、如何摆脱饥饿与贫穷，像发达地区的人们那样过上现代化生活。他们一心想着的是如何摆脱已经在现代社会中失去了效用的传统文化，尽早地融入更先进的文化中，而不是如何保护传统的问题，有这样想法的不仅是普通的民众，也包括当地的领导干部。以至于我们在西部考察时，脑子里思考得最多的就是生存权与话语权谁最重要？文化遗产的保护和经济的发展怎样才能同时兼顾？这就是西部农民所面临的无法逾越的真情实况。

（三）保护，发展与创造

面临这些挑战，我们应该怎么办？最初笔者和其他课题组成员一样百思不得其解，最后还是费孝通先生的“人文资源”的理论启发了笔者。费孝通先生说：“开发和利用人文资源，要有历史文化和艺术方面的基础，在这一方面西北地区的基础要比东南地区好，这不仅仅是要有些古代的文化遗产，还要有群众的基础，文化艺术是生长在群众之中的。西北各地民间的歌舞、民间的美术、民间的各种艺术活动比东南各地丰富得多，比香港更是高多了。但现在我们的很多西北女孩子还在学香港，赶时髦，但时髦并不是艺术，真正的艺术是要有很深厚的文化底蕴的。为什么克林顿到中国来第一步要到西安，他看中的是西安的古文化，是中国早期历史上许多代皇帝的古都，有许多世界著名的重要文化遗址，在那附近有黄帝陵、半坡遗址、兵马俑、武则天墓，等等。他觉得这些东西了不得，那里有秦汉的文化、唐朝的文化等。首先是他有这种认识，所以，他要先到西安。还有以前日本的一个首相，到中国来第一个地方到的是敦煌，说明了他对中国的文化历史还是有认识，也认同，觉得那是中国人创造的了不起的文化。但对于这些文化和艺术，我们要把它们整理出来，发扬出来，就像是敦煌的丝路花雨的舞蹈一样，我们不但要继承还要创新，让我们中国传统的文化艺术重新发扬光大。这就要培养人了，我们做政府工作的人就是要想办法为这些人创造条件，奖励他们，让他们发挥出他们的艺术才能。”[①]

也就是说我们对宝贵的非物质文化遗产不仅要保护，还应该在其基础上进行创新，将其变成新的文化的一部分、新的社会肌体的一部分，使其融在民族的血液中，不断循环和更新。也就是说创新也是一种保护，是一种更深刻的保护。

如何创新，如何发展我们新的文化，这里有一个非常重要的文化观念。记得有一次笔者和费先生交谈，他让我把录音整理成一篇文章，题目就叫《文化的传统与创造》[②]，我们一方面要注意文化的传统，另一方面还要关注文化的创造，因为今天的创造就是明天的传统。如何理解传统与创造之间的关系，这很重要。

中国不缺乏古老的文化，全世界也都了解中国的古老文化。欧美的各大博物馆不仅多次展出过中国的古代文物，而且像大英博物馆和美国的大都会博物馆本身就收藏有不少的中国古文物。当然，像非物质文化遗产大都属于中国的民间文化，而且是还继续活着的民间文化，在世界上还没有完全宣传出去，但即使是这样，仅仅保护传统是不够的，还必

① 费孝通:《访问兰州 两次讲话》，载方李莉编著《费孝通晚年思想录》，岳麓书社2005年版，第32页。

② 费孝通:《文化的传统与创造》，载方李莉编著《费孝通晚年思想录》，岳麓书社2005年版，第41页。

须要有创新，必须要有中国当今的新的文化的产生，甚至是新时尚产品、时尚文化的出现；没有引领世界新潮流的文化和产品的出现，中国向世界提供的永远都只是产品，不可能是思想和价值观。我们永远都只有中国制造，而没有中国创造。

所以，保护一定要和创新联系在一起，将这两者割裂是一种片面的、也是一种不可持续发展的状态。非物质文化遗产只有融入现代的生活中才可以世世代代流传，才有可能成为一个民族文化的种子与基因长存于其中。

近百年来，由于中国进入工业化比欧美国家晚，因此在大家的概念中，相对于西方文化，中国文化所代表的就是“土”的、“落后”的、“愚昧”的、“非科学”的、“封建”的、“迷信”的，等等。所以从“五四”以来我们就一直在反传统，我们要穿洋装、学洋话，要把传统的建筑变成现代的摩天大楼，谁都害怕别人说自己传统，说自己“老土”。我们经济有了发展，首先要做的就是把传统的房子和街道拆除，建新的高楼，在短短的二十几年的时间里，中国所有的城市面貌全部焕然一新，在中国的大地上竟然再也找不到一座传统的古城。但是欧美文化能取代中国的传统文化成为我们新的文化吗？以前有人提出“全盘西化”，以为可以以西方文化取代传统的中国文化。但在今天持这种观念的人越来越少。在生活中我们就可以看到，中国人的审美心理似乎正在改变，以前夸奖一个人衣服时尚会说“很洋气”，因为“洋”是时尚的代名词，但现在“中国”的符号也开始和时尚联系在一起。许多文化名人已经不喜欢穿西服了，反而喜欢穿中式服装，其代表有品位、有格调。以往人们在家中喜欢放现代的西式家具，而现在却喜欢上了古典的中式家具。新的不再时尚，古老的也不再落后，如今中国的上流家庭没有几件古典的文物收藏就显得没文化。

但仅仅是古典的“中国符号”也不时尚，还需要有现代感。记得有一次笔者在北京南锣鼓巷的一个专卖具有中国风味的时装小店里买了一条围巾，是黑色的缎子上面镶嵌了传统的、艳丽的孔雀牡丹花布，很“中国”，也很时尚。它让笔者想起了日本三宅一生的服装设计，绝对地有大和民族的武士道精神，但又绝对地现代。在西方国家，如果谈到东方文化，讲到古代，人们想到的是中国。但讲到现代，人们想到的可能会是日本或韩国，不会想到中国。这是因为在西方人的眼里，中国只有传统文化，没有现代文化，我们所有的现代文化都是西方的复制品。而我们的传统文化因为没有融入我们这个时代，也就失去了生命力，没有生命力的文化是会死亡的。

政府和知识分子们常常有一个误区，以为是理论先行，民众是因为我们的理论出现以后，他们才跟在我们后面跑，所以在非物质文化遗产的保护中只重视政府的力量、知识分子的力量，很少关注民众的力量。但经过多年的实地考察，笔者发现社会实践往往走在理论的前面，民众有时比我们更知道他们应该如何生活、如何创造新的文化。这就是为什么费孝通先生总是告诉我们，做学问不要从书本到书本，而是要到生活中去看，到社会中去学习。

两年前，笔者作为国家非物质文化遗产保护专家委员会的委员到安徽督察时，发现在安徽歙县建立了一所徽雕艺术学校，这是一所民办的职业学校，由学校的老师和当地的艺人结合共同为学生授课。除学习文化课外还学习当地传统的石雕、砖雕和木雕。歙县的砚台非常有名，一块被雕刻过的砚台不仅是一种供写字用的实用品，也是一种艺术品，畅销世界各地。这里的建筑也非常有特点，各种木雕、砖雕和石雕是徽州建筑中的重要部分，学生毕业后可以在当地从事这类的工作。这样的学校不仅传承了这些民间的传统技艺，还解决了学生就业的问题，满足了社会的需求，这就是良性的、可持续发展的传承工作。

另外，我们还参观了一所由民间企业与美国人合资兴建的专门培养木匠的“鲁班学校”，学生们学习的是民间最正宗和最传统的木工制作及木工雕刻的手艺，毕业作品就是做一套传统的木工家具，以及一个木制的传统民居的房屋模型，学校授予他们的是匠士学位，就像学士、硕士和博士一样，他们也有自己的学位。这些公办的和民办的学校之所以开设这样的教育课程，是因为当今的中国需要这样的人才。随着传统文化在人们的生活中越来越受到关注，人们的审美观和时尚符号也在改变。以往中国的传统文化是一种落后的符号，但现在却作为一种时尚出现在人们的家居生活中，甚至衣食住行中。正因为如此，在许多木匠已经丢失了他们传统手艺的今天，从鲁班学校毕业的学生在社会上就有了很多的就业机会，人们又开始重新喜欢那种传统的、有民族装饰意味的实木家具。不仅是家具，包括服装、首饰、食品、药材等商品中的传统因素也越来越被当代人关注。

因此，非物质文化遗产的保护不需要我们通过行政力量去强制人们执行，关键是我们要建立让非物质文化遗产能够继续得到传承的人文环境和市场需求，使非物质文化遗产的传承成为民众的自觉行为，成为民众生活的一部分，成为当代文化创新，甚至是时尚文化的一部分。

五、结束语

写到此，笔者醒悟到为什么日本人和韩国人都非常强调“无形文化财”的活用价值。在日本的《文化财保护法》中有这样一段话：“政府及地方公共团体必须正确理解文化财为我国历史、文化等不可欠缺者，认识其为奠定未来文化向上发展的基础，并周密留意彻底致力并切实实行保存的宗旨。”而韩国《文化保护法》的第一条规定是：“本法的目的是，通过保存文化财，继承民族文化，并对此加以利用，从而图谋国民的文化水准的提高，同时为人类文化的发展做出贡献。”而且，它们的这种理念也是将遗产转化成资源的理念，也就是说我们保护非物质文化遗产、研究历史不仅仅是为了民族认同、文化记忆，也是希望将其转化为我们新的文化肌体生长的营养，将它融在我们的血液中，成为我们源远流长的、通向未来的文化的一部分，在我们的未来文化和社会的发展中获得新的生命力。这样它就不再是死去的历史，而是活着的未来，是未来的起点，是未来发展的基础。这也就是费孝通先生的“文化自觉”和“人文资源”理论中的重要组成部分。

当然，对于一些珍贵的文化遗产，我们不仅需要在生活中传承与发展，还需要把它们保护在博物馆里，登记造册在数据库里，研究整理在许多的文献中，并将其作为文化的种子和基因传给子孙后代。

七年多的时间，课题组在西部的追踪考察使我们亲自参与及感受到了西部民间文化的剧烈变化过程，这种变化过程不再是传统意义上缓慢的文化变迁，而是文化在各种内在与外在力量及权力交锋中的重组或重构，在这种重组和重构的过程中，西部的传统文化成为各种力量和权力都在反复利用和开发的资源。在开发和利用的过程中，其“资源”意义远远大于或超越其“遗产”意义。因此，从“遗产”到“资源”不是一种理论研究而是一种社会实践，是一种正在进行着的、还需要认真地进一步研究的社会学人类学的理论。

课题的研究结束了，课题的成果已经出版了，我们的研究成果也已经出版了，但是否达到了费孝通先生的要求，我们已经无法知道了。费孝通先生生前曾经说过：“有关西部人文资源的保护、开发和利用的研究是一个非常大的课题，它不是一个两个人能够做得了的，而是要集中一大批志同道合的学者来做。而且这种研究是一个长期的研究，这不是一天、两天，一个月、两个月，一年、两年能够完成的，它是要好多年，甚至对有些人来说也许这将是一个终生的研究事业。”因此，课题虽然结束了，但研究远没有结束。我们对于费孝通先生晚年的有关“人文资源的保护、开发和理解”思想的理解也还没有结束。我们还需要努力地工作，将这一研究继续下去。

（原载《江西社会科学》2010 年第 10 期）

文化变迁的不同模式
——贵州梭戛生态博物馆考察所引发的思考

一、概述

中国非物质文化遗产保护工作正在一步一步地深入，第一批518项名录已经公布，接下来是第一批传承人名单的确立。据说下一步就将进入文化生态区的保护阶段，这种文化生态区的保护就是要将非物质文化遗产完整地保护在它所生存的自然环境和人文环境中，让其能得到可持续的发展。我们能做到吗？如何做？据了解，1995年在挪威政府的帮助下，贵州省六枝特区的梭戛乡建立了亚洲第一座生态博物馆，距今已有十几年的历史，而且在这之后，不少的少数民族地区正以其为榜样相继建立类似的生态博物馆。这样的生态博物馆是否成功？通过对它的考察与研究，我们能得到一些什么样的经验与启示？

为了解答这一问题，从2005年至2006年，笔者带领由8个人组成的课题组在贵州梭戛生态博物馆先后考察了三个多月。笔者认为我们目前并不缺少一些宏大的有关人类文化遗产或文化资源保护的理论，但我们还缺少对真正的生活和实践的近距离的直接观察和剖析，而这种观察和剖析对于我们的研究又是非常重要的，因为非物质文化遗产的保护是一个现在进行式的研究，没有现成的成功范例供我们参考，也没有现成的正确理论供我们套用。我们许多的理论必须通过实践的检验，通过解剖麻雀式的个案研究和广泛的实地考察来建立。

二、有关生态博物馆的概念

什么是生态博物馆？生态博物馆的创始人雨果·戴瓦兰说：“自然和文化遗产都是一种资源，是不可再生资源（我们不可能再生失去的风景，也不可能再生倒塌的纪念性建筑，也不可能再生一个过去的大师，或者过去的工艺，因为他们都是独有的，至少对于他们社区是独有的）和可再生资源（我们可以再建新的风景区，新的生活环境，新的艺术品）。我们都知道旅游团体、工业污染和经济危机能严重地和快速地损害文化遗产或自然环境，而且也损害遗产地居民的文化和生活方式，我们必须对这些外来损害因素加以预防和进行教育。所以，我们需要一种教育工具，在地区和全球范围，教育现在和将来一代怎样认识、尊重、利用、传承和发展人类精华。”①

戴瓦兰认为，生态博物馆就是这样的一种教育工具。他说：“生态博物馆教育的最重要的意义是当地居民懂得了他们自己所肩负的责任：保护和平衡利用他们的环境和自然资源；当然这些社区能够，也必须适应社会、经济和技术变化，以他们自己的节拍，以社区过去和按照他们活的文化，在允许和可持续的范围发展。”②

笔者一直认为生态博物馆是当今人类文化发展过程中所出现的最重要的理念之一，其不仅是一个生态博物馆的概念，而是人类文化多样性保护与可持续发展的一项重要工程。它的重要指向不仅是更新和颠覆了传统的博物馆概念，而且在于努力探求人类文化未来的发展方式，包括

① 中国博物馆学会编：《2005年贵州生态博物馆国际论坛论文集》，紫禁城出版社2006年版，第83页。

② 同上。

如何阻止不同地方文化的退化，如何激发不同地方文化的原创力。但生态博物馆真能应对文化生态的问题，能让当地的文化保持自己的原创力吗？这是笔者想了解的，而且生态博物馆是在西方发达国家中产生出来的理论和经验，能够在中国实践吗？如果实践将会是一个什么样的模式？另外，生态博物馆的建立方式能够将传统文化的保护和旅游观光之间的关系妥善地解决好吗？这一欧洲经验的实践会给当地人带来的是一个什么样的文化上和生活方式上的变化？

三、不断变革中的长角苗文化

梭戛生态博物馆管辖内的长角苗是箐苗的分支，“箐”是森林的意思，因此这是一支曾经生活在森林里的族群。由于其妇女头上绾着一支长长的角，当地人又称其为长角苗。只有将考察限定在一定的范围，我们的考察才有可能更细致和现实，所以我们将考察的空间范围主要限定在生态博物馆信息中心的所在地——陇戛寨，然后将对其他寨子的考察与它做比较研究。而考察的时间范围则是限定在20世纪初至今。

本文所研究的主要是近一个世纪来长角苗的物质文化和非物质文化的变革情况，包括促进变革的外来力量、变革的状况、承受变革的传统力量。通过这些研究和分析，我们可以看到：在哪一个历史阶段其文化变化的速度最快，哪一方面是促使它变化最强劲的力量，还有在所有的文化中哪一部分是最易变的，哪一部分是最不易变和最“顽固的”；面对外来文化的侵入，长角苗人是如何调适自己的文化以应对变化后的自然环境、人工环境和人文环境的；在应对这些外来文化时，他们文化自身的力量能发挥多大的作用，他们是主动地接受外来文化把外来文化转化成自己新的文化的一部分，还是被动地接受外来文化并把自己的文化消融在外来文化之中，因而失去自身文化的原创力。通过这些研究和分析，我们也许能找到这个地方文化的发展脉络和构成状况，同时把对它的研究与对生态博物馆的研究对应起来，从中了解生态博物馆的模式对当地的文化保护与发展产生了什么样的影响，从中能得到什么样的经验。这种经验的获得是非常重要的，因为许多的少数民族地区也正在学习贵州大量地建立生态博物馆，如果我们有了梭戛生态博物馆的经验，将有利于我国其他少数民族地区生态博物馆的建立，至少不会太盲目。

笔者之所以把时间上限定到20世纪初，是因为长角苗是一个没有文字的民族，文章中大多数的资料都来自长角苗人的记忆以及他们现有的实物资料。而在他们的记忆里，最清楚的也就只有一百年左右，再早就要靠猜测了。这里使用的材料一部分是笔者亲自考察得来的，还有一部分是来自其他课题组成员的考察①，他们的辛勤劳动为论文的研究提供了翔实的资料。

以下归纳的是从20世纪初到现在长角苗人文化所发生的种种变化。在这里我们将其分为三个大的阶段，第一个阶段是20世纪初到70年代末，这70年的变化不是太多，可以合在一起写，尤其是20世纪60年代以前长角苗的生活传统基本没有多大的变化，即使有也很缓慢、很少。到了20世纪60年代以后尤其是70年代以后，其变化的速度才开始加快。我们曾到六枝特区档案馆去查有关梭戛长角苗的档案，20世纪60年代以前的档案资料是一片空白，20世纪60年代以后才有了零零星星的一些记载，到20世纪90年代生态博物馆成立以后，有关长角苗的档案资料才丰富起来。说明在20世纪60年代以前，这个族群还很封闭，与外界的接触也很少，连当地政府也没有关注到他们。其变化速度加快的时间应是在20世纪50年代末到70年代末，这大约是我国“文革”时期到进入工业革命的初期；而速度更快的时间是在70年代末到90年代中期，这一时期是我国改革开放的前中期，中国工业化文明在加速，市场经济也得到蓬勃的发展；但其以令人眩目的加速度发展的时间却是从20世纪90年代中期建立了梭戛生态博物馆以后。

---

① 详细内容可参见方李莉等的《陇戛寨人的生活变迁——梭戛生态博物馆研究》，学苑出版社2010年版。

（一）20 世纪初到 70 年代末

1. 建筑与生态环境的变化

长角苗是箐苗的分支，也就是说他们最早是生活在原始森林中，过的是狩猎与最初级的农业生活，这种生活方式导致了它是一个不断游居迁徙的民族，它的这一习性体现在建筑中就是它的建筑十分简易狭窄，除了做房屋地基需要少量石材以外，大多是木材、葛藤、茅草等建筑材料。梭戛长角苗人群记忆中最早的建筑样式很可能是垛木房。

陇戛寨老人们很早就知道有“洋钉”一说，但大规模普及则是一件进展很缓慢的事。70 年代以前，铁钉就已经出现在他们身边，但是当时他们并没有真正形成对它的依赖性需要，因为他们当时的建筑结构并不需要这些“洋钉”。

2. 日常器具与工艺技术的变化

20 世纪 50 年代后期以前长角苗人使用的是自制的木勺和木碗，60 年代之后开始用瓷碗、铁勺或铝勺。20 世纪 60 年代以前长角苗人的木工器具以斧头为主，手工技术也以“砍”为主，许多木工器具都是“砍”出来的，不讲究外观的平滑；60 年代以后开始使用刨光木料表面的各种刨子。20 世纪 50 年代末长角苗人还有打猎用的弩箭，但由于森林的消失，大规模的狩猎活动已经逐步结束；60 年代初随着狩猎生活的结束，弩箭逐步消失，被更复杂的农业工具取代。

老人们能够记得最早使用室内照明灯具大致是在 20 世纪 50 年代，用的是玻璃瓶油灯，灯油是桐油，这些桐油有的是自己提炼的，大多数人还是从附近的集市上买的；60 年代用的是当地种的油菜籽榨的菜油，多是从集市上购买；菜油只用了六七年，70 年代用上了煤油，但灯具一直未变。长角苗人传统夜间走路所使用的照明工具是火把，使用的是晒干了的葵花秆。20 世纪 70 年代，手电筒进入了长角苗人的生活。

3. 服饰与服饰工艺的变化

20 世纪 60 年代以前，女装分为上装与下装，没有内衣。60 年代中期以后开始流行在上装里面套上一件从市场买来的汉族衬衣。随着衬衣的出现，衣服的领子发生了变化，由交叉领变成了对襟的领子。裙子没有发生变化。

在20世纪70年代服装样式没有变化，但是随着制作材料发生变化，女子服装的细节出现了很多新鲜的因素。这个时候布票出现，长角苗人开始使用棉布，女子服装材料渐渐由麻布改为棉麻布以及棉布。

另外，棉线也进入了长角苗人的生活空间，棉线的使用带来两个方面的改进，第一是传统的麻布得以改进，经线用麻，纬线用棉，这样织出的麻布穿着舒适，质地也比以前精细，被称为棉麻布；第二是随着彩色棉线的出现，绣花嫁衣的色彩发生了较大的变化，由于彩色棉线比染过的麻线细得多，更容易绣花，嫁衣上面的绣片增多，面积增大，常用颜色也从蓝白两色变为白、黑、红、黄、蓝五色，开始出现艳丽的彩色绣花。而三色蜡染是这个民族比较普遍的制作工艺。

1958年，汉族教育开始进入长角苗的寨子，受汉族文化的影响，少量长角苗男子开始改装，其所穿着的汉族样式的裤子是由自己以前的麻布裤子改造而成的。在布票出现后，部分长角苗男子就用布票去购买棉布做裤子穿。60年代以后，几乎所有的长角苗男子都换上了汉族裤子，但是并不是所有的长角苗妇女都会制作汉族样式的裤子，所以至今很大一部分长角苗男子的裤子都是在附近的集市上购买现成的。

20世纪50年代以前男子的头上也是戴角的，结婚与跳坡的时候都需要戴，新郎的角后面挂三朵小花表示未婚。但是在60年代男子头发剪掉之后就无法继续戴角而改为缠头帕了。新郎的身上穿的是对襟长短衫、大褂，戴的是围腰、腰帕，腿上是白色羊毛毡裹腿，脚穿球鞋或者皮鞋。这种衣服在70年代定格，也就是从这时起，男子的民族服装已经成为节日服装，其日常穿着与汉族无异，传统民族服装仅在本民族的重大节日及仪式活动或走亲访友时穿。

按传统，长角苗人做彩色蜡染时使用的红色和黄色染料都是从附近岩脚场上买来的粉末加入适量的水而形成的。这些黄色和红色粉末都非常昂贵，一次只用一点。70年代以后，长角苗妇女不再用红色粉末，而改用从附近岩脚场上买来的红墨水。70 年代后期，长角苗人已经很少进行彩色蜡染了，现在彩色蜡染在长角苗人的生活和服饰制作中基本上消失。他们认为蓝白蜡染色彩明亮，而彩色蜡染中的红、黄、蓝三色结合很暗淡。

70 年代，随着手电筒进入长角苗人的生活，在长角苗的男性身上又多了一个装饰，手电筒成为走寨小伙子必备的东西，然而男子传统服装中的荷包比较小，手电筒没有地方放，聪明的长角苗妇女便用灵巧的双手制作出绣满花纹的手电筒套来送给自己的兄弟以及情人，手电筒套的两端连接有刺绣的背带，这样手电筒装到筒套里面以后就可以斜背在胸前，成了服饰的一部分。渐渐地，手电筒套成为走寨小伙子身上必备的一个很实用的饰品。这时的手电筒无疑有了两种功能，一者照明，二者装饰或者是“炫耀”。长角苗人钟爱手电筒还有一个更深层次的原因：在长角苗人的习俗中，当地的年轻男女赶场谈情说爱时，如果女方对男方有意，她就会从男方的衣兜中掏出几块钱，给男方买一对电池，意思是晚上男方可以拿着手电筒去找她了。从某种意义上来说，那对电池就成了一对新人的定情信物，同时也是他们晚上“晒月亮”或男子走寨的工具。正因为手电筒和爱情紧密相连，姑娘在刺绣手电筒套时，更注入了一份特别的情感。

传统长角苗人的男鞋有两种，一种是四季都可穿的草鞋，另一种是冬天穿的钉子靴。钉子靴主要由牛皮或者青色麻布制作而成，靴底钉有 12 颗钉子。从 20 世纪 60 年代起，鞋底带胶钉的胶鞋进入长角苗人的生活，逐渐替代了传统的钉子靴。

70 年代末至 80 年代以来，陇戛寨的妇女四季日常穿着的鞋子都是从集市上购买回来的白球鞋。现在长角苗姑娘在过节以及表演的时候脚上穿的都是绣花凉鞋，这种绣花凉鞋的前身是花草鞋，用稻草打成，然后用彩线绣上花作为节日时候的穿着，但是这种花草鞋在 70 年代后期已经消失。

另外一种鞋子是绣花布靴，这种鞋子以前主要用于妇女冬季穿着，用棉布缝制而成，制作工艺与现在的绣花凉鞋一样。但是自从70年代之后这种绣花布靴不再作为长角苗妇女冬季日常穿着的鞋子，而逐渐变成了“寿鞋”，只供去世的女性使用。

（二）20世纪70年代末到90年代中期

1. 建筑

20世纪80年代，长角苗开始有了使用铁钉的木匠，当时主要用于钉制背架等工具器物，后来才广泛应用于建筑领域中。也许由于森林的减少，或者是土墙更方便，此时许多建筑的木墙都变成了土墙。

2. 日常器具与工艺技术

在20世纪80年代以前，长角苗人的毛巾就是一小块麻布。80年代以后，市场上的毛巾进入了长角苗人的家庭。在20世纪80年代中期之前，长角苗人所用的锅多是从织金县阿弓镇集市上的汉族人手中买来的陶锅，他们称这种锅为土锅或者砂锅。20世纪90年代后，在长角苗人的生活中出现了铝锅、铝壶、暖壶、铁锅等。20世纪80年代之前，长角苗人用来舀水的水瓢多是用粗的竹筒或者葫芦皮做成的，也有用整块木头抠成的木瓢。20世纪80年代特别是90年代以后，随着当地经济水平的提升，外面的工业产品开始进入梭戛苗寨，竹筒遭到淘汰；极少数家庭还有用于舀酒的葫芦瓢，舀水用的大木瓢已经完全被工业生产的红色塑料水瓢代替了。

20世纪80年代初期，长角苗人才从周边民族那里学会了简单的石工技艺。在此之前长角苗人不会打制石磨，甚至连维修都不会。寨子中的石磨都是向汉族人买的。20世纪80年代，长角苗的个别石匠才逐渐学会打制石磨。因此，梭戛苗族的石工工艺是近二十几年才出现的新的工艺种类。这种工艺的出现不仅可以做磨，更主要的是可以满足他们修造石头房子的需要。

20世纪80年代末，长角苗人开始使用铁锹。

20世纪90年代，长角苗人在农业生产中开始使用化肥。

3. 服饰与服饰工艺的变化

20 世纪 90 年代以前，长角苗女性服装的变化主要集中在上半身，是从外衣里面加了汉族的内衣开始的。在 1993 年之后，下装也出现了新的组件，就是在裙子里面套上侧面带白条的蓝色运动裤，并且这种搭配也成为长角苗妇女的固定穿着方式，在这之前长角苗妇女是从来不穿裤子的。长角苗妇女接受这种运动裤并将其变成与裙子的固定搭配，最重要的是她们认为这种运动裤套在裙子里面不影响美观，并且这种运动裤还具有便宜、舒适且保暖的特点，如果套上其他的裤子她们会认为很丑。同时，随着市场上彩色毛线的出现，年轻的妇女与儿童开始穿着用粉红毛线沿着蜡染图案刺绣成的服装，毛线刺绣的优点是线本身较粗，刺绣的时候要比棉线省时得多，长角苗妇女可以在短时间内绣出一件色彩鲜艳的衣服。这种绣花服装制作省时并且美观，于是逐渐流行开来。

在 20 世纪 70 年代之前所有的妇女都戴头饰，在 80 年代之后妇女只在婚丧嫁娶节日时候戴头饰，平时只戴角。

长角苗妇女的颈饰有三种，一种是藤条编织的项圈，一种是铜制带铜牌的项圈，还有一种铜制不带铜牌的项圈。在 20 世纪 70 年代初的时候，少女们开始流行将几个铜项圈用花手帕包起来戴上，认为这样既可以固定项圈又十分美观。70 年代末至 80 年代期间，集市上的商品逐渐丰富了，新出现的包装饼干的花花绿绿的塑料袋吸引了长角苗女孩们的目光，用装饼干的塑料袋包裹铜项圈成为时尚，这种方式与手帕包项圈同期并存。

长角苗人从前生活比较艰苦，他们在寒冷的冬天也是赤脚穿鞋。进入 80 年代之后长角苗人才开始渐渐地穿上了袜子，粉红色尼龙袜子成为长角苗妇女的最爱。在 90 年代后市场上出现了条纹的毛线手套，长角苗妇女觉得这种手套与自己的传统服饰很配，又逐渐流行起来，之后又形成一种特定的服饰搭配形式。

在 80 年代之后，男人们的脚上渐渐都替换成了从市场上买来的胶鞋，穿草鞋的人越来越少了，作为青年们定情信物的花草鞋也渐渐替换成了市场上买来的球鞋等。然而草鞋作为男子丧葬服饰的一部分从来没有改变过。

20世纪80年代后期，折叠雨伞进入长角苗人的生活，伞与手电筒一样同为走寨的小伙子们身上必备的一样东西，一是因为许多寨子之间路途遥远，而且当地经常下雨，所以雨具是必备的；二是因为打伞是小伙子走寨身份的一个标志，打起伞进寨就可以让寨子里的人知道你是走寨来了，所以就算是晴天，路上不打伞，但是进入下一个寨子的时候都要打起伞来。伞套的样式与手电筒套一样，可以斜挎在身上，这在80年代之后成为又一件集装饰性与实用性于一体的饰品。

（三）20世纪90年代中期建立梭戛生态博物馆以后

如果说以往长角苗人的生活变迁是局部的，是不断将外来文化吸收到自己的文化中，促使自己的文化不断改变而适应性的文化；那么自从博物馆建立以后这种逐步变迁的模式被彻底地打破了，它的变化是迅速的、整体的、全方位的，不容思考、不容迟疑、不容抗拒的。如果说我们还可以用“变迁”来表示以前的长角苗文化的变革，此时则需要用“重组”和“重构”来表示了。其主要体现在如下几个方面。

1. 空间概念的改变

贵州梭戛生态博物馆建立于1996年，1997年陇戛寨通电，1998年修通了公路，寨子里有了自来水，这可以说是长角苗人生活中最重要的事情。修通了公路，长角苗人的活动范围顿时加大，视野也顿时变宽。

20世纪90年代中期之前，多数的陇戛寨人没有到过六枝特区，更不用说贵阳和省外了。许多人到过最远的地方是岩脚镇，也就是说他们活动的范围只限定在方圆二三十公里之内。

公路的修建使越来越多的人租坐摩托车去赶集，甚至去特区。对于外出打工和读书的人来说，乘坐汽车、火车是他们得以外出的条件之一，而出外打工和读书对于长角苗人的物质生活和精神生活的改变无疑是最深刻的。

2. 动力模式的改变

当修通公路、架起电线以后，人们生活中的动力模式就改变了，传统的手工农业文明状态的技术模式开始被电动的工业文明状态的技术模式取代，虽然这里的机械化程度还不是太高，但其由传统技术所构成的功能圈已开始解体。

在长角苗人的历史上，大家更多的是靠人情换人情的方式解决需要集体劳作的诸如盖房、收割，包括打戛仪式等一些需要更多人手的工作。而机械的引进使这种人情式的交易方式变得岌岌可危。因为在这里人们看到密集的劳动力不再是优势，最大的优势就是要拥有生产资料与生产资本。

2000 年左右，整个梭戛地区开始引进凿岩机和雷管、碾米机，一些具备了这些生产资料的人开始雇用工人，同时大家要想利用它也必须用货币交换，于是，从人情交换到用货币交换好像是一瞬间，长角苗人还没缓过神来，它就迅速地来到了人们眼前。而且机器也带来了特权阶层，百余年来长角苗人基本都处在同等的生活水平线上；但人与人之间从此将拉开距离，出现了一些先富起来的人。由此，机械带来的不仅仅是一种动力模式、一种生产方式、一种生产技术，还是一整套的文化模式及社会结构，包括一种新的价值观念。

3. 象征符号的改变

电带给长角苗人的不仅是照明方面的革命、动力模式方面的革命，还有媒体传播方面的革命，那就是电视机的出现。1998 年，第一台黑白电视机进入陇戛寨，之后数量逐渐增加。电视机彻底打开了长角苗人的眼界。在这之前，长角苗人虽然生活在中国这片土地上，但对于中国的概念始终是模糊的。北京是中国的首都，但对于他们来说很难想象北京是什么模样，是电视向他们展示了外面世界的一切，让他们知道了中国有多大。通过电视，他们不仅看到了北京城市的模样，还看到了世界不同城市的模样。电视里的情景给了年轻人一种新的想象和追求，他们试图融入一个更大的世界中。在电视中看到的新的时尚也开始在寨子里传播，牛仔裤、T恤衫、旅游鞋取代了民族服装，成为年轻人时髦的装扮。电视机的出现带来了新的文化符号、新的审美和时尚，新的文化的象征意义。外来的文化象征着城市的、富裕的、发达的、时尚的、漂亮的，而长角苗人的文化却象征着偏僻的、贫穷的、落后的、老土的、不漂亮的。

4. 信仰模式的改变

以前长角苗人看病很困难，这附近没有医院也没有公路，交通很不方便，女人生孩子都不进医院，只是在家里自己生；普通的人生了病只请弥拉（巫师），并不上医院。1992 年以后成立了梭戛乡，建立了乡卫生院，生态博物馆建立后陇戛寨也有了卫生站。医疗系统的完善取代了人们对弥拉的信任，尽管寨子里还有不少人请弥拉，但一部分人已经不信了。寨子里有句话说：“气大吹唢呐，主意多学弥拉。”也就是形容弥拉心眼太多，这里面就包含了不信任的态度。

5. 生活方式的改变

生态博物馆的建立使长角苗人得到了世界的瞩目，也得到了政府的关心以及来自各方面的扶贫资助。当地政府不仅为陇戛寨的村民建了新房，还在每家新居的墙上钉上了一模一样的洗漱架，传统的长角苗人是没有刷牙的习惯的，但在政府的帮助下逐渐改变了这种状况。

由于公路的修通，商品的流通更加频繁和方便。近几年少数人家用上了贵州城市中颇为时兴的铁炉子，而传统的土炉处于被淘汰的趋势。土炉与长角苗人房屋外型及内部装修有直接的关系，其与土墙茅草房和石房在一块，无疑更和谐，相对来说更加整洁的蜂窝煤炉子、铁皮炉子则更易于与水泥地面、石灰白墙的砖石房结合在一起，而这种建筑正是未来发展的一种趋势。

按传统，长角苗人用木头制作的大木缸储水，政府部门作为扶贫项目给长角苗家庭配备水泥缸。随着政府发放的水泥缸进入他们的家庭，传统的木头水缸几乎已经变成了文物。水泥水缸、铁皮炉子、塑料盆、塑料桶、不锈钢勺和锅、电视机，还有政府帮助建造的两层楼新居等，这一切构成了长角苗人新的生活方式。尽管不是每家都很完善，但新的生活的确开始了。

6. 建筑与居住条件的改变

在生态博物馆建立以前，长角苗人的建筑虽然一直都在发生改变，但其用的材料大都是取自大自然的天然材料。从1996年开始，一些新的人工材料引入长角苗人的建筑之中，首先是水泥开始引入陇戛寨，其主要是用作石墙房和砖墙房的黏结剂，再就是掺上石砂做成混凝土砖或者水泥瓦。由于袋装水泥的出现，黏结剂问题得到了很好的解决。这个时期出现了用钢筋混凝土浇筑封顶的平顶石墙房，石墙房坚固耐用、冬暖夏凉、居住舒服，如果采用水泥封顶的话还不易着火。诸如此类的有利因素使偏爱石墙房的人越来越多，截至2004年，陇戛寨的石墙房已经达到58.97%。

2000年，贵州省文化厅文物处与梭戛生态博物馆对陇戛寨的10户民居进行了改建维修，这是一些保存还比较好又在路边的木墙茅草顶房子。为了让这些房子看起来更美观，在木墙上刷上了桐油，同时为了使房顶不易着火，又在屋顶用木板封顶，然后用沥青毡覆盖封涂。政府一方面要保持传统的人文景观，另一方面又要保证提高大家的生活水平。于是在以前老寨的山脚下建了一个新村，从2002年12月动工，2003年10月竣工入住。其中包括40套住宅、两个公共厕所和一个可容纳多匹牲口的公共厩栏。

7. 服饰穿戴的改变

在成立生态博物馆之前，服饰变化是最多和最丰富的，女性们会捕捉市场的新品种，并根据自己的需要选取可以融入自己服饰中的一些装饰或内衣，以及一些新的面料和新的装饰材料。但生态博物馆成立以后，陇戛寨的民族服饰反而变化小了。在一些更偏僻的寨子里女性不再戴那沉重的头饰，而改为装饰一些市场上出现的艳丽的塑料发夹和尼龙花边，既轻便又漂亮。在12个寨子里，只有陇戛寨还保留着原有的头饰，但这只是在节日或表演的时候，平时陇戛寨的姑娘们更热衷的是穿汉族服装，有的甚至剪成了短发，已彻底汉化。也许有一天这里的女性服饰也会和男性的服饰一样成为节日服装，即除了节日平时并不穿戴。

8. 民族工艺交易市场的出现

自古长角苗人就没有经济观念，他们不懂得做生意，也不知买卖。但生态博物馆建立以后长角苗人寂静的生活被打破了，寨子里不再只有村民，还有许多慕名而来的中外游客、来视察的领导、来考察的学者，甚至还有来购买文物的商贩。随着一批批游客的到来，传统文物的商品市场开始出现。尽管在《六枝原则》中，生态博物馆内的居民不准随意出售文物给游客，但事实上很难做到。在这里，所谓的文物就是指一些旧的传统的服饰及生活用具。我们曾到村民王大秀家，看她压在箱底舍不得卖的两件宝物：一件是她年轻时的头饰，那是一大把盘在头上的头发，据说这头发是一代代传下来的，里面有她妈妈的、外婆的、外婆的母亲的，等等。这样的装饰在长角苗的12个寨子里已经消失，只有陇戛寨长角苗在有游客来时还会戴，但已不是真正的头发了，而是用黑毛线代替的头发。还有一套她结婚时穿的衣裙，非常古朴漂亮。她说，以前她箱子里还有不少的“宝物”，但来了游客都陆续地卖光了，这两样东西都是她舍不得卖用来压箱底的。但我们觉得一旦客人能出高价，她也许又会卖掉。在这个寨子里许多传统的“老东西”流失了，比如以前他们用过的木头碗勺、吹过的口弦、用过的有年头的烟杆，还有许多传统的老衣服等。许多村民们把自己祖祖辈辈留下的物品都出售给了游客及文物贩子。

如何保护这些传统的民族文化物品可能是生态博物馆所面临的最大困境。其实在这一点上专家们是有预见性的。法国生态博物馆专家雨果·戴瓦兰曾在文章中写道：“由于选择作为生态博物馆的村寨将在日后会变得对旅游者非常具有吸引力，如果村寨居民没有充分准备好面对危险和挑战，在许多的诱惑面前，小规模的村寨（上百居民）丰富的文化遗产同时会变得非常脆弱。”[①] 他还写道：“当外国旅游者来到村寨，并发现这些宝物时，外国收藏家或者文物贩子会拿出一定数量的钱购买这些居民的祖传物品，这将使村寨居民很难抵御这些诱惑。对此现象我们已经有了很多教训。例如：在土耳其、危地马拉、秘鲁和印度的乡村及考古区域，在我们参观的生态博物馆中，我们看到许多居民的物品被人们作为了收藏品。生态博物馆的重要角色之一，应该是发明一些方法，避免发生规模旅游入侵。”[②]

但在我们根本没法“避免发生规模旅游入侵”的时候，陇戛寨人已把自己的旧服饰和旧的器具卖得差不多了，于是他们开始了对新工艺品的制作。许多女性开始有意识地绣一些新的服饰出售给游客，除整套的衣服外，还有作为家庭装饰的小块蜡染布或者刺绣品，以及用这些材料做成的小包等。今天，陇戛寨已经形成一个活动的民族工艺品市场，随着这个市场的产生，寨子里出现了职业的以传统手工艺为生的妇女。

9. 文化变成了一种表演

我们的课题组做了不少西部地区的地方性传统文化的研究工作，在对众多个案的研究中我们不断发现，一些在现代社会已经失去功能意义的传统日常用品，常常被作为艺术品而保留下来。人们保留它不是为了实用，而是为了欣赏。在现代外来文化的冲击下，许多少数民族的文化开始失去效用，人们正在努力地摆脱自己的传统文化，意图进入一个更大的社会生活空间。也就是说，在现代化飞速发展的今天，许多传统的少数民族文化正在失去实际效用，从而开始成为一种艺术欣赏品供人们去旅游、去观赏、去体验。而那些少数民族的人们为了取得经济利益，也在迎合这种需求。

于是我们所看到的少数民族文化都是在表演，他们在唱歌，他们在

---

① 中国博物馆学会编：《2005 年贵州生态博物馆国际论坛论文集》，紫禁城出版社 2006 年版，第 245 页。

② 同上。

跳舞，他们在举行各种神奇的仪式，在制造各种本民族的工艺品……他们的文化已经成为当地重要的旅游资源。长角苗的文化也是一样，早在20世纪80年代的时候，陇戛寨就成立了表演队，去六盘水的其他苗族地区学习交流。

自从成立生态博物馆后，游客或领导来到寨子除观看信息资料中心、陈列馆陈列的一些长角苗人的图片和实物外，就是看表演队的表演。而长角苗人的文化也开始从日常生活走向展示和表演。而且这种表演并不完全是传统的，不少是经过了培训的。如舞蹈并不是长角苗文化的强项，在我们的考察中，并没有发现他们在什么场合下会跳舞，但为了表演，博物馆请来了专业演员教年轻人边唱边舞蹈，边吹芦笙或三眼箫边舞蹈。

日常生活变成了表演，而民俗活动则成为更加盛大的表演。如“跳花坡”本是长角苗年轻人聚在一起的爱情活动，一般是从正月初四到十四，持续10天，活动的主体是未婚的青年男女。这期间的男女往来多是三五成群的集体行为，家长等成年人基本上不参与也不干涉。但就是这样一个仅限于年轻男女之间的爱情活动，在梭戛生态博物馆建立以后却成为一年一度寨子里所有人，包括外来游客都参加的盛大的表演活动，时间由过去的正月初四到十四，改成了正月初十那一天，而且称这一天为“跳花节”。12个长角苗的寨子各自派代表队来表演，节目不限。观看者不仅有寨子里的人，还有外来的游客，包括外国人，人数最多的一年达5000人，以至于找不到表演的场地。

在文化的表演中，寨子里的农民有了一个新的兼职，那就是艺术表演者，也就是我们所说的农民艺术家或民间艺术家。

10. 寨子由封闭到对世界开放

梭戛生态博物馆由于是中国与挪威合作建立的，在建立之初就是属于国际性的，一开始搭建的就是一个国际平台。据生态博物馆统计，截至2004年年底，共接待了中外客人8万余人次，先后有美国、英国、法国、日本、加拿大、新加坡、挪威等20多个国家的专家、学者到博物馆进行考察。我们从2005年生态博物馆接待人数统计表可以看出来，国外来客占有非常大的比重，在一年中只有 12 月份最寒冷的时候是没有游客来的。

11. 年轻的知识精英取代了年长的家族权威

面临外来文化的冲击，长角苗人首先感受到的就是旧经验的失效，传统的文化在新的社会背景中已失去它们的效用，他们不得不在一种新的文化中汲取给养。在这样的过程中，传统家族权威的地位遭到了动摇。有许多家族的族长不再是由老人来担任，而是由一些有能力有文化的年轻人或中年人来担任，因为这些有文化的年轻人或中年人办事得力、自信、会算账，还有他们的汉语好，能与不同的人沟通与打交道。因为长角苗的寨子不再封闭，作为一族之长必须要具备这些能力。以往的村长或村民组长都是由年长者担任，但现在却让位给了年富力强的有文化的人担任。在这样的时代，年长也许仍然还意味着经验丰富，但当年轻的人们来到一个更阔大的生活圈子的时候，面对着流速越来越快的社会通道时，他们发现书本上的知识、报纸上的知识和电视里的知识比老人们的知识更有用。因而老人们的权威地位迅速倒塌，年轻的知识精英越来越受到尊重，他们是长角苗人走向未来的代表。

12. 法律制度逐步取代宗族制度

长期以来长角苗人不懂得什么是法律，遇到问题都是由家族里的几位老人商议以后来决定。在这一族群中，繁衍后代是人生最重要的功课，因为谁家子女多，谁家的家族力量就强大。但现在这种思想也在逐步地改变，因为人们意识到人多势众的年代已经过去了，如果是真有谁违法侵犯自己，只要打个电话报警就行了，在“国家机器”面前谁也不敢不服。而村干部是寨子里“国家机器”的代表，所以当我们问村民：“在你们寨子里出了什么事情是由村主任解决，还是由族长解决?”他们的回答是：“还是请村主任解决，族长只是在葬礼或祭祖时出面做一些组织工作，并没有什么权力。”也就是说法律制度正在逐步地取代传统的宗族制度，而村主任的权力也远远大于家族长老的权力，权力中心正在迅速转移。

13. 青壮年劳动力的流逝

在上面的描述中，我们看到的是新的文化正在长角苗的生活中取得全面的胜利，这种胜利我们只是从寨子里人们自身的生活来探讨的。

但现在的长角苗人已不同以往，他们的活动圈子不再只限于周围的方圆几十里，最远的村民已经到过挪威，也就是说出过国，见识过外国人的生活。寨子里的青壮年劳动力是寨子里的中坚力量和顶梁柱，但当我们下去考察时，发现寨子里从 16 岁到 50 岁的青壮年劳动力有 75% 的人外出打工，18 岁到 30 岁之间的青年外出打工的几乎达到了 95%。他们从第一次踏进城市的土地、第一次坐上火车到现在已经十年了。在这十年的时间里，他们通过打工从物质上到精神上有些什么样的变化，这种变化又是如何影响到他们寨子里的生活和寨子里的文化观念的，我们认为这是非常值得探讨的。

这种大量青壮年劳动力出外打工的现象出现在生态博物馆建立之后，在这以前，寨子里走得最远的少数几个男性也就只到过贵阳，大多数人连县城都没有到过。也就是说在生态博物馆建立以前，长角苗人的生活几乎处于封闭状态。但建立生态博物馆以后，这里不仅通了公路、水电，来了许多的外地人、外国人，还有了电视机。电视机是从区域化走向全球化最重要的工具，即使远离大城市的人们，也可以通过电视和世界共享传媒经验，共享全球的共同思想和共同信息；电视机使寨子里的人们看到了他们生活以外的世界，那是一个他们不熟悉，但是可以赖以谋生的更加广阔的领地。

于是他们走出大山，进入城市打工。但进入城市以后，他们才发现自己所到的不仅是一个完全陌生的地理空间，而且是一个完全陌生的文化空间，尤其是对于那些年龄稍大又未读过多少书的人来说更是如此。他们从小习得的本民族的文化知识、本民族的文化规则在这里全然无用。《新牛津英语词典》中把“全球意识”定义为“解释（和理解）自己文化以外的文化，并常常作为对世界社会经济问题和生态问题的评价的一部分”。这些从山里来的苗寨人不知道什么叫“全球意识”，他们必须从头学习和理解自己文化以外的文化。因为相对于这种新的强势文化，他们成为没有文化的人，必须一切从头开始。

四、长角苗人文化地图的断裂与重构

在研究的过程中，我们试图采用吉尔兹“深度描写”的方式强调以小见大、以此类推的观察和认知方式。“组成文化的不是事物、人、行为和情感，而是由常规和概念以及一套组织这些常规的概念的原则。文化存在于文化持有者的头脑里，每个社会的每个成员的头脑里都有一张‘文化地图’，该成员只有熟知这张地图才能在所处的社会中自由往来。人类学要研究的就是这张‘文化地图’。”[①] 在考察中，我们接触了众多不同年龄层和不同性别以及不同身份的长角苗人，他们的讲述、他们的行为让我们在眼前描绘出了一幅不断移动的文化地图，我们细心地整理我们考察得来的所有材料，感受到了长角苗文化变化的速度，也就是说这幅文化地图不是静止的，它在不断地移动。尤其是梭戛生态博物馆建立以后，整个文化地图上的权力中心都迅速地发生了转移。我们看到的是新的文化在各个领域里都取得了全面的胜利，新旧之间的更替使紧系着传统文化的绳索正在发生着断裂，而这种断裂和转移的根源不是来自某一个方向或者某一个因素，而是整体与全部的。长角苗传统文化所面临的不再是我们常说的变迁，而是迅速地重构。

在研究的过程中我们发现最不容易变化的是一个民族心灵深处的宗教、语言、习俗及价值观念，即非物质文化部分；而最容易变化的是生活器用、生产工具及建筑等物质文化的部分。以服饰为例，其与信仰无关的式样和布料部分常常会有所变化，但其与信仰有关部分的纹饰及式样部分却始终不变。尤其是去世时穿的寿衣一定是传统的、改变得较少

① ［美］克利福德·吉尔兹：《地方性知识——阐释人类学论文集》“导读二：细说吉尔兹”，王海龙、张家瑄译，中央编译出版社 2000 年版，第 33 页。

的民族服装。而且陪葬的所有物品是自然材料，没有任何的人工材料。如铁钉、塑料扣子等是不能进入棺材内的，因为这些材料都是外来的，与本民族的传统无关。

在生态博物馆没有建立以前，非物质文化的部分基本没有变化。即使生态博物馆建立以后许多习俗及文化观念都发生了改变，但唯一没变的就是他们的“打戛”仪式，这是他们的葬礼。他们的信仰是祖先崇拜，因此他们的葬礼就是他们最重要也是最盛大的宗教仪式活动。一旦这一活动改变，他们民族的文化根基也就动摇了。在考察中笔者似乎已经看到了这一危机，如果一旦发生，长角苗人的“文化地图”就要重绘，未必是一张最美的图，但一定是一张最新的图。

五、文化变迁的不同模式

通过研究我们看到任何一种文化都不会是静止的，都是运动的、变化的，因此任何文化的变迁都是不可逆转的。但这种变迁有两种模式。一种是人们为了应对自然生态的改变和社会文化环境的改变而做出的自主的变迁，也就是文化变迁的选择权和主动权掌握在文化持有者自己的手中。通过研究我们看到在生态博物馆建立以前，长角苗人也有来自外界的迫力如森林逐步消失，使他们不得不放弃他们部分的狩猎生活；后来人民公社成立，为了记工分的方便他们不得不学习汉族文化。尽管如此，我们还是看到他们非常自主而又智慧地将外来文化融入自己的文化习俗中，如在20世纪70年代进入长角苗人生活的手电筒，还有20世纪80年代进入长角苗生活的折叠伞，到最后都成为年轻人谈恋爱的重要信物与道具，成为他们文化传统的一部分；还有棉布以及彩色棉线的出现，使长角苗人将自己的服饰变得更艳丽。这样的例子很多，也就是他们将外来的文化因素吸纳到自己的文化中，发展出新的民俗和新的传统。他们文化的主体性还很强大，他们对自己的文化也还很自信。

另一种是没有自主性的不得不为之的被动变迁，与其说是变迁还不如说是重构与重组。比如说生态博物馆的建立不是一种文化变迁的自然行为，而是在政府和专家的外来力量的支持下，使长角苗人在非常短的时期内就从一个封闭的生活空间来到了一个广阔的、面向世界的、全球性的空间。他们不容置疑，不容想象，必须要迅速地学习，迅速地脱离自己的文化传统，进入新的时代，融入新的生活当中去。在这样的情况下，他们看到的是自己文化的陈旧与落后和外来文化的先进与进步。于是他们不但不会为自己的文化感到自豪，反而是自卑。他们不再自主地调适自身文化与外来文化的关系，而是全盘地否定自己的传统，全力以赴地投入新的文化中。因为外面的世界和新的竞争方式在告诉他们，他们的传统文化已不合时宜，必须改变甚至根除。

因此，尽管政府和专家要他们保护自己的传统文化，但对于他们来讲却是要尽快地从旧的传统文化中解脱出来，以便适应新的生活和新的竞争形势。

六、西方理论与具体实践之间的距离

在这里我们似乎看到了工业文明早期一些非洲、美洲、大洋洲土著民族初次接触到欧洲强势文化时所产生的状态。那个时候的人类学家普遍认为在外来的更先进文化的冲击下，新的文化取代旧的文化是一种必然的规律。在克鲁伯 1948 年所写的《人类学》一书中有一段这样的话："对于原始部落来说，文化接触引起的震撼往往是突然而严重的。他们狩猎的林地或牧场要么会消失，要么会因耕种出现而遭到破坏，他们古老的血亲复仇、猎头、献祭等习俗也会受到抑制。"[①] 泰勒在其 1870 年所写的《原始文化》一书中表明，欣赏文化差异性的方法在于建构文化的进化阶段性。也就是说他认为人类的文化都是朝着一个既定的目标前进，

① 转引自［美］马歇尔·萨林斯《甜蜜的悲哀》，王铭铭、胡宗泽译，生活·读书·新知三联书店 2000 年版，第 112 页。

原始人的生活就是人类生活的过去，而欧洲人则代表着人类整体文化所发展的方向。马克思也同样假定“工业高度发达的国家，为工业较不发达的国家，展示了他们的未来的形象”[①]。沃特·罗斯托在其《经济增长的阶段》一书中，列举出了一个从“传统社会”到“高度大众消费的时代”的五个发展阶段的单线序列。在罗斯托的图示中，“传统社会”的解体是“经济起飞”的前提条件。而外来支配也有必要，因为它能够实现这种有益的解体，否则传统生产的习俗关系会阻碍经济增长。[②] 在传统人类学家的眼里，只有传统的地方文化彻底解体才会得到经济的发展，从而赶上发达地区的前进步伐。在他们的眼里传统与变迁是对立的，习俗与理性也是对立的。

但时至今日，社会的文化背景发生了变化，人类学家的看法也发生了变化，如人类学家萨林斯在书中写道：“非西方民族为了创造自己的现代性文化而展开的斗争，摧毁了在西方人当中业已被广为接受的传统与变迁对立、习俗与理性对立的观念，尤其明显的是，摧毁了20世纪著名的传统与发展对立的观念。”[③] 他认为，“晚期资本主义”最令人惊叹之处之一就是：“传统”文化并非必然与资本主义不相容，也并非必然是软弱无力已被改造的。他以爱斯基摩人为例，认为他们从20世纪80年代开始，一方面大规模地引进现代的技术与便利的生活设施，另一方面又在恢复他们的传统文化与仪式庆典。同时岛上移民的出走并没有使他们的文化丧失掉，他们反之将传统文化扩展到像奥里根和加利福尼亚这样遥远的同宗人的居住地。[④] 因此，他认为全球化的同质性与地方差异性是同

---

① ［美］马歇尔·萨林斯：《甜蜜的悲哀》，王铭铭、胡宗泽译，生活·读书·新知三联书店2000年版，第112页。

② 同上书，第113页。

③ 同上书，第125页。

④ 同上书，第121页。

步发展的。[1]

萨林斯的观点似乎给了我们希望，那就是现代化的本土性发展，在这样的发展过程中，传统与现代未必会对立，保护与发展也可以达到一致。但让我们感到困惑的是，在我们对长角苗文化的考察中还没有发现像萨林斯所讲的那样，人们一方面在大规模地引进现代化的技术和生活设施，另一方面又很热衷于自己的传统文化，同时还能保持自己的传统文化不被改变。我们看到的是他们文化的迅速解体与断裂，类似早期人类学家所见到的情景。

萨林斯还有一个观点值得注意，他认为："并非是金钱经济与传统生活方式之间不可调和的矛盾。当不能够找到足够的金钱来支撑他们的传统生活时，大问题才会出现。如果人们能像某些人类学家做过的那样做个计算的话，那么就能知道有多少来自政府的资助基金和商业贸易收入已经被投入于扶植本土生产方式中去了。做了这个计算以后，人们就会看到，土著内部经济显然吸纳并统合了外来经济。更进一步说，在村落当中，一个人或一个家庭，其在金钱经济中越是成功，便越会加入本土的秩序中去。"[2] 在这里我们所看到的萨林斯提出的现代化的本土性实际上还是要以经济为基础的，经济越发达，他们的传统文化越能保持下来。但如何发展他们的经济？这就需要我们去思考萨林斯所提出来的现代化的本土性能够得以实现的背后的真正理由。笔者认为在全球一体化的今天，整个人类社会的政治结构、经济结构和文化结构都在发生着巨大的变化，如今在世界范围内的许多地方，民族的文化传统与文化遗产正成为一种人文资源被用来建构和产生在全球一体化语境中的民族政治和民族文化的主体意识，同时也被活用成当地的文化和经济的新的建构方式，不仅重新模塑了当地文化，同时也成为当地新的经济增长点。因此，在

---

① ［美］马歇尔·萨林斯：《甜蜜的悲哀》，王铭铭、胡宗泽译，生活·读书·新知三联书店 2000 年版，第 123 页。

② 同上书，第 136 页。

当今世界范围内，许多的原住民文化以及各地的民间文化呈现出一种复兴状态，而这种复兴就是传统文化的复活，但这种复活并不是在实用层面的，而是在精神层面的。它是作为一种昔日的精神家园给予人们的寄托，让人们在这里看到自己的过去或领略到不同地域的人文风光，甚至成为一种可以欣赏的活的艺术。这就是费孝通先生所讲的“一件文物或一种制度的功能可以变化，从满足这种需要转去满足另一种需要”[①]。从功能上来讲，它不再能从制度上、物质上去满足现代生活的需要，但它却能从另一个层面，即人们的心理需求和审美需求去满足人们的需要，这就是文化产业和旅游业能得到发展的根基，也是许多地方文化得以复兴的经济基础，也是萨林斯所讲的本土化的现代性的理念能够得以存在的可能性之一。

在这里我们看到传统文化不仅可以成为我们保护的对象，也可以成为我们发展经济的人文资源，只有做到这一点，传统与现代、保护与开发才不会发生冲突。但作为生态博物馆如何做到这一点？用什么方式？英国纽卡斯尔大学博物馆学的学者彼特·戴维斯说：“生态博物馆应该有一个过程来解决目标，它要记录过去和现在的状况，以及人与自然的关系。要由不同的项目来执行，要对文化和政治全面地介入，通过媒体展览、教育、游览、出版物等，来诠释当地的人文资源。现在欧美越来越重视对产出资源的诠释，生态博物馆应该积极参与这种诠释，通过媒体的传播，把所有的资源都纳入其中，有许多意见输入的途径，在这一过程中要让各方面都对其具有拥有感（包括游客）。由于游客的介入，其还可以促进当地经济的发展。”[②] 他这样的理念就是生态博物馆的可持续发展的理念。但梭戛生态博物馆的现状是这里没有专业的文化研究工作者，更没有所谓的博物馆专家。因此，谁来记录长角苗人文化的过去和现在

① 方李莉编著：《费孝通晚年思想录》，岳麓书社 2005 年版，第 48 页。

② ［英］彼特·戴维斯：《评价生态博物馆现状和“成功”的标准》，原载于中国博物馆学会编《2005 年贵州生态博物馆国际论坛论文集》，紫禁城出版社 2006 年版。

的状况，以及人与自然的关系？还有谁来诠释当地的人文资源？谁来解释当地的文化？博物馆没有这样的专家，当地的民众没有这样的自信，也没有这样的自主能力。在这种情况下，游客的介入也许会促进当地的经济发展，但最可怕的是也会彻底破坏当地的文化传统。

挪威博物馆专家马克·摩尔还谈到生态博物馆的功能有三个方面：第一个方面，生态博物馆是一面镜子，当地的民众可以在这面镜子里看到自己的文化、认识自己的文化、接纳自己的文化，并为自己的文化骄傲和自豪，由此学会热爱他人；第二个方面，生态博物馆还和观众、旅游有关系，有很多东西可以展示、可以出卖，因此，其又是一个展示柜；第三个方面，它还是一扇向世界开放的窗户，如果不能成为窗户，当地的居民怎样和外边来的观众对话。① 如果达到了这三点，它的文化保护和经济发展的问题就可以同时得到解决。

在陇戛寨，我们看到生态博物馆的确起到一个展示柜的作用，因为他们把他们的生活展示给了所有的游客，也在出卖自己的传统文化，包括祖祖辈辈流传下来的一些物件；而且也是一面镜子，当地的民众也是真正地从这面镜子里看到了自己的文化，认识了自己的文化，但他们看到的是自己文化的落后性，看到的是由于自己文化的落后而造成了自己的贫困；另外，它也的确是一扇通向世界开放的窗户，在这窗户里，长角苗人接触到了来自世界各地不同的游客，也看到了自己与新时代的差距，与其他国家民族人们生活的差距，所以他们要奋起而追之，要急切地摆脱自己的传统文化。

在这里，我们看到了中国与欧洲的差距。欧洲生态博物馆概念最早提出来的时间是在 20 世纪 70 年代，正是其由工业文明向后工业文明转化的年代，这时欧洲的物质经济已经发展到了一定的水准，但面临着能源危机和生态的压力，在这样文化背景下的反思使其产生了对文化与生

① 中国博物馆学会编：《2005 年贵州生态博物馆国际论坛论文集》，紫禁城出版社 2006 年版，第 114 页。

态的保护思想，这是一种自发的文化自觉的行为。而中国的生态博物馆大都是建立在偏远的贫困山村，在经济没有达到一定的富裕程度、在当地民众对自己的文化没有一定的自信和认识的情况下，建立生态博物馆是一种被动的行为，或者只是为了在此名义下努力地摆脱贫困。在这样的背景下产生的生态博物馆很难成为一种教育的工具、一种阻止文化退化的方式。而且从萨林斯的研究中我们也看到，只有在经济富裕的情况下，传统的文化才能得到保护。

但是作为长角苗人来讲，如何才能使自己变得富裕并在此基础上保护自己的传统文化？他们现在的方式是离开家乡外出打工，为了摆脱贫困，他们宁可丢弃自己的传统文化。也许有一天，陇戛寨受过教育的新一代在外面挣到一定的钱以后会回来开饭店、开旅游品商店，国家将会投资在这里建旅游设施。也许只有这样，他们的传统文化才可能被人们重新重视，并努力地恢复。这是不是萨林斯所讲的本土化的现代性？也许只有在这时候，生态博物馆的可持续发展的理论才可以得到实现，因为人们已经看到文化是一种可以发展经济的资源。而且受过良好教育的长角苗的新一代也会认识到，自己的文化是自己这一族群得以认同、得以凝聚在一起的重要标示。只有在这个时候，文化的保护才能得以实现，这是在若干年陇戛寨人的生活富裕以后，但到那时，真正意义上的长角苗文化还会存在吗？而且利用当地的文化资源发展经济，实际上也是一种开发的行为，而这种开发如何才能使当地的文化免于被破坏？如何才能使当地的文化保持自己的原创力和自主性？这也是生态博物馆理论所面临的一个巨大问题，正因为如此，在许多发展中国家建立的生态博物馆并不是太成功，看来理论与真正的实践还是有一定的距离，还需要我们多探索和多思考。

七、结束语

这几年，笔者和本课题组的许多学者一直在西部做考察，不仅考察了梭戛生态博物馆，也考察了西部的其他许多地区。通过许多具体个案的研究，笔者发现了一种规律：当一种文化还有生命力时，它是人们生活的指南，它存在于人们生活的背景知识中，所谓的背景知识就是人们在使用它却意识不到它，它融化在生活中，与其成为一个整体；但当它不再能在当今的生活起作用而失去了继续发展的生命力时，它就成为一种遗产，一种可以表演和展示的对象，在表演和展示的过程中，其便由遗产转化为一种被开发的资源。

也就是说，民间的传统文化一部分随着传统的产业和传统生活方式的改变而瓦解或消失了，但另一部分正在转化和重组，成为现代社会文化和经济发展中所需要的人文资源。在我们考察的西部，许多民俗仪式、民间歌舞及民间手工艺作为艺术的表现形式不仅保留了下来，还有所发展，并成为一种新的文化产业。但是在这种新的文化产业的发展中，我们发现许多民间的传统文化成为一种艺术的表演形式，在这些表演形式背后，与农民们的宇宙观、道德观、生命观乃至与生产方式紧密相连的传统文化似乎正在碎片化，甚至空洞化。在这里面隐含了一系列令人担忧的问题。因此，笔者的看法没有萨林斯那么乐观。

对于生态博物馆的理念，笔者也觉得有需要商榷的地方。因为，我们通过考察看到的是在生态博物馆没有建立以前当地的文化一直在缓慢地变迁，但它的文化还活着，还在继续发展，甚至还有很强的消化外来文化的能力。生态博物馆建立以后，它的文化在表面上是被保护了，事实上是被曝光、被展示了出来，它文化的内涵，文化自身的创造力、生命力却逐渐地在萎缩。

基于以上的思考，笔者认为，在全国上下一片非物质文化保护的呼声中，我们首先要解决的有几个重要的问题。

第一，学者和文化政策的决策者一定要关注开发与保护之间的关系。

面对文化遗产，现在多数人只敢提保护，不敢轻言开发和利用。但是实践早就走在了理论的前面，文化产业、旅游业的发展就是这种实践的结果。即使我们提出了许多非物质文化的保护措施，表面是保护，实质是另一种形式的开发。就以生态博物馆为例，其最初的目标是保护原住民的文化与自然遗产，但当它将这些文化作为一种教育工具或表演对象展示给世人，作为一种人文资源来使当地的经济得到发展的时候，它就是一种开发的行为。因此，目前是开发的力度远远大于保护的力度。如果学者不敢正视这一现实问题、不做认真的田野调查，就不会理解社会的真正需求、农民的真正需求，就不会发现在现实生活中保护与开发所暴露出来的种种问题。梭戛生态博物馆的实践给予了我们在这方面的种种思考。

文化遗产已经成了一种可以开发的人文资源，从资本经济到知识经济、从物质经济到非物质经济的转化都说明了人们正在用原有的文化去重构现有的文化，甚至未来的文化，而这一切都是建立在将传统的文化也就是文化遗产转化为人文资源的基础上的。因此，对于人文资源的研究以及人文资源与文化产业之间关系的研究也迫在眉睫。

第二，有关文化遗产的保护必须研究先行。在没有任何研究记录或保护措施之前，一定不能开发和利用。现在非物质文化遗产保护的热度很高，但笔者认为真正的深入研究还没有跟进，如果没有深入的研究为前提，我们的保护工作将是盲目的，甚至是有风险的。比如，继梭戛生态博物馆以后，在全国许多地方都陆续建立了不少的生态博物馆，现在还处于全面开花的状态。但究竟什么是生态博物馆，建立生态博物馆以后我们将如何保护当地文化等，大家都没有真正弄清楚就盲目上马，笔者认为最后的结果可能就是保护性的破坏。也许最初的动机是好的，但结果却是相反。

第三，急需建立学术队伍，加强记录、梳理和研究方面的工作。近年我们一直在做西部人文资源保护方面的课题，最大的感受就是当我们还没有找到切实可行的少数民族文化保护的措施时，第一件事情就是先抢救和记录。其实也许文化就是如此不断地向前发展的，我们没有能力也没有必要让所有的文化都保持原态。但无论如何，记录和研究的确是不可缺少的。但即使是建立生态博物馆，我们要做的第一件事也还是考察、整理与记录，如果一个生态博物馆没有一套有关其所处社区的主群文化和历史的完整考察和记录，并且这样的记录是经常性的、连续性的，把一个社区或族群文化的变迁过程全面地记录下来，那么就不能称其为生态博物馆。

通过在梭戛生态博物馆的考察，发现我们国家非常缺乏文化保护工作方面的专业人才。我们需要一支学术研究力量非常强的专家队伍，来对博物馆社区内的文化进行记录，登记造册，并详细地记录当地的文化历史，以及当地人和自然的关系。而且这种记录不仅是文字的，还是影像、照片、音响等可视听的，最后还要建立一个数据库，不断扩展和填充里面的内容。它会帮助所有的来访者了解当地的文化，甚至教育下一代，使生态博物馆成为一种教育的工具。如果有这样的前提，生态博物馆的建立才有意义。但在少数民族地区，我们缺少这样的专业人才，以至于贵州梭戛生态博物馆建立了十几年，对长角苗的文化都没有一个完整详细的记录。原因是没有专业工作者，所以我们必须要加强培养，加快培养。

第四，唤起当地民众“文化自觉”的意识。生态博物馆的理念不是要让其所保护的社区文化永远不变化，而是要让其在变化中仍然保持自己内在的生命力。这种变化不是外界强加的，而是其自然发展、自主发展的，这也就需要当地的民众包括政府具有“文化自觉”的意识，具有对自己文化的热爱和自信。欧洲的生态博物馆大多是当地民众及政府的自觉行为，但在我们这里建立生态博物馆、保护传统文化本身就不是当地政府和民众的自觉行为，而是外界的强加。对于当地政府和民众来说，他们需要的是发展经济和脱贫，并不是文化的保护，在这样的前提下，工作做不好是自然的。也就是说教育和帮助当地政府和民众认识自己的文化，这是目前中国生态博物馆必须要做的一项工作。

笔者在这里描述的虽然只是一个长角苗人的文化，但相信在当前我们的少数民族文化中，其是有一定代表意义的，其所面临的问题，是与其同类的其他少数民族所共同面对的问题。

（原载方李莉、于惠芳主编《中国见解——社会变迁中的知识运动》，北京大学出版社 2011 年版）

西部人文资源与西部民间文化的再生产

一、概述

马林诺夫斯基在他一本书的开头中写道："民族学如不是处于一种悲剧的位置上，便是处于一个荒诞的景况中。当我们开始把这门学科的车间安排就绪，当我们去为它锻造合适的工具，当我们开始为约定的任务做好准备工作，其研究的材料就已经以令人无望的速度迅捷地融化了。恰是现在，当科学的田野民族学方法和目标初具形态，当人们在受过全面田野工作的训练之后开始到野蛮社会中去研究他们的居民，这些东西就从我们的眼皮子底下消失了。"①

他的这段话正是我们现在到中国西部考察时所体会到的。当我们课题组向国家申请到了一笔经费到中国不同民族最集中、文化最具多样性的西部地区做田野考察时，我们所看到的就是马林诺夫斯基所描述的这种情景。许多民间的传统文化都在我们的眼皮底下不断地消失和变化。

但尽管如此，田野考察仍然重要，因为"历史为我们呈现出了一套新的文化、实践和政治结构，人类学家应该借此机会使自己的学科焕发

① 转引自［美］马歇尔·萨林斯《甜蜜的悲哀》，王铭铭、胡宗泽译，生活·读书·新知三联书店2000年版，第140页。

生机。”“文化在我们探询如何去理解它时随之消失，接着又会以我们从未想象过的方式重现出来了。”[①] 萨林斯的这一段话也是我们在考察中所看到和所体会到的。我们的本意是要考察西部的传统民间文化，但我们所看到的却是一种新的、被重新建构着的民间文化的再生产过程。

对于人类社会不同阶段的文化表现形式，贝尔认为，在农业文明中，由于生产力的低下，人类对自然的依赖相对紧密，所以此时人类的主要任务是与自然的接触和较量；在工业文明中，随着人类加工制作技术的发展，人类对于自然资源的开发和利用更加高端化，于是此时人类的主要任务是与制作加工后的人工制品的较量；而后工业社会则是一种“人际活动”。这种人际活动以笔者的理解应该是一种在人工创造的“第二自然”中的文化活动。弗雷德里克·詹明信认为“后工业化社会”的根本标志就是“自然”已一去不复返地消失，整个世界已不同以往，成为一个完全人文化了的世界，“文化”成了实实在在的第二自然。一切都被纳入了人的视野、人的认识，换句话说就是这个世界整个地被知识化、话语化了。[②]

在这个人文化了的世界里，人们每天要面对的、要较量的不再是自然，而是文化。以往人们是通过自然来创造文化，而现在的人们则是通过“文化”来“重构文化”。而西部的民间文化田野所呈现的正是这样的一种重构场景。如果说人类社会在建构其物质生活基础时，所要加工的原料和所要开发、利用的对象是自然资源的话，在人们通过“文化”来“重构文化”的今天，人们发现我们面对的不仅有自然资源，还有以前人们不太注意的人文资源。也就是说，以往的资本经济所要开发和利用的对象是主要自然资源，而当今的知识经济所要开发和利用的资源很大的一部分将要包括人文资源。这不仅是源于人类文化上的需要，也同样是

① ［美］马歇尔·萨林斯：《甜蜜的悲哀》，王铭铭、胡宗泽译，生活·读书·新知三联书店2000年版，第141页。

② 盛宁：《人文困惑与反思——西方后现代主义思潮批判》，生活·读书·新知三联书店1999年版，第38页。

源于人类生活上的需要以及市场经济上的需要。在资本经济时代，人们生产的主要是物质产品，在市场上交换的也主要是物质产品；而知识经济时代，由于信息网络的发达、视觉文化和艺术的迅速发展，还由于物质产品的过量生产，造成自然资源的枯竭与自然生态的被破坏，人们将会越来越注重非物质产品的生产，也就是所谓文化产品、信息产品的生产。在所谓“文化崛起”口号中重要的表现形式之一，就在于以往作为意识形态而存在的文化如今也成了一门产业。在未来的社会发展中，文化产业和高新技术产业一样将成为社会发展中的重要支柱产业之一。于是，作为文化产业所要开发和利用的对象——人文资源的重要性也就越来越凸显出来，这正是我们课题目前所要研究的主题。

什么是人文资源？费孝通先生认为，人文资源“是人类从最早的文明开始一点一点地积累、不断地延续和建造起来的。它是人类的历史、人类的文化、人类的艺术，是我们老祖宗留给我们的财富。人文资源虽然包括很广，但概括起来可以这么说：人类通过文化的创造，留下来的、可以供人类继续发展的文化基础，就叫人文资源”[①]。用费孝通先生的话来说，人文资源是人类的文化积累和文化创造，它不是今天才出现在我们的生活中，而是自古就有的。但将其作为资源来认识却是今天才有的，所谓资源是为一定的社会活动服务的，离开社会活动的目的，资源毫无意义，甚至可以说也就没有了资源的存在。在这个意义上，资源并非完全客观的存在，当某种存在物没有同一定社会活动目标联系在一起的时候，它是远离人类活动的自在之物，并非我们所论述的资源。

因此，人的认识是非常重要的，詹明信认为，人类思想的发展史就是一部各种认识方式不断更迭的历史。也就是说，人们对于客观世界的认识把握总必须凭借一定的认识方式。而用海德格尔的话说就是凭借已知去认识未知。而某种新的认识范式一经确立，过去的知识就又会按照新的认识范式被重新分类和进行整合，所以，所谓新的思想的认识，则

---

① 费孝通、方李莉：《关于西部人文资源研究的对话》，《民族艺术》2001 年第 1 期。

不仅是指在原有的思想范式不变的情况下所作的新的探索、新的发现，更指的是由于思想范式的变换而发现的原先被遮蔽了的认识的盲点。[①]

对于西部的人文资源虽然在以前也曾有过多次的认识，但由于历史的局限，并没有将其放在一个新的历史框架和新的认识范式中来理解，更不曾很好地想过要如何去保护或合理地利用与开发它。因此，我们对西部人文资源的研究就必须要有一个新的视角和新的切入点。费孝通先生曾认为，对西部人文资源的研究第一步要求就是清点家底，对西部的人文资源作一个整体的梳理和记录。其实这一步工作前人已做过很多。远的不说，就说近代，中华人民共和国成立以前，有 20 世纪 20—40 年代国内知识分子的大量考察，还有外国考察队的考察。中华人民共和国成立以后的大型考察有 50 年代的民族大调查，还有从 80 年代开始的、由文化部组织的、至今尚未结束的文艺集成志书。他们所做的工作可以说是将传统的记忆转变成文献，在我们面前建起了一座座历史的丰碑。

而我们今天要做的就不能仅仅是他们工作的再次重复，同时也很难重复，因为今天的西部已不再是我们前人眼中的西部，文化的迅速变迁和重构使我们面临的研究对象更加错综复杂，其为我们描绘的是不再同于以前的文化图景。笔者认为，我们今天对西部人文资源的研究工作是要对这些已有的文献、话语重新再进行一番审视，同时通过对现实状况的实地考察提出自己新的诠释。

对于西部来讲，虽然其是一个人文资源非常丰富的地方，但如果我们不去理解它、不去认识它、不去有意识地培植它和保护它，在不经意中它也会流失甚至被破坏。当然，资源一经开发就很可能被破坏，因此，学者一般不敢轻言开发。但实践总是走在理论的前面，我们不敢轻言开发，不敢轻言利用，但事实上，西部的人文资源现在正处于不断地被开

---

① 盛宁：《人文困惑与反思——西方后现代主义思潮批判》，生活 · 读书 · 新知三联书店 1999 年版，第 55 页。

发和被利用、流失之中。

许多人类学家的研究和报道让我们了解到，如今在世界范围内的许多地方，民族的传统文化与艺术遗产正成为一种人文资源，被用来建构和产生在全球一体化语境中的民族政治和民族文化的主体意识，同时也被活用成当地的文化和经济的新的建构方式，不仅重新模塑了当地文化，同时也成为当地新的经济的增长点。

基于这种了解，我们对西部人文资源的当代认识与研究就更显得重要和迫切了。在研究中，我们不仅要掌握和了解其历史存在状况，更要掌握和了解其现存状况以及现在所面临的种种困境。首先，我们要认识到作为文化遗产与文化传统的人文资源的复杂性，一方面其具有非常稳定性的一面，另一方面其又具有非常活跃和非稳定性的一面。在人文资源中，已经被历史定论为文物或已经被文献记录下来的文化历史、文学艺术等都是被我们称为人类珍贵的文化遗产部分，当然也是人文资源的一个重要的组成部分，这一部分基本是比较稳定的，可以用博物馆和图书馆将其保存或保护起来。但是那些还活着的文化传统，如民间的各种节日庆典、人生礼仪等风俗习惯，还有千百年来人们与大自然调适过程中所形成的特殊地域性的传统的生活方式与生产方式等，这些也都是人类重要的文化财富，同时也是当地人文资源的重要组成部分，这一部分是活态的，是有生命的。作为活态的、有生命的物体，是很难让它凝固不动的。在农业文明时期，由于社会发展和生活节奏的缓慢，其相对稳定，不易变化。但在工业社会甚至发展到了信息社会，也就是后工业社会的今天，由于社会发展节奏的加快、大众媒体的广泛传播，这些活态的文化传统正在不断地遭到冲击，迅速地发生改变。尽管在不少学者的眼里，西部地区由于地域偏远、商品经济落后，文化传统相对保持完好，但这种认识只是学者的一厢情愿。在全球一体化的今天，正如前面所说的，在这世界上再也没有了没受过现代化侵染的地方，在这样的时代不再会有任何完全封闭的地方。

首先是电视媒体的普及，使即便生活在最偏远的西部地区的人们也能在不出家门的情况下知道天下大事。笔者曾在自己的一篇文章中写道：“有了电视机，这些居住在深山里的人的平衡生活开始被打破了，生活在这里的许多人也许连西安都没有到过，但通过电视，他们却看到了整个世界。看到了繁华城市中的生活和他们所在的贫困中的乡村生活有多么大的距离。他们开始觉得自己的生活是多么的寒酸和落后，同时他们传统的价值观念开始被颠覆，以前被认为是美好的东西，现在变得一文不值。于是，以前认为‘可好看’的剪纸被迷人的明星照所取代了，以前曾把他们迷恋得要死要活的山歌——信天游，也被现代流行歌曲所代替了。他们为自己的贫穷而感到羞愧，在这羞愧中，也从此否认了自己的传统文化中的各种审美习俗，认为那是一种落后和简陋，他们要奋起追求和城里人一样的时尚，一样的漂亮。”① 那是笔者在 2001 年到陕北考察以后写下的一段话。当然，现在的西部农村人的观念又发生了许多新的变化，在后面笔者会提到。但的确，大众媒体的传播正在把不同地区人的文化拉平，在拉平的过程中许多的人文资源便迅速地流失了。

在当今的西部，其面临的不仅仅是许多珍贵的人文资源的流失，更重要的是其民间文化在各种力量的交锋中，向我们展示着一幅重新组合和重新建构的图景。在我们观看这幅图景的时候，一定要认识到，文化像一个网络，我们要理解当代的西部民间文化，就一定要理解构成这个网络的各种路径。同时，要认识到现代知识的形成已不再是过去的那种被看成自然现成的、原生的、理应如此的“知识”了，而是被看成相对的、有条件的、由各种力量交锋争执之后所形成的话语表述。在这里我们要关注的是，促使西部民间传统文化变迁和重组的各种“权威”“权力”，或简称为“力”的体现。按照这样一个思路，对于当今西部人文资源的研究，就不仅要把历史上留下的文本视为已知的话语建构，把自己所从事的研究看成当下的一种话语建构，还要自觉地把关注的焦点调准到“当代西部民间文化”与生产“当代西部民间文化”的各种“力”的

① 方李莉：《塑造西部农民的心灵》，《文艺报》2002 年 11 月 12 日。

交互影响之一的关节上，着重考察为社会所接受的“当代西部民间文化”——表达或体现当代西部民间文化的“话语”是如何形成，又如何变化的。而在这种变化中，西部的人文资源、文化传统又是如何被开发和利用的？开发和利用的终端表现形式又是如何呈现的？

在考察中，笔者注意到了其中几个关键部分：一是西部的人文资源，其是西部民间文化再生产所需要加工的原料；二是各种“权威”“权力”的“力”的体现，这种“力”不仅仅是来自国家、国际、民间、市场，甚至来自学界，它们是西部民间文化再生产的重要动力；三是西部的民间艺术，西部当代的民间文化的终端形式往往是以民间艺术来表现的。在当代西部民间文化的再生产中，民间艺术的地位似乎越来越重要，几乎所有的民间文化都需要民间艺术来粉饰。而且，只要能成为民间艺术的民间文化就能保留下来，就能发扬光大。不仅是因为其能成为一个地方文化的象征、标志和符号，还因为其能转化成文化商品，是现代文化产业的最终成果。正因为如此，本文讨论的主题是西部人文资源与西部民间文化的再生产，但研究的方法和角度却定位于艺术人类学，把对民间艺术的研究放在了一个重要位置上。这种定位在许多地方与后现代的理论不谋而合，后现代主义思想的真实根源就存在于各门类的文化艺术的领域之中。其认为当今各种后现代产品已经倾向于取代各种现代产品，而后现代的产品正是指在艺术、电影、建筑等领域中产生的各种被视为与现代产品不同的那些文化产品，这些文化产品正是以艺术的形式来表现的。

以上作者只是陈述了一些论文将要探讨的主要观点和问题，接下来笔者将以各个不同案例的分析来试图响应以上提出的观点和问题；同时勾勒出在不同“权力”及不同“权威”的影响下，在对西部人文资源的开发和利用中，西部的民间文化传统的再生产过程以及在这种再生产过程中民间艺术所产生的重要作用，在这种作用中我们甚至看到了一种“美学概念”的“后现代性”。

二、来自市场经济的力量——旅游与民间艺术的结合

在“资本逻辑”的强势推动下，市场经济应是引起西部人文资源重构、西部民间文化重组的一个重要力量。首先是旅游业的发展，在知识经济中，人类社会经济增长的支柱将来自两个方面，一方面是高新技术的发展，其解决的是人类肉体存在的需要；另一方面就是文化产业的发展，其主要解决的是在高度发达的社会中，人类精神存在的需要。而这两种需要，前者可以称为物质的需要，后者可以称为非物质的需要。随着科学技术的高度发展，在发达国家，物质需要已趋饱和，非物质的需要正在逐渐增加。同时，随着环境污染、自然生态平衡破坏的加剧，工业社会初期的以“大量消费物质为体面”的拜物教思想开始淡漠，对消费知识的欲望却增强了。也就是说，在对物质产品的需要减弱了的同时，对服务和精神产品的需求却增强了。于是，物质优先被“非物质”优先取代；硬件优先被软件优先取代；“大量消费物质而体面”的生活方式被“大量消费知识受到尊敬”的生活方式取代。世界出现了一种怀旧、寻根、回归自然的心绪，在这种心绪的影响下，人们热衷于了解各民族的文化历史；热衷于收藏各种文物、艺术品；热衷于用民间的手工艺品和自然材料来装饰和布置自己的家庭和房子；热衷于到大自然中去爬山、游泳、滑雪、呼吸新鲜空气等；热衷于到与自己本民族不一样的各地区和国家，去旅游、去体验不同的文化差异。

在这样的文化背景下，许多原先被认为是封闭落后的地区，由于尚未被开发，保持了较好的自然环境和较完整的民族习俗与传统，开始成为旅游的胜地。西部的许多地区也正是在这样的情景下开始成为旅游的热点。旅游业对西部地区的介入一方面给当地带来了许多新的经济的增长点，另一方面也给当地的自然环境和人文资源带来了不少的破坏，而且还迅速地重组了当地的文化传统，而新的文化也在这重组中得以再建。

我们课题组的一位学者石高峰为摩梭人，他在考察了他的家乡泸沽湖畔的两个村庄后，对旅游业介入当地文化后的状况做了很详细的描述

与记录。在他的报告中我们看到，开展旅游业以后，当地的摩梭人不仅改变了他们传统的生活方式，也改变了他们传统的生产方式，甚至家庭的构成形式与人们的经济观念。作者写道："落水人过去以农业为主，劳动力主要从事种植及畜牧业。而现在，年轻人的主要精力放在了旅游业上，从事牵马、划船、歌舞或摆摊、设立商铺等工作上。"[①] 从 1995 年开始，陆续有一些外地小伙子到摩梭人家入赘，问题就是从这些有入赘的家庭引起的。那些精明的入赘者进行了翔实的核算之后，向家人宣布分成小家庭更划算。于是传统的大家庭开始解体，传统的婚姻形式也开始改变。由于商业上的竞争，原本和睦的亲邻关系也开始紧张。泸沽湖的旅游越来越变得商业化操作，传统的建筑和服装都已变异，生活习俗也日趋现代。

为了市场的需要，人们还用充满艺术魅力的手段重构自己的家乡文化，于是，"摩梭风情园""女儿国饭店""女神酒楼"等充满了诱惑和招徕意味的旅馆、饭店在泸沽湖边四处林立。白天，打扮得花花绿绿的马匹和牵马的小伙子、姑娘在村边排成队列等待游客的到来。晚上，摩梭人在院坝内烧起篝火，跳传统的舞，唱当地的民歌。[②] 一种既真实又虚幻的民间艺术风情油然而生。

课题组的另一位学者莽萍曾到中国最西北的小村庄——白哈巴村旅游，在村庄里，她看到了在农村从未见过的最整洁实用的卫生医疗站，所以她认为"这是一个美丽安宁又相当开放的地方"。

她在文章中写道："但是，自从内地的旅游公司'发现'了这个地方，并且自以为是地赋予这里'与世隔绝'的世外桃源色彩，大批游人便纷至沓来。美丽、神秘、边陲概念、异族风情，这些已经足够吸引大批游客，但旅游公司认为还不够。他们要提供更多的感官刺激，以刺激

---

① 石高峰：《云南摩梭人母系文化保护和开发现状研究》，载方李莉主编《西部人文资源考察实录》，学苑出版社 2010 年版。

② 同上。

和满足游客快速消费、实时享受的欲望。各种新的旅游项目被开发出来：游船、游艇、直升机；马上、水上和空中体验。于是，这里的湖水不再平静，山林也不再安宁，传说中的湖怪杳无踪迹。伴随着快艇、轮船和直升机的马达声，旅游公司纷纷宣传造势，把当地风情和民族文化浅薄地包装起来再出售给大众。

“在喀纳斯湖边，旅行社搭起一个固定的夜间活动场地，中间是一个篝火晚会台子，配有重低音音箱。一到夜里，这里就开始了喀纳斯湖边最喧嚣拙劣的所谓民族表演。……而在这样的场合，鲜艳的民族服装、带有地方风情的表演，夹杂着英语和当地民族语言的节目是必不可少的道具。”①

从这个例子中我们可以看到，伴随西部大开发而蓬勃兴起的旅游文化作为一种不可忽视的经济和文化力量正在深刻地改变着当地民族和族群的文化②。

而且以上的例子还可以使人们认识到，有关“现代”的诠释可以有两种意义，一种是西方文明史阶段的“现代”，另一种则是作为美学概念的“现代”。在工业化发展的后期阶段，工业化的组织管理渗透到了社会生活的方方面面，渗透到农业、商品流通的领域，使这些领域实现了工业化；渗透到文化生产、娱乐消遣的领域——文化生产和娱乐消遣，从某种意义上来讲，正是美学概念的“现代”得以生成的基础。

三、来自政府的力量——民间艺术的辅导与发展

在我们观察西部人文资源在新时期的不断被利用和被重新建构的过程中，政府的力量是不可忽视的，从30年代在革命根据地延安，所兴起

① 莽萍：《西部开发：“旅行”中的社会变迁》，载方李莉主编《西部人文资源论坛文集》，学苑出版社2010年版。

② 这里的“文化”概念，既包括语言，也包括人们日常生活中所持的信念、价值观和生活方式等。

的革命化的秧歌、剪纸；到后来在政府倡导下发展起来的户县农民画；各县级文化馆辅导出的农民画、剪纸、刺绣、泥塑等；包括各类民间歌舞、民间音乐等，都使传统的民间艺术在政府的倡导和政府文化机构的辅导中产生了种种的变异。

笔者在2002年考察了曾闻名于全国的安塞县的剪纸后，发现在20世纪的三四十年代，陕北成了抗日的大后方，革命的根据地，于是，延安时期革命现实主义的创作风格曾影响过这里的农村妇女们。笔者在一篇介绍剪纸能手曹佃祥的文章中曾看到这样一段描述：

“1942年春，安塞县高桥村的小土街上来了十几个鲁迅艺术学院的学生画速写，收集民间剪纸。消息传到曹佃祥耳朵里，她多想看看大学生是什么人物，怎样画画。她背上干粮，步行了五十里地赶到高桥，一打听，学生们早顺着川道回去了。曹佃祥遗憾极了。但她还是在小土街转了一圈，发现一户庄户人家的窗上贴着‘锄玉米’‘送粮’‘学习’等内容的剪纸，一下子被吸引住了。

“就是这些革命的题材和新的创作手法影响了当地的剪纸巧手们，因而在这附近一带的剪纸中留下了这样一些痕迹，一些反映现实生活题材的剪纸。如曹佃祥剪的‘学习’‘纺线’等，还有潘常旺的‘送子当兵’，杨桂芬的‘骑马挎枪’，李秀芳的‘腰鼓手’‘娶亲图’，徐桂芳的‘收工’‘出工’‘买猪娃’‘赶毛驴’‘做衣服’等。这些都是六七十岁以上的老一辈的剪纸艺人的作品。而年轻一点的四五十岁的像侯雪昭这样的中年人，更是以表现现实生活的题材为主。”①

安塞虽然地处偏僻，和外来文化艺术交流较少，但在历史上这里却不是一个文化落后的地区。相反，这里的文化积淀非常地丰厚，这里曾经是中华文明的发祥地之一，远在新石器文化时期，这里就大量活动着我们远古的先民们。从战国、秦汉一直到唐宋，这里都是边关要塞，有不少商周时期的文化遗址，还有大量的汉墓，十几座北魏、唐宋时期留

① 方李莉:《安塞的剪纸与农民画》,《文艺研究》2003年第3期。

下来的佛教石窟。说明在唐宋以前这个地方与外来文化交往还是很多的，包括佛教都在这一带盛传。由于梁峁地貌带来的交通上的阻塞，使当地的文化在保持唐宋以前文化的基础上，独自较封闭地发展酝酿，不仅塑造出自己特有的风格，而且保留了许多远古时期和汉以及唐宋时期的许多文化艺术因子。在当地的剪纸中，我们很少看到元明清时期的中原文化对这里的影响，其原因也许是元代和清代时期，内蒙古已在我国的版图之中，这里不再是军事要塞，也因此，这一带不再受到当政者们的重视。也就是说，自元明清以来安塞的文化很封闭，较少受外界影响，也由此保留了许多最古朴的原生态文化的种子。

但延安时期革命性风格的剪纸却改变了原有陕北剪纸的许多旧的传统，而形成了一种表现农民现实生活的新传统，如果我们现在到陕北考察就会发现，这种表现农民现实生活，并将其作为一种独立的艺术欣赏品的新传统，已经成为陕北剪纸的一个主流。当然，这里面与后来文化馆干部的推动也有很大的关系。

20 世纪 70 年代末到 80 年代后期，中国美术界曾发起过一个民间艺术热，这一民间艺术热的发起就与各地文化馆干部的工作有着直接的联系。笔者在安塞当地的杂志上见过安塞县文化馆馆长杨宏明写的文章。她写道：“1979 年隆冬，陕北高原严寒陡峭，文化馆美术干部顶着寒风，逐村逐户对民间工作者进行全面普查摸底。普查工作十分艰辛，在沟壑纵横交通不便的山村，跋山涉水，全靠步行。有时美术干部为普查一个作者要往返几十里山路。”

笔者在安塞做考察时，住在当地剪纸能手侯雪昭的家里。她告诉笔者说：“我们这些不识几个字的民间艺人，还出国到过许多地方表演、讲学，陈老师（文化馆的美术干部）却一直默默无闻，哪儿也没去过。”就是这些文化馆的干部，培养出了许多闻名中外的民间艺术家，国家为这些民间艺术家在美术馆办展览，在京城的舞台上演出，还派他们出国表演、参观、讲学，有的还走进了大学的讲坛，为学生们开课。

这些民间艺术家的技艺是精湛的、传统的，但也无不充满了文化馆干部熏陶和指导的痕迹。笔者曾住在安塞县郭塔村的薛玉琴家，她是当地有名的农民画家。安塞县的农民画家基本是女性，这些农村女性大多数本来并不会画画，只是从小学剪纸和绣花，所以有一定的造型能力和基础。但是在文化馆老师的培养下，她们学会了画画，而且画得还不错，不仅出版了画册，1988 年还由文化部主办了“中国农民书画大奖赛”并在中国美术馆展出，薛玉琴的作品在这次评比中获得了一等奖。

在薛玉琴家住的期间，笔者看到了她那幅获得了一等奖的作品——《牛头》，还有《三羊开泰》《拉驴老汉》《看驴口》《兰花花》等，这些画都在画册上登载过。看过她的画，笔者不理解的是，传统中国人的审美都是喜欢圆满，喜欢皆大欢喜，因此，无论是绘画还是戏曲，都讲究完整，形象完整，剧情完整。尤其是民间艺术，所有的表现对象一定是完整无遗表现清楚的，绝不会画半个人或半个动物、半棵植物的。在中国的传统绘画中，尤其是民间的绘画中，是没有特写式构图的。但奇怪的是，薛玉琴画的《牛头》《拉驴老汉》《看驴口》都是头部特写或是半身像，这完全是西式的表现方法。我问她，为什么要这样画，她开始说是自己想着创作的，但她看我不相信，才说出是文化馆的辅导老师让她这么画的。由此可以看出，我们今天所看到的民间艺术，在很大的成分上已不完全是传统的，许多的农民艺术家都多少已经受过文化馆辅导员的训练。

如果说 20 世纪 80 年代政府主导民间艺术的发展是为了继承民族的优秀文化传统，含有深刻的政治意义和文化意义，那么到了 90 年代政府扶持民间艺术的发展则又有了新的发展经济的含义。

我们还是以薛玉琴为例。薛玉琴是当地有名的农民画家和剪纸能手，但在她家的墙上和窗户上，没有贴一幅她自己画的画，而是像所有的陕北农民家一样，贴满了明星照。笔者问她为什么，她说，明星照好看，而且真实，她自己画的画和剪的剪纸则很土、很难看。笔者再问她，既然不好看为什么还要画、还要剪？她说，是因为城里人和外国人喜欢，她可以将这些画好的画和剪好的剪纸送到县文化馆出售。

县文化馆为了创收，收购农民们的剪纸、绘画和刺绣等，然后以展出和长期陈列的形式出售给游客。薛玉琴所在的村庄很穷，村里人每户人家的平均年收入才几千元人民币，薛玉琴因为会画画和会剪剪纸已经成了村里的首富。她不再从事农活，真正地成了一个画画和剪纸的专业户。

笔者考察的另一位农民艺术家侯雪昭，她家住在安塞县旁边的一个村子里。在她家的窑洞里贴满了她剪的剪纸，在她窑洞门脸上的窗户旁挂满了一串串红艳艳的辣椒、一串串白生生的大蒜头、一根根金黄色的玉米棒子，俨然一幅陕北人家的风光图景，那是因为这一带离县城近，经常有游客光顾，她家已被政府批准为可以接待外来游客的接待户。她的这番装饰不是为了自己，而是为了游客的喜爱。她的丈夫是当地远近有名的腰鼓手，现在他们夫妇俩基本不种地了，侯雪昭以剪纸、接待游客为生，丈夫则是靠组织腰鼓队表演，或被邀请到全国各地当腰鼓队教练为生。

还有一个案例似乎也能说明这个问题。2002 年，有一次笔者到陕西省千阳县的一个村庄做考察，正好遇到省妇联的几个干部也在村里，他们为了帮助当地农村妇女脱贫，带领文化馆的干部来免费培训村里的妇女，教她们刺绣，教她们做布玩具。本来这应该是当地妇女们会做的本行，但她们告诉笔者，她们自己做的这些手工艺品不如文化馆老师教的有市场，无论是配色还是造型，她们都喜欢接受文化馆老师们的指导。因为他们比农村妇女们更懂得市场，也更会揣摩现代人的购买心理。这个案例说明发展民间艺术已经成为当地政府帮助农民脱贫的一种方式。

更令人深思的例子是，笔者在考察中认识了一位妇女——李爱姐，她是村里最有名的刺绣能手，被国家授予“民间艺术家”的称号。在她家做访谈时，笔者看到在她家的墙上贴着一张纸，上面写满了电话号码。经了解才知道，因为她是名人，客户总是指名要她的刺绣品，但她的时间有限，不可能做得了那么多活。于是，接到订单，她就打电话给村里其他的妇女，大家一起帮着做，她从中抽钱。她本来是一个普通的农民，现在却成了一个文化名人，进而又成为一个能带来经济效益的文化品牌。现在她一家人都不再从事农业生产，而是做布艺的制作与销售工作。

四、专家学者的力量——民间历史和艺术资源的发掘和利用

在西部民间文化发展的过程中，还有一股我们不可忽视的力量，那就是许多做民间艺术方面研究工作的学者在里面所起的推动作用。笔者在 2004 年的春节期间曾到一个非常有名的民间艺术村——小程村考察，那是一个坐落在黄河岸边，据说伏羲曾在那附近做过八卦图的村庄。在笔者的想象中，那里的民间文化和中国传统文化的源头紧密相连，到那里考察一定会大有收获。但是来到村子后笔者才发现，当地民间的文化传统在中华人民共和国成立以后的移风易俗、“文化大革命”的“破四旧”运动中，早已被冲刷得所剩无几。

现在所有的网上和报纸上宣传的当地的民间文化和艺术都是近两年重建与恢复的，是中央美术学院的一位教授到这里画画，发现了这里的自然风光很美，同时也有很多与当地有关的历史遗迹与神话传说。在他的帮助下，村里建起了民间艺术学校，请来文化馆的老师训练当地农民唱民歌、跳秧歌、剪纸。

为了挖掘当地更多的人文资源，教授请来了考古学家，对村里一座谁也说不清来历的古老窑进行了考证，把这座窑的建筑年代确定为北魏时期。同时，让村里人将他们耕地时翻出的汉唐时期的陶罐、宋元时期的画像石等古物都贡献出来，放在这座古老窑中，准备建一个有关这个村庄的历史博物馆。

在这座古老窑的墙上，贴着一篇介绍有关这个村庄历史的文章，笔者将它抄了下来，村里人告诉我说，这篇文章是那位教授写的。在这之前，村里人除了知道他们的祖先是在明永乐年间由山西大槐树下迁移过来的之外，其余有关村庄的历史和地理位置一概不知。是那位教授让他们在众人面前有了些许的自豪感，知道了自己村庄与众不同的一面。村

民们看见我们对古老窑感兴趣，他们又向我们推荐了更让人们自豪的另一个景观——“乾坤湾”。

在村民们的相拥下，我们来到了村头的一座黄土高坡上，向下俯视，黄河在这里形成了两道S形的大湾，中间有一座伸进弯道的小岛，酷似“太极图”，因此，这座岛被当地学者取名为“黄河太极晕”。相传这里是风华胥履大迹感生伏羲，姜嫄履迹感生后稷的风水宝地。至于“乾坤湾”这个名字，当时我忘了问是小程村的人为其取的名字，还是那位教授为其取的名字。只记得小程村的人告诉我说，这里立了一块碑，是在那位教授的帮助下立的。碑文上的文字也是他写的：

> 乾坤湾凝集了天地之灵气，集聚了九曲黄河之神韵，外延苍茫，内涵深邃。相传远古时，圣人伏羲氏多次到此地，仰头观天象，低头看山河，神悟阴阳鱼，点化太极图。后人因此称这一圣地为乾坤湾。
>
> 伏羲氏在这一带驯兽为畜，教人织网捕鱼，同时创立婚姻礼仪。从此人类社会由母系社会转向父系社会。

笔者再俯下头看看那个在黄河中央的小岛。只见岛前有一片很大的河滩地，据说那块河滩地就叫“在河之洲”，夏商周三代君臣于每年的仲春二月在这里聚黄河庙会，唱青阳歌，奏立基乐，跳宿夜舞，献牛犊祭，供九河神女，颂人民之祖。中国最早的一首求婚诗“关关雎鸠，在河之洲，窈窕淑女，君子好逑”就是产生于此。笔者不知这些说法是否正确，因为这都是当地的文人们所说和所写的，至于世世代代生活在这里的农民们，他们并不知道这些历史，也从来没有关心过这些历史。

在学者们的帮助下，人们充分地利用和挖掘了当地的民间传说，并通过历史的遗址和文物来重新确证当地的历史文化，与此同时还展开了系列的传统民间艺术活动，并在此基础上重构和重建新的文化资源，为外来者描绘甚至虚拟了一个新的似乎有着浓郁的地方风情的文化空间。

当然，如果仔细观察就会发现文化在其中的变异，这里的秧歌不再具有传统的祭祀性，传统秧歌里的所有禁忌与章法在这里全部消失，有的只是娱乐，只是游客与当地人的共庆；这里的剪纸也不再有祈福、辟邪以及做鞋样、绣枕头、贴窗户的功能，它成了一种剪纸艺术，表现的功能变了，其剪纸的内容和形式也改变了。没有了传统的民间宗教色彩，反映的都是农民们的现实生活，为了便于装饰和更有视觉上的冲击力，其外形更大，也更完整；同时还出现了许多以前没有的民间艺术形式，如民间绘画、布贴画等；民歌中也夹杂了不少延安时代和“文革”时期的革命歌曲。

现在这一地区已经被国家批准为黄河流域原生态文化保护区。随着国家民族民间文化遗产保护工程工作的开展，许多地方会越来越意识到人文资源的重要性，类似这样的挖掘和利用、重构的现象也会越来越多，所谓的“原生态”文化也会越来越多地出现在地方文化的名词中，尤其是在国家民族民间文化遗产保护试点和联合国非物质文化遗产名录的申报材料中。

五、新技术的力量——传统手艺的边缘化与新民间艺术的崛起

在西部人文资源的重构和变异中，新技术的介入也是一个非常重要的力量，有关现代技术所带来的传统文化的变迁一直是多年来笔者所关注的一个焦点。几年前，笔者在一篇文章中写道：“在西部一些偏远地区保留的较原生态的文化，往往是一种较古老的文化，它的动力模式来自传统的手工业和农业技术状态。而现代文明对于当地文化的浸染，就是首先要根据现代的技术要求来调整其文化，同时也就意味着要采纳现行技术的‘动力模式’，抛弃那种如今已找不到现实基础的传统‘动力模式’。这也就是说，技术动力有时会领先于社会动力，并将自己的动力强加给社会，造成社会变迁的加速化。正因为如此，在许多本土文化正走向与国际现代文明接轨的今天，考察技术和文化之间相互影响的模式就

非常紧要。现代新技术的楔入，最后伴随而来的就是非地域化过程的发展。也就是说，相同的技术往往会拉平各种不同文化之间的差异。在现代化的进程中，西方的技术模式不仅迅速地取代了各地方性传统技术的合法地位，导致了传统技术的崩溃，也使许多地方性的原生态文化失去了其赖以生存的根基，并因此遭到了破坏，甚至消亡。当然，这只是设想，我到西部去考察的目的就是要证实这一设想是否正确，也许在考察中还会发现第二条路，那就是地方性的本土文化和传统技术在现代化进程中的继续发展和再生。”①

经过几年的考察，笔者看到了第一条路，也发现了第二条路。笔者一直对传统手工艺的研究有兴趣，尤其是对传统民间陶瓷工艺的研究。在对西部人文资源的研究中，笔者同样也做了系列民间陶瓷业的考察。笔者曾到陕南地区的一个名叫“罐罐窑”的村庄做考察，这个村子五十多户人家几乎家家做陶器，都是农民家用的坛坛罐罐。随着生活方式的改变和机械产品的大量生产与普及，这些传统的粗陶瓦罐开始失去市场。村子的名字还叫“罐罐窑”，但村民们早已不做罐罐了，只有两家还在非常萧条地继续烧造着陶器。笔者去考察时，那位陶工告诉笔者，他之所以还在做陶器，是因为除了做陶，他再也没有其他的谋生本领。同时市场也不再要传统的坛坛罐罐了，他现在做的是一些花钵和花器，是人们在现代生活中使用的装饰品和陈设品。

笔者还考察了陕西省铜川市陈炉镇，陈炉镇是西北地区最大的产瓷集散地。镇子里十一个村庄上千户人家，几乎家家都做瓷器，他们祖祖辈辈靠此为生。中华人民共和国成立后，每家每户分散的手工艺作坊合并成了一个大的陶瓷厂，于是村民们由亦陶亦农的手工艺人变成了吃国家粮的国有工厂的工人。在计划经济体制下，工厂的产品不怕没有销路，本着为广大人民群众服务的方针，一些传统的工艺瓷和陈设瓷不再生产，只生产一些日常用的杯、碗、盘、碟，因为面向整个西北的市场，所以

① 费孝通、方李莉：《西部开发的人文思考》，《民族艺术》2000年第3期。

产量很大，工厂非常兴旺。但改革开放后，各种工业制品充斥市场，陈炉镇半手工半机械化的陶瓷业很快就在市场上败下阵来。笔者去考察时，瓷厂已经关闭了，镇上的青壮年劳力都到外面去打工了，镇上只剩下老人、孩子和妇女。

但另一个现象出现了，镇子里出现了几家陶瓷手工艺作坊，人们开始恢复传统工艺瓷的制作，已经失传很久的耀州窑青瓷制作工艺在不断的研究中也被成功地试制出来。这种工艺瓷和仿古瓷的产量虽然很低，但和日用瓷相比，其附加值和利润却要高得多。另外，由于瓦斯窑的引进、炼泥机的利用，一个手工艺作坊的存在只需要很少的劳动力，从而使从事这项手工艺劳动的人只要把精力放在具有创造性的那一部分工作上。于是，在现代化的冲击下，传统的手工艺得到了恢复，而由于新技术的介入，手艺人的工作具有了更多的艺术创造的成分。手艺人们也开始争取作为一个艺术家的地位，他们希望获得“民间艺术家”或“陶瓷工艺美术大师”的称号，因为这一称号和他们的经济收入直接画等号。

在所谓的文化遗产保护中，也许人们不太会注意手工艺，但其却是农业文明的基础，是有关农民衣、食、住、行的农业文化的核心部分，核心部分的变异是最根本的变异。在笔者的考察中，一些与生活实用关系紧密的手工艺消失得非常快。如农村的铁匠、木匠、石匠、铜匠等，他们曾经因为有一技在身受到许多村里人的羡慕。但如今这类工作消失了，从事这一工作的匠人们也成为过时的人，在退出历史的舞台。

但有意思的是，有些手艺消失了，有些手艺却发展起来了，它们不再被人看成普通的手艺，而成了民间艺术，比如泥塑、刺绣、编织等。笔者在 2002 年到陕西省关中一带考察，在当地，凤翔县的六营村以泥塑的制作而闻名于全国。这些泥塑本身是农民们利用农闲做的一些泥活，是农民们在节日庆典、人生礼仪中使用的一些道具。这些泥塑与当地农民们的民俗生活息息相关，而六营村的村民们世世代代农忙时干农活、农闲时则做泥活，然后将做好的泥活拿到集市上出售给方圆几十里的乡亲们。随着现代化对乡村生活的大面积覆盖，农民的民俗生活发生了巨大的改变，本以为随着传统生活的改变，这些传统的民间艺术会受到冲击。但事实恰恰相反，六营村的泥塑不但没有受到冲击，反而前所未有地发展了起来。许多村民开始成为泥塑制作的专业户，这些本来是农闲时做的泥活开始成为他们的主业，也成为他们赖以谋生的主要手段。因为他们现在有了新的市场，国内外许多民间艺术的爱好者纷纷来这里考察和购买泥塑，市场变了，销售目的和制作目的也变了。这些农民已尽可能地将自己放在一个民间艺术家的位置上，他们懂得了作为一个民间艺术家的重要性。

在与六营村相邻的一个村庄，长期以来以编织业的发达而闻名于周边地区，这个村的传统产品是草席、草帽、篮子等一些农家的实用品。编织的材料大多是当地产的麦秆，现在这些传统的实用性的产品已萧条，但另一种更具艺术性和装饰性的麦秆编织品在出现。用麦秆编成的各种花色漂亮的门帘、墙上的挂饰、桌上放的各种装饰品，甚至还有麦秆画、麦秆雕塑。这些产品并不是提供给当地的农村，而是国外的来样订货，是当地一家代理商在广交会收到的订单，有了订单，代理商就将活分配给村里的一些妇女编织或制作。这些新的手艺活，不仅改变了村里的副业生产结构，给村里人带来了新的手工艺技术，同时也让村里人跟世界拉近了距离，因为这些产品都是出口欧洲的。这里的销售链是漫长的，一边是生产者，另一边是消费者，他们之间并不能直接见面，但在生产的过程中，消费者的审美需求也在影响着生产者的审美观，激发出他们新的想象力。

六、传统本土文化的力量——民间艺术背后的文化意义

在考察的过程中，笔者不仅看到了各种外来的“力量”和“权威”在影响着西部的当代民间文化，在重构和重组西部新的人文资源，同时也看到了传统本土文化的顽强生命力。2004 年春节，笔者在小程村过完年后，来到了陕北的榆林地区，通过当地学者的介绍，笔者跟着当地的

保宁堡秧歌队走了十几天，每天到一个村庄演出，晚上就和秧歌队队员们一起住在村里农民的窑洞里。

这是一支从明代就有的秧歌队。每到一个村庄，秧歌队首先是拜庙、敬神，在榆林地区的每个村几乎都有庙，有的是龙王庙，有的是牛王庙，还有的是土地庙，总而言之都是与农业生产有关的庙宇。保宁堡秧歌队信的是三官爷，拜完庙后，就到村里找个地方供上三官爷的神像，上香朝拜。然后再到各家“沿门子”，所谓“沿门子”就是挨家挨户地跳秧歌，其目的是为主人家驱邪去灾，祈福求吉祥。舞步是规定的，而歌词则是按照主人家的情况触景生情临时编的。跳秧歌时，锣鼓喧天，歌声嘹亮，按当地的习俗，过年时家里一定要有响动、要火红，这样邪气才不会侵入，鬼怪也会望而生畏，不敢作祟。正因为如此，秧歌队来到每一家都会受到热情的款待，主人倒茶敬烟，还拿出糖果来招待大家。

沿完门子，到晚上秧歌队到村里的操场上摆开场子，开始为全村的村民们跳秧歌，开始是跳大圆场，这是为娱神而跳的，在伞头的带领下，秧歌队变换着各种队形，组成各种图案，常见的有“踩四门”“卷菜心”“扭麻花”“蛇盘九颗蛋”等。大场子走完后，即为小场子，这是为娱人而跳的，因此有着更丰富的内容。有腰鼓、旱船、跑驴等轮番上场，以腰鼓队最受欢迎。接下来是演小戏，这是真正的农民们自娱自乐的演出，这些演出都是出自业余演员之手，水平不太高，但因为演的都是农民们自己的生活，所以农民们还是很爱看的。

保宁堡秧歌队队员的构成大多数是十六七岁至二十几岁的年轻姑娘和小伙子，伞头是秧歌队的主心骨，也是领舞和领唱，年龄大一点，一般是三四十岁。另外还有会计、管账、后勤、化妆师、算命先生，这里的最高领导是庙会的会长，这些人的年龄都偏大，五十多岁，可以说他们是秧歌队的领导阶层。

笔者很好奇这些秧歌队员是怎么组织起来的，于是对他们做了逐个的访谈。通过访谈笔者了解到，大多数队员都是为了给神还愿而来的。在这一带的农村，当家里遇了难或亲人生了病，还是习惯到庙里求神，并向神许愿，如果神为家里解了难或为亲人治好了病，自己或者孩子就将参加秧歌队，为神跳几年秧歌。

以上的考察让我们看到本土的传统力量也是非常顽强的。在"文革"期间，民间的传统习俗、民间的宗教信仰基本被革除。但20世纪80年代以后，政府的政策开放了，许多的传统又开始恢复。因此，现在的农村与"文革"时期比较起来，民俗传统不仅没有被淡化，反而出现了复归的趋势。

本课题组成员西安社会科学院的学者赵宇共近几年一直在关中做考察。他在考察中看到在关中地区的民间，随着市场经济的发展，许多民间的习俗，如节日庆典、婚丧嫁娶、宗教祭祀基本恢复到了20世纪50年代左右的境况，而且有过之而无不及。其原因在于：（1）政治环境相对宽松。（2）经济活动的需求给复归提供了合法性。（3）社会利益需求。同时人们借举行民俗活动的机会行人情、拉关系，以礼品行人情的方式给自己今后的方便做出投资。同时通过结婚、给孩子办满月、丧葬、给老人过寿、盖房上梁等活动展示自己有经济实力，结集社会关系网。土地个人承包后，农村集体性活动少、娱乐少，而民俗活动的热闹能调节生活的单调、重复、乏味。中老年妇女往往在寺庙中说闲话、唱小曲、聊家常，颇有点俱乐部的性质。①

当然这种再造与复归的传统与原生性的传统比较起来，少了许多禁忌的神圣性。因为更多的是为了展示自己的经济实力，提高自己在小区的声望，结集社会关系网，所以在仪式的过程中，表演性多于神圣性，形式的讲究多于真情实感的流露。于是，许多专业的为各种民俗活动服务的民间艺术行业由此而生，包括乐队的表演、寿礼的工艺制作，甚至还有专门为棺木、墓壁、寺庙绘制图画的画匠、雕刻匠等。这些队伍正在形成一种新的农村文化产业。

① 参见赵宇共《习俗的复归与变异——关中传统民俗文化变迁的田野调查》，载方李莉主编《西部人文资源论坛文集》，学苑出版社2010年版。

七、结束语

综上所述，我们可以看到，西部新的民间文化在各种不同力量的主导和推动下正产生着种种的变异，在这里本土的力量也不可忽视，正如萨林斯所认为的那样，全球化的同构性与地方差异性是同步发展的[①]。笔者在对西部文化的考察中看到：传统生活还存在，本土文化也并没有消失，但从某种意义上来说，许多传统生活和本土文化是在各种民间艺术的粉饰下存在的，民间艺术的表演将一些传统的小区笼罩上充满各种民族风情、民族文化的光环，将其塑造成一种神秘的、虚幻的、美丽的、奇异的、令人向往的文化空间，吸引着人们去考察、去旅游、去体验不同文化的奇风异俗。但事实上，在大众媒体、互联网已经遍布世界的今天，早已不存在真正的自然，也不存在所谓的原生态文化，所有的文化都是在原生文化基础上的再造也就是我们所讲的“第二自然”。而这种“第二自然”的再造，多了很多艺术表演的成分，我们可以称其为一种现代性的本土化，也可以称其为一种具有美学概念的现代性本土化。这是西部的文化田野现状给我们提供的一个新的话语空间，让我们从中观察到我们所进行的民族民间文化遗产的保护工作正在变成一种民间艺术形式的保护，一种民间艺术的表演，并以此形成了一个作为美学概念的现代文化空间。在什么都可以“整容”的今天，西部的民间艺术正在为西部的民族民间文化“整容”。“整容”后的西部文化会更美丽，但它已经不是天然的而是人工的了。

正如布希亚提出的，我们生活在“模拟的时代”。他认为塔萨德这个原始的印第安人部落，至少就其现存的样式而言就是一种模拟，因为这个部落一直“被冻结、冷藏、封存和保护不至于死亡”，在某个时期它可能曾经是一个“真实”的原始部落，但是今天存在的只不过是对这个部

① ［美］马歇尔·萨林斯：《甜蜜的悲哀》，王铭铭、胡宗泽译，生活·读书·新知三联书店2000年版，第123页。

落曾经的状况的一个模拟而已。模拟的存在是导致现实与想象、真与假之间界限消失的一个主要因素。真品和赝品之间的区分正在变得越来越难，每一个当代的事件都是现实和想象的混合物①。

对布希亚来说，真理和现实都已经不复存在，它们已经消失在雪崩似的飞来的各种模拟之中。既然不再有任何真理或现实，符号也就不再代表任何东西。因此，我们可以说我们是生活在一个“巨大的模拟物”当中——不是某个非现实，而是一个模拟物。这是一种比现实还要更现实、比美还要更美、比真还要更真的模拟。

当我们理解了这样的一个时代变化的特征以后，就可以理解为什么在今天文化遗产保护的过程中和文化产品的生产中，民间艺术一直处在一个重要的位置上。因为艺术本身是一种表意文化，是一种文化的象征形式与表现符号，所有对于现实的模拟都离不开艺术的表现。在传统的社会中，所有的民间艺术象征符号背后都必然存在着一个强大的意义世界。但如今作为民间文化表现的形式——民间艺术不仅仍然存在，而且更加美学化、专业化了，但其背后强大的意义世界却被虚幻了。就像符号学中的能指和所指，能指的符号形式还仍然存在，所指的位置却被移动和置换了。这种能指的符码不仅不指涉任何真实的事物，而且也不导向任何地方。它的终端接口就是不断的再生产，这种再生产成为当地一种专业化的模式，笔者认为这一模式的表现形式为：

> 生活的日常器具、节日庆典、宗教祭祀的道具—民间艺术品—市场—现代人的家居、博物馆、美术馆
>
> 节日庆典、宗教祭祀、人生礼仪中的歌舞—可以欣赏的表演艺术—市场—旅游表演，庆典表演，剧院、舞台表演—文化产品
>
> 部分农民—民间艺术专业户—农民艺术家—文化品牌
>
> 非物质经济—旅游产业—文化产业

① ［美］乔治·瑞泽尔：《后现代社会理论》，谢立中等译，华夏出版社2003年版，第132页。

也就是说，民间的传统文化一部分随着传统的产业和传统生活方式的改变而瓦解或消失了，但另一部分正在转化和重组，成为现代社会文化和经济发展中所需要的人文资源。虽然贝尔说的用文化重构文化是后现代主义文化的特征，似乎与西部文化无关，但在现代主义和后现代主义覆盖全球的今天，西部文化的重构也就难以幸免。

以上的分析报告让我们看到，在西部，许多民俗的仪式和民间的歌舞及民间手工艺作为艺术的表现形式不仅保留下来了，还有所发展，并成为一种新的文化产业。但是这些艺术形式背后的与农民们的宇宙观、道德观、生命观，乃至生产方式紧密相连的传统文化，似乎正在碎片化，甚至空洞化。虽然民间的文化传统也有其自身顽强的生命力，但它的存在能长期抵抗住外来众多力量的挤压吗？

文章写完了，但研究并没有结束，也许永远不会结束，因为我们所面对的是一个永远在变化着的人文世界，而且它远没有我们所想象的那么简单明了，它有多样性，也有复杂性，还有不同的地域性。笔者在这篇文章中试图通过列举笔者本人及本课题组的学者近年来对西部考察的一些案例，来勾勒出在种种力量开发下的西部人文资源正在构成一种新的西部民间文化—— 一种艺术化了的、具有美学概念的现代性本土文化的场景。

（原载《开放时代》2005 年第 5 期，本文有删改）

有关“遗产资源论”观点的提出

一、“遗产资源化”思考的发端

有关“遗产资源论”的理论思考是笔者牵头承担国家重大课题“西部人文资源的保护、开发和利用”后，和课题组的成员们一起在西部做了八年的田野，解剖了70多个个案以后总结出来的。该课题的总报告书的题目是“从遗产到资源——西部人文资源研究报告”[①]。

在总报告书中，笔者首先梳理了有关“从遗产到资源”提出的国际背景，笔者通过对日本提出的“文化财”，美国提出的“遗产资源”(Heritage Resources)、“文化资源”(Cultural Resources)，以及北美地区提出的“文化遗产与所在地的关系”，欧洲提出的“生态博物馆”及“社区博物馆”，我国台湾的“文化资产”等概念的梳理，看到了在世界不同国家都出现将物质的和非物质的文化遗产进行活化利用，为当地的文化政治经济的发展服务。[②]

这种将遗产资源化的过程，一方面是将物质的和非物质的文化遗产

① 方李莉主编：《从遗产到资源——西部人文资源研究报告》，学苑出版社2010年版。

② 参考方李莉主编《从遗产到资源——西部人文资源研究报告》，学苑出版社2010年版，第5页。

进行活化利用，为当地文化政治经济的发展服务；另一方面也是文化多样性、本土性的复活过程，是对工业化发展的一种反思与反弹。20 世纪 70 年代的能源危机、工业文明高速发展带来的空气污染、自然生态遭到破坏等使人们对世界的看法开始改变，认识到地球资源的有限性以及环境保护的重要性。从对自然物种多样性的保护，到开始重新发现小地方的“部落”的文化和社会价值。与此同时，催生了北美和非洲一些部落国家的一种思潮，即主张民族依靠文化认同来维系。抽象、无形的文化认同需通过具体的文化遗产来体现。特定族群与文化遗产应有紧密的关系，该民族有权生存在由文化遗产构成的环境中享受文化、认同文化、传承文化。文化遗产也应留在原处，一方面，该族群人民与后世子孙得以就近利用；另一方面，此文物与周边环境之关系及依借“脉络”关系带来知识与信息，有助于对文物历史的了解。同时，这一趋势一方面是对全球化发展的一种挑战与反弹，另一方面也促使了文化多样性保护思想的产生。①

日本是最早提出将文化财，即文化遗产进行活用，让其成为重振地方文化和地方经济的一种资源的国家。其目的是将文化传统活态地保留在社区中，借此恢复日本传统文化的活力，并在此基础上再造农村社区新生活。在 20 世纪 90 年代，台湾地区也一样在本土全面复兴的情况下考虑到地方文化的保存与经济发展的冲突，故提出将地方文化特色加以产业化的策略，使古迹通过活化的利用成为地方文化产业的资源，创造经济诱因与地方生机②。这就是将文化遗产从静态转化为活态的过程，也是从遗产到资源的研究基础。

但笔者有关这一思考更早的萌动则要追溯到 1998 年，在北京大学百年校庆时举办的“文化自觉与跨文化研究”的研讨会上，笔者听完美国

① 参考方李莉主编《从遗产到资源——西部人文资源研究报告》，学苑出版社 2010 年版，第 3 页。

② 许育典、李惠圆：《私有古迹保存与文化资产保护法制的检讨》，台湾《成大法学》2003 年第 5 期。

著名人类学家萨林斯的演讲以后所引起的思考。当时他在发言中讲道：“全球化的同质性与地方差异性是同步发展的。”让笔者很震撼，因为当时中国改革开放的时间还不长，整个中国几乎都还是沉浸在与国际接轨、向西方学习的热潮中，很少有人关注到文化的多元性发展。在那个时候笔者看到的不是像萨林斯所讲的“全球化的同质性与地方差异性是同步发展的”，而是认为全球化正在抹平不同地方文化的差异性，而走向全球的西方化。

为了表达自己不同的想法，回来以后，笔者写了一篇《文化生态失衡问题的提出》的文章。在这篇文章中，笔者表达了自己对世界不同地域传统文化正在迅速消亡的忧虑，在文章中写道：“据统计，随着工业文明的迅速发展，每天都有一百种左右的物种在消失，这么多物种在短时期内的消失，会使地球上错综复杂的生命之网的完整机体遭到致命的伤害。但是，却从来没有人统计过，随着工业文明的侵染，每年有多少地方性的传统文化在消失，这种消失也会对人类的文化生态带来伤害吗？”[①]

这篇文章发表后引起了社会的广泛关注，被列入2000年元旦在《北京日报》上刊登的“20世纪以来中国学术界发表的最重要的学术观点”中。因为这篇文章从人类学的角度探讨了一系列保护人类文化多样性的重要理论，比联合国教科文组织的《保护非物质文化遗产公约》的提出早了好几年。

此时恰逢国家为了平衡东西部的发展提出了“西部大开发”的号召，当时笔者在报纸上看到这一消息，隐隐地担心这种经济大开发会引起文化生态的大破坏，因为当时的中国还只是处于经济的发展阶段，大家只注意经济发展，很少注意有关文化保护的问题。在向费孝通先生请教这一问题时，他提出了有关“人文资源”的概念，对于“人文资源”，他做了一个口头的定义：“所谓的人文资源就是人工的制品，包括人类活动所

① 方李莉：《文化生态失衡问题的提出》，《北京大学学报》（哲学社会科学版）2001年第3期。

产生的物质产品和精神产品，它和自然资源一样，只是自然资源是天然的，而人文资源却是人工制造的，是人类从最早的文明一点一点地积累、不断地延续和建造起来的。它是人类的历史、人类的文化、人类的艺术，是老祖宗留给我们的财富。”① 他接着说：“我们要好好地利用这些已有的、我们先人们为我们创造的、珍贵的人文资源，让它们变成我们丰富的生活资源，我们宽广的精神追求。大的我们不讲了，就讲音乐、美术、舞蹈、戏剧等这些艺术活动，就是为了满足我们的感情需要，通过我们的大脑和各个器官来表达、传送和接受人类的各种感情。也就是通过我们的器官来欣赏和接受各种不同的、微妙的心理感受。人通过艺术吸收外界的东西，刺激我们的感觉，帮助我们从各个方面去认识世界，让我们感受到大自然中的或人类情感中的许多美好的东西。而这种感受的辨别，这种审美观念的形成，很多都是从小培养和从传统的文化中潜移默化中形成和习得的。”② 在这里他强调了人文资源中的艺术的部分，他认为，过去我们过于强调物质的部分，而对于人的身体以外的感受包括艺术部分却关注较少，而在人文资源的概念中则应该包括这一部分。他当时提的是人文资源，而不是文化资源，按笔者的理解，人文与文化比较起来可能要更关注人自身的存在状态，包括人自身的精神、意识、行为方式、风俗习惯等。虽然其中也包括了物质的部分，但更多的是物质产品中所承载的人的价值观和技术部分，和现在的非物质文化遗产的概念很相似，只是其包括面更广。

费孝通先生还说：“人文资源和自然资源一样，有很多是属于不可再生的，一旦被破坏掉，就永远无可挽回。”在其中，“首先要保护好它，才能谈得上今后怎么去利用和开发它。”③ 为了保护好这些珍贵的人文资源，在费孝通先生的鼓励和支持下，由笔者牵头首先向国家申请建立一

① 方李莉编著：《费孝通晚年思想录》，岳麓书社 2005 年版，第 97 页。

② 同上书，第 100 页。

③ 同上书，第 26 页。

个“西北人文资源数据库”，当时的看法是，这个数据库相当于文化的基因库。因为文化的生和死与生物的生和死是不一样的，生物一旦死了就不可复活，但文化即使消失了，如果有一定的环境其还会复活，这就是费孝通先生的“活的历史”的概念。因此，基因库的建立就是为了日后的文化复兴所用。也就是说，文化是活态的，变化是必然的，如果我们想保护它，最重要的工作就是记录和保存。把活态的文化固态化，把非物质的文化物质化，并把它留传给子孙后代。

在费孝通先生的支持下，由中国艺术研究院联合北京大学、清华大学、陕西师范大学、西北民族大学、西安美术学院、陕西省社会科学院、甘肃省社会科学院以及西部各省市的艺术研究院等四十几个单位的一百多位学者，先后共同申请了两个国家项目，一个是由国家科技部资助国家重大项目“西北人文资源环境基础数据库”，还有一个就由社会科学艺术基金资助的国家重点项目“西部人文资源的保护、开发和利用”。课题分宗教、民俗、民间音乐、民间舞蹈、民间戏曲、民间美术、民间手工艺、人文景观、历史地理、文物考古共十个子课题组。这是一个横向的、综合性的研究，也就是在这样的课题研究中，笔者开始认识到艺术与文化、与社会的关系是一个整体的生态关系，任何脱离社会语境及文化语境的有关艺术的概念都是不完整的，这也为日后笔者的艺术人类学理论研究打下了基础。

二、“从遗产到资源”概念的形成

这两个课题从 2001 年开始直到 2008 年才全部结题，前后花了 8 年的时间。在这八年的时间中，课题组成员们行走了上万公里，记录和拍摄了许多即将消失的文化。在这样的过程中，我们一方面看到了许多传统文化在迅速地消失，但另一方面又看到了许多的传统文化在不断地复兴。

在考察的过程中，笔者看到“遗产”不仅是被动的保护对象，而且已经“成为商人有利可图的资源”[①]。如果说历史只存在于过去和教科书里，那么遗产则存在于现实生活中，正如贝拉·迪克斯所说的：“遗产通过神话、意识形态、民族主义、当地自豪感、浪漫思想或仅仅是市场营销，被加工成商品的历史。”[②]遗产商品化的过程也就是遗产资源化的过程。

笔者到陕西省关中一带考察，当地凤翔县的六营村是一个以泥塑制作而闻名于全国的村庄。这些泥塑本来是农民们利用农闲做的一些泥活，是农民们在节日庆典、人生礼仪中使用的一些道具。从20世纪90年代末开始，许多村民成为泥塑制作的专业户，这些本来是农闲时做的泥活成为他们的主业，也成为他们赖以谋生的主要手段。现在他们不仅销售给周边的农民，还面对全国的民间美术市场。与六营村相邻的一个村庄长期以来以编织业的发达而闻名于周边地区，这个村的传统产品是草席、草帽、篮子等一些农家的实用品，编织的材料大多是当地产的麦秆。现在这些传统的实用性的产品已萧条，但另一种更具艺术性和装饰性的麦秆编织品在出现。用麦秆编成的各种花色漂亮的门帘、墙上的挂饰、桌上放的各种装饰品，甚至还有麦秆画、麦秆雕塑。这些产品并不是提供给当地的农村，而是国外的来样订货。[③]这样的现象让我们看到遗产不仅在商品化，也在艺术化。

萨林斯认为，全球化的同质性与地方差异性是同步发展的，后者无非是在土著文化的自主性这样的名义下作出的对前者的反应。[④]这样的现象在我们的考察中也随处可见，因为人类社会已经进入了一个身份诉求的时代，每个地方都希望能突出自己的独特性。笔者还曾到一个非常有

---

① ［英］贝拉·迪克斯：《被展示的文化——当代“可参观性”的生产》，冯悦译，北京大学出版社2012年版，第126页。

② Schouten, F. J. “Heritage as Historical Reality”, in D. T. Herbert (ed.), *Heritage, Tourism and Society*, London: Pinter, 1995.

③ 方李莉：《西部人文资源与西部民间文化的再生产》，《开放时代》2005年第5期。

④ ［美］马歇尔·萨林斯：《甜蜜的悲哀》，王铭铭、胡宗泽译，生活·读书·新知三联书店2000年版，第123页。

名的民间艺术村考察，那是一个坐落在黄河岸边、据说伏羲曾在那附近做过八卦图的村庄。这里属于延安地区，早在抗日战争时就开始移风易俗，到“文化大革命”的“破四旧”运动所有的传统文化已被冲刷得所剩无几。在学者们的帮助下，人们充分地利用和挖掘了当地的民间传说，并通过历史的遗址和文物来重新确证当地的历史文化，与此同时还展开了系列的传统民间艺术活动，并在此基础上重构和重建了新的文化资源，后来这一地区被国家批准为黄河流域原生态文化保护区。[①] 在这里我们看到，历史和遗产为了现在的目的而选择性地使用过去。“遗产”是为了阐明过去以便向其注入现代人的意图，而且还“把遗产看作可以被参观的历史”[②]，并将其开发成旅游区，改变了当地的文化及经济结构。

笔者还曾在陕北的榆林地区考察保宁堡秧歌队，这是一支从明代就有的秧歌队，本应该是属于我们考察到的“原生态文化”，其从祭祀到歌舞都非常传统。但当笔者找到最初组织这支秧歌队的会首（所有的秧歌队都是归庙会管，每个庙会都有负责的会首），他告诉笔者说，这支秧歌队在“文革”“破四旧”期间解散了，直到改革开放后的 80 年代中期，他才重新找人组织起了这支秧歌队。歌舞的内容和服装都是靠老人们回忆起来的，同时也根据现代社会的需要改编了不少。[③] 通过这些考察，笔者突然想起了萨林斯所讲的：“几乎所有人类学家研究和描述的‘传统的’文化，实际上都是新传统的，都已经受西方扩张影响而发生改变的文化。”[④] 其实，中国的传统文化也是如此，从 1949 年到“文革”，许多传统文化都消失和被破坏了，直到 20 世纪 80 年代中期到 90 年代初开始重新复兴。因此，在有些学者论文中所强调的非物质文化遗产的“原

---

① 方李莉：《西行风土记：陕西民间艺术田野笔记》，学苑出版社 2010 年版。

② ［英］贝拉·迪克斯：《被展示的文化——当代“可参观性”的生产》，冯悦译，北京大学出版社 2012 年版，第 141 页。

③ 方李莉：《西部人文资源与西部民间文化的再生产》，《开放时代》2005 年第 5 期。

④ ［美］马歇尔·萨林斯：《甜蜜的悲哀》，王铭铭、胡宗泽译，生活·读书·新知三联书店 2000 年版，第 125 页。

生态”“本真性”在真正的田野中是不存在的。在田野中，我们看到的是所有的活态的文化都是在不停的运动中存在的，不变是暂时的，变才是永恒的。

为此，笔者写了一篇《西部人文资源与西部民间文化的再生产》的文章，在文章中笔者探讨了在考察中笔者注意到的其中几个重要的关键部分：一是西部的人文资源，其是西部民间文化再生产所需要加工的原料；二是各种“权威”“权力”的“力”的体现，这种“力”不仅来自国家、国际、民间、市场，甚至来自学界，它们是西部民间文化再生产的重要动力；三是西部的民间艺术，西部当代的民间文化的终端形式往往是以民间艺术来表现的。在当代西部民间文化的再生产中，民间艺术的地位似乎越来越重要，几乎所有的民间文化都需要以民间艺术来粉饰。而且，只要能成为民间艺术的民间文化就能保留下来，就能发扬光大。不仅是因为其能成为一个地方文化的象征、标志和符号，还因为其能转化成文化商品，是现代文化产业的最终成果。[①] 是政府的主导、市场的需要，还有学者们的推动让西部的传统文化发生了新的再生产。

在这里，笔者想起了费孝通先生说过的：“文化中的要素不论是物质的或是精神的，在对人们发生‘功能’时是活的，不再发生‘功能’时还不能说‘死’，因为在生物界死者不能复生，而在文化界或人文世界里，一件文物或一种制度的功能可以变化，从满足这种需要转而去满足另一种需要，而且一时失去功能的文物，制度也可以在，另一时又起作用，重又复活。”[②] 在西部的农村，我们一方面看到的是许多传统文化的消失，另一方面看到更多的是这些传统文化正以一种艺术化的形式在“复活”。

乔健先生将费孝通先生的理论归纳为历史功能主义，其中最重要的

---

① 方李莉：《西部人文资源与西部民间文化的再生产》，《开放时代》2005 年第 5 期。

② 费孝通：《重读〈江村经济·序言〉》，载潘乃谷、马戎主编《社区研究与社会发展》，天津人民出版社 1996 年版，第 26 页。

一个理论就是“活历史”的概念。[①]“活历史”概念对于笔者的研究还有有关“从遗产到资源”观点的提出有着非常重要的启示。以往我们以为“活历史”只存在于我们的研究和认识之中，但在笔者考察的田野中，“活历史”却被展示在许多的空间中。这种“活历史”被重构和模拟在可以“互动”的生态遗产博物馆中，描述和呈现了“再现历史”的展示形式的总体倾向。笔者在做西部课题期间，曾带领一支考察队伍先后花了三年的时间完成了对贵州梭戛苗族生态博物馆的考察，在考察中，我们不仅看到了“活历史”的再现，也看到了这种“活历史”被资源化的过程。

三、都市艺术区遗产资源再利用的研究

完成了西部考察以后，笔者感觉萨林斯所提出“全球化的同构性与地方差异性是同步发展的”的理论是对的。他提到“非西方民族为了创造自己的现代性文化而展开斗争，摧毁了在西方人当中业已被广为接受的传统与变迁的对立、习俗与理性对立的观念，尤其明显的是，摧毁了20世纪著名的传统与发展对立的观念”。以前，因为笔者没有下基层做田野调查，所以对这种认识非常模糊。

为了继续研究，从2008年开始，笔者指导博士生们考察了北京798艺术区和宋庄艺术区。[②]从2012年开始又和著名的人类学家罗伯特·莱顿教授合作，带领硕士生和博士生们在景德镇做考察。[③]考察的结果让笔

① 乔健：《试说费孝通的历史功能论》，《中央民族大学学报》（哲学社会科学版）2007年第1期。

② 已完成的博士学位论文：刘明亮：《北京798艺术区：市场化语境下的田野考察与追踪》；金纹廷：《后现代文化背景下的文化艺术区研究——以798艺术区和首尔仁寺洞为例》；秦谊：《当代艺术的三重解读：场域、交往、与知识权力——中国·宋庄》。

③ 已完成的硕士学位论文：王丹炜：《创新与传统资源——以景德镇“老厂”年轻陶艺家工作室为例》；白雪：《互动与融合——以景德镇雕塑瓷厂艺术区考察为例》；博士学位论文：郭金良：《传统手工艺的复兴与文化再造——景德镇老鸦滩陶瓷艺术区田野考察报告》。

者看到无论是在北京还是在景德镇，“遗产”都成为重要的资源，被艺术家们和艺人们建构成新的文化现象和经济现象。例如：798 艺术区前身是一个军工厂，其高大的建筑是东德人所造，其是社会主义计划经济的象征，墙上所遗留的计划经济时期的标语口号还有毛主席语录都是“文革”时期的产物。艺术家们不仅看中了这里廉价的房租，还看中了这些具有象征意义的计划经济时期的遗产，在这里创作了许多具有政治寓意的艺术作品，使计划经济和“文革”时的遗产与现代艺术共同存在。这种对工业化时期遗产的再利用，是保证因失去制造产业而崩溃的城镇能够复兴的一种普遍性手段。而国外有学者认为，这种运用文化象征主义推销城市绝不是新的现象。①

在研究中我们看到的是许多城市正在利用各自不同的遗产资源努力重塑其人文含义，并以此吸引人们前来并逗留。而“这主要是以中产阶级为目标，因为他们是富裕的消费者和游客，受到艺术家和其他‘文化因素’的吸引”②。在考察中我们也发现 798 这样的艺术区消费成了城市白领和小资的一种标签与象征。正因为遗产资源的利用，使许多城市在全球化的背景中，也“体现了文化差异的动态空间”③。城市设计现在包含更广阔的、以体验为中心的文化观，还有“从纯粹的建筑外观视觉消费到座椅、标志、声音、触觉的全方位体验”④。其中艺术区是所有体验感觉最为强烈的区域。

景德镇的例子就更有说服力，这是一个传统的陶瓷手工艺城市，有

---

① Barke, M. and Harrop, K, “Selling the Industrial Town: Identity, Image and Illusion”, in J. R. Gold and S. V. Ward (eds.) *Place Promotion: The Use of Publicity and Marketing to Sell Towns and Regions*, London: Routledg, 1994.

② ［英］贝拉·迪克斯：《被展示的文化——当代“可参观性”的生产》，冯悦译，北京大学出版社 2012 年版，第 71 页。

③ Raban, J., *Soft City*, London: Hamilton, 1974.

④ Julier, *When the Subalterns Speak, What Do They Say? Radical Cultural Politics in Cardif Docklands*, in P. Gilroy, L. Grosberg and A. MoRobbie (eds.), *Without Guarantees: In Honor of Stuart Hall*, London: Verso, 2000.

着一千余年的手工制瓷历史，但在计划经济时期，所有的手工艺作坊都被国有式的机械化大工厂取代，传统的手工制瓷技艺和生产系统面临消失的困境。但从20世纪80年代末开始，随着国际仿古瓷市场的兴盛，在许多城乡交界处的乡村出现了一些陶瓷手工业作坊，正是仿古瓷的生产为景德镇训练了一批具有高超手工艺的工匠。随着市场经济的发展，景德镇的大工业化瓷厂基本消失，整个城市几乎又恢复了陶瓷手工艺的生产形式。到2006年以后，景德镇出现了一个新的名词——“景漂”，他们是一些外来的各艺术院校的大学毕业生，还有来自国内外的当代艺术家。他们来到这里建陶艺工作室，把他们新的设计思想和新的创作灵感与当地的手工艺人相结合，做出了许多新的艺术作品和新的具有艺术性的手工日用陶瓷。在这里我们看到，那些外来的“景漂”和当地的手艺人们在共同开发景德镇的遗产资源，从而生产出了许多可以进入生活审美化的陶瓷日用品和陶瓷艺术品。[①] 这里所谓的遗产资源并不是物质的，而是非物质的，即景德镇千百年积累下来的精湛的陶瓷技艺与手工艺生产体系，还有悠久历史所蕴含的文化。

在这里我们看到的是新的艺术创造给当地带来的活力，而这一活力的终端是来自市场，从当代的社会发展来看，许多资本经济正在转化为知识经济。知识经济的特点在于符号商品的产生，这种符号商品的产生在于文化专家与文化媒介人的数量增加。这些人开发各种传统与文化，目的是生产新的符号商品，并给使用这些商品的人提供必要的解释。来到景德镇建立工作室的艺术家和各类设计师们正是符号商品的生产者，他们根据市场传统、文化复兴的需要，利用遗产资源生产出许多具有传统文人气息的茶具、香具、花器等。这些器具既有实用性、审美性、艺术性、时尚性，同时也是中产阶级雅致生活的标志，是后现代社会作为一种知识社会的需求象征。在这样的社会中，许多的商品不仅具有符号

① 方李莉：《论“非遗”的传承与当代社会的多样性发展——以景德镇传统手工艺复兴为例》，《民族艺术》2015年第1期。

性，还需要具有可解释性及历史的渊源性。

而这种遗产资源的再利用引发了符号文化和符号资本的出现，也由此导致了一个仿真世界的出现，许多地方性城市开始复古，或者仿古。景德镇的红店街、北京的南锣鼓巷等，它们本身就是古旧的胡同，在修旧如旧的理念下更加具有古旧的风味。在这里我们看到的是全球化过程的“本土化”提升了本土的特别身份和地位。而这种地位的提高不仅来自文化的需求，也来自经济发展的需求。

还有一个值得关注的就是符号商品的出现不仅使遗产进一步资源化、资本化，而且推翻了旧的高雅文化与大众文化的界限，挑战那些自主创造的艺术家观念，以及现代主义艺术所要求的工匠式艺术定义的观念，从而告诉人们艺术到处都存在。① 也就此出现了艺术化生活和审美日常化的趋势。而笔者在这里提出的“从遗产到资源”的概念所强调的是人们对于非物质文化遗产包括物质文化遗产有一个不断加深认识和逐步转化的认识，以及不断深化其价值利用的动态性的过程。

四、商品符号化的人性基础

商品符号化是“从遗产到资源”的重要基础，但所有商品面对的都是人的群体，其需要有人群的接纳度，因此商品被符号化的过程也是人性有如此需求的过程。在这里笔者想分三个部分来讨论，第一个部分就是人对符号系统的依赖。格尔兹认为，如果人类行为要形成模式，那么这个模式将来自象征传统。于是人们借以建构自己生活的这些象征符号“就不仅仅是我们生物性存在、心里存在和社会存在的表现、媒介和相关物，它们还是这种存在的前提条件”②。在这里，格尔兹关注到指导人们

---

① ［英］迈克·费瑟斯通：《消费文化与后现代主义》，刘精明译，译林出版社 2000 年版，第 59 页。

② Geertz, Clifford, *The Interpretation of Cultures*. New York: Basic Books, 1973.

个体行为的不仅是一套价值系统，还有一套体现了价值系统的象征系统，而象征系统往往是以符号来表达的。也就是说，对人们行为有效的激发并不靠他们身体的动作，而是要遵循某种既定的文化，因为若没有文化，他们就根本无法有效地行动起来。[①] 萨林斯认为，其他的生物都受制于各自的自然法则，人却能自由地把自己建设成想要成为的一切形式。[②] 当然，这种自由度要受制于人对其生活世界的符号表述，人是唯一以符号来认识世界的动物，没有符号人类几乎难以凭着直觉来认识世界。因为，我们认识世界是通过读书，通过报纸、电视、电影、绘画、音乐、舞蹈等，这所有的一切无不是以图像符号、声音符号、肢体符号所构成的。因此，人的身体是一个文化的实体，这也意味着心灵就是文化的心灵。“身体的满足是在象征价值之中得到证实的，也是经由象征价值而得以具体实现的，而且，这种实现在不同的文化象征图式下会有所差异。”[③] 这个问题的讨论涉及艺术人类学的核心问题，那就是究竟是艺术源于生活，还是生活源于艺术？这是一个非常值得讨论的问题，人类的行为是受象征体系及文化符号来引导，而所有的象征体系都离不开艺术的表达。因此，从某种程度来说，不仅是人类创造了艺术，也是艺术创造了人类。当然这是一个需要专题讨论的问题，在这里不再展开。

第二个部分是人类对自己母体文化的重新追寻。在原始时期，人类的图像符号非常单调，主要是图腾符号，当然还有作为声音符号的音乐和肢体符号的歌舞，这些象征体系和符号主要是表现在仪式中。在农业社会，图像符号开始丰富，声音符号和肢体符号也越来越复杂，还出现了文字，符号传播的领域也得到了扩大。在工业革命以前，符号系统被局限于各个不同的地域与民族。到了工业社会，随着人类的高度合作以及电气化、机械化、各种方便的交通工具的出现，人类不仅建立了与自

---

① Giddens, Anthony, *The Consequences of Modernity*, Stanford: Stanford University Press, 1990.

② ［美］马歇尔·萨林斯:《甜蜜的悲哀》，王铭铭、胡宗泽译，生活·读书·新知三联书店2000年版，第18页。

③ 同上书，第31页。

然隔绝的人工自然，而且由西方世界建立的一体化的符号传播领域扩大到了整个世界，几乎覆盖了以往多元的符号体系。在人们的存在意识中，每一种表述的文化形态都被生产和再生产成他们身体所感受的物体或对象。概念与符号显然是社会性的，它们是集体的表象。[①] 当这些来自文化母体的符号体系被破坏，来自本土的反弹是必然的。同时，当人类进入后现代社会时，社会便被高度的知识化了，在高度人文化和知识化的社会里，人与自然的关系越来越远。人类文化的再生产资源便不再是自然，而是在原有文化基础上的重构。在重构的过程中，文化符号得到不断地再生产，并被弥散到所有的社会空间。由此，后现代的“消费社会也从本质上变成了文化的东西”[②]。而在这样的过程中，商品的社会与文化价值的知识以及如何恰如其分地去使用它们的知识就变得越来越重要了。这些知识的源泉往往是伸向历史和本土文化的特性。在这样的过程中，代表不同文化母体的文化遗产必然会转向资源，被再生产为新的文化及可以销售的文化产品，也就是商品。这也是我们为什么常常看到非物质文化遗产被打造成为品牌，从而被商品化和艺术化的重要原因。

第三个部分就是文化资本与象征资产的出现。在工业社会，很少有人会关注文化资本的现象，也很少有人会将文化看成发展产业的指标，并关注其中的经济价值。笔者认为这一转变的出现在于象征资产的商品化。也就是在人类社会中，除可以计数和度量的物质资产外，还有另一种象征资产，而象征资产是一种不可度量的非物质的资产，是“在相互关系中所感知的资产”[③]。作为个人来讲，金钱和不动产是其物质资产，但其拥有的“爵位、学衔，是表示敬重的客观化标志，令人起敬，它们犹如服装和饰品，不但显示社会地位，而且显示了人们给予该社会地位

---

① Durkheim, “*The Dualism of Human Nature and Its Social Conditions*”, in *Emile Durkheim, 1858–1917*, edited by Kurt H.Wolff, Columbus: Ohio State University, 1960, pp. 325–340.

② ［英］迈克·费瑟斯通：《消费文化与后现代主义》，刘精明译，译林出版社 2000 年版，第 21 页。

③ ［法］皮埃尔·布迪厄：《实践感》，蒋梓骅译，译林出版社 2012 年版，第 196 页。

的集体承认”[①]。而这些因素也往往是个人的象征资产，在现代社会，这种资产可能比物质资产更重要、更可靠、更能够抗击经济危机。这样的趋势加强了人们对于自己社会地位、阶层象征的确认，除用金钱和地位来确认外，还会用汽车、衣服、包等商品的品牌，以及体现在商品中的个人的嗜好、品位等来确认。这就更加强了商品的符号性和象征性，同时艺术也得以生活化、商品化和市场化。因为个人的嗜好和品位都与产品的艺术风格有关系，而艺术化的生活方式能够提升个人的生活品位甚至社会阶层。也因为如此，许多的商品包括景观空间都开始走向艺术化，由此，“艺术与日常生活之间的界限被消解了，高雅文化与大众文化之间层次分明的差异消弭了”[②]。

于是审美性的现代化几乎成为后工业社会的某种标志，而审美日常生活化也成为许多哲学家和美学工作者热衷的话题。审美从来就是多元的，日常生活审美化的趋势也推动了文化的多元性、地方性的发展，而多元性的审美也是人类用于抗衡全球化的一种手段。因此，“我们正生活在一个新的时代，其标志是人类需求发展的史无前例的程度、多样性和人为性”[③]。从人类学观点来看实物商品及其生产、交换与消费，需要放在一个文化母体中加以理解。因此，这里的“多样性和人为性”正是当今传统文化复兴的基础，也是文化资本、象征资产所依托的对象。

五、“从遗产到资源”提出的价值与意义

文化表达了人类对自然的所有认知，对文化表达的理解远比对自然、

① ［法］皮埃尔·布迪厄：《实践感》，蒋梓骅译，译林出版社 2012 年版，第 196 页。

② ［英］迈克·费瑟斯通：《消费文化与后现代主义》，刘精明译，译林出版社 2000 年版，第 36 页。

③ ［美］马歇尔·萨林斯：《甜蜜的悲哀》，王铭铭、胡宗泽译，生活·读书·新知三联书店 2000 年版，第 21 页。

对人的制约的理解更为重要，因为文化是解释人类事件的关键。[①]因此，在后工业时代兴起的商品符号或符号商品，包括文化产业，都与这样的社会背景和人性基础有着密切的关系。

以上的这些研究告诉我们的是这个世界正在产生变化，非物质文化遗产不会消失，但前提是它要融入当代的生活中，成为活的文化，成为当代社会政治、文化、经济的一部分。如何做到？首先就是让这些“遗产”成为资源，所谓的资源就是要为一定的社会活动服务，离开社会活动的目的，资源毫无意义，甚至可以说也就没有了资源的存在。在这个意义上来讲，资源并非完全客观的存在，当某种存在物没有同一定社会活动目标联系在一起的时候，它是远离人类活动的自在之物，并非我们所论述的资源。任何文化的发展都不是虚无的，其需要基础。另外，任何“活的历史”里面都包含着一个地方或一个民族文化的基因和种子，没有这些基因和种子，当代的多元文化就无法发展，由此，如何认识我们的传统，如何认识在当代文化转型中遗产作为资源的重要价值？这正是“遗产资源论”应该讨论的问题，也是这一理论提出的重要意义。这是源于文化上和社会转型方面的价值。

另外还有一个重要价值就是源于经济方面的，人类社会已经进入后工业社会，后工业社会的主要特征就是社会知识化、信息化。人们的消费观念也从物质化的消费逐步转向非物质消费，因此，文化资本、知识资本、象征资本、身体资本成为新的、重要的关键词。[②]在这样的过程中，社会的经济结构也发生了巨大的变化。在工业化时代，社会最重要的经济支柱是来自工业，当然还有一部分来自农业，文化向来和产业无关。但在后工业文明中，文化产业和高科技产业开始成为支柱产业。在中国也一样，我国刚制定的“十三五”规划中明确提出，要将文化产业

---

① ［美］马歇尔·萨林斯：《甜蜜的悲哀》，王铭铭、胡宗泽译，生活·读书·新知三联书店2000年版，第13页。

② ［英］迈克·费瑟斯通：《消费文化与后现代主义》，刘精明译，译林出版社2000年版；［法］皮埃尔·布迪厄：《实践感》，蒋梓骅译，译林出版社2012年版。

作为我国的支柱性产业来发展。任何一种产业都需要有资源来支持，工业、农业要开发的都是自然资源，而文化产业要开发的主要就是人文资源。而这些人文资源如果离开传统文化、离开非物质文化遗产，就可以说是没有资源，所以，人文资源大多属于遗产资源，如何认识遗产资源和文化产业的关系，如何将遗产资源转化成文化资本等，这对于我国未来的文化和经济的发展都有着非常重要的价值。笔者曾在文章中写道：在20世纪的工业文明发展中，各国争夺的主要资源是自然资源，在21世纪后工业文明的发展中，人文资源也将成为各个国家的重要争夺对象，因为未来世界的竞争将会是一场文化的竞争。而有关遗产资源也就是人文资源的研究在目前的学术界还远没有展开，因此，这一理论的提出和进一步完善就非常重要。这里不仅涉及未来文化产业的发展，还涉及我们如何更进一步认识非物质文化遗产概念的内涵，进一步清楚我们应该如何保护非物质文化遗产等问题。

六、关注文化生态平衡的动态性

笔者研究这一系列问题是从听了萨林斯的发言，以提出“文化生态失衡问题”为开端的，所以也希望能以这一问题的回答为结束。这是一个非常重要的理论问题，为了这一问题的解答，笔者思考了整整16年。在这16年中，笔者不断地做田野调查和思考，并开始重新思考萨林斯的观点，笔者认为，萨林斯所认为的全球化和多元化的发展是平行的这一观点是正确的。他在书中写道：“近两百年来，阿拉斯加西部和北部的爱斯基摩人已经进入资本主义支配的那种越来越有力的经济和政治力量中去了，人们本以为，这足以至少在文化上毁灭他们了。”但是，“爱斯基摩人还在那里，并且还是爱斯基摩人。”[①] 他的意思是全球化并没有让传统文化消失，

① ［美］马歇尔·萨林斯：《甜蜜的悲哀》，王铭铭、胡宗泽译，生活·读书·新知三联书店2000年版，第19页。

相反还让它们得到了新的生命力。他所写的和笔者在田野中所看到的情况一模一样，也和其他人类学家包括莱顿教授看到的也一样。但是面对这些现象，我们将如何形成一种理论，从更深刻的角度去解释它和认识它？

笔者觉得，这些现象如果用人文学科和社会科学的概念都难以解释清楚，所以试图再次用文化生态论的观点来解释。在这里，笔者还要修正自己以前的看法，因为笔者当时只看到了传统在消失，但没有看到每种传统文化都有自我保护和自我修复的能力，更没有意识到生态平衡实际是动态的。在生物进化和群落演替过程中就包含了不断打破旧的平衡、建立新的平衡的过程。在这样的过程中存在着生态系统的演替性。这种演替过程首先是先锋植物的繁衍（在荒地向森林演替的过程当中，最先在荒漠生存下来的叫先锋植物）改变了群落的生态环境。新的生态环境反而不利于原有植物的生长，却为他种植物的侵入和定居创造了条件。以此为动力，演替由苔藓地衣阶段经草本群落阶段、灌木群落阶段，最后进入与环境相适应的乔木群落阶段，即演替的顶极群落阶段。在演替的过程中，原有群落毁灭后总会留下大量有机质和有生存能力的孢子和种子等，这样就为次生演替建立了新生的基础。所以一般来讲，原生演替的时间较长，而次生演替的时间较短。

如果将这种生态演替过程放到文化生态中来观察，我们可不可以认为，全球化和后工业社会的来临也许是人类文化的又一次演替，在这一演替的过程中，原有的文化成为新的文化生长的有机质、孢子和种子，因此，传统不会消失，而是以一种新的形式重新生长在我们的生活中。

在这里笔者想起了在讨论笔者的博士后出站报告时，费孝通先生所说的“文化的种子”和“文化的生死”等问题，他说：“文化的生和死不同于生物的生和死，它有它自己的规律。它有它自己的基因，也就是它的种子，这种种子保留在里面。就像生物学里面要研究种子，要研究遗传因子，那么，文化里面也要研究这个种子，怎么才能让这个种子一直留存下去，并且要保持里面的健康基因。也就是文化既要在新的条件下发展，又要适合新的需要，这样，生命才会有意义。脱离了这些就不行，种子就是生命的基础，没有了这种能延续下去的种子，生命也就不存在了。文化也是一样，如果脱离了基础，脱离了历史和传统，也就发展不起来了。因此，历史和传统就是我们文化延续下去的根和种子。”①他的这种理论和笔者提出的“遗产资源论”和“文化生态演替”的理论有某种相似之处。所谓的“遗产资源”实际就是“种子”和“遗传因子”。在后工业社会中，所有的符号商品都需要有文化的含义，而这种文化往往需要源自某种母体文化，这种母体文化携带着某种基因，能给新的文化带来某种新的生命力，但仅仅是母体文化是不够的，必须还要有现代的科学技术或现代的、新的表现形式。这在文化演替的理论中就是新的生命还需要在新的生态环境及群落中得到培育及生长。

笔者一直在思考，这种新的形式在我们的现实生活中有样板吗？其实无论是在科学方面还是在艺术方面，都有样板给予我们许多新的启示。从自然科学来说，获得诺贝尔奖的屠呦呦就给了我们很大的启示，她所研制的青蒿素是来自中国文化母体的中草药知识，但是如果没有现代的科学提纯技术，也无法提炼出青蒿素。因此，中国传统的中草药知识是其“遗产资源”，也是其研究的基础，是培育出青蒿素的“种子”。从艺术的角度来讲，这样的例子就更多了。如谭盾的音乐《地图》《女书》、杨丽萍的舞蹈《云南映象》、谭维维的“黄土摇滚”、徐冰的《天书》、吕胜中的“小红人”等，这些作品几乎都是来自中国的文化母体，他们的作品之所以让全世界的观众们都感到震撼，是因为在当代的高科技环境中，需要这些来自不同乡土文化中生长出来的多样化的艺术形式。而且也让我们看到，今天的文化再生产离不开对原有文化的再利用及再开发。

还有笔者所考察的景德镇，在那里聚集了大批的从事艺术创作和设计的“景漂”，他们设计的具有艺术性、又具有传统语言的茶具、香器、花器在大城市里有着广泛的市场。因为在城市现代生活中产生了新的富裕阶层和中产阶级，他们需要有新的象征体系和新的艺术形式来引导自

---

① 方李莉编著：《费孝通晚年思想录》，岳麓书社 2005 年版，第 48—49 页。

己的高雅生活，包括塑造自己的社会形象。传统的茶道、香道、花道还有雅集等仿佛恢复了古代的文人生活，高雅、有情趣，但这又的确是舒适的、享受现代高科技基础上的古代文人式的艺术化生活。

在这样的趋势中，我们看到传统和现代化的互容共生，以及全球化和多样性的并列存在。同时也看到如果遗产不能资源化，就形成不了文化资本和符号商品，也就进入不了现代人的社会生活，那么我们的现代化生活就成为无本之木、无源之水，就没有新的生命力和发展的根基。但如果没有现代化，传统（遗产）就无法演替为现代生态所需要的种群关系，只能为时代所抛弃而自生自灭。如果只有全球化，没有多样性，人类的文化就不能做到整体的转型而达到一个更高的生态等级。其给予我们的启示就是每一次人类的文化演替都会出现一场新的文化变革，就像西方起始于 14 世纪的文艺复兴一样，让人对世界有一个新的认识。而这个时期文艺复兴的源头不是西方，而是一些非西方国家。人类学家在非洲、美洲、澳大利亚等地做田野调查，在这些田野调查中，人类学家都看到了有一股传统复兴的浪潮[①]，在中国也是如此。而这种传统文化的复兴代表着人类社会新的一轮文化演替的过程，因为人类的每一次文艺复兴都是从演绎历史和认识传统开始的。

而每一次的文化变革和文艺复兴都是由艺术充当先锋，即是从艺术的表达形式创新开始的。这一轮新的文艺复兴一方面让我们看到了许多具有本土文化反思的，也就是具有本土性的现代化特点的艺术风格出现；另一方面，艺术的生活化，生活的艺术化，正推动着本土文化复兴的更进一步发展，尤其是文化产业的迅速发展更是推动了知识消费、符号消费和景观消费等非物质消费形式的发展。而知识、符号、景观等大都是以艺术形式呈现的，许多文化产业的终端产品也大都是以艺术形式来表达的。而许多的遗产资源也大都是以传统艺术的形式流传下来的。为此，

---

① Howard Morphy and Morgan Perkins（ed.），*The Anthropology of Art: A Reader*, Wiley-Blackwell，2006.

有关艺术与社会的关系、艺术与象征体系的关系、艺术与文化资本的关系、艺术与人性的关系、艺术与当代审美生活的关系等开始受到人类学包括社会学、艺术哲学等方面的学者们的密切关注。

英国学者迈克·费瑟斯通说，直到70年代中期，社会学对文化和艺术的兴趣经常被认为是离经叛道、蜻蜓点水，最好的评价也不过是把它当作一种边缘科学。[①] 其实在人类学界也一样把艺术作为文化和社会发展的动向来讨论，也是在20世纪70年代以后才开始。而有关遗产资源与社会发展的互动性的讨论，笔者认为才刚刚开始，希望以后这类的讨论会受到更多的关注。

最后，笔者还认为，后工业文明虽然加了“后”字，但其还是属于工业文明。未来我们还应该有一个超越工业文明的新的文明出现，这个文明应该是建立在互联网、新能源、工业4.0基础上的生态文明。在新的生态文明中，人们将重新认识我们的母体文化，而蕴含在传统文明中的、能体现人与自然关系的各种农业文明、狩猎采集文明将会给予新的生态文明发展许多启示。而这些启示就包含在我们的传统文化和非物质文化遗产之中，也可以将其认识为文化演替过程中的有机质、孢子和种子，当然也可以称之为资源。人类的每一次文艺复兴都是从演绎历史和认识传统开始的。只是这一次的新的文艺复兴与16世纪开始的文艺复兴的最大区别是，前者是建立在对人的重新确立的基础上，而后者却是建立在对文化的重新认识上。中国的费孝通和美国的萨林斯都提出了“文化自觉”的理念，他们对这一理念的提出都是建立在重新认识人类不同文化的基础上。笔者认为，这样的“文化自觉”的过程就是新的一轮文艺复兴的过程。这样的讨论可能离论文的主题有点远了，但笔者提出的“遗产资源论”的这一观点，的确包含了对人类未来走向的一种展望和预测。

---

① ［英］迈克·费瑟斯通：《消费文化与后现代主义》，刘精明译，译林出版社2000年版，第43页。

第三编 『后非遗』时代与文艺复兴

非西方式文艺复兴与生态社会的来临

纵观人类历史，社会文化和社会技术有着不同的发展模式，技术是以不断推翻陈旧的生产模式，不断标新立异地创造新的生产工具及科学假定而高歌猛进的。但人类的文化则不同，其一方面要不断地与科技的发展相匹配、相平衡，另一方面又不能完全丢掉自己立足其间的历史和传统，因为它必须要不断地与科学技术的非人化抗衡，所以它需要反复寻根，不断回到存在的本源去发现生命的意义。

也因此，每一次人类社会的技术革命必然会引起一场“文艺复兴”运动，所谓的“文艺复兴”就是人类回到出发的原点去重新讨论人类的存在价值。最大的、最有影响力的一次“文化复兴”就是14—16世纪发生于欧洲的西方式文艺复兴，是资本主义的萌芽促使了这场文艺复兴的出现，从而促进了工业文明的诞生。

在工业文明已经发展了200多年的今天，人类社会一共经历了三次工业革命，第一次工业革命是指18世纪从英国发起的技术革命，是技术发展史上的一次巨大革命，它开创了以机器代替手工劳动的时代。第二次工业革命是指19世纪中期欧洲国家和美国、日本的资产阶级革命或改革的完成，促进了经济的发展。第三次科技革命是人类文明史上继蒸汽技术革命和电力技术革命之后科技领域里的又一次重大飞跃，以原子能、电子计算机、空间技术和生物工程的发明和应用为主要标志，涉及信息技术、新能源技术、新材料技术、生物技术、空间技术和海洋技术等诸多领域的一场信息控制技术革命。

据笔者看来，这三次革命的不断推进必然会让人类社会爆发出一场不亚于当年西方文艺复兴的新的文艺复兴运动，这场新的文艺复兴将会把人类带向一个比工业文明更高一层次的文明，那就是生态文明，也就是生态社会，这是历史发展的必然。因为三次工业革命将人类带进了一个目不暇接的、快速发展的高科技社会，即将到来或正在到来的是以互联网加、新能源加、工业 4.0 加系列绿色革命为基础的生态文明时代。这是人类有史以来不仅从未经历过，甚至是从未想象过的一个新的世界。这个新的时代将会改变我们对人的物质世界到精神世界，甚至从宇宙太空到宗教彼岸的重新认识。这又将是一次犹如 19 世纪末李鸿章所说的三千年未有过的大变局，这一变局将不亚于人类社会从农业社会转向工业社会，人类将面对的是一个全新的社会。

在这全新的社会面前，人类社会又将面临解构与重组，又有一些新的国家将崛起，一些旧的国家将衰落或者同进同退。国家的发展与个人一样，先知先觉者能站在一个制高点上，掌握发展的主动权。在农业文明时期，中国是世界第一大强国，但由于对世界转型的麻木和无动于衷使其在从农业文明转向工业文明时失去了发展的主动权。但现在，当所有的发达国家和不发达国家都站在了同一条起跑线上，在出现了不发达国家有后发优势的今天，中国人是否能有如此的文化自觉，把握好自主发展的机会，寻找蛙式跳跃的机会，走向社会发展的前列？这是非常重要的。

其实代表社会转折的新的文艺复兴早就有所萌动，只是我们身在其中没有意识。就像是细细的雪花在空中飘动，我们没有知觉，只有当其堆积成山发生雪崩，形成物理临界点时，我们才会意识到一件大事发生了。如果说我们把发生在 14—16 世纪的文艺复兴称为“西方式文艺复兴”，那么我们把即将发生或者已经在悄然发生的文艺复兴称为“非西方式文艺复兴”。

笔者认为，这种非西方式的文艺复兴最早可以追溯到20世纪的五六十年代以后，当时殖民主义在世界范围内退却，宗主国已经无力左右殖民地或半殖民地的政治事务，许多传统的被殖民国家为了争取和维护民族的利益，开始复兴自己的民族文化。20世纪70年代以后，在西方的学术界出现了后殖民主义思潮，后殖民主义否认一切主导叙述，认为一切主导叙事都是欧洲中心主义的，因此批判欧洲中心主义是后殖民主义的基本任务。多元文化的复兴和欧洲中心主义的解体促进了联合国教科文组织《保护非物质文化遗产公约》的出现。而积极参加这一公约的大都是非西方国家，其中包括中国、日本、韩国、印度及中亚、西亚的一些具有深厚文明传统的国家，也包括了大洋洲、非洲和拉丁美洲的一些原殖民地国家。

就中国而言，通过笔者长期的人类学考察来看，早在20世纪80年代初至90年代初，民间就开始了传统文化的复兴，今天我们所保护的非物质文化遗产大都是那个时候复兴的产物。

这种非西方式的文艺复兴和西方式的文艺复兴最大的区别是前者是通过文艺复兴确认了人的个体价值，对“人何谓人”有了一个理性的认识，从而促进了社会的发展。非西方式的文艺复兴则是人类的文化多元价值的确认，是人类走向文化自觉的表现。前者引导出的是一个工业化的文明，而后者引导出的将是一个绿色的生态文明。

生态文明的出现是人类社会发展到今天的必然产物，因为大自然已经无法承受人类目前的生活方式，全球性的经济危机已经告诉我们，建立在工业文明基础上的社会运行方式已无法再进行；随时可能引发的核战争告诉我们，我们一定要重新思考不同国家、社会相处的新模式；环境污染、气候变化告诉我们，我们必须改变目前的生活方式及消费理念；等等。在这样的背景中，我们必须回过头追溯到我们出发的原点，看看我们走过的路，寻找新的方向，重新再出发。

让我们找到我们所经历过的渔猎采集文明、农业文明、工业文明与我们未来要发展的生态文明之间的关联之处。在这里我们对历史要有一个新的定义，那就是历史不是死了的过去，而是一直活着的生命体，它从远古到今天直至未来是一个动态的完整体，我们要尽可能把握住它生命的脉搏，倾听它的呼吸，找到它通向未来的流向。

人类社会正在发生巨大的转型，其中一个特征就是由物质化走向了高度的符号化和知识化，人类的生活空间不再仅仅是现实空间，还出现了虚拟空间，在这样的空间中，人与人、人与物、物与物正在由互联网构成一个全球性的网络世界。为此，未来的社会结构、生产方式、居住方式、消费方式、看待世界的方式等都将会有一个全新的改变。其预示着一场新的文化生态的演替过程正在开始，在这样的过程中，传统的文化，也就是我们所说的非物质文化遗产，必将成为新文化生长的有机质、孢子和种子。而在这样基础上所出现的新的思想就是新的文艺复兴的开始。虽然我们在许多的非西方国家都能看到这种新的文艺复兴萌芽的状态，但必须要集中在一个点上，由一群人来倡导一种文化的新风气。在这样的时代，这一新的文艺复兴的爆发点是否能出现在中国？这是值得我们讨论的。

西方的文艺复兴是在挖掘了轴心时代的古希腊文明而出现的，古希腊文明是以富于掠夺性的商业活动的城邦文明为基础的。因此，在这样的基础上发展出了以商品消费为基础的工业文明。工业文明的出现的确为人类生活的便利、交通的发达、科学技术的发展、物质生活的富裕做出了前所未有的贡献，但是所带来的负面问题也是前所未有的，如生态问题、核战争问题、传染病问题等。因此，人类在实践了近300年的工业文明之后，又进入了一个不得不转型的新时代。

笔者认为，取代工业文明的必然是生态文明，如果说工业文明的形象是大烟囱式的，生态文明就是田园式的；如果说工业文明的生产方式是规模化、标准化、批量化的，而生态文明的生产模式将会是分散化、个体化、个性化的。这样的文明形象和生产方式有点类似农业文明的回归，当然，其是建立在高度智能化和新能源、新材料和互联网的基础之上的。尽管如此，它的文化价值观以及社会的结构模式将能在传统的农业文明甚至狩猎文明中找到思想资源。

因此，我们有必要再次回到轴心时代或民间社会，挖掘其中的遗产资源。在轴心时代，除有代表城邦文明的古希腊文明之外，还有以色列文明、印度文明和中华文明。而在这其中，唯一绵绵不断流传到今天的只有中华文明，因此，先秦时期的中华文明应该成为今天我们通向生态文明主要的值得挖掘的资源。我们今天讲的国学往往只注重儒家传统，岂不知先秦时期具有影响的人物和学派众多，我们知道的著名人物就有老子、孔子、庄子、墨子、管子、孟子、荀子等，但据《汉书·艺文志》的记载，当时数得上名字的一共有 189 家。正是这样一些人发展出了中国传统的人与自然的关系、人与物的关系、人与人的关系等系列思想。孔子主要关注的是人与人的关系，老子主要关注人与自然的关系，还有诸子百家都有自己的关注点，如管子的思想也很有特点，在《管子·内业》中说："天地生人，以和而生；人于天地，以和为本；天地人和，各得其正。"他这里强调了天、地、人之间的关系，最重要的就是"和"。笔者认为，在未来的人类社会中，这个"和"字可能是第一要义，因为在全球化的今天，不仅整个世界成为一个地球村，还成为一个你中有我、我中有你的网络世界。每个生活在这个村里的村民必须要有"和"的观念，"不和"就无法共处，而且在网络世界里大家相互依赖，一荣俱荣，一损皆损。还有先秦时期的"天人合一"思想，"物尽其性，人尽其性，可赞天地之化育"的思想，都很好地诠释了人与自然、人与物的关系。因此，新的文艺复兴如果在中国兴起，我们就不仅要重新挖掘孔子、老子的思想，还有管子、墨子、孟子、荀子等诸子百家的思想。

不仅如此，我们还要关注蕴藏在民间的农业文明时期的智慧，也就是我们常说的非物质文化遗产。古人云"礼失求诸野"，许多在上层精英和城市中已经消失的文化，有些在农村或少数民族等偏远地区却还保留着，这些就是我们产生新的文化的基因和种子。

人类从渔猎社会走向农业社会也许花了几万年的时间，由农业社会走向工业社会只花了几千年的时间，但由工业社会过渡到生态社会才仅仅不到300年的时间。从生态演替的角度来看，一般生态的次生演替的基质和环境条件比较好，因为原有群落毁灭后总会留下大量有机质和有生存能力的孢子和种子等。因此次生演替经历的时间比较短，原生演替经历的时间长。所以笔者认为，人类的文明也存在演替问题，为什么越到后来文明更替的时间越短？就是因为以前的文明留下了大量有机质和有生存能力的孢子和种子等。

但是这些以前文明留下的孢子和种子的分布是不均的，有的地方可能很丰厚，有的地方也许就毁灭了。如果说下一个生态文明所需要的是来自轴心时代的乡村文明的智慧以及来自民间尚未完全消失的农业文明的生产和生活形式的话，那么中国就是这一文明的沃土。古希腊文明是远古城邦文明的代表，而中华文明则是远古乡村文明的代表。西方世界由于是工业文明的先行者，其农业文明的根基几乎已连根拔起，而中国至今还存在并且正在复兴的手工艺生产方式，还有许多传统的民间文化，在西方世界已经很难寻觅。

因此，从某种程度来说，西方的许多文化资源已经消失，但在中国这一传统农业文明国家，却还能找到许多某种源于母体文化的基因和种子，它们能给新的文化带来某种新的生命力。但仅仅有母体文化是不够的，必须还要有现代的科学技术或现代的、新的表现形式。这样的理论在生活中存在案例吗？笔者认为，生活总是走在理论的前面，其实在社会生活中，这种在母体文化也就是在传统基础上发展出新的科学技术、创作出新的艺术作品的现象到处存在。从自然科学来说，获得诺贝尔奖的屠呦呦就给了我们很大的启示，她所研制的青蒿素是来自中国文化母体的中草药知识，但是如果没有现代的科学提纯技术，也无法提炼出青蒿素，因此，中国传统的中草药知识是其“传统资源”，也是其研究的基础，是培育出青蒿素的母体文化中的基因和种子。从艺术的角度来讲，这样的例子就更多了。如谭盾的音乐《地图》《女书》、杨丽萍的舞蹈《云南映象》、谭维维的“黄土摇滚”、徐冰的《天书》、吕胜中的“小红人”等，这些作品几乎都是来自中国的文化母体，他们的作品之所以让全世界的观众都感到震撼，是因为在当代的高科技环境中，需要这些来自不同乡土文化中生长出来的多样化的艺术形式。而且也让我们看到今天的文化再生产离不开对原有文化的再利用及再开发。

笔者曾持续研究景德镇传统陶瓷手工艺20年，近几年又一直和英国杜伦大学人类学系的莱顿教授合作，带领一个课题组在景德镇做其发展现状及陶瓷手工艺百年变迁的人类学考察。通过考察我们看到，景德镇是一个传统的陶瓷手工艺城市，在计划经济时期，所有的手工艺作坊几乎都被国有式的机械化大工厂取代。而今天我们所看到的景德镇的陶瓷手工艺作坊几乎都是从20世纪80年代末、90年代初，由于国际仿古瓷市场的需要而开始恢复和发展起来的，正是仿古瓷的生产为景德镇训练了一批具有高超手工艺的工匠。随着市场经济的发展，20世纪90年代末，景德镇的大工业化瓷厂基本消失，整个城市几乎又恢复了陶瓷手工艺的生产形式。到2006年以后，景德镇出现了一个新的名词——“景漂”，他们是一些外来的各艺术院校的大学毕业生，还有来自国内外的当代艺术家。他们来到这里建陶艺工作室，把他们新的设计思想和创作灵感与当地的手工艺人相结合，做出了许多新的艺术作品和具有艺术性的手工日用陶瓷。在这里我们看到那些外来的“景漂”和当地的手工艺人在共同开发景德镇“遗产资源”，从而生产出了许多可以进入生活审美化的陶瓷日用品和陶瓷艺术品。[①] 这里所谓的“遗产资源”并不是物质的，而是非物质的，即景德镇千百年积累下来的精湛的陶瓷技艺与手工艺生产体系，还有悠久历史所蕴含的文化。可以说景德镇陶瓷手工艺的复兴得益于其非物质文化遗产不仅被民间传承发展，还被来自不同地方和不同国家的陶艺家及设计师利用和挖掘，从而不仅推动了景德镇陶瓷手工艺的复兴，还在此基础上创造出了新的景德镇陶瓷文化。景德镇的案例

① 方李莉：《论“非遗”传承与当代社会的多样性发展——以景德镇传统手工艺复兴为例》，《民族艺术》2015年第1期。

如此，笔者所考察的其他地方的传统文化和非物质文化遗产也都是如此，将传统文化挖掘整理，并创造出本土的原生型文化和艺术。

因此，所谓的文艺复兴就是重新挖掘我们传统中的有用基因，在当代的土壤中培育出新的文化。人类的文化正处于一个迷茫期，包括中国文化的未来发展都很值得探讨，尤其是中国作为一个新崛起的大国一直非常关心如何发展生态文明、绿色文明，而只有新的文艺复兴才是促进这一新的文明和新的社会形态形成的基础。因而，此时此刻在中国发起一场新的文艺复兴讨论也许适逢其时。

其实有关这一讨论早就有人发起过，这个发起人就是费孝通先生。他曾在文章中写道：“文化自觉是当今世界一种时代的要求，并不是哪一个人的主观空想。……文化自觉是指生活在一定文化中的人对其文化有‘自知之明’，明白它的来历、形成过程、所具有的特色和它发展的趋向。”“自知之明是为了增强对文化转型的自主能力，取得为适应新环境、新时代而进行文化选择时的自主地位。”①

他还写道：“历史发展到一定时期，总是需要找到一个地方和一群人来发扬一种新风气。”②“目前正在兴起的‘文化自觉’这股风已经在许多国家中酝酿和展开。我们中国要抓住这个历史机遇，参与和推动这股新风气。从文艺复兴到19世纪，西方出现过‘人的自觉’，写下了人类文化发展的重要篇章。看来21世纪我们将开始出现‘人类文化的自觉’了。在新一页人类文化发展史上，应该有中华民族实现文化自觉的恢宏篇章，在世界上起一个带头的作用。”③

费孝通先生为今天中国是否能有一次文艺复兴的讨论开了头，引出了话题。他曾说：“中国正在走一条现代化的路，不是学外国，而要自己找出来。我为找这条路做的最后一件事情，就是做‘文化自觉’这

---

① 费孝通：《重建社会学与人类学的回顾和体会》，载《费孝通全集（第十六卷）》，内蒙古人民出版社2009年版，第455页。

② 同上。

③ 同上。

篇文章。”[①]希望我们能对费先生在他生命最后提出的这个大题目进行更进一步的研讨，从而推动一次发起于中国的非西方式的新的文艺复兴的讨论。

① 方李莉编著:《费孝通晚年思想录》，岳麓书社 2005 年版，第 9 页。

在田野中感受传统文化复兴的来临

由中共中央办公厅、国务院办公厅联合颁发的《关于实施中华优秀传统文化传承发展工程的意见》(以下简称《意见》)发布以来，的确让人感到欢欣鼓舞，作为长期做人类学田野考察的学者，我认为这是顺应了整个世界文化潮流的一项决定。人类社会进入工业革命已经有两百多年的历史，在这两百多年的发展中，人类社会在物质文明上取得了巨大的成就，但这种成就发展到今天遭遇到了重大的瓶颈。首先是地球的自然环境无法承受如此大的发展压力，其次是在高科技迅速发展的过程中，人类的精神世界开始遭遇异化，多元化的文化发展也在受到威胁，因此，世界的文化发展需要有一次新的社会转型来解决这一人类共同遭遇的问题。我认为未来的人类社会一定是绿色的、生态的、具有深刻人文关怀的，不然的话就很难有可持续发展的社会前景。

中国作为一个具有三千年文明史的文化古国，在今天这样的社会背景中如何焕发出自己新的生命力，在通往未来人类的文明道路上作出自己应有的思考，这是非常重要的。正因为如此，在《意见》中提出“迫切需要深入挖掘中华优秀文化价值内涵，进一步激发中华传统优秀文化的生机与活力”，对中国文化的未来发展具有重要的指导意义。“中华优秀文化价值内涵”深深地包含在其生活方式、生产方式及审美价值之中，从这一角度来讲，其挖掘的方式要从日常生活的改变开始。

非常可喜的是，在中国民间社会的生活层面已经出现一股传统文化复兴的热潮，这种复兴形成了一种新的时尚，其中包括收藏古玩、流行喝茶、喜欢焚香、穿中式衣服、摆中式家具等。这种中式生活方式的回归复兴了许多中国的传统手工艺行业，提供了许多新的创业和就业的机会，其在改变中国人的生活方式的同时，也在带动中国的经济结构和文化结构的改变，进而促进中国的产业转型，变“中国制造”为“中国创造”。我认为，这种来自民间的传统文化复兴正是《意见》中的“激发中华传统优秀文化的生机与活力”的一种重要方式。

我之所以关注这一现象是因为我正在牵头承担一个国家重点课题“社会转型与传统工艺美术的发展研究”，在课题的研究中，课题组成员分别进入不同的手工艺产区进行人类学考察。如景德镇从2006年开始出现了一个新的名词——“景漂”，指的是刚从各艺术专业院校毕业的青年人，他们来到景德镇，在这里建立陶艺工作室，有的是在做艺术创作，但大多数是在做与生活有关的各种茶具、香具、花器、茶叶罐等，这些手工艺产品既古朴又时尚。在宜兴也一样，各种紫砂壶的生产也是为这样的新生活服务，在那里我还看到一种茶宠，那是放在茶海旁边供大家把玩的、非常有趣的一些小陶塑；还有福建仙游镇的中式家具的生产，那种规模也是让人震撼的，说明中国上流阶层的家居生活正在趋于中式化。我还去了镇湖，那里聚集了成千上万的绣娘，她们绣衣服、绣桌布、绣手提袋，我周边还有一些经济状况较好的朋友专门请设计师为自己定制手绣的衣服，并成为一种时尚。以上的这些时尚带动了中国的手工艺复兴，带动了中国的文化产业，提供了一种新的就业机会和从业方式。在景德镇、仙游镇、宜兴等地都集中了几千家手工艺作坊，有十几万手艺人在那些地方就业。

当我到东莞考察当地正在复兴的香道文化时，这种感受更加深刻了。中国的香道文化是中国古代文人生活的一部分，喝茶、焚香、弹琴、作诗、论字画、把玩瓷器等是中国古人业余的生活方式，也是陶养性情的一种手段。对于中国古代的知识分子而言，首先是修身，然后才是齐家、治国、平天下，看来修身也是由生活方式开始的。以前听说过家有书香，只以为是书散发出来的气味，现在看来古人流行在家里焚香，在檀香、沉香的气味中边饮茶、边读书，所以形成了书香。以前没有香水，上流的贵族阶层流行用香熏衣服，让人走出去身上带有一种香气，和现在喷香水的效果一样。

以前东莞是一个产沉香的地方，后来因为这里临近港口，在明清时期又成为沉香贸易的大市场。当年离东莞很近的香港是属于东莞下属的一个镇，据说其就是以产香和经营香而得名。但清末以后这样的贸易结束了，中国传统的生活方式也越来越淡。1949 年以后，传统的焚香生活几乎只是和庙宇里求神拜佛有关，在那个年代是禁止迷信活动的。东莞盛产沉香，这里产的沉香被称为莞香，但那时除药用沉香外，沉香几乎没有市场，当地几乎不再产香，传统采香的香农也越来越少。

沉香产自亚热带的一种特殊的树种上，是这种树受伤后疤痕受真菌感染而形成，自然形成要许多年，因此大都是人工形成，但即使这样也要十几年才能产香。现在东莞正在重新栽植这样的树林，但要大量产出可能还要一些时日，目前国内市场的许多沉香都来自一些东南亚的国家。但无论如何，这种传统的产业和市场正在日益复兴，其复兴的不仅是一种产业，也是在复兴一种传统的生活方式和文化。

东莞曾是我国实体经济发展的排头阵地，在文化产业和文化经济兴起的今天，能走在前面吗？这是我在考察中一直在思考的问题。这种沉香的生产与市场营销代表的不仅是一种产业，还是一套养心、禅修的生活方式和文化理念的复兴，这样的复兴会通过沉香形成一套完整的生态链而带动各种新的产业的出现，包括新的读书方式、新的书院式教育方式，还有中国式香文化的复兴所带来的一套生活礼仪和生活器具的出现，等等。

我认为中华民族的文化复兴、产业转型要先从生活方式的转型开始，而这种趋势已经越来越明显。从东莞这样的经济发达地区开始可能更有优势，因为传统文人化生活方式的复兴是需要有经济基础的，是物质生活达到一定程度的更高的需求，也是对人的感觉器官的更细腻的、更进一步的满足。

写到这里，我又理解到了中国文化的另一精髓。西方人比较注重的感觉器官是视觉和听觉，所以其音乐和美术比较发达；但中国人不仅重视视觉和听觉，对触觉、嗅觉、味觉等都很重视。从触觉来讲，中国人喜欢把玩瓷器和玉器；从嗅觉来讲，中国人喜欢焚香，在香气中产生迷幻感；从味觉来讲，中国人不仅讲究吃，还讲究品，所以味蕾也很丰富；同时中国人更讲究用心去体味，所以有气韵生动、意境深远等说法。所以相比较起来，中国人有更广泛的感觉需求，也有更发达的对艺术化生活方式的追求，有更广泛的情趣范围可以拓展。

我寄希望在这种拓展中可以塑造出一代有文化品位的中国人，也希望其能够成为一种新的文化潮流，在中国带动一场新的文化革命和经济革命。我认为在未来的社会建设中，不仅要关注物质性的基础设施的建立，还应该包括以新的生活方式及艺术趣味来建造新的文化空间，人总是需要诗意的栖居，过有文化和有艺术趣味的生活。这是一种更高尚和更有品质的生活追求，这样的追求将超越物质性而进入一种新的生活空间，从而产生一场新的生活革命。而推动这场革命的是人类学家、设计师、艺术家、媒体人等。他们将是倡导新生活的中坚力量。

这样的新的文艺复兴如果从中国开始，不仅可以实现中华民族复兴之梦，还可以成为世界新的文化和经济发展的引擎和先导者。近期中央办公厅和国务院办公厅发出了《意见》，说明中国领导人具有高瞻远瞩的目光，这一工程的启动将更进一步促使这场新的中国式文艺复兴的迅速形成，使中国成为率先发展新的文化经济的国家。

传统手工艺复兴的中国故事

一、研究的缘起

有关传统手工艺复兴这一问题的研究，笔者几乎花了20年的时间，这么多年反复在思考的就是传统文化在现代社会会消失吗？如果不会消失，其将会以何种形式在当代社会得以重构与再生？笔者希望以此研究来回答传统文化将会以何种形式在当代社会得以重构与再生等问题。对这一问题研究的缘起可以追溯到20世纪90年代，当时中国刚刚改革开放不久，人们对自己的文化还不够自信，热衷于向西方文化学习，将自己的传统文化视为包袱，在国家快速发展的过程中许多的传统文化迅速消失，包括笔者的家乡景德镇—— 一座有着千年制瓷历史的世界瓷都，其文化似乎也迅速地消失在现代化发展的浪潮中。

为了记录和研究景德镇即将消失的传统文化，笔者在景德镇做有关传统陶瓷手工艺的人类学考察，在考察中，笔者一方面看到的是整个国家快速进入现代化，急切地与国际接轨；另一方面看到的却是由于旅游业的发展带动了景德镇传统陶瓷手工艺的复兴。当时笔者思考的问题是，这种传统手工艺的复兴是一种偶然现象还是必然现象？其向我们预示了一些什么样的问题？

笔者之所以关心这一问题是出于关心文化的多样性发展，为此还写过一篇《文化生态失衡问题的提出》的文章。站在这样的视角，笔者认为不同地域的传统手工艺是人类文化多样性的表现形式之一，其复兴或许在告诉我们即使在现代化的今天，传统仍然具有生命力，其有可能会以我们意想不到的方式得到再生和重构，形成一种新的文化多样性的发展机制。通过几年的田野考察和案头工作，笔者得出的结论是：景德镇的陶瓷手工艺的复兴不是一个偶然的现象，也许与景德镇的未来有着密切的联系，还有可能是景德镇陶瓷业发展的一种未来趋势。

这一研究是笔者的博士后出站报告，当笔者将这一出站报告交给费孝通先生审阅时，他对景德镇陶瓷手工艺复兴的现象非常感兴趣，他说："我们的学问是要从历史里面出来的，也就是要从旧的里面长出新的东西来，这就是传统与创造的结合的问题。从传统和创造的结合中去看待未来，创造一个新的文化的发展，也就是，以发展的观点结合过去同现在的条件和要求，向未来的文化展开一个新的起点。你写的论文就是表达这样一种思想的一个例子之一。"①

费先生肯定了笔者的研究方法和研究方式，他希望笔者从对传统的研究中去寻找社会未来发展的趋势，同时研究"文化的生与死"的问题。他说："就像生物学里面要研究种子，要研究遗传因子，那么，文化里面也要研究这个种子，怎么才能让这个种子一直留存下去，并且要保持里面的健康基因。"②这是一个非常大的题目，仅仅以景德镇一个个案是很难说得明白的，同时，仅仅靠短时间的片段研究也是很难说明白的。要研究这么大的题目，第一，需要更多的个案；第二，需要把研究的时间拉得更长。这也就是为什么笔者花了 20 年，做了许多个案最后才得出结论的原因。这篇文章一方面是总结自己 20 年田野研究的心路历程，另一方面也是在试图回答当初提出的问题。

---

① 费孝通：《费孝通论文化与文化自觉》，群言出版社 2005 年版，第 301 页。

② 同上。

二、"遗产资源论"观点的提出

2001年在费孝通先生的支持和指导下，笔者承接了国家重大课题"西北人文资源环境数据库"和国家重点课题"西部人文资源的保护、开发和利用"，担任课题组长和首席专家，和10个子课题组的100多位课题组成员们到西部乡村各地考察了8年，收集了大量的西部民间艺术和民间文化方面的资料，并完成了70多个案例的写作，撰写了总报告书《从遗产到资源——西部人文资源研究报告》。

在西部的考察中笔者看到的是和景德镇同样的场景：一方面是许多传统文化在消失，另一方面更多的是这些传统文化正在以一种艺术化的形式"复活"，即手工艺的复兴和民间表演艺术的复兴。这些复兴的现象最初都是由旅游业，而后来又是由非物质文化遗产的生产性保护所驱动的，但最终其会表现出什么样的新的创造力，并进而推动中国的社会发展？这是笔者当时在思考的问题。在思考的过程中，笔者开始意识到，虽然我们一直在强调"遗产"的保护，但"遗产"在这样的时代不再是被动地保持"静态的过去"，而是作为一个"社会的行动者"开始进入现代社会，成为重构当今社会和未来社会的可以开发和利用的资源，或者是当代及未来文化发展的基础。于是，笔者提出了"遗产资源论"的观点来说明这一现象。

笔者觉得，这些现象如果用人文学科和社会科学的概念都难以完全解释清楚，所以试图用生态论的观点来解释：首先，生态平衡是动态的，在生物进化和群落演替过程中包含了不断打破旧的平衡、建立新的平衡的过程；其次，在生态演替的过程中，原有群落毁灭后总会留下大量有机质和有生存能力的孢子和种子等，这样就为次生态演替建立了新生的基础。所以一般来讲，原生演替的时间较长，而次生演替的时间较短。如果将这种生态演替过程放到文化生态中来观察，我们可不可以认为全球化和互联网以及工业4.0等第四次工业革命的来临也许是人类文化的又一次演替，在这一演替的过程中，原有的文化成为新的文化生长的有机质、孢子和种子，也就是所谓的“遗产资源”实际就是原有群落留下的“种子”和“遗传因子”，其是新的群落成长的基础。因此，传统不会消失，而是以一种新的形式重新生长在我们的生活中。而之前笔者所担心的文化多样性的消失在新的生态群落中将会得到解决，即未来社会的发展不会是欧美式的一种模式，而是会成长出许多新的发展模式与之平衡，也由此，文化生态会再次找到新的平衡。

三、传统文化复兴的中国故事

西部研究结束后，笔者试图在田野中证实自己的理论假设，于2008年开始再次回到景德镇做田野调查。距20世纪90年代的研究已经过去了十多年，笔者看到了景德镇的巨变，尽管从2001年开始至2008年笔者在西部做考察，但研究的视野一直未离开过景德镇（那里是笔者的家乡，笔者几乎每年都会回去），因此熟知景德镇陶瓷手工艺复兴故事的前世今生。

据笔者的考察，景德镇陶瓷手工艺复兴分为三个阶段：第一个阶段是仿古瓷作坊的出现，那是局部的、零星的；第二个阶段是从2000年开始，由于中国经济的起飞、工艺美术大师的评选，促使了景德镇当代陶瓷艺术和陈设瓷市场的发展，当代陶瓷手工艺作坊激增；第三个阶段是2006年以后，景德镇出现了“景漂”（即外来移民）现象，其实在20世纪90年代景德镇就出现了“景漂”，那是一些来自周边乡村的农民工，而当前在景德镇引起极大关注的“景漂”则是来自不同城市的艺术院校的大学毕业生，还有不同地域和国家的艺术家，他们一批一批地来到景德镇建立工作室，不仅做与陶瓷相关的各种艺术品，也做艺术化的茶器、花器、香器等手工日用品。他们的到来改变了景德镇工匠的知识结构，改变了景德镇的城市景观，改变了景德镇陶瓷产品的风格面貌，使景德镇这座古老的城市开始充满新的生机。

值得思考的是，这些聚集在景德镇的“景漂”们是在为谁做陶瓷艺术品和艺术化的陶瓷生活用品？他们在为什么样的市场服务？为什么在中国的今天会产生这样的市场？其意味着中国社会正在发生一场什么样的变化？为了研究这一问题，笔者先后与英国皇家科学院院士、杜伦大学的人类学教授罗伯特·莱顿先生和日本关西大学社会学系主任、联合国《保护非物质文化遗产公约》的撰写者之一荻野昌弘教授合作，带领研究生们在景德镇做研究。我们用最前沿的人类学和社会学的研究方法，考察了景德镇众多的陶瓷艺术集散地，收集了大量的数据，绘制了许多记录着不同时期景德镇陶瓷手工艺变化的图表，还做了100多位当地手艺人和外来“景漂”的访谈及口述史。

通过大量的实地考察和案头研究我们了解到，这些“景漂”的到来改变了景德镇手艺人的构成成分，这些受过良好教育的青年艺术家、设计师，他们是在设计和创作一些既有艺术性，又有传统语言的陶瓷艺术品和艺术化的如茶具、香器、花器等日用器皿，但是他们并没有离开传统，而是在运用传统，他们也没有离开当地的工匠，而在是向工匠学习或是与工匠合作，将传统的技艺与当代设计结合，做出的作品既有古代文人气息又具有当代意味，在各大城市里有着广泛的市场。这些外来的年轻艺术家设计师，包括已经成名的来自国内外的艺术家，他们的到来也为景德镇的发展带来了新的观念，包括不同地域的新技术。其让我们看到任何制作都不是单向的需求，而是双向的，正是因为这种双向的需求为景德镇这座城市带来了活力，你可以在这座城市找到你需要的任何陶瓷手工艺技术和材料，这促使景德镇再次成为世界陶瓷艺术发展的中心。

另外，景德镇新的手工陶瓷艺术品的出现代表的是新的社会取向和新的审美需求趋势所带来的新时尚。随着中国经济的起飞，在各大城市产生了新的富裕阶层和中产阶级，他们需要有新的象征体系和新的艺术形式来引导自己的高雅生活，包括塑造自己的社会形象。传统的茶道、香道、花道，还有雅集等的复兴，仿佛是恢复了古代的文人生活，高雅、有情趣，同时也体现了中国人的一种文化自信以及对自己本民族文化的认同，只有具有如此的自信和认同，中国的传统文化才会形成一种新的时尚。这样的时尚潮流不仅使景德镇这座传统的陶瓷手工艺城市有了新的生机和变化，还改变了许多类似景德镇这样的具有传统手工艺的城镇与乡村。

为了进一步说明这一问题，笔者于2015年又承接了一个国家重点课题“社会转型与传统工艺美术的发展研究”，还是由笔者担任课题组长与首席专家，课题组有20余位学者，分别在12个调研点做考察。通过两年的考察我们看到不仅是在景德镇，在宜兴、镇湖、佛山、杨家埠、潍坊、凤翔、莆田等不同的地方都在发生着和景德镇一样的故事。在景德镇有12万陶瓷手艺人，在宜兴有10万陶瓷手艺人，镇湖周边有8万绣娘，在莆田有13万做家具的手艺人，等等。在潍坊每年风筝的产值达20个亿，佛山的香云纱在市场上也越来越有销路，等等。在这些地方，我们不仅看到了当地传统的艺人，还在宜兴看到了“陶二代”，在镇湖看到了“绣二代”，即这些手艺人的后代。父母挣到钱后把他们送到国外留学，他们留学回来后不仅没有离开家乡，还将自己学到的知识和父母的手工艺相结合，做更有价值的家族事业。如笔者到镇湖考察了解到有一位绣娘的儿子在国外学习到纳米技术，回国后将这项技术用在绣片上，使其不怕水、不怕脏、不怕发霉；还有一位绣娘的女儿在国外学管理，回国后与母亲合作，做母亲的经纪人，将其刺绣作坊推向国际。在宜兴考察时笔者也看到，一些“陶二代”从国外留学回来，有学金融的、有学IT业的，在上海、北京找到工作后，还是觉得回家乡跟父母学手艺好。当然他们都是工艺美术大师的后代，许多工艺美术大师都成为市场的品牌，也构成了家族的产业，因此子女们都能自觉地传承这些家族的事业，不存在后继无人的现象。

手工艺与高科技结合几乎是一种趋势。笔者到山东潍坊考察风筝时看到风筝不仅是一项工艺美术品，还是一项体育运动的载体，每年在潍坊都有风筝艺术节，开展放风筝比赛。中国的一些非遗传承人做的风筝非常有艺术想象力，有的将风筝与轮轴结合，放得更高更远，还收了不少的“洋学生”。在莆田笔者看到有一些木工艺人将电脑与手工雕刻结合，使家具上的纹饰丰富生动，但不失手工的韵味。

通过考察，我们看到不仅是外来的艺术家、设计师给传统的手工艺城市带来生气，还有那些手艺人的子女，他们都受过良好的教育，甚至有不少是留学归来，由他们来继承家族的手工艺，一方面传承了技艺，另一方面又紧跟时代，将最新的、最时尚的理念及技术加入传统的手工艺中，让传统与高科技结合，将中国的手工艺推向世界、推向国际市场，这是非常值得关注的趋势。我们一方面要看到传统的重要，同时也要看到传统与现代、与高科技结合的重要。通过考察，我们看到各种类型的手艺人、各个艺术院校的毕业生都在不同的手工艺产区开展他们新的创业方式，笔者觉得这是新的中国故事，是由中国的传统文化复兴引起的故事。笔者前后研究了20年，终于可以将自己的研究完整地讲出来，并看到了许许多多可以说明这一研究的新案例。

四、认识手艺中国

中国是一个有着悠久历史的文明古国，对其手工艺的认识仅仅局限于当代是不够的，必须要说清楚它的历史，并且要认识清楚中国的手工艺与中国文化的关系。手工艺范围太广，所以笔者以中国陶瓷史作为切入点，试图以点带面来认识清楚中国的手工艺发展的昨天与今天的关系。正是因为笔者研究历史是为现实服务的，所以一开始就是将中国的陶瓷史放在一个世界的贸易网络内来观察，并试图以一点来波及其他。为了完成这样的研究，笔者利用做讲座、参加国际学术研讨会以及出国访学的机会，几乎走遍了世界所有重要的博物馆以及在古代与中国贸易交往较多的国家。通过大量实物资料和文献资料的收集笔者认识到，中国文化的特点不仅仅是以“乡土中国”来概括，还应该用“手艺中国”来概括。

如果我们认真阅读全球历史就可以看到，从汉代到19世纪，在18

个世纪的时间里，中国都是世界上经济最发达的地区。在欧洲地理大发现之前，人类社会就开始了全球化的进程，美国学者罗伯特·芬雷认为这一进程“是在中国的主导下展开的”[①]。这一进程起始于隋唐时期，当时中国的黄河、长江以及这两河流的支系，通过人工建造的大运河得以沟通，开辟了一条贯通全国的、既便宜又安全的水上通道。亚当·斯密认为：“唯有在滨海地区以及可航行内河的沿岸，各类工业才会开始进行分工与改良。”[②] 正是水运交通的便利以及内河及滨海地区商业的发达，促使了中国手工业生产的改良与进步。与此同时，伊斯兰文明在中东、北非等地的兴起，使两大文明的远距离贸易得以实现，形成了第一波全球化的开端。

到 10 世纪即宋代，中国城市化的加速和手工业的日益发达，促使伊斯兰商人到中国来贩运各种手工业产品销售到亚非欧旧大陆的许多国家，与此同时，中国的商人也开始活跃在亚洲的各条航线上，其影响力远至印度南部及日本。[③] 到 14 世纪中叶，中国人包揽了印度次大陆上所有的海运和载客业务。加上伊斯兰商人的参与，庞大的中国古代经济活动远及海外，遍布整个东南亚地区及印度洋国家，远及东非国家和地中海沿岸，加剧了当时的贸易与经济的开发活动。可以说，在 19 世纪欧洲工业产品席卷全球之前，中国的物质产品一直是世界最优良的商品，当时在海上和陆地丝绸之路中，阿拉伯和波斯商人，乃至中国的商人们贩运的不仅是中国的丝绸、茶叶、瓷器，还有铁器、铜器、漆器等，其中包括“铜镜、铸铁火炉和饭锅”“钢针、钳子和铁锉”[④] 等日常用品。即使到

---

① ［美］罗伯特·芬雷：《青花瓷的故事：中国瓷的时代》，郑明萱译，海南出版社 2015 年版，第 15 页。

② ［美］约翰·麦克尼尔、威廉·麦克尼尔：《麦克尼尔全球史》，北京大学出版社 2017 年版，第 108 页。

③ ［美］林肯·佩恩：《海洋与文明》，陈建军等译，天津人民出版社 2017 年版，第 299 页。

④ ［法］阿里·玛扎海里：《丝绸之路——中国—波斯文化交流史》，耿声译，中国藏学出版社 2014 年版，第 4 页

15 世纪欧洲的地理大发现以后，欧洲的商人也主要是以中国物质产品的贩运为主，而且自那以后中国的物质产品才真正地被全球化了，不仅深入欧洲市场，还被欧洲人运到美洲和大洋洲市场。在当时的贸易系统中，“中国保持着中心位置”①，使“世界上的白银主要都流向了中国”②。因此，美国学者罗伯特·芬雷认为从汉代一直到 19 世纪初，中国都是世界经济的引擎。

阿里·玛扎海里也在他的书中写道：“珍贵的中国的火镰，过去曾受到很高的评价，波斯人和西方其他的民族使用了 18 个世纪之久，但它于 19 世纪末在很短的几年内就被更为方便实用的瑞士火柴取代了。”③也就是说，直到 19 世纪前夕，整个旧大陆的许多地区都使用中国产品，所以有学者认为，在绝大部分的人类历史时光之中，中国的经济都是全世界最先进、最发达的④，在这里我们看到的是，在人类历史上很长的时间里，中国都是“世界的手工业工场”。

了解这一历史非常重要，其让我们认识到古代的中国不仅是一个自给自足的农业大国，还是一个手工业产品的出口大国。中国的农民不仅务农，许多农民在农闲的时间里还是手艺人，有的就是村庄里的手艺人（如木匠、铁匠、石匠等），有的则为手工业城市提供原材料或半成品，因此，在历史上中国的乡村是工农相生的。笔者之所以研究这一问题，就是在研究中国文化的基因与特质，只有把这一问题研究清楚了，我们才能真正地意识到当前中国手工艺复兴的根由在哪里，以及这种根由与中国未来发展的关系。

---

① ［美］约翰·麦克尼尔、威廉·麦克尼尔：《麦克尼尔全球史》，北京大学出版社 2017 年版，第 274 页。

② 同上书，第 276 页。

③ ［法］阿里·玛扎海里：《丝绸之路——中国—波斯文化交流史》，耿声译，中国藏学出版社 2014 年版，第 4 页。

④ ［美］罗伯特·芬雷：《青花瓷的故事：中国瓷的时代》，郑明萱译，海南出版社 2015 年版，第 16 页。

五、中国式文艺复兴与生态中国的来临

笔者前面所描述的问题归结到最后一点就是：为什么在这样的时代会在中国爆发手工艺复兴的文化现象，其与中国的未来甚至是人类的未来有什么样的关系？我们为什么要关心这一问题？

要回答这些问题，我们首先就要意识到我们今天是生活在一个什么样的历史节点上？在这样的历史节点上我们正在面临哪些需要解决的问题？中国作为世界上的一个大体量的国家在这样的时代可以有哪些作为？首先，当前我们正在面临第四次工业革命的开端，此次革命始于 20 世纪与 21 世纪之交，是在数字革命的基础上发展起来的，其特点是：同过去相比，互联网变得无所不在，移动性大幅度提高，与此同时人工智能和机器学习也开始初露锋芒。这些技术之间的融合以及它们横跨物理、数字和生物几大领域的互动，决定了第四次工业革命与前几次革命有着本质上的不同。其必然会引起一场文化上即人类认知上的变革。[①]这些变革是随着互联网、新能源、工业 4.0、3D 打印等让人目不暇接的新的科学技术的出现而出现的，其意味着人类社会正在发生着一次巨大的转型。

每一次社会的巨大转型都像是一次新的生态演替，一方面是传统群落的衰亡，另一方面是原生群落中遗留下来的孢子、基因在孕育新的种群，体现在文化上就是会出现一场前所未有的文艺复兴，人类历史上的每次文艺复兴几乎都是从演绎历史和认识传统开始的。14—16 世纪发生在欧洲的文艺复兴是在挖掘了轴心时代的古希腊文明而出现的，古希腊文明是以商业活动的城邦文明为基础的。因此，在这样的基础上发展出了以商品消费为基础的工业文明。但当工业文明的发展已经遇到瓶颈的时候，笔者认为取代工业文明的必然是生态文明。如果说工业文明的形象是大烟囱式的，那么生态文明的形象就是田园式的；如果说工业文明的生产方式是规模化、标准化、批量化的，那么生态文明的生产模式将会是扁平化、分散

① ［德］克劳斯·施瓦布：《第四次工业革命——转型的力量》，中信出版社 2016 年版，第 5 页。

化、个体化、个性化的。这样的文明形象和生产方式有点类似农业文明的回归，当然，其是建立在高度智能化和新能源、新材料和互联网的基础上的。尽管如此，它的文化价值观以及社会的结构模式将能在传统的农业文明甚至狩猎文明中找到其思想资源，所以高科技是可以不断创新而高歌猛进的，但文化却常常要回到其原点重新思考未来的路标。

因此，我们有必要再次回到轴心时代去寻找新的文明资源与原动力，如果生态文明所需要的是来源于农业文明的智慧的话，那么同处于轴心时代的先秦文明就是我们今天要挖掘的对象。另外，“礼失求诸野”，许多传统的农业文明智慧在城市已经消失，但在乡村或传统的手工业城市还存在，这就是我们要保护的非物质文化遗产，而从文艺复兴的角度来看，其不仅是遗产，还是我们发展当今和未来文化的资源或基础。

如果说从农业文明遗留下来的智慧有可能是生态文明发展的基础和资源的话，西方世界由于是工业文明的先行者，其农业文明的根基几乎已连根拔起。如中国至今还存在并正在复兴的手工艺生产方式以及许多传统的民间文化在西方世界已经很难寻觅。因此，笔者认为在中国大地上出现的非物质文化遗产保护的热潮和手工艺复兴的现象，实际上就是一种中国式文艺复兴的现象。欧洲式的文艺复兴是人对自身的重新认识，因此是从诗歌、文学作品以及绘画、雕塑等艺术门类开始的；而中国式的文艺复兴是人对自身文化的重新认识，所以是从重新认识自己的传统文化，将传统文化变成新的艺术化的生活方式开始的。

通过大量的田野考察，我们看到中国手工艺复兴是建立在传统文化复兴基础上的：喝茶、焚香、赏花、弹琴、作诗、论字画、把玩瓷器等，还包括收藏古玩、穿中式衣服、摆中式家具，等等，这种生活方式已经在中国的白领阶层中形成一种新的时尚，也成为陶养性情的一种方式。所谓“器以载道”，正是这种新的时尚和新的陶养性情的方式为手工艺的复兴打开了出路。而制作这些既有传统意味又有当代文人风尚的手工艺品的作者并非都是传统的手艺人，其中包括了那些从艺术院校毕业的富有创造力的年轻艺术家及设计师，他们正在利用传统的手工技艺和文化资源创造新的中国时尚文化。这和民国时期梁漱溟的将“旧文化转变出一个新文化来”[①]的理想何其相似。许多的传统手工艺里还蕴含着“中国文化有型的根”[②]，而在这样的根底基础上创造出的器物文化与传统中国人“过日子的方法”[③]具有许多相通之处。笔者认为，要重新振兴中国文化就是要从人们的日常生活开始，这是一种让人的生活变得高雅、自律、有品位的，成长在传统文化基础上的中国人的新的“生活样式”。[④]

正是这种中式生活方式的回归复兴了许多中国的传统手工艺行业，提供了许多新的创业和就业机会，其在改变中国人的“生活样式”的同时，也在带动中国的经济结构和文化结构发生改变，进而促进中国的产业转型，变中国制造为中国创造。这种来自民间的传统文化复兴正是激发中华传统优秀文化的生机与活力的一种重要方式，笔者希望这种活力的最终导向是把传统的乡土中国导向当代的生态中国。让中国在发展工业 4.0、新能源和互联网的基础上再次成为“世界的手工艺工场”（建立在高科技基础上的未来社会最时尚的产品，有可能是具有文化和艺术含量的，多品种小批量，甚至是私人定制的手工艺品），再次创造出具有当代中国审美和当代中国设计文化的世界级时尚产品，顺着新的“一带一路”再次流向国际市场。只有我们的产品走向了国际市场，我们的文化才能化成天下、影响世界。

笔者之所以重视手工艺的发展和复兴，是因为手工艺是一种更具有人性，更具有艺术性、生态性及环保性的生产方式，是生态文明的基础，而人类社会由工业文明走向生态文明将是一种必然的趋势。一般来讲，在社会转型的过程中，哪个国家先有一种超前意识，哪个国家就能拥有未来发展的主动权。笔者认为中国政府在这一方面已经有了如此的意识，2015

---

① 《梁漱溟全集（第二卷）》，山东人民出版社 1990 年版，第 614 页。

② 同上。

③ 同上。

④ 同上。

年5月5日发布了《中共中央　国务院关于加快推进生态文明建设的意见》，十八届五中全会又把“加强生态文明建设”写入国家五年规划中。习主席在讲话中曾提出：“保护生态环境就是保护生产力，改善生态环境就是发展生产力。”在这里我们看到，中国已经把生态文明发展作为一个国策来看待，说明中国已经做好了进入生态文明的准备。另外，除推进非物质文化遗产的保护外，近期中共中央办公厅和国务院办公厅还印发了《关于实施中华优秀传统文化传承发展工程的意见》，这两条国策看起来并无关联，但实际上是“新的开拓”与“推陈出新”或“温故知新”同时进行。

如果说在农业文明转向工业文明之际中国的转型是被动的，甚至是被迫的，所以落在了潮流之尾；那么，当人类社会再次面临新的由工业文明转向生态文明的今天，中国是否能变被动为主动，变潮流之尾为潮流之首？这是值得我们思考的。不仅国家要有这样的意识，科学家、经济学家、人文社会学的学者们也要有这种意识，要看到在社会转型中各自的作用。新的社会实践会产生新的理论，就像当年欧洲是人类社会发展最快速、新的社会实践最多的地区时，也是新的理论和新的思想出现得最多的地域，后来这种社会的快速发展转移到了美国，美国开始成为新的、前沿理论产生的重要地区。而今天的中国社会正在实践的是一种与西方世界不一样的发展道路，这是近百年以来，第一次由非西方社会开拓的一系列巨大的新的社会实践，其一方面需要有新的理论总结与归纳，另一方面也需要产生新的理论来指导新的社会实践。

正如费孝通先生所说的：“中国正在走一条现代化的路，不是学外国，而要自己找出来。”笔者认为这条道路就是在中国传统文化基础上发展出来的生态文明之路，这不仅是中国社会发展的未来之路，也是全人类都必须要进入的可持续发展之路，只是希望中国能成为走在这条路上的领头者。

第四编 『后非遗』时代的中国实践

在“从实求知”中建构中国经验

——费孝通“文化自觉”思想的再解读

中国社会正发展到一个重大的历史拐点上，这个拐点是一场中国千年来从未遇到的大变局。中国所遇到的第一个千年未有的大变局是在一百多年以前的清末时期，那时，世界已经发生了巨大的变化，中国人却尚在梦中，最后不得不顺应历史的潮流而走向变革。今天这个拐点与前一个拐点的最大区别是前者是被动的，甚至是被迫的，后者却是主动的，是迎着历史潮流而上的。如果说前者是处在潮流之尾，那么今天，中国却被历史推向了潮流之首。

何以如此？首先是在世界许多国家开始出现民粹主义，各扫自家门前雪；中国却正在通过“一带一路”快速地迈向全球化。其次，在中国的土地上正在呈现一股文艺复兴的趋势，这一趋势让我们看到，一百多年来中国第一次对自己的传统文化感到由衷的认同，在民间传统文化的复兴和传统生活方式的复兴，以及传统审美的认同已成燎原之势。生态文明、绿色革命正在唤醒中国农业文明中的诸种智慧，包括以往认为应该被淘汰的类似二十四节气这样的农业知识也开始受到关注。所有的文艺复兴最终带来的都是一场新的变革，其预示着整个人类又在经历一场新的社会转折，而且这一转折的高潮有可能将人类带入一个完全不同于工业文明的生态文明之中，在这样的过程中，世界需要人类对自己过往的文化进行反思。这种反思所呈现出来的现象将如费孝通先生所说的那样，十五、十六世纪出现的文艺复兴强调的是“人的自觉”，而我们今天的文艺复兴强调的将是“人类文化的自觉”[①]。笔者强烈地预感到这场促使“人类文化自觉”文艺复兴的高潮将会在中国爆发，这也是费孝通先生生前所希望和期待的。

而在这样的过程中，有许多新的思考正在出现和正在进一步深化，在中国迈向“一带一路”的过程中，我们首先要思考的就是如何与其他的文明相处，同时还要思考在这样相处的过程中如何才能做到与其他的文明“共存共荣”，以王道服人，而不是以霸道服人。另外，在这样的过程中我们还要思考如何确立自己民族的文化价值观，如何做到在充分的“文化自觉”中走向“文化自信”。任何新的社会实践都需要有一套新的理论来支持，才不至于走向盲目的乐观或盲目的悲观，这恐怕是历史交给我们这一代学者的责任和使命。

要思考和回答这些问题并建立一套新的可以指导我们今天社会实践的理论，笔者认为无论如何都绕不开费孝通先生在20年前所提出的“文化自觉”思想。任何一种思考都不是一天就能成就的，都是文化积累到一定阶段的总爆发，我们今天所实践的这一切的思想基础，费孝通先生在20年前就有所思考。所以，今天我们需要去重新读解费孝通先生在20年前提出的这些思考，只有这样我们才能在前人的肩膀上攀行前进。

笔者对费先生的“文化自觉”思想的阅读已有数次，并写过好几篇相关的文章。但笔者在国家发展的新形势下重新读解又有了许多新的体会，在这里笔者将这些新的体会写下来与大家分享，并希望得到进一步的讨论及批评指正。

---

① 费孝通：《“文化自觉”与中国学者的历史责任》，载费孝通著、方李莉编《全球化与文化自觉——费孝通晚年文选》，外语研究与教学出版社2013年版，第57页。

一、“文化自觉”思想的提出

20年前，费孝通先生提出了“文化自觉”的学术思想，那是在1997年北京大学第二届社会学人类学高级研讨班的会议上。当时费孝通先生说：“我提出这四个字‘文化自觉’来标明这个研讨班的目的，我想总结一下，问一问，我们在这个研讨会上大家在做什么？这四个字正表达了当前思想界对经济全球化的反应，是世界各地多种文化接触中引起人类心态的迫切要求。人类发展到现在已开始要知道我们各民族的文化是哪里来的？是怎样形成的？它的实质是什么？它将把人类带到哪里去？”[①]

也就是说，这四个字要表达的是一个在全球化背景下的思考。但费先生却说，他提出这个问题不是在全球化过程中看到的，而是在中国人口较少民族发展的过程中看到的。[②] 当时费孝通先生正在主持一个人口较少的民族的调研活动，他去调研了鄂伦春和赫哲族等人口较少的民族后发现了一个问题：在现代文明的冲击下，这些人口较少民族怎样才能获得自己的生存权，是让他们放弃自己的传统文化完全融入汉族文化里来，从而放弃自己祖祖辈辈的生产和生活方式吗？[③]

二、中西方文明碰撞所带来的纠结

沿着以上的思路，费孝通先生开始考虑中国文化应该如何融入世界的问题，他对中国近百年来所面对的中西方文明碰撞所带来的纠结做了一个梳理。他说，20世纪前半叶中国思想的主流一直是围绕着民族认同和文化认同而发展的，以各种方式出现的有关中西文化的长期争论，归根结底只是一个问题，就是在西方文化的强烈冲击下现代中国人究竟能

① 费孝通：《关于“文化自觉”的一些自白》，载费孝通著、方李莉编《全球化与文化自觉——费孝通晚年文选》，外语研究与教学出版社2013年版，第46页。

② 同上书，第50页。

③ 同上。

不能继续保持原有的文化认同？还是必须向西方文化认同？[①]

对于这一问题的回答，费孝通先生做了一个较长的论述，他认为，中国最早面临全球化应该是从欧洲的地理大发现开始，那是中西方文化碰头的最初阶段。那时的中国人还是非常自信的，认为自己泱泱大国，所有的外国人都是蛮夷之人。当时英国人为了开辟中国市场来找乾隆皇帝谈判的时候，乾隆皇帝不但自信，还很自大，要来者下跪，不能跟对方平起平坐。但是到清末完全改变了，费孝通先生记得他在燕京大学上本科时读到了一份材料，那份材料上记录的是：曾国藩手下有一个大将名叫胡林翼，当时驻守在今安徽的马鞍山，他在江边阅兵时，有一只外国军舰冲着他沿江而上，这位大将看到这艘外国军舰竟当场昏厥了过去。后来别人问他为什么，他回答说，对付太平天国我们还有把握，但对付这些外国军舰就没有办法了。这件事生动地反映了当时清政府上层的态度，他们看到了中国的物质技术远远落后于西方，因而惧怕和退缩了，也由此引起了以后丧权辱国的灾难性后果。[②]

也就是从这个时候开始，在强悍的西方物质文化的面前中国人投降了。但即使在这样的情况下，中国人仍然认为我们落后的并不是文化，我们的落后只是技术。所以，当时中国人提出的是“中体西用”，即保持我们自己的文化，学习西方的技术。但到了五四运动时不一样了，此时所碰到的问题已不是借用一些“西学”可以解决的了，基本上是要以西方现代化来代替中国的旧文化了。于是出现了一个新的名词，叫“全盘西化”，所以五四运动又叫新文化运动。[③]

随后，中国共产党在1921年成立，马克思主义为不少青年所信仰。“中国向何处去”是知识界不能回避的问题了。抗战开始，国难当头，民族危机使争论暂时停顿下来，但战后应该建立怎样一种社会文化秩序仍

---

① 费孝通：《关于“文化自觉”的一些自白》，载费孝通著、方李莉编《全球化与文化自觉——费孝通晚年文选》，外语研究与教学出版社2013年版，第46页。

② 同上书，第48页。

③ 同上。

然是知识界关心的主题。彻底打破现状重建一个全新的理想社会，无疑对知识分子具有极大的吸引力。中华人民共和国成立后，中国大陆发生了翻天覆地的巨变，知识界在马克思主义的指导下走上建设社会主义的道路。

归结起来看，无论是维新变法、新文化运动还是中华人民共和国成立后的历次政治运动，都是在“破旧立新”的口号下把“传统”和“现代化”对立了起来，把中国的文化传统当作了“现代化”的敌人。“文化大革命”达到了顶点，要把传统的东西通通扫清，使人们认为中国文化这套旧东西都没有用了。[①]

费孝通先生这段对中西方文化碰撞历史的梳理，让我们看到了一百多年来中国人对西方文化的态度：从不屑到认真对付，到全盘西方化。而对中国自身的文化态度：从自信到半信半疑，到全面抛弃这样一个过程。

三、中国文化的“归属”

费孝通先生梳理这一过程的目的是反思和进一步思考中国文化的未来出路。所以他提出能不能在我们的传统文化里找点好的东西，看看中国传统文化在今天社会的作用是什么？到晚年的时候，他看得最多的书就是有关中国传统文化的书。记得笔者第一次见他时，当他知道笔者在研究中国陶瓷史非常高兴，送给了笔者一本苏秉琦先生写的《中国文明起源新探》，那本书以中国原始时期的陶器类型来探讨中华文明早期的多元性起源问题，他希望笔者能关注中华文明的起源及历史在陶瓷器上的呈现。可惜当时笔者对他的思想理解得还不是太深刻，在陶器和中华文明起源关系的那一部分没能做很好的探讨，但由于受他的影响，笔者最

① 费孝通：《关于“文化自觉”的一些自白》，载费孝通著、方李莉编《全球化与文化自觉——费孝通晚年文选》，外语研究与教学出版社 2013 年版，第 46 页。

后完成《中国陶瓷史》的写作时，还是尽可能地从陶瓷的角度关注到了中华文明在历史上与世界其他文明之间的互动关系。非常可惜的是这部书完成时，他已去世多年了，再也没有机会和费孝通先生讨论里面涉及的许多中国文化和历史的问题了。

20世纪90年代，费孝通先生和北京大学考古系联系比较多，多次参加玉器考古的研讨会，他一直在追问：中国文化的精髓到底在什么地方？中国文化的特色又是什么？这是他晚年一直在思考、纠结的问题。记得有一次，在指导笔者的博士后出站报告时，费孝通先生说：“有关文化的死活我一直想写成一篇专门的文章，但现在精力不行了，你今后把它发挥发挥写出来。文化的生和死不同于生物的生和死，它有它自己的规律。它有它自己的基因，也就是它的种子，这种种子保留在里面。就像生物学里面要研究种子，要研究遗传因子，那么，文化里面也要研究这个种子，怎么才能让这个种子一直留存下去，并且要保持里面的健康基因。也就是文化既要在新的条件下发展，又要适合新的需要，这样，生命才会有意义。脱离了这些就不行，种子就是生命的基础，没有了这种能延续下去的种子，生命也就不存在了。文化也是一样，如果脱离了基础，脱离了历史和传统，也就发展不起来了。因此，历史和传统就是我们文化延续下去的根和种子。”①

他不仅向学生提出这样一些问题让我们思考，自己更是身体力行地在做这样一些研究。在晚年，他经常阅读钱穆、梁漱溟、陈寅恪、傅斯年、顾颉刚等这些前一辈学者们的著作，并说，我到老了以后想到了两个字：归属。在一次和李亦园先生对话时他谈到，文化人要找安身立命的地方，就是在找归属。我从年轻的时候就一直学西学，都没上过私塾，我是从“人手足刀尺”开始启蒙的，上的是教会学校，最后到英国留学，

① 方李莉编著：《费孝通晚年思想录》，岳麓书社2005年版，第49页。

我的国学底子是不够的。[①]

李亦园先生则认为，像陈寅恪、顾颉刚他们那样一种学术研究者，没有办法提出一套可以供全世界学者了解的人们如何相处的理论。而费孝通先生一开始就提出了“差序格局”的想法，这是从旧学出来的学者很难提出来的。费教通先生提出的理论是一个有了一番国外经历和西学训练的中国学者提出的对自己民族的看法和理论，这个理论架构是有长久生命力的。所以，他认为费孝通先生要是没受过西学的训练，对中国的问题反而看不到这么透，所以西学的训练对于费先生来讲也是非常重要的。最重要的是费孝通先生并不满足于西学的训练，而是能从西学的功底中去重新理解并学习中国的传统文化，所以是学贯中西，正因为如此，他对问题的看法总是比其他人站得高。

在笔者看来，费孝通先生晚年谈到的“归属”有双重的含义：一重含义是费孝通先生自己的文化归属，另一重含义则包括了中国文化的归属。中国人经历了一百余年的中西文化之争，也走了一百年向西方文明学习的道路，现在是该回到自己文化的根本的时候了。但这一百年向西方文明学习的路并没有错，正如李亦园先生讲费孝通先生一样，如果中国没有经历过向西方现代文化学习的经验，我们今天对于中国文化历史的理解也许不如现在这么深刻。只有经历过西方文明的洗礼，我们才能浴火重生，因此，费孝通先生的个人命运也是整个中华文明命运的投射。

四、“战国时期”与中国“孔子”

“世界大同”是自古以来中国知识分子的理想，如果说在古代这只是一个乌托邦式的理想，但在全球一体化的今天，这样的理想有可能会成

① 参见费孝通、李亦园《中国文化与新世纪的社会学人类学——费孝通、李亦园对话录》，载费孝通著、方李莉编《全球化与文化自觉——费孝通晚年文选》，外语研究与教学出版社 2013 年版，第 220 页。

为现实。费孝通先生作为中国的知识分子，在骨子里始终有这样一种憧憬与理想。但他认为，在“世界大同”到来之前必然有一个分化时期，就像秦始皇统一中国之前有一个战国时期一样。他在文章中写道：“二十世纪是一个世界性的战国世纪。意思是这样一个格局中有一个前景，就是一个个分裂的文化集团会联合起来，形成一个文化共同体，一个多元一体的国际社会。我觉得人类的文化现在正处在世界文化统一体形成的前夕。要形成一个统一体，而又尚未形成。要成而未成的这样一个时期，就表现出了‘战国’的特点。这个特点里边有一个方向，就是多元一体的世界文化的出现。我们要看清楚这个方向，向这个方向努力，为它准备条件。”①

如何准备条件？首先就是在这一“战国时期”来临时，肯定会有一个文化的大辩论，我们怎么去看待这个问题？笔者认为，费孝通先生当时的思想很超前，他提出这一问题时中国正处于发展经济的阶段，许多的争论都被搁置了，矛盾并未凸显。但今天，有关中国的前途、人类的前途在什么地方？是进一步全球化还是各扫门前雪？社会主义和资本主义的道路应该如何区分，应该如何走？不同的文明如何相处？伊斯兰文明、非洲文明如何融入现代化的当代文明？等等。的确，从世界到中国都面临着许多的争辩，在这样的争辩中，中国能为世界做哪些贡献？

费孝通先生认为，我们首先要把中国自己的文化讲清楚，这就是“文化自觉”意义的一部分。他说，西方学者可以把西方文化讲清楚，如涂尔干把资本主义的制度和基本结构讲清楚了，马克斯·韦伯把资本主义精神和资本主义产生的背景讲清楚了，我们中国学者能不能讲清楚我们社会主义的中国特色是什么？如果我们连这个问题都讲不清楚，我们

① 费孝通：《从反思到文化自觉和交流》，载费孝通著、方李莉编《全球化与文化自觉——费孝通晚年文选》，外语研究与教学出版社 2013 年版，第 65—66 页。

怎么在世界的文化中立足。[①]

他还认为21世纪是一个危险的世纪，这一点应当引起重视，如何进一步研究它也值得考虑。我们不能不为已不能再关门自扫门前雪的人们，找出一条共同生活下去的出路。[②]要找到这样的道路，我们必须要处理好文明与文明之间的关系，实际上文明与文明之间的关系，就是人和人的关系。费孝通先生认为，我们中国人讲人与人的相处讲了三千年，忽略了人和物的关系，经济落后了，但是从全世界来看，人与人相处的问题却越来越重要了。[③]奠定中国的人和人之间关系的是孔子的儒家哲学，正是孔子的儒家哲学成为战国以后统一中国的思想基础。所以费孝通先生说，现在世界正在进入一个全球性的战国时代，是一个更大规模的战国时代，这个时代在呼唤着新的孔子，一个比孔子心怀更开阔的大手笔。[④]

他提出这一想法的时候都已经快90岁了，他充满着期待，但又觉得时日不多，所以他说：“看来我自己是见不到这个新的孔子了。但是我希望在新的未来的一代人中能出生一个这样的孔子，他将通过科学、联系实际，为全人类共同生存下去寻找一个办法。”[⑤]他讲的这些话和今天习近平主席提出来的“人类命运共同体”是异曲同工的，他讲的“新时代的孔子”，是关心这一时代发展并能找出一条能供人类共同生存下去的道路的代表性人物，可以是某个人，也可以是某群人。所以，从这一点来看，他自己就是一个孔子式的人物，而目前习近平主席也是在带领中国践行着孔子式的道路。

---

① 参见费孝通、李亦园《中国文化与新世纪的社会学人类学——费孝通、李亦园对话录》，载费孝通著、方李莉编《全球化与文化自觉——费孝通晚年文选》，外语研究与教学出版社2013年版，第222页。

② 费孝通：《孔林片思——在“北京大学社会学十年”纪念会上的讲话》，载《费孝通文集（第十二卷）》，群言出版社1999年版，第296页。

③ 同上书，第297页。

④ 同上书，第296页。

⑤ 同上书，第298页。

五、文明冲突与文明共存

有关这一问题的进一步思考，笔者认为主要体现在他的“各美其美，美人之美，美美与共，天下大同”这十六个字里面。他提出这一问题的背景是：人类社会遇到了前所未有的大困境，如原子弹的问题、战争的问题、环境污染的问题、疾病传播的问题，等等，这些问题仅仅靠西方文化是无法解决的，必须要有多元文化的互动才能解决。所以文明的包容和文明的共存，以及文明的互鉴就非常重要。

有关这个问题，李亦园先生的理解非常重要，他说：“生物在演化过程中大致都要保持其基因特性的多元化，避免走入‘特化’（specialization）的道路，以免环境变化而不能适应。很多古代的生物种属，都是因为‘过分适应’而走上体质特化的死胡同，最终走上绝灭的道路。人类是生物的一种，不但其生物性的身体要保持多元适应的状态，即使人类所创造出来的文化，也是受生物演化规律严格的约束，必须尽量保持多样性的情况，以备有一日环境巨大变化时的重新适应之需。西方文化的发展已有‘特化’的趋势，今天面临的能源危机、核子扩散危机等都是其征兆，因此保持其他族群的生活方式与文化特性，就如保护濒临绝灭的稀有种属一样，是为了人类全体文化的永续存在而保存，这也就是提倡容忍别人、了解别人、欣赏别人的多元文化理论的真实意义，也就是费老你所说‘美人之美’的根本原意了。”[1]

李亦园认为，相对于亨廷顿讲的“文化冲突论”，费孝通先生所说的“美人之美”却是道出了人类学家对人类文化存在的真谛，在当代的人类社会里，最重要的目标就是容纳多元文化的共存，要容纳多元文化的共存，就是要“美人之美”，也就是要能欣赏别人，以至相互欣赏，人类的

① 费孝通、李亦园：《中国文化与新世纪的社会学人类学——费孝通、李亦园对话录》，载费孝通著、方李莉编《全球化与文化自觉——费孝通晚年文选》，外语研究与教学出版社2013年版，第225页。

世界才能永续发展。[①]

这是李亦园先生从文化多样性互动的角度，对费孝通先生“美人之美”这句话的理解。事实上，要理解费孝通先生的“文化自觉”，一定要将他的这四句话联系起来，这四句话是费孝通先生提出“文化自觉”的基础，因为没有全球化，没有文化转型，费孝通先生就不会提出“文化自觉”这四个字。“各美其美”，代表的是国与国之间的交流并不频繁，是每个国家可以关起门来“各美其美”的时代。但是到了今天，全世界人抬头不见低头见，到了一个地球村的时代，不但要“各美其美”，还要学会欣赏别人的美，而且是真正的欣赏，这就进入了一个“美人之美”的时代。

到了全球化的今天，世界必然会出现一个互相依赖的格局。费孝通先生在1997年时曾说，首先是经济方面的互相依赖，这次亚洲的金融风暴表现得很清楚。风暴一起，谁都逃不掉，“看不见的手”把大家弄到了一起。所谓“看不见的手”，我体会就是经济、文化、社会的综合力量。虽然看不见，可是它的确存在，存在于文化的基本原则里边。[②]

当今的确进入了一个“人类命运共同体的时代”，也就是说各个国家的命运被捆绑在了一起，可谓是“一荣俱荣，一损俱损”的时代。现在许多国家拥有的核武器足以毁灭整个地球，还有环境污染、资源匮缺、疾病传染等，这些都是关系到人类是否还可以继续生存下去的大问题。所以全球化也是全球问题的共同化。面对这些问题费孝通先生说，我们要避免人类历史的重新来一遍，大家得想办法先能共同生存下去，和平共处；再进一步，能相互合作，促进一个和平

---

① 费孝通、李亦园：《中国文化与新世纪的社会学人类学——费孝通、李亦园对话录》，载费孝通著、方李莉编《全球化与文化自觉——费孝通晚年文选》，外语研究与教学出版社2013年版，第225页。

② 同上书，第229—230页。

的共同文化的出现。这个文化既有多元的一面，又有统一的一面。[①]要做到这一点，谁都不能因为自己的民族优越感而去独霸天下，要讲究王道，而不是霸道。费孝通先生说，王道才能使天下归心，进入大同。维持霸道的局面，可能最后会导致原子战争，大家同归于尽。我希望避免同归于尽，实现天下大同。所以我在八十岁生日那天提出这样的四句话：各美其美，美人之美，美美与共，天下大同。[②]他认为，文化接触要得到一个积极性的结果，必须要在平等的基础上进行。平等相处，相互理解，取长补短，最后走向相互融合。用我们的说法讲，就是天下大同。[③]

包括他当年对中美关系的看法，对于我们今天如何处理中美关系都是有所启发的。1998 年美国总统克林顿访华与中国领导人会谈时，费孝通先生说，这两天中美两国首脑会谈，从积极的方面看是建设性的。两个大国能和平一个时期，就不得了。我们还是从和平共处上想办法，不光是共存，而且要共同繁荣，把人类的发展水平提高一步。[④]

六、在“从实求知”中建构中国经验

在人类向和平的时代发展的过程中，费孝通先生对中国的知识分子是有所期待的。他说，现在人类世界希望有一个“天下大同”的前景，需要我们这样一些研究文化的人出点力量，把各个文化中积聚起来的有利于人类和平共处的东西提炼出来，我们中国的人类学家有责任先把中

---

① 费孝通：《从反思到文化自觉和交流》，载费孝通著、方李莉编《全球化与文化自觉——费孝通晚年文选》，外语研究与教学出版社 2013 年版，第 65 页。

② 同上书，第 66 页。

③ 费孝通、李亦园：《中国文化与新世纪的社会学人类学——费孝通、李亦园对话录》，载费孝通著、方李莉编《全球化与文化自觉——费孝通晚年文选》，外语研究与教学出版社 2013 年版，第 230 页。

④ 同上书，第 234 页。

国文化里边的“推己及人”这一套提炼出来，表达出来，联系当前的实际，讲清楚。[①]

但是怎么讲清楚，他结合自己的研究提出了一套办法。

第一，就是“从实求知”。他说：“这四个字表示了我的科学态度。”“中国文化天天在现实生活里边发生作用，实际得很，我们要‘从实求知’，从实际生活里边学，再把学到的东西讲出来，这是我们知识分子的责任，尤其是研究文化问题的知识分子。”他在这里强调的是在实际生活中观察和理解中国文化，从实际中得到知识，然后又把这种理解和研究得来的知识回馈中国社会，帮助中国社会发展，同时积累中国经验以形成中国自己的理论与观点。所谓的道路自信、文化自信，首先要以中国原创的理论与思想为基础。

第二，就是回到历史。他认为，中华文化的传统在出发点上和西方文化就有分歧。[②]所以我们真要懂得中国文化的特点，并能与西方文化做比较，必须回到历史研究里边去，下大功夫，把上一代学者已有的成就继承下来，切实做到把中国文化里边好的东西提炼出来，应用到现实中去。在和西方世界保持接触、进行交流的过程中，把我们文化中好的东西讲清楚使其变成世界性的东西，首先是本土化，然后是全球化。[③]

他认为，社会经济发展之后，人与自然的关系的变化不可避免地要引起人与人的关系的变化，进入人与人之间怎样相处的问题中去。这个层次应当是高于生态关系。生态和心态有什么区别呢？我们常说共存共荣，共存是生态，共荣是心态。共存不一定共荣，因为共存固然是共荣

① 费孝通、李亦园：《中国文化与新世纪的社会学人类学——费孝通、李亦园对话录》，载费孝通著、方李莉编《全球化与文化自觉——费孝通晚年文选》，外语研究与教学出版社2013年版，第231页。

② 同上书，第219页。

③ 同上。

的条件，但不等于共荣。①

中国在历史上讨论得最多的就是人与人的关系，中国人与人相处的最高智慧就是能想到人家，不光是想自己，这是中国在人际关系当中一条很主要的东西。所以，费孝通先生说：“老吾老以及人之老，幼吾幼以及人之幼，设身处地，推己及人，我的差序格局出来了。”② 这种“推己及人”的文化就是一种包容的文化，一种能与其他文明和平共处的文化，也就是这种文化决定了中国文化“海纳百川，有容乃大”的特点。

费孝通先生认为，历史上中华文化的包容性是一以贯之的，但这种包容性并非在任何时代都能得到充分的体现。事实上它的充分体现总是与某些历史时期相联系的。③ 所以，中国“文化特色的发扬，离不开强盛的国力。如果我们有理由认为中华民族在新世纪中又将进入一个强盛时期，我们就应该意识到，生活在新世纪的中国人正面临着一个充分发扬中华文化特色的历史机遇的到来”④。

在这样的时代，中国学者的历史使命是什么？这也是费孝通先生在晚年反复思考的问题。他说，最近一个时期的很多迹象都提示我们，现在世界上的各民族都开始要求自己认识自己的文化，提出了一系列的问题。人文社会科学负有答复这些问题的重大责任。现在自然科学发展很快，人对人类本身的生物学研究已经达到绘制基因图谱的地步，科技研究的空间发展已经从地球扩大到了太空。以人文社会科学来说，就要看我们如何跟上时代，认真地各自认识自己的文化了。我感到，目前正在兴起的“文化自觉”这股风已经在许多国家中酝酿和展开。我们中国要

---

① 费孝通：《孔林片思——在“北京大学社会学十年”纪念会上的讲话》，载《费孝通文集（第十二卷）》，群言出版社 1999 年版，第 297 页。

② 费孝通、李亦园：《中国文化与新世纪的社会学人类学——费孝通、李亦园对话录》，载费孝通著、方李莉编《全球化与文化自觉——费孝通晚年文选》，外语研究与教学出版社 2013 年版，第 230 页。

③ 费孝通：《“文化自觉”与中国学者的历史责任》，载费孝通著、方李莉编《全球化与文化自觉——费孝通晚年文选》，外语研究与教学出版社 2013 年版，第 57 页。

④ 同上。

抓住这个历史机遇，参与和推动这股新风气。从文艺复兴到19世纪，西方出现过“人的自觉”，写下了人类文化发展的重要篇章。看来21世纪我们将开始出现“人类文化的自觉”了。在新一页人类文化发展史上，应该有中华民族实现文化自觉的恢宏篇章，在世界上起一个带头的作用。[①]

可以说一百多年来，中国的知识分子都是在学西方，但是费孝通先生到晚年却提出来要中国的知识分子在世界上起一个带头作用，这是何等重要的一种期待。同时他还将“文化自觉”的重要性和当年西方的文艺复兴相提并论，谈到了人类社会要从对“人的自觉”走向对“人类文化的自觉”，这是非常重要的。也就是说人类已经走到了要对自己文化反思的阶段，这种反思包括了对工业文明阶段人和自然发生冲突的反思，包括了在西方优越感背景下的文明冲突的反思，也包括了对自身文化如何发展的反思等。

七、重新理解“文化自觉”思想的价值和意义

未来的人类是否能走向“共存共荣”，关系到整个人类社会是否能持续发展下去的重大问题。费孝通先生对此有很深刻的认识和理解，他看得很远，笔者到今天才慢慢看懂他讲到的很多问题，他生前经常说，“我是把明天的话今天讲了，今天我们讲的是科技立国，有一天我们可能要讲的是文化立国”[②]。的确，今天习近平主席提出来的文化自信，中华文明的复兴，还有近期中共中央办公厅、国务院办公厅印发的《关于实施中华优秀传统文化传承发展工程的意见》，让我们看到了费孝通先生当年提出的文化自觉和文化立国在今天正在一步步地实践。

---

① 费孝通：《“文化自觉”与中国学者的历史责任》，载费孝通著、方李莉编《全球化与文化自觉——费孝通晚年文选》，外语研究与教学出版社2013年版，第57页。

② 方李莉编著：《费孝通晚年思想录》，岳麓书社2005年版，第10页。

费孝通先生在1998年展望21世纪时曾说道：“我觉得人类的文化现在正处在世界文化统一体形成的前夕。”[①]他认为，未来世界的发展“就是多元一体的世界文化的出现，我们要看清楚这个方向，向这个方向努力，为它准备条件”[②]。现在，习近平主席提出的“人类命运共同体”和费孝通先生的这一思想有异曲同工之处，说明这个趋势正在到来，而中国目前正站在这个趋势到来的风口浪尖上。中国人不仅有了“文化自觉”，还在逐步地找到“文化自信”。近期，习近平主席在“一带一路”的论坛上谈到，我们要“以文明交流超越文明冲突，以文明互鉴超越文明隔阂，以文明共存超越文明优越”。这正是实践人类社会“共存共荣”的一种重要途径。人类社会的“共存共荣”的趋势，还有中国式的文艺复兴必然会带来一个新的文明，笔者认为这个新的文明就是中国政府一直在强调的生态文明。人类只有走向人与人的“共存共荣”，还有人与自然的“共存共荣”，这个世界才会是有希望的，这个希望就是“和平的”“绿色的”。在这一希望呼之欲出的背景下，我们再重新研读当年费孝通先生的“文化自觉”理论，是有着非常重要的现实意义和深远的历史意义的。

---

① 费孝通：《从反思到文化自觉和交流》，载费孝通著、方李莉编《全球化与文化自觉——费孝通晚年文选》，外语研究与教学出版社2013年版，第65页。

② 同上书，第66页。

生态社会来临的中国准备

当今的世界正在发生重大的变革，在工业文明已经发展了200多年的今天，人类社会一共经历了三次工业革命，现在正在进入第四次工业革命。如果说第三次工业革命是从20世纪开始至21世纪初以互联网加新能源为标志的，那么人类目前所进入的第四次工业革命则带来了互联网与物理、生物、文化几大领域的互动，其与第三次工业革命不同的是，数字技术正在变得更为精深，一体化程度更高，由此正在引起各国社会和全球经济发生变革。

据笔者看来，这四次工业革命的不断推进将会把人类带向一个比工业文明更高一层次的文明，那就是生态文明，也就是生态社会。当然，不同的学者对未来会有不同的看法，会用不同的形态来描绘即将到来的社会。但笔者认为生态文明的出现将会是人类社会发展到今天的必然产物，因为大自然已经无法承受人类目前的生活方式，全球性的经济危机已经告诉我们，建立在工业文明基础上的社会运行方式已无法再进行；随时可能爆发的核战争告诉我们一定要重新思考不同国家社会相处的新模式；环境污染、气候变化告诉我们必须改变目前的生活方式及消费理念；等等。

因此，即将到来或正在到来的，一定是以互联网加新能源加工业4.0加系列绿色革命为基础的生态文明时代。这是人类有史以来不仅从未经历过，甚至是从未想象过的一个新的世界。这一个新的时代将会改变我们对人的物质世界到精神世界，甚至从宇宙太空到宗教彼岸的重新认识。这又将是一次犹如19世纪末李鸿章所说的“三千年未有之大变局”，这一变局将不亚于人类社会从农业社会转向工业社会，人类面对的将是一个全新的社会。

在这全新的社会面前，人类社会又将面临解构与重组，又有一些新的国家将崛起，一些旧的国家将衰落，或者同进同退。国家的发展与个人一样，先知先觉者能站在一个制高点上掌握发展的主动权。在农业文明时期，中国是世界第一大强国，当时由于对世界转型的麻木和无动于衷，使其在从农业文明转向工业文明时失去了发展的主动权。但现在，当所有的发达国家和不发达国家都站在了同一条起跑线上，且不发达国家有后发优势的今天，中国人是否能有如此的自觉把握好自主发展的机会，寻找蛙式跳跃的机会，走向社会发展的前列？

笔者认为这样的趋势已经出现，因为我们国家已经把生态文明发展作为一个国策来看待，如2015年5月5日新华社发布了《中共中央 国务院关于加快推进生态文明建设的意见》，十八届五中全会又把增强生态文明建设写入国家五年规划中。习近平主席在讲话中曾提出：“保护生态环境就是保护生产力，改善生态环境就是发展生产力。”国家的政策和国家领导人的支持非常重要，说明中国已经做好了进入生态社会的准备。

在这种准备的基础上我们还要看到，科技的变化会带来经济和社会结构的变革，这种变革将使世界经济过渡到分散布局“后碳”时代，集中式的经营活动将逐渐被分散经营方式取代；而且网络化以后，信息并不集中在城市，而是在任何地方都可以同时获取信息；交通的便利也将打破乡村的闭塞。这样的结构将有利于发展乡村的生态农业与文化产业，将会改变工业化带来的城市繁荣、乡村衰落的现象。如果说工业文明的形象是大烟囱式的，那么生态文明就是田园式的，如果说工业文明的生产方式是规模化、标准化、批量化的，而生态文明的生产模式将会是分散化、个体化、个性化的。这样的文明形象和生产方式有点类似农业文明的回归，当然，其是建立在高度智能化和新能源、新材料、互联网的基础上的。

但进入生态文明是一个社会的全方位转型，其中不仅包括科技、经济，也包括文化，而且文化是社会发展的基础，是社会价值观的体现。但文化的发展和科技的发展是不一样的，科技可以一往无前地不断创新而高歌向前，而文化却要不断地回归到出发的原点，寻找人性的本源，以向科技注入人性化的伦理价值。因此，每当社会要发生新的转折就会来一次文化的回归或复兴，就像当人类社会从农业社会迈向工业社会时的欧洲文艺复兴一样。那么在生态社会来临的前夕也会爆发一场文艺复兴吗？而且这场文艺复兴的爆发地会在中国吗？

如果是这样，我们是否有必要再次回到轴心时代去认识我们的文化？在那一时代除有代表城邦文明的古希腊文明之外，还有以色列文明、印度文明和中华文明。古希腊的城邦文明崇尚的是在商业贸易基础上产生的契约社会，但这一资源的活力已趋于枯竭。但同时期的先秦文明应该成为今天我们通向生态文明的主要的值得挖掘的重要资源之一。

我们今天讲的国学往往只注重儒家传统，岂不知先秦时期具有影响的人物和学派众多，所谓诸子百家，正是这样一些人发展出了中国传统的人与自然的关系、人与物的关系、人与人的关系的系列思想。孔子主要关注的是人与人的关系，老子主要关注人与自然的关系，诸子百家都有自己的关注点。如管子的思想也很有特点，在《管子·内业》中有："天地生人，以和而生；人于天地，以和为本；天地人和，各得其正。"他强调天地人之间的关系最重要的就是"和"，笔者认为今天的社会就是在"天地人和"之中出现了问题，"人与自然的失和""人与人的失和"是造成今天社会秩序混乱的主要原因。因此，在未来的人类社会中，"和"字可能是第一要义，因为在全球化的今天，不仅整个世界成为一个地球村，还成为一个"你中有我，我中有你"的网络世界。每个生活在这个村里的村民必须要有"和"的观念，如"不和"就无法共处，而且在网络世界里大家相互依赖，一荣俱荣，一损皆损。还有先秦时期的“天人合一”思想，“物尽其性，人尽其性可赞天地之化育”的思想，都很好地诠释了人与自然、人与物的关系。因此，新的文艺复兴如果在中国兴起，我们就不仅要重新挖掘孔子、老子的思想，还有管子、墨子、孟子、荀子等诸子百家的思想。

前面我们谈到在生态文明方面，中国在政府层面已经有了高度的认识，在对待传统文化、对待中华文明的复兴方面其推进的力度也是非常大的。除推进非物质文化遗产的保护外，近期中共中央办公厅和国务院办公厅印发了《关于实施中华优秀传统文化传承发展工程的意见》。在转型的过程中，不仅国家要有这样的意识，科学家、经济学家、人文科学的学者们也要有这种意识，要看到在这样的变化中我们各自的作用。

费孝通先生曾说：“中国正在走一条现代化的路，不是学外国，而要自己找出来。”笔者认为这条道路就是在中国传统文化基础上发展出来的生态文明之路，这不仅是中国社会发展的未来之路，也是全人类都必须要进入的可持续发展之路，只是希望中国能成为走在这条路上的领头者。

手工艺的复兴与生态中国之路

一、概述

近期中共中央办公厅和国务院办公厅印发了《关于实施中华优秀传统文化传承发展工程的意见》，这个意见的颁发具有重大意义，其意味着从国家意志层面来肯定中国的传统文化，这是中国近百年来继非物质文化遗产保护后的一件大事。

费孝通先生曾说："20世纪前半叶中国思想的主流一直是围绕着民族认同和文化认同而发展的。""那时主导的思潮是否定传统的，当时即使有人提醒人们应该正视革新和传统的关系，也并不能引起人们的注意。"[①] 他还写道："'五四'的新文化运动和解放后的历次政治运动，都是在破旧立新的口号下，把'传统'和'现代化'对立了起来，把中国的文化传统当作了'现代化'的敌人。"[②] "'文化大革命'达到了顶点，要把传统的东西统统扫清，使人们认为中国文化这套旧东西都没有用了。"[③]

---

① 费孝通：《关于"文化自觉"的一些自白》，载费孝通著、方李莉编《全球化与文化自觉——费孝通晚年文选》，外语教学与研究出版社2013年版，第46页。

② 同上书，第48页。

③ 同上。

为此，费孝通先生提出了“文化自觉”的思想，试图在“传统”和“现代化”之间找到接榫之处。同时，他还认为“文化不仅是‘除旧开新’而且也是‘推陈出新’或‘温故知新’。‘现代化’一方面突破了‘传统’，另一方面也同时继续并更新了‘传统’。”[①]在笔者看来，更新传统并不是为了走回头路，而是要开拓现代文明的新道路。

笔者在这里引用费孝通先生的话，一方面是希望努力地理解中共中央办公厅和国务院办公厅印发的《关于实施中华优秀传统文化传承发展工程的意见》中的深刻含义，另一方面也是努力展望传承传统优秀文化后中国社会的未来走向。

近百年来，中国的几代知识分子在西方文化的强烈冲击下，一直在思考“现代中国人究竟能不能继续保持原有的文化认同？还是必须向西方文化认同”[②]的问题。到今天能在国家层面肯定传统文化在中国当今社会发展中的地位实属罕见，其也意味着中国社会和文化的发展正在发生一场剧烈的转型，在这一转型中，中国以国家的意志将中华文明的发展带入一个新的阶段。

这将是一个什么样的新阶段？这要在世界文明的发展趋势中来认识。笔者认为，人类社会正在进入一个以互联网加新能源加工业 4.0 加系列绿色革命为基础的生态文明时代，这是人类社会有史以来不仅从未经历过，甚至是从未想象过的一个新的时代。这个新的时代将会改变我们对人的物质世界到精神世界，甚至从宇宙太空到宗教彼岸的重新认识。这又将是一次犹如 19 世纪末李鸿章所说的，“三千年未有之大变局”，这一变局将不亚于人类社会从农业社会转向工业社会，人类面对的将是一个全新的生态社会的来临。

在这全新的生态社会面前，人类社会又将面临解构与重组，又有一

---

① 费孝通：《关于“文化自觉”的一些自白》，载费孝通著、方李莉编《全球化与文化自觉——费孝通晚年文选》，外语教学与研究出版社 2013 年版，第 48 页。

② 同上书，第 49 页。

些新的国家将崛起，一些旧的国家将衰落，或者同进同退。国家的发展与个人一样，先知先觉者能站在一个制高点上，掌握发展的主动权。在农业文明时期，中国是世界第一大强国，但由于当时对世界转型的麻木和无动于衷，使其在从农业文明转向工业文明时失去了发展的主动权。但现在，当世界又在面临一场新的文明转型时，中国人是否能有如此的“文化自觉”，把握好自主发展的机会，寻找蛙式跳跃的机会，走向社会发展的最前列？

一般来讲，在社会转型的过程中，哪个国家有超前的意识哪个国家就能拥有未来发展的主动权。笔者认为中国政府在这一方面已经有了如此的意识，2015 年 5 月 5 日新华社发布了《中共中央 国务院关于加快推进生态文明建设的意见》，十八届五中全会又把增强生态文明建设写入国家五年规划中。习近平主席在讲话中曾提出：“保护生态环境就是保护生产力，改善生态环境就是发展生产力。”在这里我们看到，中国已经把生态文明发展作为一个重要国策，有国家的政策和国家领导人的强力支持，说明中国已经做好了进入生态文明的准备。

但是进入生态文明是一个社会的全方位转型，其中不仅包括科技、经济，也包括文化，文化是社会发展的基础，是社会价值观的体现。但文化的发展和科技的发展是不一样的，科技可以一往无前地不断创新而高歌向前，而文化却要不断地回归到出发的原点，寻找人性的本源，以向科技注入人性化的伦理价值。因此，每当社会要发生新的转折时就会来一次文化的回归或复兴，就像当人类社会从农业社会迈向工业社会时的欧洲文艺复兴一样。那么，在生态社会来临的前夕，也会爆发一场文艺复兴，笔者希望这场文艺复兴的爆发地就在中国。所以笔者认为，中共中央办公厅和国务院办公厅印发的《关于实施中华优秀传统文化传承发展工程的意见》就是中国式文艺复兴的催化剂，其让我们重新思考和传承自身传统文化的同时，带头迈向一个新的文明的开端。

如何通过传统在现代化中的重构促使一场新的文化运动的出现，同时促使一个新的绿色文明的建构，使乡土中国走向生态中国？这是笔者近年来一直在思考的问题，国家提出的一系列国策让笔者看到了这一曙光和前途。由于笔者长期在研究社会转型中的传统手工艺复兴的问题，因此在讨论这一问题的时候，想从手艺中国开始讨论。同时，因为生态中国与乡村中国有着密切的关联，因此在关注传统手工艺复兴的同时，关注中国乡村的未来发展。

二、手艺中国概念的提出

中国之所以被称为乡土中国，首先就是因为其自古就是一个发达的农业国家。农业文明是定居文明，定居文明的最大特点就是人们不需要流动与奔波，在农闲期间可以坐下来从事手工劳动，而妇女如果不种田则可以在家进行副业劳动，这就是中国自古以来男耕女织生活形态形成的缘由。所以中国自古以来不仅是一个农业发达的国家，也是一个手工业发达的国家。但是在讨论中国文化的乡土性时，人们往往只关注到其农业生产的部分而疏忽了其手工业生产的部分。

如果我们认真阅读全球历史就可以看到，从汉代到19世纪，在18个世纪的时间里，中国都是世界上经济最发达的地区之一。在欧洲地理大发现之前人类社会就开始了全球化的进程，美国学者罗伯特·芬雷认为这一进程“是在中国的主导下展开的”[①]。这一进程起始于隋唐时期，当时中国的黄河、长江以及这两河流的支系通过人工建造的大运河得以沟通，开辟了一条贯通全国的既便宜又安全的水上通道。亚当·斯密认为：“唯有在滨海地区以及可航行内河的沿岸，各类工业才会开始进行分工与改良。”[②]正是水运交通的便利以及内河及滨海地区商业的发达促使了中国手工业生产的改良与进步。与此同时，伊斯兰文明在中东、北非

① ［美］罗伯特·芬雷：《青花瓷的故事：中国瓷的时代》，郑明萱译，海南出版社2015年版，第15页。

② ［美］约翰·麦克尼尔、威廉·麦克尼尔：《麦克尼尔全球史》，北京大学出版社2017年版，第108页。

等地的兴起，使两大文明的远距离贸易得以实现，形成了第一波全球化的开端。

到10世纪即宋代，中国城市化的加速和手工业的日益发达，促使伊斯兰商人到中国来贩运各种手工业产品，销售到亚非欧旧大陆的许多国家，与此同时，中国的商人也开始活跃在亚洲的各条航线上，其影响力远至印度南部及日本。[①] 到14世纪中叶，中国人包揽了印度次大陆上所有的海运和载客业务。加上伊斯兰商人的参与，庞大的中国古代经济活动远及海外，遍布整个东南亚地区及印度洋国家，远及东非国家和地中海沿岸，加剧了当时的贸易与经济的开发活动。可以说，在19世纪欧洲工业产品席卷全球之前，中国的物质产品一直是世界最优良的商品，当时在海上和陆地丝绸之路中，阿拉伯和波斯商人乃至中国的商人们贩运的不仅是中国的丝绸、茶叶、瓷器，还有铁器、铜器、漆器等，其中包括"铜镜、铸铁火炉和饭锅""钢针、钳子和铁锉"[②] 等日常用品。即使到15世纪欧洲的地理大发现以后，欧洲的商人主要也是以中国物质产品的贩运为主，而且自那以后中国的物质产品才真正地被全球化了，不仅深入欧洲市场，还被欧洲人运到美洲和大洋洲市场。在当时的贸易系统中，"中国保持着中心位置"[③]，使"世界上的白银主要都流向了中国"[④]。因此，美国学者罗伯特·芬雷认为从汉代一直到19世纪初，中国都是世界经济的引擎。

阿里·玛扎海里也在他的书中写道："珍贵的中国的火镰，过去曾受到很高的评价，波斯人和西方其他的民族使用了18个世纪之久，但它于

---

① ［美］林肯·佩恩：《海洋与文明》，陈建军等译，天津人民出版社2017年4月版，第299页。

② ［法］阿里·玛扎海里：《丝绸之路——中国－波斯文化交流史》，耿声译，中国藏学出版社2014年版，第4页。

③ ［美］约翰·麦克尼尔、威廉·麦克尼尔：《麦克尼尔全球史》，北京大学出版社2017年版，第274页。

④ 同上书，第276页。

19 世纪末在很短的几年内就被更为方便实用的瑞士火柴取代了。”[①] 也就是说直到 19 世纪前夕，整个旧大陆的许多地区都使用中国产品，所以有学者认为，在绝大部分的人类历史时光之中，中国的经济都是全世界最先进、最发达的[②]，在这里我们看到在人类历史上很长的时间里，中国都是“世界的手工业工场”。

了解这一历史非常重要，其让我们认识到古代的中国不仅是一个自给自足的农业大国，还是一个手工业产品的出口大国。中国的农民不仅务农，许多农民在农闲的时间里还是手艺人，有的就是村庄里的手艺人（如木匠、铁匠、石匠等），有的则为手工业城市提供原材料或半成品，因此，在中国的历史上乡村是工农相生的。笔者研究这一问题就是在研究中国文化的基因与特质，只有把这一问题研究清楚了，我们才能真正地意识到当前中国手工艺复兴的根由在哪里，以及这种根由与中国未来发展的关系。

三、工业革命以后中国乡村所面临的问题

正是因为有这一特点，所以古代的中国乡村是亦工亦农的富足的乡村。尽管明中期以后中国的手工业开始向城市集中，形成了类似苏州（丝绸手工业）、景德镇（瓷器手工业）、宜兴（陶器手工业）、松江（棉纺手工业）等手工业城市，但这些手工业的原材料和半成品的生产都来自城市周边各乡村的配套服务。因此，当费孝通先生在 20 世纪 30 年代到江村做考察时在书中写道：“历史上，江村的农民并不是全靠农田来维系生计的，他们有很发达的手工业，他们所生产的生丝和生丝原料，并不是为了自己用而是用来做外贸商品的。西方地理大发现以后，海运畅

① ［法］阿里·玛扎海里：《丝绸之路——中国—波斯文化交流史》，耿声译，中国藏学出版社 2014 年版，第 4 页。

② ［美］罗伯特·芬雷：《青花瓷的故事：中国瓷的时代》，郑明萱译，海南出版社 2015 年版，第 16 页。

通，江村的土丝可以一直运到海外的市场上去，它曾一度在中国的输出品中享有很光荣的名誉。这村子里的人民，虽很少见过和用过西洋的轻绸软缎，可收入的增加，的确使他们得到了一段很优裕的生活。”[①] 所以他认识到：“中国传统经济中曾有很发达的手工业。”[②] 正是这种发达的手工业让传统的中国乡村安闲且富足。

从 19 世纪末开始，西方的工业革命开始冲击中国这一发达的农业文明古国，工业社会的生产方式和价值体系深刻地冲击了这一工农相生的社会发展模式。在 20 世纪三四十年代，费孝通先生走进了中国的乡村做考察。他观察到工业革命以后“动力的改变，产生了都市，集中了劳工，把工业和农业的地缘拆散，工业脱离了乡村独立了起来”[③]。由于机器的生产改变了中国传统的生产方式，一方面是规模化的生产方式代替了作坊制的手工业生产，彻底地改变了以往传统手工业城市的生产模式和乡村农民亦工亦农的生产及生活模式，另一方面正是“都会兴起把乡村里一项重要的收入夺走了”[④]。这项重要的收入就是乡村为手工业城市加工的手工辅助业以及乡村副业。不仅如此，“现代都会一方面把大批洋货运了进来，一方面又用机器制造日用品。结果是乡村里的手工业遭殃了”[⑤]。不仅乡村中为城市服务的手工辅助业遭殃了，就连乡村的木匠、石匠，包括作为家庭副业的纺织业都处于消失的境地。自那以后，中国从一个手工艺品的出口大国成为现代工业产品的进口大国，从那时开始，中国的市场充斥着“洋货”。于是失了手工业和副业生产的乡村从此走向贫困，因为中国自古以来就是人多地少，仅仅靠农业生产的收入是不足以养活巨大的乡村人口的。因此费孝通先生认为，手工业没有了希望，也就等于说中国农村经济没有了希望。中国大部分人民是在农村里住的，

① 费孝通：《江村经济》，商务印书馆 2012 年版，第 236 页。

② 同上。

③ 吕文浩编：《中国近代思想家文库：费孝通卷》，中国人民大学出版社 2015 年版，第 29 页。

④ 费孝通：《费孝通文集（第四卷）》，群言出版社 1999 年版，第 312 页。

⑤ 同上。

所以也是中国大部分人民的危机。[①]

而且这样的危机不仅有来自经济的危机，同样还有来自文化的危机。费孝通先生认为：“我们‘生产方法’不但包括‘技术’而且包括社会方式。”因此，“利用机器时，可以有不同的社会方式”[②]。机器漂洋过海后不会改变，但社会方式就不一样，因为社会方式是一种历史的积淀，是一个民族长期养成的文化的一部分。而且，在西洋的机器文明中“人和机器之间并没有完善的调适”[③]。也就是说在学习和接受西学之用时，中国的学者逐渐发现了“用”和“体”是相关联的，是一套文化。所以，人生鸿鹄之志若在“游于艺”的话，我们似乎必须有一套社会结构。这结构的创立固然需要合于艺术的原则，大同之境，而人也必须要安分的精神。[④]而这些安分的精神就是体现在提供给中国人衣食住行的手工艺品中，正如钱穆先生所认为的，中国传统的手工艺品“是人生日用的工品，其实在他们的后面，都包蕴着甚深的诗情画意，甚深的道德教训与文化精神”[⑤]。“这些全是中国人心灵上的桃花源，亦可说是他们的一种天堂乐土。”[⑥]由此可见，中国是一个农业大国，它的社会结构和价值体系都深埋在农业与手工业的相辅相成中。因此，如果中国迈向工业化，有可能会完全颠覆中国的传统文化，这是当时中国的知识分子不愿意看到的，而且工业革命给人类带来的并不都是优点。因此费孝通先生说：“从历史上来看，世界上许多国家发展工业时，农村劳动力大量涌入城市，走工业化道路的结果是农村破产。”[⑦]费孝通先生不希望看到中国的农村也重蹈此覆辙，他提出：“西洋虽发明了机器，可是还没有发明利用机器来促

---

① 吕文浩编：《中国近代思想家文库：费孝通卷》，中国人民大学出版社 2015 年版，第 59 页。

② 同上。

③ 同上书，第 69 页。

④ 同上书，第 81 页。

⑤ 钱穆：《中国文化史导论（修订本）》，商务印书馆 1994 年版，第 197 页。

⑥ 同上书，第 183 页。

⑦ 费孝通：《费孝通全集（第十二卷）》，群言出版社 1999 年版，第 110 页。

进人类幸福的社会机构。我们千万不可在这方面妄自菲薄，觉得世界上只有英美式或苏联式的选择。社会机构不像机器可以过了洋不变质。它是一定要在人民生活的土中滋长出来。”① 他说：“中国正在走一条现代化的路，不是学外国，而要自己找出来。”② 而且，在现代工业世界中中国是一名后进者，中国有条件避免前人犯过的错误。尽管如此，工业革命被引进到中国以来，中国还是不得不走西方式的工业化的道路，这好像是各个国家都难以避免的宿命，这样的宿命导致在大工业化生产的时代，费孝通先生的主张和思想始终没有得到贯彻。

四、近百年来中国农村衰败的步伐

从近百年中国的发展史中我们看到，尽管费孝通先生及民国时的许多学者不断地呼吁，但中国的农村从20世纪开始至今始终没有停止不断衰败的步伐。例如：20世纪初至上半叶，由于工业文明的冲击，工业的都市化导致手工业和家庭副业离开了乡村，使乡村走向了经济的贫困；20世纪50年代至80年代，由于计划经济限制了农村人口的流动，城乡差别的出现让知识分子离开了农村，农民的孩子上大学的目的就是得到城市户口，在城市工作。而受过高等教育的人大多是干部编制，即使是村干部也是属于没有城市户口的农民。这样的政策致使农村不仅经济贫困了，人才也走向了匮缺。20世纪80年代至今，市场经济让农村人口可以自由移动，而城市化的迅速发展，让众多的青壮年劳动力离开农村流向了城市。

如今的乡村不仅没有了工业和知识分子，也没有了年轻人。空巢化的农村如何走向复兴，这是值得我们思考的问题。工业化和城市化的发展带来乡村的衰败，这一问题不仅是中国的问题，也是世界的问题。但

---

① 吕文浩编：《中国近代思想家文库：费孝通卷》，中国人民大学出版社2015年版，第75页。

② 张冠生：《费孝通传》，群言出版社2000年版，第642页。

中国是世界上历史最悠久，也是最大的农业国家，而且中国的乡村是中国文化的根脉之地，中国乡村的衰败也是中国本土文化的衰败。

如何拯救中国乡村的经济和文化，如何促使中国的乡村文化得到复兴？在中国走向现代化和城市化的过程中，中国的乡村做出了巨大的贡献，不仅贡献了自己的土地资源和自然资源，还贡献了大量的人力资源。现在城市发展了，我们如何去反哺乡村，是否也能做到文化下乡、智力下乡、资本下乡，等等，这是值得我们深思的问题。

五、手工艺复兴的中国故事

在乡村衰败的同时，乡村的手工艺也一落千丈地衰败，城市化是伴随着机械化生产而进行的。但在这里值得注意的是，从 20 世纪 90 年代开始，一方面是国家快速进入现代化，急切地与国际接轨；另一方面由于旅游业的发展，带动了传统手工艺城市及不同乡村的手工艺复兴。

以笔者追踪考察了 20 年的景德镇传统陶瓷手工艺为例，从 20 世纪 90 年代至今，笔者目睹了景德镇传统陶瓷手工艺复兴的三个阶段：第一个阶段是由于旅游业的发展带动了仿古瓷作坊的出现，但那是局部的、零星的；第二个阶段是从 2000 年开始，由于中国经济的起飞、新的城市生活对艺术品的需求，促使了景德镇当代陶瓷艺术和陈设瓷的发展，当代陶瓷手工艺作坊激增；第三个阶段是 2006 年以后，城市出现了新的富裕阶层和中产阶级，他们需要有新的象征体系和新的艺术形式来引导自己的高雅生活，包括塑造自己的社会形象。在他们的推动下，传统的茶道、香道、花道还有雅集等的复兴，使市场对艺术化的陶瓷日用品的需求量激增，促使景德镇出现了“景漂”（即外来移民）现象。其实在 20 世纪 90 年代景德镇就出现了“景漂”，但那是一些来自周边乡村的农民工，而 2008 年左右在景德镇引起极大关注的“景漂”，则是来自不同城市的艺术院校的大学毕业生，还有不同地域和国家的艺术家，他们一批一批地来到景德镇建立工作室，不仅做与陶瓷相关的各种艺术品，也做艺术化的茶器、花器、香器等手工日用品。他们的到来改变了景德镇工匠的知识结构，改变了景德镇的城市景观，改变了景德镇陶瓷产品的风格面貌，使景德镇这座古老的城市开始充满新的生机。

为了进一步说明这一问题，笔者于2015年承接了国家重点课题："社会转型与传统工艺美术的发展研究"，由笔者担任课题组长与首席专家，课题组有20余位学者，分别在全国12个调研点做考察，通过两年的考察我们看到，不仅是在景德镇，而且在江苏宜兴、镇湖，广东佛山，山东杨家埠、潍坊，陕西凤翔、六营村，福建仙游，浙江东阳，云南新华村等不同的地方，无论是在乡村还是在城市，到处都在发生着和景德镇一样的故事。通过考察我们得知，目前在景德镇有12万陶瓷手艺人，在宜兴有10万陶瓷手艺人，在镇湖周边有8万绣娘，在莆田仙游县周边的村镇有13万做家具的手艺人，等等。在潍坊每年风筝的产值达20个亿，佛山的香云纱在市场上也越来越有销路，等等。

通过大量的实地考察和案头研究让我们了解到，不仅是景德镇有"景漂"，宜兴也有"宜漂"，石湾有"石漂"等，也就是说各地的手工艺城市或乡镇都出现了类似景德镇的外来移民。具体情况也一样，早期的外来者主要是附近的农民，但到后期却有不少的设计师、艺术家，最重要的是大量艺术院校毕业的大学生的加入。不仅如此，还出现了"陶二代""绣二代"等手艺人的后代加入这一队伍，许多手艺人挣到钱后，把自己的孩子送上大学，有的还被送到国外留学，这些"二代"大学毕业或从国外留学回来后，不仅没有离开家乡，还将自己学到的知识和父母的手工艺相结合，做更有价值的家族事业。如笔者到镇湖考察，了解到有一位绣娘的儿子在国外学习到纳米技术，回国后将这项技术用在绣片上，使其不怕水，也不怕脏，不怕发霉；还有一位绣娘的女儿在国外学管理，回国后与母亲合作，做母亲的经纪人，将其刺绣作品推向国际。在宜兴考察时笔者也看到，一些"陶二代"从国外留学回来，有学金融的，有学IT的，在上海、北京找到工作后，还是觉得回家乡跟父母学手艺好。当然，他们都是工艺美术大师的后代，许多工艺美术大师都成了市场的品牌，也构成了家族的产业，因此，许多富裕的手艺人家族的子女大都能自觉地传承这些家族的事业。

这种传统手工艺复兴代表的是新的社会取向和新的审美需求趋势所带来的新时尚，其体现了中国人的一种文化自信以及对自己本民族文化的认同，只有具有如此的自信和认同，中国的传统文化才会形成一种新的时尚。正是这样的时尚潮流改变了许多具有传统手工艺的城镇与乡村，而费孝通先生当年所期待的将传统手工艺保持在乡村的理想，在工业化时代不能实现，但在这样的新时代也许能得以实现。

六、中国式文艺复兴与生态中国的来临

笔者前面所描述的问题归结到最后的一点就是：为什么在这样的时代会在中国爆发手工艺复兴的文化现象，其与中国的未来甚至是人类的未来有什么样的关系？我们为什么要关心这一问题？

笔者认为，每一次社会的巨大转型都像是一次新的生态演替，一方面是原生群落的衰亡，另一方面是原生群落中遗留下来的孢子、基因在孕育新的种群以产生新的生物圈。体现在文化上就是会出现一场前所未有的文艺复兴，因此，人类历史上的每次文艺复兴几乎都是从演绎历史和认识传统开始的，这些历史和传统类似于原生群落的孢子和基因。例如 14—16 世纪发生在欧洲的文艺复兴就是在挖掘了轴心时代的古希腊文明而出现的，古希腊文明是以商业活动的城邦文明为基础的，因此，在这样的基础上发展出了以商品消费为基础的工业文明。但当工业文明的发展已经遇到瓶颈的时候，笔者认为取代工业文明的必然是生态文明。如果说工业文明的形象是大烟囱式的，生态文明的形象就是田园式的，如果说工业文明的生产方式是规模化、标准化、批量化的，而生态文明的生产模式将会是扁平化、分散化、个体化、个性化的。这样的文明形象和生产方式有点类似农业文明的回归，当然，其是建立在高度智能化和新能源、新材料和互联网的基础上的。尽管如此，它的文化价值观以

及社会的结构模式将能在传统的农业文明甚至狩猎文明中找到其思想资源，所以高科技是可以不断创新而高歌猛进的，但文化却常常要回到其原点重新思考未来的路标。

因此，我们有必要再次回到轴心时代去寻找新的文明资源与原动力，如果生态文明所需要的是来源于农业文明的智慧的话，那么同处于轴心时代的先秦文明也许就是我们今天要挖掘的对象。另外，“礼失求诸野”，许多传统的农业文明智慧在城市已经消失，但在乡村或传统的手工业城市还存在，这就是我们要保护的非物质文化遗产，而从文艺复兴的角度来看，其不仅是遗产，还是我们发展当今和未来文化的资源或基础。

如果说从农业文明遗留下来的智慧有可能是生态文明发展的基础和资源的话，西方世界由于是工业文明的先行者，其农业文明的根基几乎已连根拔起。如中国至今还存在并且正在复兴的手工艺生产方式，还有许多传统的民间文化，在西方世界已经很难寻觅。因此，笔者认为在中国大地上出现的非物质文化遗产保护的热潮和手工艺复兴的现象，实际上就是一种中国式文艺复兴的现象。欧洲式的文艺复兴是人对自身的重新认识，因此是从诗歌、文学作品以及绘画、雕塑等艺术门类开始的；而中国式的文艺复兴是人对自身文化的重新认识，所以是从重新认识自己的传统文化，将传统文化变成新的艺术化的生活方式开始的。

通过大量的田野考察我们看到，中国手工艺复兴是建立在传统文化复兴基础上的：喝茶、焚香、赏花、弹琴、作诗、论字画、把玩瓷器等，还包括收藏古玩、穿中式衣服、摆中式家具，等等。这种生活方式已经在中国的白领阶层中形成一种新的时尚，也成为陶养性情的一种方式。所谓“器以载道”，正是这种新的时尚和新的陶养性情的方式，为手工艺的复兴打开了出路。而制作这些既有传统意味又有当代文人风尚的手工艺品的作者，并不都是传统的手艺人，其中还包括那些从艺术院校毕业的富有创造力的年轻艺术家及设计师，他们正在利用传统的手工技艺和传统的文化资源创造新的中国时尚文化。这和民国时期梁漱溟的将“旧文化转变出一个新文化来”[①]的理想何其相似。许多的传统手工艺里还蕴含着“中国文化有型的根”[②]，而在这样的根底基础上创造出的器物文化与传统中国人“过日子的方法”[③]具有许多相通之处。笔者认为，要重新振兴中国文化就是要从人们的日常生活开始，这是一种让人的生活变得高雅、自律、有品位的，成长在传统文化基础上的中国人的新的“生活样式”[④]。

正是这种中式生活方式的回归复兴了许多中国的传统手工艺行业，提供了许多新的创业和就业机会，其在改变中国人的“生活样式”的同时，也在带动中国的经济结构和文化结构发生改变，进而促进中国的产业转型，变中国制造为中国创造。这种来自民间的传统文化复兴正是激发中华传统优秀文化的生机与活力的一种重要方式，笔者希望这种活力的最终导向是把传统的乡土中国导向当代的生态中国。让中国在发展工业 4.0、新能源和互联网的基础上再次成为“世界的手工艺工场”（建立在高科技基础上的未来社会最时尚的产品，有可能是具有文化和艺术含量的，多品种小批量，甚至是私人定制的手工艺品），再次创造出具有当代中国审美和当代中国设计文化的世界级别的时尚产品，顺着新的“一带一路”再次流向国际市场。只有我们的产品走向了国际市场，我们的文化才能化成天下、影响世界。

七、从乡土中国走向生态中国的期待

在新的社会转型中，中国的乡村发展是否能找到一条新的发展之路？中国是否有机会通过发起一场中国式的文艺复兴让中国人重新回归与自然的和谐相处，回归到一种充满人文关怀和诗意的生活，率先进入

① 《梁漱溟全集（第二卷）》，山东人民出版社 1990 年版，第 614 页。

② 同上。

③ 同上。

④ 同上。

一个新的生态文明的社会？笔者认为完全有这种可能性。

第一，因为在新的社会转型中，分散化、多元化、个性化的社会结构将取代规模化、集中化、标准化的社会结构，世界经济过渡到分散布局“后碳”时代，集中式的经营活动将逐渐被分散经营方式取代，许多居民有可能重新移向乡村，过一种互联网与高科技相结合的新型乡村生活，中国众多需要发展的乡村可以接纳这些新居民。

第二，智能化生产将会带来许多的过剩劳动力，这些劳动力是否可以加入新的手工艺生产劳动中，以产生新的就业机会？因为社会的高科技发展需要有人性化的思想情感的注入，这样的现象将会进一步引起一场传统文化的复兴和生活方式的革命，从而促使艺术化生活方式的产生，手工艺品将会重新进入人们的生活空间。快速的技术发展必须有慢速的生活方式来制衡，而手工艺的慢工细活及其富有地方感、其取材于大自然的那份情感，可以平衡高科技所带来的一些弊病。因此，新的乡村生活可以包含新的手工艺品生产的部分，并且可以吸引一些设计师和艺术家参与生活艺术化的手工艺产品的设计与创作，这可以成为城市智力下乡的一部分，也可以让乡村在高科技的基础上恢复手工艺生产，实现当年费孝通、梁漱溟、钱穆等人的理想，让中国的乡村重新成为中国人心中的桃花源，中国文化的传承之地、繁荣发展之地。

第三，文化产业的发展必然会导致乡村旅游业的发展，旅游业会使体验型的传统生活复活，同时也会复活许多的乡村民俗和乡村艺术，从而使传统文化的复兴成为一种新的社会发展趋势。当劳动力、智力和城市资本部分转向乡村的同时，也会减轻城市的压力，从而减少城市化所带来的环境污染、交通拥堵等问题，促使中国经济得以可持续性发展。

第四，发展生态文明必须从乡村重建开始，乡村是我们今天走向生态文明的宝库之地，因为城市已经走向了全球的单一模式，只有乡村，不仅保持了农业文明的许多特征，而且还是一个文化的多元之地，有许多新的可能性和新的探索都可以从乡村开始。中国是世界上乡村传统最悠久、最多元，也是乡村价值保存相对完好的国家之一，因此是在乡村发起绿色革命及生态革命等各种实验的最合适的国家。

第五，目前，中国政府已经把生态文明发展作为一个基本国策来看待，同时中国政府对待传承优秀传统文化、中华文明的复兴方面推进的力度也是非常大的，这两条国策看起来并无关联，但实际上是“新的开拓”与“推陈出新”或“温故知新”同时进行。除推进非物质文化遗产的保护外，近期中共中央办公厅和国务院办公厅印发的《关于实施中华优秀传统文化传承发展工程的意见》，都是让我们对自己的优秀传统文化有新的认识，其中不仅包括先秦时期诸子百家中的“天人合一”“天地人和”“和而不同”等阐述人与自然相处的传统哲学思想，还包括二十四节气、《本草纲目》和《天工开物》等传统的具有生态思维的自然科学观，这些都将是中国走向生态文明的基础，也是重要的遗产资源，值得我们去重视和保护。

当前有学者提出要向欧美乡村发展的模式看齐，将乡村城市化、城镇化、工业化，将乡土中国变成城乡中国。有关这样的观点笔者是反对的，因为如果中国真的城乡一体化了，而且所有的乡镇都工业化、雷同化、复制化了，我们就会失去乡土中国的基础，也会失去中国传统文化赖以存在的土壤，中国就难以走向生态文明，难以成为率先进入新的文明社会的代表性国家。因此，我们一方面要重建乡村价值，另一方面也要保护好传统的乡土价值，因为其具有资源价值甚至是基因价值，不可轻易破坏。只有变乡土中国为生态中国，在乡村复兴传统手工艺、复兴传统文化的生活方式，复兴中国工农相生的传统发展模式，同时发展文化产业，发展生态农业，将人类对物质化生活的追求转向对精神化、艺术化生活的追求，国家才会有更美好的发展前景。不仅国家要有这样的意识，科学家、经济学家、人文学科的学者们也要有这种意识，要看到在这样的社会转型中我们各自的作用。

费孝通先生曾说：“中国正在走一条现代化的路，不是学外国，而要自己找出来。”笔者认为这条道路就是在中国传统文化基础上发展出来的生态文明之路，这不仅是中国社会发展的未来之路，也是全人类都必须要进入的可持续发展之路，只是希望中国能成为走在这条道路上的领头者。

本土性的现代化如何实践

——以景德镇传统陶瓷手工技艺传承的研究为例

一、概述

手工技艺是农业文明时期的最重要的动力模式及生产方式，围绕着手工艺而产生的文化运行机制也都是地方性和乡土性的，其是传统文化最核心的内容之一。研究其在现代化中的再生及与现代社会的互动模式，可以帮助我们理解什么是本土性的现代化，以及应该如何实践本土性的现代化。

早期的人类学家普遍认为，在外来的更先进文化的冲击下，新的文化取代旧的文化是一种必然的规律。泰勒在 1870 年所写的《原始文化》一书中表明，欣赏文化差异性的方法在于建构文化的进化阶段性。也就是说他认为人类的文化都是朝着一个既定的目标前进，原始人的生活就是人类过去的生活，而欧洲人则代表着人类整体文化所发展的方向。马克思也同样假定："工业高度发达的国家为工业较不发达国家，展示了他们的未来形象。"[①] 沃特·罗斯托在其《经济增长的阶段》一书中，列举

① 转引自［美］马歇尔·萨林斯：《甜蜜的悲哀》，王铭铭、胡宗泽译，生活·读书·新知三联出版社 2000 年版，第 125 页。

出了一个从“传统社会”到“高度大众消费的时代”的五个发展阶段的单线序列。在罗斯托的图示中，“传统社会”的解体是“经济起飞”的前提条件。而外来支配也有必要，因为它能够实现这种有益的解体，否则传统生产的习俗关系会阻碍经济增长。在早期人类学家的眼里，只有传统的地方文化彻底解体，才会得到经济的发展，从而赶上发达地区的前进步伐。在他们的眼里，传统与变迁是对立的，习俗与理性也是对立的。

时至今日，社会的文化背景发生了变化，人类学家的看法也发生了变化，如人类学家萨林斯在书中写道：“非西方民族为了创造自己的现代性文化而展开的斗争，摧毁了在西方人当中业已被广泛接受的传统与变迁的对立、习俗与理性对立的观念，尤其明显的是，摧毁了 20 世纪著名的传统与发展对立的观念。”[①] 他以爱斯基摩人为例，从 20 世纪 80 年代开始，他们一方面大规模的引进现代的技术与便利的生活设施，另一方面又在恢复他们的传统文化与仪式庆典。同时岛上移民的出走并没有使他们的文化丧失掉，他们反之将传统文化扩展到像奥里根和加利福尼亚这样遥远的同宗人的居住地。[②]

萨林斯的观点似乎给了我们希望，那就是本土性现代化的发展，在这样的发展过程中，传统与现代未必会对立，保护与发展也可以达到一致。也就是说我们不需要摧毁我们的传统文化以换取现代化的实现，相反，传统可能会转化成一种构成新的文化或新的经济的资源。

而这种转换的背景是什么？笔者认为，在全球一体化的今天，整个人类社会的政治结构、经济结构和文化结构都在发生巨大的变化，如今在世界范围内的许多地方，民族的文化传统与文化遗产正成为一种人文资源，被用来建构和产生在全球一体化语境中的民族政治和民族文化的主体意识，同时也被活用成当地的文化和经济的新的建构方式，不仅重

---

① ［美］马歇尔·萨林斯：《甜蜜的悲哀》，王铭铭、胡宗泽译，生活·读书·新知三联出版社 2000 年版，第 125 页。

② 同上书，第 121 页。

新模塑了当地文化，同时也成为当地新的经济增长点。在这样的背景中，传统文化开始被人们认识，包括传统的手工艺生产手段，其不能取代机器的生产地位，但也不再是落后的象征。且不说国家正在将其作为一种珍贵的非物质文化遗产加以保护，其独特的工艺价值也正在成为一种地方文化的象征被人关注，甚至成为一种艺术品带来了经济价值，成为当地重要的文化产业。这是一种文化的转型，也是一种后工业文明的特征。

弗雷德·詹明信认为"后工业化社会"的根本标志就是"自然"已一去不复返的消失，整个世界已不同以往，成为一个完全人文化了的世界，"文化"成了实实在在的第二自然。一切都纳入了人的视野、人的认识，换句话说，就是整个世界被知识化、话语化了。[①] 在这个人文化了的世界里，人们每天要面对的、要较量的不再是自然，而是文化。以往人们是通过自然来创造文化，而现在的人们则是通过"文化"来"重构文化"。在这样的过程中，本土性的传统文化就不再是与当今无关的遗留物，而是一种再造当今文化的资源。这就是为什么在现今的文化背景中传统与现代不再对立，本土性的现代化也正在成为一种趋势。

为了说明问题，本文将以景德镇传统技艺在20世纪初至今的一个多世纪的遭遇为例，让读者们看到在中国早期现代化中，景德镇传统的制瓷手工技艺以及围绕着这一生产方式而产生的文化模式是如何为现代工业化的文化模式所取代和所批判的。尽管如此，这些传统的手工技艺一直顽强地存在，当其不能为人们的物质生活服务时，就转化成一种为人们精神服务的艺术品存活于民间，也存活于的高雅文化之中。20世纪90年代以后，在新的文化背景中其又得以复活，并成为景德镇现代陶瓷产业与文化的重要组成部分。这一切是如何展开的？对景德镇陶瓷产业未来的文化与经济的发展有何重要的意义？通过这样的案例研究，我们将如何理解本土性的现代化实践？本土性的传统及手工技艺在当今的社会

① 盛宁：《人文困惑与反思——西方后现代主义思潮批判》，生活·读书·新知三联书店1999年版，第38页。

发展中将有什么新的意义与价值？其与我们未来文化的发展有着什么样的联系？这些是本文希望解答的。

二、20世纪初景德镇传统陶瓷手工艺遭遇工业文明

在一般人的概念中，中国是一个传统的农业国家。但事实上，中国曾经是一个制造大国、手工艺产品的出口大国。在历史上，中国的丝绸、瓷器、家具曾风靡整个世界，这些精湛的手工艺产品曾大量进入欧洲市场，成为当时欧洲上流社会的时尚品。但自19世纪末起，中国竟然变成了进口国，不仅进口钢、机器、铁路器材、武器等，而且还进口日用品。[①]甚至包括中国人引以为骄傲的瓷器与纺织品。这一切是如何造成的？法国学者谢和耐说，缺乏工业的殖民地国家要进口工业成品，这一点标志着历史上一个转折：构成今天第三世界的地区受制于各富国。但这转折点只是到了19世纪末，随着机械化生产发展才得以实现。[②]

而在文章中我们要聚焦研究的景德镇陶瓷手工艺曾经是世界上最精湛的手工技艺，而景德镇也曾是世界的制瓷中心，世界最著名的瓷都。其生产的瓷器曾被欧洲人称为“白色的金子”。但在19世纪末以后，景德镇的陶瓷手工业发展面临了巨大的挑战。

在19世纪末以前，围绕着景德镇陶瓷手工业生产而存在的各种类型的会馆、行帮、公所、行规等社会现象，表明了景德镇陶瓷业和工商业还没有从农业文明的躯壳中蜕化出来，因而带有鲜明的乡土文化特色。而与此同时的西方各国正处于自由资本主义发展的巅峰时期，致使“事情已经发展到这样的地步：今天英国发明的新机器，一年以后就会夺去中国成百万工人的饭碗”[③]。而当时与西方近代资本主义大规模化工厂生

① ［法］谢和耐：《中国社会文化史》，黄建华、黄迅余译，湖南教育出版社1994年版，第553页。

② 同上书，第481页。

③ 《马克思恩格斯全集》第4卷，人民出版社1958年版，第361页。

产相对的，是中国相沿已久的小规模的手工作坊生产；与西方以强大的热能、电能作为动力的机器生产相对的，是中国以人力或自然力为动力的手工操作；与铁路网相对的是中国的骡马；与汽船相对的是中国陈旧的帆船……[①] 在这样的历史背景和社会背景中的景德镇陶瓷手工业在西方机制陶瓷生产业的冲击下，迅速地从明末清初的高峰滑了下来也就是理所当然的了。

笔者认为，景德镇陶瓷手工业敌不过西方并不仅仅在于手工敌不过机器，更重要的是体现在其社会组织形式和经济制度上的完全不同、知识的来源及宇宙观也完全不同。具体体现在景德镇陶瓷行业文化的哲学基础是建立在传统的宗教理念及信仰基础之上的，所有的手工技艺的实践都与宗教仪式有关、与神话传说有关。而西方的工业文明是建立在科学的认识论基础上的，数学、物理学与化学成为认识物理世界的重要方式。在这样的背景下，景德镇的陶工们虽然祖祖辈辈制瓷，其制瓷技艺在历史上曾影响过世界，但他们无法说出陶瓷原料的化学分子式，包括陶瓷的烧成温度，这导致了他们的传统知识在现代化社会中处于无效或必须要经历彻底转型的境地。

另外，其行业组织是建立在各种宗族关系，即血缘与地缘基础之上的。尽管景德镇的陶瓷生产从明清时期开始就具有了资本主义萌芽的倾向，但其围绕着这种生产而形成的各种行业的生产方式和经营方式基本还是属于旧式的，是农业宗法社会中原有经济形式的延续，这一切都与西方的现代化和工业化文明格格不入。

例如，W. 穆尔把工业化得以产生的条件归纳为四个方面，其中最重要的一个方面就是：在价值观念上，由亲属优先（任人唯亲）的思想方法过渡到业绩优先（任人唯贤）的思想方法。[②] 但在景德镇陶瓷行业

---

① 郝侠君等主编：《中西 500 年比较》，中国工人出版社 1996 年版，第 357 页。

② ［日］富永健一：《“现代化理论”今日之课题》，载［美］塞缪尔·亨廷顿等《现代化：理论与历史经历的再探讨》，上海译文出版社 1993 年版，第 112 页。

的各类作坊和店铺中，雇主与雇员之间的关系都是以血缘和地缘为基础的亲友关系。而这种亲友关系就导致了在景德镇民窑业中，所有的社会关系不是像现代社会那样是合理主义、普遍主义、功能有限和感情中立的，而是传统的、个别的、功能无限和具有感情色彩的。[①]正因为其是具有感情色彩的，所以才在行规中出现了大家互相关照的宾主制，这种宾主制就是在景德镇陶瓷业中，除烧（窑户）、做（坯户）两大主行业之外，尚有彩绘、瓷行、坯刀（修坯的工具）及所谓的五行头（选瓷、包装、运输）为陶瓷生产服务的各类行业，这些行业构成瓷业产销的主要组成部分。它们历来有一种“宾主”制度，如进行了一次交易以后即为“宾主”关系，长远相传，不得更替。甚至有父传子、子传孙的世袭惯例，如果有一方（主要是宾方，即客方）违反了这一惯例便要受到挟制，往往受到同行们以至行会的干涉，严重的几至涉讼，经年不得解决。这实际上是控制同业竞争，以便保持本行业共存共荣的垄断地位的一种手段与制度，而这种制度导致了生产力得不到大幅度的发展，也正是这一点使得它和现代思想中“适者生存”“优胜劣汰”的残酷的互相竞争观念相违抗。

另外，为了避免在行业中出现“僧多粥少”的现象，在景德镇传统行业中对招徒弟采取“禁”的方式，也就是说平时没到规定的时间是不能随便招徒弟的，到了时间便叫“开禁”。一般根据不同的行业开禁的时间也有所不同，如装小器业和烧窑业是 21 年开一次禁，即 21 年才招一次徒弟；而雕刻是五年开一次禁；做坯是三年开一次禁。如果人手实在不够想在没开禁时招徒弟就叫“开黑禁”，所谓的“开黑禁”不仅要征得“街师傅”（行帮中专门执行行规的人）的同意，还要征得所有同行业工人的同意。这种行规不仅在景德镇的手工行业中存在，在其他地方的手工行业中也有类似的行规，如乾隆三十一年（1766），湖南长沙京刀业行规规定的“带学徒弟者，三年为满，出一进一，公议出备上行线，五串

① 同上书，第 113 页。

文为公，如违不遵，罚戏一台敬神”[①]。光绪二十五年（1899），广东佛山石湾陶艺花盘行规规定：“每店六年教一徒，此人未满六年，该店不准另入新人。”[②]足见行会对徒弟招收之严格控制。这种严格的控制使手工业作坊难以扩大人数形成规模化的生产，而规模化生产正是现代化工业文明的一大特征，达不到这一点就不能从传统工业向现代工业转变。

再有，标准化和专业化是现代工业文明的另一大特征，弗雷德里克·温斯洛·泰勒认为，只有每个工人在劳动中的每一个动作实现了标准化，劳动才是科学的。每项工作只有一个最好的（标准的）方法，一种最好的（标准的）工具，和在一个明确的（标准的）时间里去完成。[③]而作为手工生产的景德镇陶瓷业，其各行业的技艺都是各自垄断互不交流的，而不同的师傅有不同的手法，其手法是不可能达到统一化和标准化的。另外从专业化来讲，尽管景德镇陶瓷业很早就进行了专业化的流水作业线的生产方式，将陶瓷生产的各类技术进行了非常细致的分工，但分工需要协作。在现代化的工厂里，各个不同的生产程序是集中在一个庞大的厂房里，由管理人员和工程师们统一安排和指挥。而在景德镇传统陶瓷业中，这些不同的生产程序是分散在各个不同的小作坊之中的。每一种独立存在的作坊在现代化的工厂中都应该是每个功能不同的车间，如坯房是成型车间，窑房是烧炼车间，红店是彩绘车间，茭草是包装车间，汇色是选瓷车间，瓷行是销售科，等等。当年曾准备在景德镇建立现代化瓷业公司的实业家杜重远就曾说：“景德镇的瓷业，完全属分工制……分工本不算一件坏事，但是贵乎于合作，而景德镇工人基于中国人自私的观念，徒知有己，而不知有人，加以知识简单，囿于成例言行规，一切行动，皆惟师父之命是听，罢工斗殴之事时有所闻。”[④]正因为景德镇

① 彭泽益编：《中国近代手工业史资料（1840—1949）》第一卷，中华书局1962年版，第190页。

② 《明清佛山碑刻文献经济资料》，广东人民出版社1987年版，第254页。

③ ［美］阿尔温·托夫勒：《第三次浪潮》，生活·读书·新知三联书店1984年版，第101页。

④ 《杜重远与景德镇》，载《景德镇文史资料》第五辑，1988年，第134页。

传统陶瓷手工业的这种分工又不合作、相互矛盾的制度造成了向现代化转型的困难，也是由于传统行规制度的僵化限制了各行业间的紧密合作。

现代化生产讲究的是与市场的密切配合，但景德镇传统的陶瓷生产往往按行规办事，并不重视和理睬市场。在传统的民窑业中，坯房的工人每天产坯的数量不是按市场的需要来定，而是一切按旧章。例如，在圆器坯房中三人为一组，每组每人出坯四十二板（每板十七个碗或盘），此系历代相传的数字，如果坯户按其营业情形变更了板数，便会被认为是违反了行规，工人们会群起而反对。另外，生产行业和服务业常常由于信息的不流通造成互相之间配合无度。就以原料为例，景德镇的坯户皆小本经济，不能直接到产地购买原料，皆由白土行和牙户介绍，往往误买牌号；而制作原料的碓工与碓户远在产地，并不到景德镇来，与坯房几乎没有联系，只是通过中间商（即白土行）转售，因此其并不了解坯户的生产情况，只顾获利，不知研究原料的精细与好坏。而且原料多为当地村民把持，限制产额，抬高市价，制品因而质量差且价格高。同时，作为中间商的白土行为了抬高价格，常常将瓷土囤搁居奇，因而严重碍及瓷器成本。这种不配合市场和不重视信息沟通的传统生产方式，使景德镇的陶瓷业发展难以与西方的工业化生产相匹比。杜重远曾在其调查报告中描绘当时景德镇的制瓷状况："社会所需要瓷器不会制，而出品皆是陈旧式样，不知改良，以致不受社会欢迎。因此，国瓷渐被洋瓷打倒，尤以东洋瓷畅销各省，而且渐渐销到江西，销到国瓷出产地景德镇，这岂非江西人的大耻辱。"①

因此，当时的新闻记者多次惊呼景德镇"一落千丈"。其实何止是景德镇，在西方工业化的冲击下，在洋货充斥国内市场的影响下，中国整个的民族工业都面临着和景德镇同样的困境。例如和瓷器一起被誉为中国最出名的传统出口产品的纺织品：1930 年，上海有 97 家丝厂，停工的

---

① 同上书，第 141 页。

达 65 家，到 1934 年，尚能开工的只剩下 13 家[①]，可见当时中国的传统民族工业是何等的衰落，几乎到了崩溃的边缘。

在这里，我们所看到的与传统人类学家所看到的状况一样：传统与变迁是对立的，习俗与理性也是对立的。只有传统的地方文化彻底解体才会得到经济的发展，从而赶上发达地区的前进步伐。虽然景德镇与人类学家所考察的原始土著民族不一样，有着悠久的文明历史，有着精湛的传统手工艺，甚至有着农业时代最强大的制造业，但当他们与西方的工业文明碰撞在一起也难免土崩瓦解，迅速地解体。因为那是一个摧枯拉朽的时代，在那样的时代中，历史的巨轮正从景德镇传统陶瓷手工业逐步僵化的身躯上迅速碾过。

面对中国当时的遭遇，谢和耐在他的书中写道：“西方在中国的活动常常被人用光明的笔触加以描绘，以满足欧美国家的自尊心，据说，西方国家使中国脱离千年孤独，令其认识科学与工业文明，不得不向世界开放。进取精神、进步观念、科学技术、自由、西方普济主义、基督教精神等，对抗着陈腐意识、官吏的贪污腐化、君主的暴虐、中国人的天真（以为自己处于宇宙中心）、贫苦民众的迷信。”[②] 于是一场不得不西化，不得不工业化的文明转型在中国的大地展开。

三、民国年间来自政府的种种改革

在这样的历史背景中，当时的国民党政府对传统的手工业生产模式进行了系列的改革，以便实施现代化的管理，将整个国家纳入世界工业化的体系中去。而要达到此目的第一个条件，“就是通过与本国文明完全异质的，作为外来文明的西方文明的输入，使其脱离本国传统主义的精

① 《杜重远与景德镇》，载《景德镇文史资料》第五辑，1988 年，第 141 页。

② ［法］谢和耐：《中国社会文化史》，黄建华、黄迅余译，湖南教育出版社 1994 年版，第 553 页。

神为广大群众所接受和支持。这一动机来自对本国传统社会的极其强烈的危机意识”“然而这一输入过程就是对本国传统社会的破坏过程”[①]。也就是说为了在景德镇的陶瓷业中实施现代化的管理，就必须首先破坏其传统生产方式和文化习俗，然而这是一个极其痛苦的过程。正如马克思所说的：“就纯粹的人的感情来说，亲眼看到这无数勤劳的宗法制的和平的社会组织崩溃、瓦解，被投入苦海，亲眼看到它们的成员既丧失自己古老形式的文明又丧失祖传的谋生手段，是会感到悲伤的……”[②]

而且对于祖祖辈辈生于斯、长于斯、工于斯的景德镇陶工们，长期的生活经验积累和流传下来的行业文化是他们生活的指南，是与他们同生共死的传统习俗，他们依赖它而行动，依赖它而进行生产，它早已成为他们生命的一部分，他们从来没想到有一天要彻底地改变它、抛弃它。因此，对于现代化的引进必然会遭到他们在文化上的反弹和消极的抵抗。当时的江西省省主席熊式辉从沈阳请来曾在日本东京工业学校专攻过窑业、受过现代化教育的著名实业家杜重远来江西改革瓷业。而杜重远对景德镇的第一印象就是：陶工们劳力而不知劳心，分工而不知合作；视惯例如成法，嫉革新如寇仇；营业尽管萧条，而组织一仍其旧，样子尽管陈腐，而制法毫不更新；若晓以世界情形，国家利害，更如对牛弹琴，痴人说梦。[③]而且，“听见工人们某月吃韭菜，都视为大经大典的成文法，其纠纷顽固的情形，可想而知了”[④]。

针对这种情况，20世纪二三十年代的一些文化精英认为，景德镇瓷业几乎无行不兴，无帮不有。而这些重重叠叠行业中的陈规陋习像一层层堤坝，把景德镇围成了一潭潭死水。因此，景德镇这种带有浓厚封建色彩的行帮、行规不革除，那么景德镇的瓷业就难以得到发展。当时，

① ［日］富永健一：《“现代化理论”今日之课题》，载［美］塞缪尔·亨廷顿等《现代化：理论与历史经历的再探讨》，上海译文出版社1993年，第120页。

② 《马克思恩格斯选集》第2卷，人民出版社1998年版，第67页。

③ 《杜重远与景德镇》，载《景德镇文史资料》第五辑，1988年，第18页。

④ 同上书，第134页。

以江西省省主席熊式辉和江西陶业试验所所长郃德辉为代表的一些官员认为，“景德镇交通不便，瓷工恶习又深”，并且“老守旧法，不知改良”。因此，“欲图瓷业发展，又非另择良地不可”。在他们看来景德镇已经衰老，病入膏肓，无药可救，甚至打算放弃景德镇到九江新办一个大规模的机制瓷业工厂；并请来杜重远，想借重他在国民党军界、政界和商界的关系与号召力，以便“在浔（九江）开一大规模之陶业工厂”[①]。

杜重远来到江西后，他虽然同意在九江新办瓷厂，但却不同意轻易抛弃景德镇不管。他认为：“景德镇乃我国第一产瓷名区，亦全世界瓷业之发源地，其景况之隆替，非特关乎民生之枯荣，抑且关于文化之兴衰，国人对此当甚关心。”[②]因此，他除在九江建了一座现代化的光大瓷厂外，还在景德镇建立了陶业管理局，对景德镇的旧式手工业加以管理和指导，呈请省政府同意创办了一个陶业人员养成所，名额 80 人，规定一年毕业，前后在赣沪两处招考学生，于 1939 年春季开始授课。同时还开办了一个旧式模范厂，所谓旧式，即制作坯件一仍旧日手工办法分工制造。其模范之处是改善了工厂的组织与管理。这里没有限制板头等行规，工人的劳动报酬不是按“夫”算，而是按月计，即每月按出品之等级分别核计，发给工资，以资他厂模仿。

除杜重远在景德镇开办陶业管理局和陶业人员养成所，以图对景德镇传统的民窑业实行改革之外，1910 年（宣统二年）景德镇还建立了江西瓷业公司。公司原定官商合办，为张謇、瑞征等人发起，资本 40 万元，从冀、鄂、苏、皖、赣五省筹集到 20 万元，仅达原计划的一半。因资金不足，没有力量购置新式机械设备，只得因陋就简，利用旧式手工制瓷业的生产工具进行制作，生产规模难以扩大，资本增值也蹒跚不前。[③]当时的经办人康特璋很有才干，了解不少资本主义的经营管理方

① 《杜重远与景德镇》，载《景德镇文史资料》第五辑，1988 年，第 9 页。

② 同上书，第 10 页。

③ 周銮书：《景德镇史话》，上海人民出版社 1989 年版，第 154 页。

法。他主持瓷业公司时，曾着手设置本厂、分厂两处，本厂设在景德镇，分厂设在鄱阳城内高门。他设置分厂的用意是便于进行瓷器的实验改良。他认为："景德镇之制瓷者，已则守成法不可改，而复怵于一经改良，将立被淘汰，而无所啖饭，势且出于合群抵制之一途，故迁地而避之。"[①] 可见当时景德镇传统的民窑业对实行现代的生产方式所持的抵抗态度是非常顽强的。这种千百年来的积习和因循守旧的局面是一时难以改变的，故康特璋只有像杜重远在九江建光大瓷厂一样，在鄱阳建一分厂。其目的都是"迁地以避之"，其用心也可谓良苦。

而要对景德镇陶瓷手工业实行现代化管理的第二个条件就是发展现代教育。因为现代化经济的发展不仅需要有以经济法规为保障的现代经济社会秩序这一外部条件，而且需要有大量掌握现代经济知识和科学技术的实业人才这一内部条件。因此，要发展经济就必须开辟多种实业教育途径，培养大量实业人才。近代中国的实业教育起始于洋务运动时期，但是到20世纪以后才有较快的发展，并逐渐形成了政府、社团、私人共同兴办实业教育的格局。当时的知识分子们认为，中国从事工业生产者，对"工业之学素不考究，故精细灵巧之物甚少，日常用者类皆粗疏陋俗之品"[②]。农、工、商各业的落后和失败无一不是因为从业者没有掌握新式的农、工、商知识和科学技术。基于这样的认识，清末民初便成为新式教育开始发展的时期，于是，各种教育思潮相继出现，其中，实利教育思潮就是重要的一种。这种教育思潮主张教育为社会实践活动服务，尤其注重为社会实业服务。它是随着清末民初振兴实业活动的兴起而产生的。

在这样的社会背景下，当时的景德镇也兴起了培养陶瓷实业人才的热潮，其中最突出的表现就是兴办现代陶瓷学校和举办短期训练班。当时，除杜重远开办的陶业管理局下面设了陶业人员养成所之外，在江西

① 同上书，第155页。

② 《论中国今日之内情外势》，《申报》1909年11月6日。

瓷业公司经营的鄱阳分厂中也附设了一所陶业学堂，当时的目的在于培训能从事机械制瓷和煤窑烧瓷的技术工人，以便利用机械制造逐步取代手工操作，建造煤窑取代柴窑，从而节约成本、提高劳动生产效率。1912 年，陶业学堂由江西省接办，从此与瓷业公司分离。校长由曾在日本东京高等工业学校（以下简称“东工大”）的窑业系学习窑业归来的学者张浩担任。他注重数、理、化等基础课程和陶瓷技艺专门的教学，多方聘请学识丰富、技艺精良及资历较深的教员、技师、工程师前来任教。如加聘 1913 年在东工大毕业的同学邹如圭分担教授专门课程，并聘请有名画家潘陶宇教授画瓷与写意画。1918 年舒信伟毕业于东工大窑业系，立即邀聘来校担任玻璃、水泥等专门课程，兼管教务。1922 年本校毕业生章继南东渡日本于东工大窑业系毕业归来，亦留校任教。1924 年又聘请从日本毕业回来的原本校学生江法为专任教员兼教务主任。还有工笔画画家范炯教授工笔画。①

本校的学生不仅来自鄱阳县临近各县市，如景德镇、余干、万年、乐平、贵溪等，亦有来自全省四方，如南昌、九江、萍乡、赣州等县市者。而且逐渐有省外学生由两湖、两广、河北、山东以至西北之青海、新疆等边远省份而来。皆因当时该校为我国唯一新科技的陶业学校，有如日本东工大的窑业系在日本，所以青年学生不论远近皆闻道而来。②

抗战时期学校撤到景德镇，和浮梁县立陶瓷科职业学校合并。1946 年抗战胜利后，学校升为“江西省立陶业专科学校”，分陶瓷工程系与陶瓷艺术系，招收高中毕业生。③

尽管在民国期间一些知识精英抱着实业救国的热情对景德镇陶瓷业采取了一系列的改良措施，并培养了一些技术人才，但终归成效不大。例如：1912 年，由日本留学归来的张浩首先提出了以煤代柴烧瓷器的建

---

① 《景德镇文史资料》第四辑，1987 年，第 91 页。

② 同上书，第 90 页。

③ 《景德镇文史资料》第一辑，1984 年，第 35 页。

议。1913 年邹如圭从日本学成回国，便与张浩一起进行研究，经过多次失败，终于在饶州（今鄱阳）陶业学堂第一次建成了一座八个火门的倒焰式煤窑，试烧的瓷器完全符合要求。然而，这项科学成果对于景德镇那些传统的窑户老板们来说并没有吸引力，他们不敢担这个风险，所以这项革新一直未被采纳。一直到 1955 年前，景德镇烧制瓷器仍然还停滞在用松柴的古老方法上。这只是其中的一个例子，总之，景德镇民窑业中的陶工们和艺人们对那些洋先生从国外引进的先进技术和管理方法一直抱怀疑和观望的态度，甚至还有某种潜在的对抗情绪，加上连年战乱及政府管理不得力，在国民党统治的二十几年里，景德镇传统的陶瓷业并没有也不可能有多大的改变。

四、民国年间来自本土艺人自身的变革

尽管在民国期间政府组织的景德镇陶瓷现代化变革并没有得到完全的实现，但却开启了景德镇手工陶瓷技艺的变革，这一变革不是来自官方，而是来自民间本土艺人自发的应对策略。

自古以来，景德镇的工匠创造了驰名中外的陶瓷文化，如果我们翻开景德镇的制瓷历史就会看到，景德镇的瓷器不仅是提供给人们生活日用的一种手工业产品，也是一种具有中国文化内涵及审美形式的艺术品，这种艺术品是寓意在生活的文化之中的。而且在每一个时期都有工匠们新的创造，如宋代的影青瓷、元代的青花瓷、明代的青花斗彩瓷与大明五彩瓷、清代的粉彩与珐琅彩，等等。这些陶瓷产品不仅表现技法和使用的彩绘材料各异，而且题材与装饰方法也充分地体现了不同时期中国人的哲学观与审美观。有的具有吉祥寓意，有的具有道德教化功能，有的体现了下层百姓对美好生活的向往，有的体现了皇家贵族的奢华与威严，其不仅仅是日用品，也是文化产品与艺术品。而这一切的表现技法和精神内涵都是机械生产不可能取代的。现代化的机械产品固然可以做到高效、标准、规整、理性，但机械化过程的技术是与人自身的情感体

验及审美无关的，并且大量地重复制作与重复性的标准操作方式抹平了陶瓷器皿中的个性化劳动，蕴含在其中的精神内涵也被简易化、单一化、冷漠化。这是景德镇的工匠们难以接受的，也是长期热爱景德镇陶瓷艺术的人难以接受的。

在这样的背景下，景德镇一方面在开展机械化的工业生产，另一方面却在手工技艺方面做进一步的深化探索与改革，具有改革精神的工匠们试图让其向艺术靠拢，而景德镇陶瓷特殊的地理位置与发展的历史背景也为这样的探索提供了条件。

景德镇地处江西省东北部，临近南京、上海和扬州，这些地方在明清时期是中国的富户和文人墨客聚集的地方，许多文人画家的绘画曾流传到景德镇，成为景德镇陶瓷艺人模仿绘制的重要样本。还有临近景德镇的徽州木刻版画对景德镇的陶瓷绘画也有过极大的影响，景德镇的康熙五彩瓷的绘制风格基本就是在徽州版画的基础上形成的，从画法到题材内容，都受其影响很深。而景德镇的青花瓷则受到很深的文人写意画的影响，从元代一直到明清都有不少优秀的青花瓷充满着文人画的意趣。还有清中期以后出现的粉彩瓷，则受中国工笔重彩的影响，典雅而华丽。

有这样的历史与背景，我们就不难理解，当政府在景德镇兴办陶瓷企业和现代陶瓷教育之时，却出现了一批民间的文人工匠。在景德镇的陶瓷历史上虽然出现过不少能工巧匠，绘制过许多精美的陶瓷艺术，但在历史上却很少留下他们的名字，他们也很少有这样的自我意识。但民国期间的文人工匠却不一样，面对强大外来文化的冲击，他们产生了强烈的自我意识。他们和以往的工匠最大的区别就是向文人画家靠拢，试图在瓷器上表达艺术，也试图追求和文人画家平等的地位。他们不再只甘愿描摹，也不再只甘愿从属于瓷器的实用性，他们在陶瓷上绘画、写诗、表现书法，在瓷器上留下自己的姓名和图章，等等。

这些工匠开始只是零星的个别追求，后来逐步地汇集到了一起。在这些人当中，有的是从红店学徒出来的，如当时的王大凡、徐仲南、何许人等，还有的是从窑业学堂中出来受过比较正规的规划教育的，如汪野亭、程意亭、刘雨岑等，还有的是秀才或文人出身，能诗、能文、能书，如田鹤仙、邓碧珊、毕伯涛等。还有的是外来的画家，如汪晓棠，他是婺源人，在杭州以绘画团扇为业，后来他到景德镇来画瓷器。还有以捏面人著称的江西新建人王琦，到景德镇后开始学扬州八怪的写意人物画，后又学画瓷像。这些人聚集在一起成立了景德镇瓷器研究社，有200多名会员。王琦是社长，王大凡等担任副社长。这是景德镇文人工匠的第一个自发成立的学术团体。

后来军阀混战把景德镇瓷器研究社冲散了，但这些艺人们仍然聚集在一起，每月月圆时聚一次，有人将他们称为珠山八友，但事实上也许不止八个人，这只是一种称呼。他们是当时景德镇民间艺人中的改革先锋，他们不仅能画瓷器还能画纸画，会写诗，会书法，他们是景德镇最早把自己的名字写在陶瓷上、最早把陶瓷作为一种艺术来创作的群体。

翻开这段历史，我们看到的是：在民国时期，一方面是景德镇陶瓷业的不景气，另一方面却是景德镇陶瓷美术创作最辉煌的时期。王琦、王大凡和汪野亭当时还获得了巴拿马博览会金奖，在世界上为中国的陶瓷艺术争了光。他们的出现虽然没能把景德镇的陶瓷业从萧条中拯救出来，但却传承和发展了景德镇陶瓷的手工技艺。

五、工业化生产方式的实现

1949年以后，在共产党的领导下，景德镇二千余户手工作坊逐步地走向了合作的道路，1951年成立了合作总社筹备委员会，并组成了3个规模较大的瓷业生产合作社。到1952年底成立了3个加工合作社和5个生产合作社。私营小厂也逐步组成联营工厂。到1955年底，全市陶瓷组成38个手工业合作社和19个私营的瓷厂。1956年2月，全市各行业完全实现了私营工商业的公私合营和手工业的合作化。其中，陶瓷业实行公私合营的工厂10个，合作社营的工厂20个。

1958年至1960年三年“大跃进”期间，国家对景德镇陶瓷工业的基本建设投资额计划共达145686元，与此同时，全市90%以上的陶瓷工业企业进行了扩建增添设备，普遍进行了技术改造。[①] 技术改造有两大内容：（1）在全市展开大规模新建煤窑。截至1958年12月底，景德镇有煤窑176座，其中正规倒焰式煤窑32座，简易煤窑138座，柴窑仅存50座。初步实现了“以煤代柴”的技术转变。（2）在以煤代窑、改造窑炉的同时，景德镇陶瓷工业还在原料、成型、彩绘等方面进行从手工化到机械化的技术改造。在原料生产方面，瓷土开采除改用排水沟、滤水等7种操作外，还采用了风钻开采来代替人工锤凿开采，矿石粉碎采用了雷蒙粉碎机、颚式破碎机、双轮粉碎机等机械设备，代替过去极易受季节限制的水碓和人力碓舂。1958年7月试制成功真空练泥机改变了千年来原料生产中工人“三道脚板二道铲”的落后生产操作状况。过去全靠手工生产的原料陶泥精制过程逐步改为分离器、球磨机、真空练泥机和木质练泥机等机器操作。成型方面，圆器成型广泛推广使用电动辘轳车，截至1959年底，景德镇陶瓷工业已拥有单刀和双刀压坯车333台，生产效率大为提高，每部单刀压坯车比两个利坯的手工脱胎提高1.3倍，每部双刀压坯车比两个利坯的手工脱胎提高1.8倍。琢器成型普遍改用排列压力注浆和多层压力注浆，修坯、利坯、施釉、压坯等也大部分改为机械操作和半机械操作。坯胎干燥由自然干燥改为人工的烘房干燥。彩绘方面，以印代画，自动印花和贴花、晒花、洗花等新技术的操作代替了手工描绘。[②] 经过多年的努力，景德镇陶瓷业的生产终于走出了传统的手工而迈向了机械化。

从此，采取手工作坊形式生产的景德镇传统陶瓷业便彻底地退出了历史舞台，取而代之的是一个个拥有千余人的大型国有企业，这不仅是一种传统的生产技术、生产体制及生产方式的消失和改变，也是一种传

---

① 汪宗达、尹承国主编：《现代景德镇陶瓷经济史：1949—1993》，中国书籍出版社1994年版，第195页。

② 同上书，第196页。

统文化及习俗的消失和改变。

然而，在民国时期兴起的美术陶瓷及传统手工技艺，在工业化的发展中并没有完全消失，它作为一种艺术、一种能为国家换取外汇的工艺美术品而继续存在着。那些文人陶瓷艺人们被集中在各级陶瓷研究所及各个瓷厂的美术研究所中，他们所制作的陶瓷艺术品在计划经济时代的国内市场没有销路，但在国际上仍然有一定的市场，景德镇的瓷器艺术始终有它的爱好群体。

六、传统手工技艺的发展与本土性的现代化实践

有意思的是，在20世纪90年代，随着中国市场经济的深入发展，景德镇的国营瓷厂纷纷解体，景德镇陶瓷业又恢复了民国时期的私营化，但这些私营化的陶瓷生产方式并没有发展出像民国时期的知识分子们所希望的、在工业化基础上的规模性大型陶瓷企业，而是又恢复为手工制作的作坊式生产方式。

这样一来，民国时期的场景似乎又在重现，景德镇城区和郊区新兴了数千家小手工业作坊。那些从各级陶瓷研究所及各瓷厂美术研究所出来的陶瓷艺术研究者形成了类似民国时期的文人陶瓷艺术家群体，在不断的创新中取得了和当代其他艺术家同等的地位，而且也的确有这样的市场让他们的事业得到发展。国家颁发给他们崇高的荣誉，他们被评为国家级大师、省级大师、高级工艺美术师、工艺美术师等。民间也在形成自己的团体，如高岭陶瓷学会、江南道友等。还有富起来的中国人也开始收藏艺术品，景德镇的陶瓷在历史上就有人收藏，不仅有国外的藏家还有众多国内的藏家。在计划经济时期，由于没有国内的藏家，所以只能出口到国外市场；如今国内市场的恢复使景德镇的艺术陶瓷获得了新的生机。而这些新的陶瓷艺术家和民国时期的文人陶瓷艺术家最大的不同就是他们更加国际化了，他们的艺术创作不仅受同时期绘画艺术的影响，也受到同时期国外现代陶瓷艺术的影响。而且许多人不再是传统

的陶瓷艺人，他们受过系统的高等教育，有的本身就是陶瓷学院的老师。于是，传统与现代、本土化与国际化相互交融到了一起。

对于整个景德镇的人文景观与文化发展来说更是有了一个新的转折，以前被认为是古老落后的窑房、坯房得到了保护，一些古老的街道也在恢复。还有民国时期被认为是阻碍了景德镇陶瓷业走向现代化的一些行业文化、民间习俗开始作为非物质文化遗产受到政府和学者的关注。

有意思的是，一方面，传统在恢复；另一方面，景德镇比以往任何时期都更加具有国际气息。在雕塑瓷厂的乐天陶社、在三宝的陶艺村中，我们常常可以看到不同国家的陶艺家在那里建工作室、做陶艺。在景德镇陶瓷学院的校园中，我们能常常看到各种国际陶艺活动和展览会的召开，许多学生和老师都能熟练地用英语与外国陶艺家交谈，景德镇成为一个现代的、国际化的都市。

这是一种什么样的现象？是本土性的现代化在景德镇这座古老城市中的实践吗？笔者觉得这是一个值得探讨的问题，虽然在这里出现了许多民国时期的现象，但它们之间的最大区别就是：在民国时期传统与现代是对立的，本土性与国际性是对立的，手工技艺与机器生产是对立的。当时人们的看法是要想让景德镇陶瓷业走向机械化，要想让景德镇陶瓷业加入国际的现代化体系，就必须让传统的文化和传统的手工艺体系完全解体，如果做不到这一点，宁肯放弃景德镇到其他地方去发展新的陶瓷业。

此一时，彼一时，这是为什么？笔者认为，正如在本文开始时论述的那样，人类的社会正在发生转型，在这新的转型中，许多传统的文化不仅不再是社会发展的束缚与绊脚石，而且还成为文化发展新的基础与资源。也就是说，现当今的文化是在原有文化上的重构与再生产，只有在这样的文化背景中，只有在传统不再被否认的情况下，本土性的现代化才有被实践、被发展的可能性，才有可能是全球一体化与文化多样性发展的并存。

站在这样的角度再检讨景德镇的现代与展望景德镇未来的发展，我们就会看到，景德镇不再如历史上一样只以一种手工业陶瓷生产来支撑整个城市的发展，其必然会有多种经营与多种产业的发展。在这样的发展中，积累了一千多年的景德镇陶瓷文化已经成为祖先们留给景德镇的一笔丰厚财富，这是可以转化成文化建设和经济建设的资源，其不仅塑造了景德镇的文化形象，还为景德镇文化产业的发展提供了强大的支持力量。

在这里我们要惋惜的，而今后也许还有较大发展空间的是景德镇的日用陶瓷业。20 世纪 90 年代以后，随着景德镇国营工厂的解体，景德镇的传统手工艺不仅得到了恢复，而且得到了超越历史般的发展。景德镇在历史上从来没有这么多从事艺术陶瓷创作或生产的群体，也从未在一个时期出现过这么多风格各异、表现手法各异的艺术陶瓷，也从来没有出现过这么庞大的、在国际国内都享有很高声誉的陶瓷艺术家群体。

这是好事，它提高了景德镇的知名度，也促使景德镇的陶瓷艺术发展达到了一个历史上前所未有的高度。但这里有一个我们在民国时期一直想解决而没有解决的问题：景德镇的日用瓷落后了，景德镇的建筑陶瓷业落后了。这些与民生日用有关系的产业化陶瓷曾经是景德镇陶瓷业发展的生命线，当年景德镇运往海内外并获得崇高声誉的就是这些陶瓷产品。在今天我们还有能力再恢复这些生产并使得它和景德镇的美术陶瓷一样得到大力的发展吗？而且这样的发展如何和景德镇的历史与文化结合在一起，如何能在传统的基础上进行创新，走出一条新的现代陶瓷艺术设计的道路来？这种设计甚至可以接续和利用传统的手工技艺，让这种艺术化的方式进入我们生活的实用空间。

在历史上，中国就是一个讲究生活艺术化的国家，所有的生活用品都不仅仅是实用品，而是充满着诗情画意。我们今天看到的景德镇古代的陶瓷器皿大都是实用品，但我们能不惊叹它们那美丽的装饰、简洁而巧妙的造型和匠心独运的画面与色彩吗？

为什么我们只会将实用与艺术分离？为什么不可以将艺术贯穿到我们的生活中？在生态环境越来越恶化、资源越来越匮缺的今天，社会给我们提出了这样的要求就是要将人类从纯粹的物质追求中解放出来，让我们的生活进入一个精神化追求的新的领域。在这样的领域中，我们不再以量取胜，不再以廉价取胜，而是以我们的文化、我们的创意、我们的品牌和我们的设计取胜。我们不需要仅仅做廉价工业产品的制造者，而需要去设计和去制作有知识含量的、有文化特色和高附加值的、又能实用的陶瓷产品，用这样的产品去为人类新的生活服务。我们完全能够做到这一点，也需要争取去做到这一点。

新的时代给我们提出了新的要求，人类新的城市建设、新的建筑环境空间、新的生活方式都需要我们有新的创造，这种新的创造不是空穴来风，而是建立在与传统、与历史、与我们以往的文化的连接上。也许这就是本土性的现代化可以得以实现的前提，也是传统与现代、本土化与国际化能达到融合的前提。

最后笔者还要表达的就是：我们现在提出的非物质文化遗产保护，其中包括手工技艺的部分，尤其提倡的是活态传承，而任何的保护和活态传承的意义都不如让传统融合在我们的生活中，融合在我们现代的创造与设计中，成为我们现实生活的一部分，成为我们现代社会肌体的一部分。唯有如此，非物质文化遗产的保护、传统手工艺的传承与发展才有价值，才有真正的意义。

中国乡村振兴的方向：从乡土中国迈向生态中国

乡村振兴几乎成为国家目前最重要的战略，几乎各个领域的学者都在讨论这一问题，因为这一问题的讨论不仅关乎中国乡村的保护与重建，还关乎中国的未来发展如何找到一个文化和经济的新的增长点的问题，甚至关乎中国的未来发展之路如何前进的问题。因为当今人类面临的最大问题就是如何做到社会的可持续发展，如何走出一条绿色文明的发展之路，哪个国家能找到这条路，哪个国家就能掌握优先的发展权。这是一个综合性的思考，因此，需要打通科技与人文的界限，综合性地思考这一问题。

人类学是从人的生物性和文化性来综合思考人类行为的一本学科，而艺术人类学还在此基础上加入了象征体系及人的情感与审美性方面的研究。笔者认为，从事这样的研究角度的学者有责任加入中国乡村振兴以及中国未来发展之路这样问题的思考，因为人类的未来发展不仅涉及高科技，更关乎人文价值的重新确立。而作为以思考人类文化行为和社会行为为己任，从跨文化和文化的多样性来理解这个世界的人类学者，不仅要保持其初心，更应该加入瞭望人类未来发展之路的队伍中，思考未来人类发展的多种可能性。

如果从这一角度来思考人类文明的发展之路，我们首先看到的是，传统工业文明的发展模式和价值理念都已发展到了一个瓶颈，唯一能够破除这个瓶颈的就是我们必须要创建出一个新的、能够可持续发展的绿色文明，这一文明就是生态文明。而这一文明必须从乡村中生长出来，之所以要在乡村中生长出来，不仅是因为其具有农业化的表现形式，还在于它需要有可以支撑这一文明的价值体系。[①] 这种价值体系首先要从多元价值的互生中成长起来，而全世界的城市都已高度一体化，唯有在乡村还存在多元化的价值与经验。另外，与城市的工业化相比较，乡村的农业生产是分散的、利用生态循环的，这些来自农业文明的价值与经验，也许是科技高度发展以后人类文明中最重要也是最宝贵的财富。

工业革命从 18 世纪发展到今天已经有 200 多年的历史了，其特点就是不断突破生态循环，最终造成全球性的生态失衡状态。如果人类文明需要得到可持续发展，就必须要扭转现状，进入一个超工业化的时代，这是一个什么样的时代？笔者认为，只能是生态文明的时代，如果人类不能迈入这样的时代，就难以突破工业化所带来的困境，难以改善工业文明给地球和人类造成的各种灾难。

所谓工业主义，是指蕴含于生产过程中物质力和机械的广泛应用所体现出的社会关系。[②] 而在这里提出的生态文明，其生产过程也会有一套自己建立的，在互联网、智能系统以及人文关怀中所体现出的新的社会关系。并非像大家所想象的只是强调环境的保护和资源的节约，而是具有新的价值体系、新的社会结构、新的生产方式、新的生活方式的完整的社会体系。里面最重要的内容就是重新调整人与社会、人与人、人与自身、人与自然，甚至包括国家与国家、城市与乡村之间的关系，等等。

当然，节约资源、环境保护是首当其冲的，因此，这是一种绿色文明和可持续发展的文明。在这个观点的基础上，笔者认为，哪个国家能率先迈入生态文明，哪个国家就能掌握自主发展的优先权。当年的欧洲能走在世界前面，就是因为其率先迈入了工业文明，而当时的中国作为

---

① 方李莉：《论艺术介入美丽乡村建设——艺术人类学视角》，《民族艺术》2018 年第 1 期。

② 郑曦原、李方惠：《通向未来之路：与吉登斯对话》，四川人民出版社 2002 年版，第 120 页。

工业文明的后发展国家，一直是被动的转型和被动的发展。但今天，当人类社会再次面临新的转型期，中国能否自主转型甚至率先转型进入一个新的生态文明时代？实现从乡土中国迈向生态中国的未来目标？另外，为什么要将它与乡村振兴放在一起谈？所谓的生态中国就是生态文明的中国体现吗？这些都是此篇文章所要讨论的主题。

一、有关生态文明建构的思考

有关“生态文明”的概念，笔者在知网上查到了一些撰写生态文明建设的文章，之所以会有这些文章是因为党的十八大会议提出了生态文明建设的战略，后来习近平总书记又在多种场合对这一理念进行了强调。在这样的背景下完成的论文，大多只是涉及自然生态保护的内容，将生态文明与生态保护等同，很少有学者对其基本概念进行完整的描述。百度百科里对生态文明下的定义是：生态文明是人类文明发展的一个新的阶段，即工业文明之后的文明形态；生态文明是人类遵循人、自然、社会和谐发展这一客观规律而取得的物质与精神成果的总和。其在此给出了一个重要的概念，即生态文明是工业文明之后的社会形态，但仅此而已，并未有更深入的下文，所以，一切探讨才刚刚开始。当然，政府和领导人的重视是我国的优势，说明了中国从高层到学界已有如此的共识，今后一定会有更加深入的探讨及实践。

笔者在这篇论文中试图抛砖引玉，提出的是一个相对完整的和具体的生态文明的概念和发展模式，其中包括高科技与传统文化相结合的学术思考，其不仅涉及中国的未来发展，也涉及人类的未来走向。回顾人类社会工业文明的发展历程我们可以看到，其已经历了四次革命：蒸汽技术革命（第一次工业革命），电力技术革命（第二次工业革命），计算机及信息技术革命（第三次工业革命），人工智能、清洁能源、机器人技术、量子信息技术、虚拟现实以及生物技术（第四次工业革命）。我们现在正站在人类向第四次工业革命转型的大门前，当我们朝门内窥视时，我们看到的是工业革命已经从量变开始发生了质变，这一变化带来的不仅是科学技术上的革命，还包括一个有关倡导人类健康生活方式、环境保护、人文关怀及价值观转变等在内的综合性革命。这场革命将会把人类从工业文明带入到一个超工业文明的时代，这一时代所体现的就是与工业文明不一样的生态文明时代。

生态文明的特点是什么？这是需要我们去思考的。笔者认为，总的概括起来就是高科技加人文传统加便捷的交通与物流，这里的高科技包括：物联网、人工智能、清洁能源、机器人技术、量子信息技术、虚拟现实以及生物技术。而人文传统则是人类物质的和非物质的文化遗产，其包括可以为今天所用的一切人文传统，包括传统习俗、手工艺、传统农业智慧加高科技所形成的生态农业、具有地方特色的文化产业等。之所以未来的发展需要人文传统加高科技，是因为在未来的社会发展中，仅有科技的高速发展，缺少人文关怀和情感的释放，人类社会的发展将会是跛脚，必须要有高科技和高情感的平行发展。

也就是说，科学技术可以不断创新，一往无前地向前发展，但文化的发展却不一样，其必须要不断地回到出发的原点去追问“我们从哪里来，我们要到哪里去”这类终极关怀问题，而且其一定是双向并行发展的。所以，高科技的发展往往会带来传统文化的复兴，并由此发展出新兴的文化产业，而高科技产业和高感情产业（文化产业）将会成为未来的支柱产业，并奠定生态文明发展的基础。这种发展与工业文明时期的发展的最大不同就是从城市化的集中发展重新走向乡村化的分散发展，当然，与此同时发展的还有网络与交通，其能将偏远的乡村连接在一起，以达到城乡结合共同发展的新局面。

因此，生态文明的特点就是：高科技加新能源、加互联网、加高铁、加手工艺、加文化产业、加生态农业。如果说工业文明社会结构的特点是规模化、集中化、标准化、大众化，那么生态文明的社会结构特点就是扁平化、小型化、分散化、个性化。如果说工业文明的特点在于城市化，其典型的景观是大烟囱式的，那么生态文明的特点将在于逆城市化，其典型的景观是牧歌式的田园风光。

在这里笔者要进一步讨论的问题是：在这样的社会发展背景中，中国能够通过乡村振兴从乡土中国迈向生态中国，成为世界最先进的生态文明国家吗？其是否具备这样的条件？其有哪些优势？为此，笔者在以下做了几方面的分析。

二、有关中国文化基因的认识

费孝通先生曾说：文化“有它自己的规律，有它自己的基因”，他认为：“就像生物学里面要研究种子，要研究遗传因子，那么，文化里面也要研究这个种子……”①正因为如此，我们要研究中国，首先就要认识其基因和种子，没有这样的认识，我们是很难对中国的未来发展有一个较为清晰的认识的。

长期以来，讲到中国，人们很容易认为：中国自古以来是一个农业大国，因此是乡土中国。但是大家疏忽了中国自古不仅是一个农业大国，还是一个“农工大国”。传统中国是一个农工国家的概念是由费孝通先生在20世纪40年代提出来的，他说传统的中国并不是没有工业，只是工业太分散，每个农民多少同时是个工人。他这里讲的工业是中国传统的手工业。他认为中国自古人多地少，仅靠农业是不足以维持乡村农民相对富足的生活的，所以，必须要有手工业、副业和农业的多种经营才可以做到。所以，他说在和西洋现代工业势力接触之前，我们乡村中本来是有相当发达的工业的。②男耕女织乃当时农业经济之特点。③

也就是说，中国古代的农民大多数都是手艺人，因此，形成了中国手艺人生产、商人经商的局面，到汉代已有相当发展，至南北朝时，工

① 方李莉编著：《费孝通晚年思想录》，岳麓书社2005年版，第48页。

② 费孝通：《乡土重建》，载《费孝通全集》第五卷，内蒙古人民出版社2010年版，第13页。

③ 同上。

商业更盛。[①]也正因为如此，远在秦汉时期，中国的丝绸就一直销售到了古罗马，至今，在伊朗还称中国人为"秦人"，这是当年丝绸之路上贸易活动遗留下来的，可以说那是当时人类最远距离的贸易活动。唐代时的中国"舟车既通，商贾往来，百货杂集，航海梯山，圣神辉光，渐近贞观，永徽之盛"[②]。也就是那时，在中华文明和伊斯兰文明的主导下，通过水路运输展开了人类第一拨全球化的远距离贸易。钱穆在他的书中写道，当时（中国）远航外洋的船甚多。唐太宗时，阎立德在江西南昌造浮海大船500艘。自东海、黄海直上高丽。另外亦有远至红海的商船。[③]在法籍伊朗学者阿里·玛扎海里的《丝绸之路——中国—波斯文化交流史》一书中写道，在19世纪欧洲工业产品席卷全球之前，中国的物质产品一直是世界最优良的商品，当时在海上和陆地上的丝绸之路中，商人们贩运的不仅是中国的丝绸、茶叶、瓷器，还有铁器、铜器、漆器等，其中包括铜镜、铁锅、火钳都从中国购买过来。[④]可以说从秦汉到明清，中国的物质文化影响了整个旧大陆。即使到15世纪地理大发现以后，欧洲的商人也主要是以中国物质产品的贩运为主，而且也就是自那以后，中国的物质产品才真正地被全球化了，不仅深入到了欧洲市场，还被欧洲人运送到美洲和大洋洲市场。也正因如此，美国学者罗伯特·芬雷认为，从汉代一直到19世纪初，中国都是世界经济的引擎。[⑤]中国产品具有公认的优越地位。人类物质文化首度步向全球化，也是在中国的主导下展开。[⑥]

也正因为如此，古代的中国乡村与其他国家同时期的乡村相比较

---

① 钱穆讲述、叶龙记录整理：《中国经济史》，北京联合出版公司2014年版，第175页。

② 同上书，第218页。

③ 同上书，第224页。

④ ［法］阿里·玛扎海里：《丝绸之路——中国—波斯文化交流史》，耿声译，中国藏学出版社2014年版，第4页。

⑤ ［美］罗伯特·芬雷：《青花瓷的故事：中国瓷的时代》，郑明萱译，海南出版社2015年版，第114页。

⑥ 同上书，第15页。

是属于相对富足的乡村。但工业革命以后，“动力的改变，产生了都市，集中了劳工，把工业和农业的地缘拆散，工业脱离了乡村独立了起来”[①]“都会兴起把乡村里一项重要的收入夺走了”[②]。为此，费孝通先生看到：“都市兴起虽没有直接打击农业，但从手工业桥梁上的打击终于降到农业本身。”[③]而由此，中国由一个出口大国变成了一个进口大国，机器代替手工造成了20世纪中国乡村的贫困和衰败。

从以上论述我们可以看到，“农工”的文化基因在历史上曾经让中国成为一个相对富足的农工大国，但在近代也是因为这种“农工中国”的基因让其成为一个相对落后的农工大国。之所以如此，是因为这个“工”是手工的工，在传统社会这是一个发达的技术手段，但当人类社会进入到工业革命以后，这就成为一个落后的技术手段了。正是因为技术手段的落后，一百余年前中国沦为了贫穷落后的国家。

费孝通一生“志在富民”，其目标就是帮助农民找出路，其实也就是在帮助中国的发展寻找出路。他当时开的药方是让工业下乡，而不是农民进城，因为进了城的农民就不再是农民，农民没了，乡村也就没了，中国的文化特色也就没有了。所以，他希望在乡村发展工业，让农民不离乡土就能过上富裕的生活。当然他也知道，在城市集中化生产的背景中，仅仅保持乡村手工业是很困难的，所以，他曾提出“要改变乡土工业的技术，最重要的是乡村电气化”，“必须有计划地把现代技术、组织、精神输入乡村”[④]。他的这些观点是在20世纪40年代提出来的，在当时来说是超前了，也可以说是当时人类社会的发展还达不到他的理想。

笔者认为，在人类社会高速发展进入到网络社会、3D打印、智能化生产和高铁密布的当今时代，我们有可能在乡村实现费孝通先生的这一

---

① 吕文浩编：《中国近代思想家文库：费孝通卷》，中国人民大学出版社2015年版，第29页。

② 费孝通：《人性与机器》，载《费孝通全集》第四卷，内蒙古人民出版社2010年版，第49页。

③ 同上。

④ 费孝通：《关于乡土工业与绅权》，载《费孝通全集》第六卷，内蒙古人民出版社2010年版，第206页。

理想。也就是在高科技的基础上，在乡村恢复手工艺生产，发展文化产业和生态农业，使农民即使留在本乡本土，也可以通过多种经营来发展经济，过上富足的生活。

综上所述，我们看到，理解古代中国农工并重的基因非常重要，因为一百多年前中国走向落后就是这一基因，而今后中国的再次崛起有可能还是因为这一基因。因此，文化是有生命的，这个生命的密码就是它的种子和基因，而这一种子和基因对其未来的发展将起到关键的作用。

三、生态文明与手工艺的关系

任何一个文明形态的转型都与其技术手段的改变有着密切的关系，工业文明之所以会代替农业文明，就在于其机器代替手工的技术模式。当人类进入生态文明以后，智能化生产手段将有可能代替机器，在此基础上，手工还有可能重新回到我们的生活，成为生态文明中重要的生产手段之一。之所以会如此，有如下因素。

（一）高感情与高技术的平衡

在高度智能化的社会，人类发展的速度不是太慢，而是太快，在这样的高科技背景中，人类需要一种能让心灵安静下来，同时，既有温情脉脉又有个性及劳动乐趣的，慢速度的高感情生产方式去与高速度的缺乏人情味的科学技术制衡。在此，手工代表的就不仅仅是一种生产方式，还是一种生活方式和价值理念的选择。

（二）重新赋予物的文化意义

工业文明时期，批量化的大生产使得人造物中的“用”和“人格”“文化意义”之间发生了分离，造成了全世界使用的都是标准化、一体化的工业产品。全世界统一的方盒子式的建筑，统一式样的家具，大批量生产的廉价的一次性、用了就扔的纸杯、塑料袋、碗筷等，不仅造就了全世界所有城市具有统一的人文景观，还由此产生了一种过度消费、垃圾成堆的具有浪费特点的生活方式。手工艺的复兴不仅能让人通过手工劳动将自己重新塑造成新一代心灵手巧的人，还可以重新赋予物以人格化、个性化。这种富有人格化的私人定制的物因为注入了制作者和定制者的情感成为拥有者的个人象征，因此会得到人们的珍惜。也许就此会恢复“新三年，旧三年，缝缝补补又三年”的节约资源的文化传统，缓解地球资源过度使用、垃圾污染的状况，由此会产生出更环保、更节约资源的生产方式和价值理念。

（三）通过手工劳动塑造人自身

当智能化生产体系出现后，人的劳动机会开始减少，如果说工业化时代的机器代替的是人的体力，那么超工业化时代的智能化工具代替的则是人的脑力，若是那样人应该做什么？是劳动创造了人，正如马克思说的：“整个所谓世界历史不外是人通过人的劳动而诞生的过程。”[①]因此，“只有劳动才是人类传递与控制存在于他们和自然之间的新陈代谢的方式”[②]。然而，更加重要的事实是一切劳动和工作都涉及体力活动、思想和别的精神活动，因此，如果人丧失了劳动的机会，人就会退化和堕落，也会丧失人的生活目标和乐趣，因为“所有人类生产的、能力的这种发展都既是一个自我创造的过程，也是一个自我肯定的过程”[③]，是“劳动使个体生命活动成为意愿和自我意识的对象”[④]。手工艺如能返回我们的生活场景，人们在恢复手艺人身份的同时，也重新找到了自己在生

---

① 费孝通：《关于乡土工业与绅权》，载《费孝通全集》第六卷，内蒙古人民出版社 2010 年版，第 206 页。

② 马克思：《1844 年经济学哲学手稿》，载《马克思恩格斯全集》第 3 卷，人民出版社 2002 年版，第 310 页。

③ 转引自［美］托马斯·C. 帕特森：《卡尔·马克思，人类学家》，何国强译，云南大学出版社 2013 年版，第 68 页。

④ 同上。

活中的定位和价值。更重要的是，手工艺品不仅有功利性，还包含有审美意义的表达，正如马克思所说：“人类创造对象无不具有功利性，即便如此，也不应该忘记很多对象是人类审美情趣的表达。”[①]前者是人的生理和生存的需求，后者却是特定社会的文化和情感需求。

（四）通过手艺完善人格

费孝通先生在论述手工业生产价值的时候，他写道：“在手工业里不但人和工具有着伙伴精神，而且人对于生产过程具有一种表演的态度。”正因为如此，“一个工匠对于自己的出品有期待、有满足。可以在出品上刻着自己的名字，出品的毁誉是自己的荣辱”[②]。所谓的工匠精神也是由此而来，因为其必须直接为产品负责，“这和一个现代工厂里的工人的心理很有差别”[③]。因此，“这种经济活动中不但不摧残人性，而且完整了人格”[④]。但当费孝通先生论述工业文明的价值时，他又写道：“表面上看来，那摩天高楼，那如梳的烟囱象征了现代文明的发达，但是从人和人的关系上看去，人类碰到了社会生活解体的危机。人是不能单独生活的，在单独生活中人会失去生活的意义。”[⑤]正因为如此，工业化生产不仅肢解了人自身的完整性，也肢解了家庭和邻里之间关系的完整性。对于每个人来讲，生产活动成了达到另一目的的手段，对于手段本身缺乏了热忱和兴趣。于是为了生产目的去配合机器和人的活动，机器不再是工具而是利用人力的主人，人才是机器的工具。[⑥]也因此，费孝通先生认为，手工艺生产的价值在于“它配合于家庭、邻里等关系之中，它又配合在

① 转引自［美］托马斯·C. 帕特森：《卡尔·马克思，人类学家》，何国强译，云南大学出版社 2013 年版，第 69 页。

② 费孝通：《人性与机器》，载《费孝通全集》第四卷，内蒙古人民出版社 2010 年版，第 55 页。

③ 同上书，第 55 页。

④ 同上书，第 55 页。

⑤ 同上书，第 53 页。

⑥ 同上书，第 53 页。

其生产活动之中，使它成为支持完整生活的力量，而不是破坏其生活活动的力量”[①]。而在生态文明中，如果我们能恢复手工生产方式，我们就能解决工业文明给我们带来的许多弊病。因此，笔者认为手工艺加3D打印加电脑加私人定制也许是未来造物生产的核心技术之一，当年人类从农业文明转向工业文明是由于生产技术的改变，即机器代替手工，而由工业文明转向生态文明也同样是由于生产技术的改变，即由手工加智能化生产代替机器生产。

（五）手工艺复兴的可能性

这样的思考让我们看到，在未来的高科技发展的背景下，完全有可能会出现一场新的手工艺复兴的浪潮。如果是这样，中国强大的手工业基因就能发挥极大的作用。不仅是这样，还由于工业革命在西方发达国家已经有二百多年的历史，其手工业劳动基本退出了人们的日常生活。但在中国，由于国家计划经济期通过工艺美术产品换取外汇的需要，传统手工业一直保存相对完好，因此，手工业的复兴基础很好，而且目前已有此趋势。笔者长期考察中国手工艺的复兴现象，在考察中笔者看到，早在20世纪90年代，由于旅游和仿古市场的需要，许多地方都在零星地复兴手工艺作坊，在全国不同的城市和乡村形成一个个手工艺集散地。在笔者近期所承担的国家重点课题“社会转型与传统工艺发展”的研究中，笔者组织了12个考察小组，考察中我们看到的是：在景德镇有12万人从事陶瓷生产工作，大部分是手工艺人；在宜兴有近万家做紫砂壶的工匠，大多数也是手工艺人；在莆田有13万从事红木家具的生产者，也大多数是利用手工加电脑技术的工匠；在江苏镇湖有8万绣娘；等等。在云南，鹤庆新华村农民们由于向藏区学习了制作银器的手工技术，开始运用这一技艺向云南及周边少数民族地区提供首饰配饰、生活日用器皿和宗教用器、旅游银饰纪念品。同时与文人雅士的设计审美品位相结

① 费孝通：《人性与机器》，载《费孝通全集》第四卷，内蒙古人民出版社2010年版，第55页。

合，成功进入生活逐步富裕的城市中产阶级消费市场，为他们提供融设计、工艺、生活陈设美学于一体的茶器、香具、花器等各类生活雅事用器。[①]有效地实现了以手工艺生产使乡村脱贫的发展道路。以上的现象告诉我们，手工艺的复兴不仅可行，而且也正在不同的地域进行。

四、乡土社会复兴的可能性

如果手艺能重新在乡村复兴，乡村就会有一个新的发展前途，这个前途就是让农民返回乡村，让知识和资本返回乡村，让其重新成为农民们生于斯、逝于斯的家园故土，而不是把乡村建设成城市与城市之间的驿站，仅仅让其成为城市人旅游和休闲的地方。

笔者认为，振兴乡村首先要搞清楚我们为谁振兴？谁将居住在乡村？一定要认识到乡村的合法性在于它有我们祖先的血脉，有我们祖祖辈辈积累下来的文化历史和乡土知识，我们要想重新振兴乡村，首先就是要让它成为农民能够回得去的家园，城市人能够叶落归根的故土。当今许多大城市的发展已经遇到了瓶颈，今后我们面临的不是城市化发展，也许将是逆城市化发展，也就是许多农民工需要回到家乡去发展，我们一定要给他们提供这样的机会。如果乡村能够成为我们宜居的家园和能够重新发展的空间，不仅是农民可以回乡发展，就是许多从乡村出去的退休企业家、官员、教师、学者都可以考虑叶落归根，重返家乡发挥余热。他们带回去的将不仅是人脉关系，还有资本和知识。在中国的历史上一直有这样的传统，今天我们如何接续这种传统，找到乡村社会复兴的多种可能性？笔者做了如下几方面的思考。

① 杨柳：《从小炉匠到非遗传承人：鹤庆新华村工匠群体的角色转变与文化自觉》，载方李莉主编《写艺术——艺术民族志的书写与研究》，文化艺术出版社 2018 年版，第 532 页。

（一）复兴乡村的诗意与知识性

中国古代的乡村不仅因为有手工业和副业，成为相对富足的乡村，而且还是充满诗意和知识的故土。何能如此？钱穆先生曾说，中国诗歌和散文则多半取材于乡村与自然界，为一种农业文化之代表。都市与人刺激，田园给人宁澹，这是很自然的趋势。[①] 因此，古代的乡村是一个充满着诗意的地方，不仅如此，古代的中国通过科举制度“把传统文化种子始终保留在全国各地的农村”“几乎使无一农村无读书声；无一地方无历史上的名人古迹。农村永远为中国文化之发酵地”[②]。也就是所谓传统的耕读生活，就连牧童的牛角上也挂着书，孩子边放牛边读书，因为即使是乡村的牧童通过读书也有可能取得功名而入朝为官。也因此，钱穆在他的书中写道：“传统的中国官吏，几乎全都由乡村学者出身。”[③]“那辈读书人大体上全都拔起于农村。”[④] 许多为官为商的人离开乡村只是为了干一番事业，功成名就后还要荣归故里，还要叶落归根。正如钱穆先生所说的：“那些人由农村转到政府，再由政府退归农村。历代的著名人物，在政治上成就了他们惊天动地的一番事业之后，往往平平淡淡退归乡村去，选择一个山明水秀良田美树的境地，卜宅终老。”[⑤] 其实他们回到乡村并不仅是“卜宅终老”，还形成乡村的士绅阶层，为乡村提供教育、人脉关系、资金注入等方面的资源。由此可见，古代的乡村由于有手工业和副业辅助农业，所以相对富足，又有各种人才荣归故里的传统，因此，乡土中浸润有知识，有文化，还有与上级政府沟通的各种渠道及人脉关系。如果今天我们还能恢复这一传统，中国的乡土复兴就完全有机会。

---

① 钱穆：《中国文化史导论》，商务印书馆 1994 年版，第 183 页。

② 同上书，第 162 页。

③ 同上书，第 125 页。

④ 同上。

⑤ 同上。

（二）新的工业下乡

在这样的过程中，笔者认为首先要做的工作是手工业下乡、文化产业下乡，使农民们回乡以后能过上亦工亦农的生活。正如费孝通先生所说的：“传统的工业并不集中在都市里，而分散在无数的乡村里，所以是乡土工业。各地依它的土产加工制造成消费品，日积月累，各种工业都有著名的地域。”[①] 如果中国不同的地域能生产出具有不同地方特色的手工艺产品，建立起不同的人文景观，就会形成丰富的人文资源和文化产业，并以此成为中国未来文化发展的基础和新的经济增长点，吸引更多的人回到乡村，我们就不仅能让乡村富起来，还可以让其亮起来、文艺起来、知识起来。早在20世纪40年代，费孝通先生就提出了工业下乡的设想，但他认为，“要改变乡土工业的技术，最重要的是乡村电气化”[②]，“电话和航邮又使经营上的往来减少了密集的需要。这种种技术上的进步，使分散工业不成为幻想了”[③]。尽管如此，电气化时代还是很难做到分散化的工业发展。但是今天我们能做到乡村网络化、智能化、新能源化、高铁化，就能做到乡村的手工业化、文化产业化，将生态农业与手工业、文化产业合为一体也许就是未来农村的发展方向，也是中国乡土复兴的基础。

（三）乡村复兴逆城市化发展的趋势

未来生态社会的社会结构将会由工业文明时期的规模化、集中化、一体化走向扁平化、网络化、分散化，后者正是传统的农业社会的小农经济结构的特点，中国几千年自给自足的农业生产特点在今天也许有重新生根发芽的可能性。二百多年的工业文明给世界带来的是城市化的高度发展，但生态文明的发展将会促使逆城市化时代的到来，这一时代的

① 费孝通：《乡土重建》，载《费孝通全集》第五卷，内蒙古人民出版社2010年版，第17页。

② 费孝通：《关于乡土工业与绅权》，载《费孝通全集》第六卷，内蒙古人民出版社2010年版，第206页。

③ 费孝通：《乡土重建》，载《费孝通全集》第五卷，内蒙古人民出版社2010年版，第85页。

到来首先是科学技术的改变，然后是工业的区位以及工业组织的结构和财富的分配方式的改变，这所有的改变都指向分散化社会结构以及乡土复兴、逆城市化的新发展。而且这一发展与第四次工业革命（信息物理系统和互联人工系统）所取代的工作岗位具有非常重要的相关性，每一次的社会转型都会面临一次劳动力的范式转移。在工业文明取代农业文明时，人类社会面临过机器取代劳动力的现象，而即将来临的生态文明涉及面将会更加广泛，目前正在出现的互联网加智能系统不仅取代了体力者，而且取代了中产阶级工作者，尤其是受过高等教育和获得高额收入的上层中产阶级工作者。这与过去发生的范式转移有着巨大的不同，在当下的工业革命中，服务行业的远程工作者正逐渐被自动化技术所取代。[①] 因此，今后返乡工作的不仅有农民工、退休的城市精英，也许还有到乡村来创业的各阶层人士。也许在这里会形成一个新的就业空间，推动逆城市化的乡村社会的复兴与发展。

五、中国式文艺复兴与生活革命

每一次人类社会的技术革命必然会引起一场“文艺复兴”运动，所谓的“文艺复兴”就是人类回到出发的原点去重新讨论人类的存在价值。最大的、最有影响力的一次“文化复兴”就是14—17世纪发生于欧洲的西方式文艺复兴，是资本主义的萌芽促使了这场文艺复兴的出现，从而也促进了工业文明的诞生。欧洲的文艺复兴缘起于轴心时代的古希腊古罗马文化，那是城邦文明所产生的商贸文化，对这一文明的追溯导致了一场工业文明的产生。而今天，当人类社会从工业文明向生态文明转型时，是否有可能再次回到轴心时代或民间社会，挖掘其中的遗产资源，产生新的适合于生态文明的价值体系？当年的轴心时代不仅有古希腊文

① ［美］凯文·拉古兰德、詹姆斯·J. 休斯：《未来的就业——技术性失业与解决之道》，艾辉、冯丽丽译，人民邮电出版社2018年版，第8页。

明，还有印度文明和中华文明等其他文明。当时的中华文明主要是先秦时期的诸子百家思想，产生于农业文明的智慧，其中，“天人合一”“天地人和”等思想也许就是未来生态社会所需要的某种价值观。另外，至今还遗存在中国民间的二十四节气等农业知识都是可以再挖掘的珍贵资源，还有许多传统的文化价值观也都是可以重新思考和发掘的。

而且，目前在国家主导和民间自发的双重力量的推动下，中国正在发生一场传统文化复兴的热潮，在这一热潮的促进下，中国正在出现一股强劲的手工艺的复兴态势，这样的一些复兴态势是否是一场中国式的文艺复兴？早在 20 世纪 40 年代，费孝通先生就说过：“在欧洲曾有过一次文艺复兴，为这现代文化开了一扇大门，我不敢否认世界文化史中可能再有一次文艺复兴。这一次文艺复兴也许将以人事科学为主题，中国和其他东方国家传统可能成为复兴的底子。”① 他这里讲到的以人事科学为主题，也就是以传统文化为主题的中国式文艺复兴，笔者认为，今天的中国已经有了如此现象。中国的手工艺复兴就是中国式文艺复兴的表现之一。它的复兴与中国民间所出现的中式时尚有着密切的关联，这种中式时尚所带来的是一场生活革命，这场生活革命就是中国人正在以传统文化建立自己新的生活样态，走出一条中国人自己的现代化道路。如果说历史上发生在欧洲的文艺复兴是以对人的自觉，也就是对人的理性的认识为基准的，因此，其文艺复兴主要是表现在文学和艺术上的；那么今天出现在中国的文艺复兴则是以文化自觉，也就是对人类文化的理性的认识为基准的。所以其主要表现在生活革命，以传统文化为生活时尚的趋势上。手工艺之所以能得以复兴，其主要原因就是手工艺不仅是一种生产方式，是一种为生活服务的实用艺术；还是一系列饱含着中国传统文化的审美价值，这一系列审美价值的凸显就是母体文化的凸显，也是文艺复兴的具体表现。

---

① 费孝通：《乡土重建》，载《费孝通全集》第五卷，内蒙古人民出版社 2010 年版，第 13 页。

六、传统文化与高科技结合的新农村建设道路

前面我们谈到了第四次工业革命，也谈到了传统文化的复兴，这两个现象合在一起就是生态文明的发展模式，那就是传统加高科技加乡村复兴，这种模式就是当年费孝通先生理想的乡村发展模式，他曾说："中国正在走一条现代化的路，不是学外国，而要自己找出来。"[①]笔者觉得这样的道路不再是跟在西方人后面走出来的，而是根据中国自己的文化基因和遗传因子发展出来的，是一条适合中国人的、具有中国特色的发展道路。

笔者认为，这条道路的发展首先是通过网络的覆盖、智能系统和新能源的利用，让高科技下乡，让资本下乡，让知识下乡，让人才下乡。然后，在这样的基础上发展手工业、文化产业、旅游业和生态农业。同时通过高铁与高速公路以及机场的建设打通国家发展的动脉，加强乡村与乡村之间、乡村与城市之间的物流和人流的便利，让大家感到乡村不再遥远、不再边缘和闭塞。由此，广大的乡村不仅不是拉中国现代化后腿的累赘，反而可以使中国具有非常强势的后发优势。中国是一个文化大国，中国式文艺复兴就是将中国的传统文化与高科技结合，与新的中式生活样态结合。正如梁漱溟先生说的，乡村建设的最终目标"就是要从旧文化建设出一个新文化来""故所谓乡村建设，实非建设乡村，意在整个中国社会之建设，可云是一种建国运动"[②]。这样的目标可谓是大目标，他认为，要实现这样的目标可以从日常生活开始，也就是从"一个社会过日子的方法"[③]开始。在梁漱溟看来，人类的文化就是在"过日子的方法"中形成的。只有通过更新中国人过日子的方法，才能从"旧文化转变出一个新文化来"，也就是要"以乡村，以老道理为根，另开创出

① 张冠生：《费孝通传》，群言出版社 2000 年版，第 642 页。

② 《梁漱溟全集》第二卷，山东人民出版社 1990 年版，第 161 页。

③ 同上书，第 614 页。

一个新文化来”①。传统文化和手工艺的复兴就是中国传统过日子的方法的复兴，这些现象表面上看起来是复古，但实际上是从复古中建立起一个新的时代、一个新的文化形态，甚至是社会形态。其可以生发出一套符合人类社会发展的生态发展观、生态生活观、生态生产方式，最重要的是贡献给社会一套生态价值观。

七、从乡村振“兴”到乡村振“新”

综上所述，我们看到的是在人类社会的发展过程中，脚步总是比头脑和观念走得更快，也就是说我们的许多观念和思考还是停留在原有的社会形态中，但我们的脚步和身子却开始进入了另一个时代，未来已经来到我们的身边，我们却没有真正意识到，如果没有这方面的意识，我们就不能真正掌握社会转型的主动权。每一次社会转型都既是机遇，也是危机和挑战，而且都会面临一次劳动力的转移，这次也不例外。

西方的学者已经意识到了这一问题。美国学者凯文·拉古兰德、詹姆斯·J. 休斯对第四次工业文明带来的社会转型的劳动力转移的问题提出：“我们如何避免这次工业革命像历次工业革命那样带来大规模的失业、贫困、混乱甚至暴力？”②他们认为，其“带来的最大冲击将集中发生在韩国、中国、美国、日本和德国”③，这都是制造业比较发达的国家。有公司预测：“到 2025 年，软件、机器人与智能机器会取代美国三分之一的工作岗位。”④在今天的欧洲，我们也已看到他们“正在经济压

① 《梁漱溟全集》第二卷，山东人民出版社 1990 年版，第 614 页。

② ［美］凯文·拉古兰德、詹姆斯·J. 休斯：《未来的就业——技术性失业与解决之道》，艾辉、冯丽丽译，人民邮电出版社 2018 年版，第 8 页。

③ 同上书，第 6 页。

④ 同上。

力、难民潮、广泛的失业和不断增加的收入差距中蹒跚前行”[①]。其实不仅是欧洲，许多国家都在面临这一挑战，中国的乡村振兴一定要把未来我们将面临的这些问题提前思考进去，因此，乡村振“兴”也可以理解成为乡村振“新”，一方面要复兴传统，另一方面一定要有新的思考和新的思路，只有这样，当社会转型带来劳动力转移时，我们才可以轻松应对，让中国的乡村成为新的就业空间，同时还能促使“从乡土中国迈向生态中国”的目标得以实现，将中国未来发展的主动权紧紧掌握在自己的手中。

另外还要关注到全球化以后世界格局的重整也将会影响到中国文化经济的发展，工业文明与狩猎采集文明和农业文明时期的人类的最大不同就是与大量陌生人合作的技术有了大幅度的增加，同时，实行了分工合作制使每个人都成为从事某个专业工作的人员，通过合作使社会成为一个相互依赖的有机体。在未来的社会，这种合作与分工会更加快速的扩大和深化，以往的分工与合作主要是人才的专业化。未来随着世界网络的互联、跨国公司的出现，使不同的国家和地区开始实行分工合作，并在世界经济的分工中占据不同的生态位，这样的趋势将会使整个世界成为一个分工合作的新的有机体。将来，人类命运共同体将不是一个概念，而是一个事实，未来国与国之间将会是互相依存的，你中有我、我中有你的关系。目前是这种大融合的前期，各种摩擦、各种纷争层出不穷，但这是暂时的，走向合作将会成为一种长期的趋势。在这样的背景中，每个国家一定要清楚自己的优势，以找准自己在世界生态系统中所占具的位置。因此，认识中国文化的基因以及中国文化的历史定位非常重要。同时一定要站在一个战略的高度把乡村振兴作为一个基本国策来整体思考，以此作为中国未来发展的优势，用具有未来性和全球性的新的眼光和新的思考对待这一问题。

---

① ［美］凯文·拉古兰德、詹姆斯·J. 休斯：《未来的就业——技术性失业与解决之道》，艾辉、冯丽丽译，人民邮电出版社 2018 年版，第 10 页。

八、从乡村振兴看中国未来发展的优势

结合乡村振兴的研究，笔者认为，中国未来的发展优势有如下几个方面：

（一）到目前为止，我们还拥有众多的可以复兴的乡村，这是我们一笔珍贵的财富，一定要好好思考后再利用，不能把其变成新的一轮房地产开发或单一的旅游经济，而是要将其变成拉动中国新经济和新文化发展的引擎。

（二）我们有传统手工业的文化基因，这些基因现在正在重新起作用，许多地区已经复兴了服务于生活的手工业经济。在这样的基础上，我们完全有可能让手工技艺与3D打印、电脑和网络结合，开启一个生态文明时代的新的生产方式，让中国成为世界高科技加手工的私人定制，以及小批量多品种的艺术化日用产品的中心，手工业产品不一定都是奢侈品，但最昂贵的奢侈品一定是加入了手工成分的。如果中国能成为世界奢侈品的生产中心，成为时尚产业的中心，中国的文化就走出去了，中国的经济也就发展了。

（三）近年来，中国的高铁、高速公路、机场建设发展迅速，加速了城市与城市之间、乡村与乡村之间往来的便捷性，这是我们国家未来发展的一大优势，因为交通是一个国家的动脉，交通发达是经济快速发展的最重要的条件之一。中国唐代的经济起飞就在于其开凿完成了大运河工程，使中国南来北往的水陆交通得以通畅，在长江、黄河及大运河两岸出现了许多的手工业城市及手工业生产集散地，不仅推动了内陆的经济发展，而且加速了与东亚、东南亚以及伊斯兰世界的贸易往来，让中国成为当时最大的出口贸易国，也使当时的首都长安成为那个时代最重要的国际大都市。今天的中国也一样，如果我们能通过网络覆盖、智能系统、新能源、高铁、高速公路下乡，构建便利的网络销售、便捷的物流运输，就能发展分散式的乡村生产模式，实现生态农业与手工业、旅游业、休闲业的共同发展方式，并以此重新振兴乡村经济，重建乡村价

值，做到让乡村和城市齐头并进，共同发展，推动中国成为率先进入生态文明的国家。

（四）中国是一个疆域广袤、历史悠久的文明国家，不同地域和不同民族的文化传统构成了丰富的文化资源、多元化的生态智慧和文化传统，我们需要利用这些资源、智慧和传统，塑造一种新的生活样态，通过中国式文艺复兴所带动的生活革命，去努力实践一种高生态、高品质的低碳生活方式，并以此推动中国文化政治经济的发展，创造一种生态文明价值观影响世界。

我们如果能发挥这些优势，而不是由其他发达国家设定一个模式我们被动地跟在后面走，我们就能找到中国在当今世界的定位，争取与其他的国家一起取长补短，共同推动社会进步，通过自己的努力主动发展，为世界的共同进步做出自己的贡献。

第五编　『后非遗』时代中的文化思考

非遗保护3.0时代的到来

一、什么是非遗保护的 3.0 时代

非遗保护是为人类社会的今天及未来的发展服务的，因此保护只是其中的一个过程，最终还是要在保护的过程中产生新的创造力，并成为本民族文化、政治和经济发展的重要生产力。这样的过程是一个层级递进的过程，我们可以将其分为三个层级：第一，是做先行的记录和调查研究，摸清家底，确立非遗保护名录，这是第一层级，也可以称为非遗保护的 1.0 时代；第二，当我们确立了非遗保护名录以后，需要确立非遗传承人，并为他们传承非遗文化和技艺提供必要的条件和经费，这是第二层级，也可以称为非遗保护的 2.0 时代；第三，科学家、艺术家挖掘非遗资源，并在此基础上进行科学的或艺术的创新，发展出具有原创性的科学或艺术的成果贡献给全世界，促进世界文明的发展，这是第三层级，也是非遗保护所带来的中华民族文化复兴的一个重要层级，也可以称为非遗保护的 3.0 时代。

笔者认为，在中国的现阶段，这个时代已经来临，并得到了很好的实践，其在自然科学、文学和艺术中都有了非常出色的表现，并涌现出了一批代表性的人物。如新近获诺贝尔奖生理学或医学奖的屠呦呦，她从中国传统的中草药知识中发现了青蒿素，这些中草药知识现在也被定

义为非物质文化遗产，是中国传统文化的重要部分。还有获诺贝尔奖文学奖的莫言，其创作素材也是来自中国传统的文学资源，包括其家乡山东高密的风土民俗。

在艺术界就更是如此，记得几年前，笔者到美国哈佛大学一位教授家做客，晚上住在她家，她很喜欢中国文化，她说，她最崇拜的音乐家是中国的音乐家谭盾，那是我第一次听到谭盾的名字。她拿出一张光盘为我播放了谭盾的音乐《地图》，那是一场将影像中原汁原味的湘西本土音乐与现场交响乐融为一体的多媒体景观音乐的演出录像，里面有湘西苗族的口弦、土家族的哭丧等湖南乡土音乐，它们都是当地著名的非物质文化遗产。这是一场将视、听结合在一起的音乐盛宴，的确勾动人的心弦。后来笔者在网上找到了谭盾在创作这部作品时所说的话：“人类在语言发明之前，他们是听音寻路，过一个寨子、过一个村的时候，你必须留下你的歌，这样所谓听音寻路，听到回声、听到对歌，听到乡间不同的口音、不同的音调、不同的节奏，寻找你的去路，寻找你要去的方向。”也就是说，这些乡间的土音曾是先民们寻找道路的“地图”，这样一种来自文化母体的含义让谭盾的作品获得了空前的成功，迷倒了世界不同国家的听众和观众。2014 年，他又用湖南的另一项非物质文化遗产“女书”，以音乐 3D 和时空 3D 为手段，创作出了他的又一部微电影交响音乐史诗《女书》，再一次在国际舞台获得成功。如果他们的成功还不够说明笔者所提出来的“非遗保护的 3.0 时代”的概念，笔者还可以用更多的案例来说明这一问题。

二、非遗保护 3.0 时代的案例

（一）杨丽萍的《云南映象》

杨丽萍是一名著名的舞蹈家，她将云南的彝、藏、佤、哈尼族等 10 多个民族原始、粗犷、充满绚丽色彩的民间舞蹈生动地展示在舞台上。

舞蹈中奔放的肢体动作、抽象的画面构成、空灵悦耳的音乐、清亮具有穿透力的山歌将人类对于心灵回归、生命激情、灵魂升腾的情感渴望表达得淋漓尽致。在演出中，50 多位来自云南乡间的演员，也可说是非物质文化遗产的传承人，用来自本民族的不事雕琢的舞蹈技巧表演蚂蚁走路、青蛙翻身、蜻蜓点水这些动物爱情的游戏，展示生命的自然状态，或狂野，或妩媚，或虔诚，或激越，在美轮美奂的舞台置景和魔幻般灯光的衬托下，将云南地区浓郁的民族风情尽情张扬。这些表演内容包括其中的“打歌”“跳锅庄”等舞蹈都是云南著名的非物质文化遗产项目。既有原生艺术的表达，又有与声光电技术结合的现代舞台的表达方式，是传统与现代高科技结合的范例。他们的演出不仅在国内的北京、上海、广州各大城市，就是在美国、欧洲、澳大利亚等国际性表演舞台上也受到了热烈的欢迎。

（二）蔡国强的火药艺术

蔡国强是国际艺坛上最受瞩目的中国人之一。火药是中国贡献给世界的四大发明之一，在蔡国强的手中却成了艺术创作的工具。从 20 世纪 80 年代开始，他用火药创作他的作品，除此之外，他还将中国传统文化之中药、风水等引入作品，例如以《文化大混浴》为题的观众参与型作品是邀请观众一起入浴而共同完成的。他的装置艺术涉及风水等东方哲学和现代社会问题的概念，利用具体地点的文化历史优势，跨越不同媒介，包括绘画、录像及行为艺术等形式，并以此来表现人与自然及宇宙的关系。2008 年，他担任北京奥林匹克运动会开闭幕式的核心创意成员及视觉特效艺术总设计，以其独特的中国宇宙观及哲学根底，探求人类普遍的共通问题。笔者看到他最近的作品《天梯》，非常地让人震撼，他利用声光电以及氢气球的牵引，使火药艺术的表现力达到了一个极致，并用录像将这样一个动态的过程记录了下来。

（三）吕胜中“小红人”

吕胜中是中央美术学院的教授、著名的当代艺术家，他最能让人记住的作品是他创作的“小红人”，其灵感来自陕北地区的民间剪纸——“抓髻娃娃”，这是民间代表生殖渴望，以及在红白喜事中或逢年过节中常用的剪纸人。它们常常出现在陕北妇女的剪刀下，它们也许是众多剪纸内容中的一部分，但被吕胜中抽取出来，用概括而又简练的刀法重新演绎，并将它们充满整个展示空间，让它们从墙壁、画架、书架、玻璃窗“爬”向屋顶的中央，然后又从那儿垂直悬挂在几根细线上，刚好落在屋子地板的中心位置上，当人们置身于这一红色人形聚合的现代空间里，这种由于知识熟识所造成的经验性感应迅速消失了，取而代之的是一种强迫般的压力，使你如同身心也染上了红色，和着这红色人形的节奏追寻生命的天地之间剧烈地躁动。他用这种民间喜闻乐见的形象创造了一个超越精神的艺术空间，给人以心灵的震撼和绸缪，让人们感受到了文化的本原和母体中的炙热情感。他的这些作品在国内外的美术界引起了极大的关注。

（四）朱乐耕的环境陶艺

朱乐耕是一位著名的当代陶艺家，他出生于景德镇陶瓷世家，曾花了二十多年的时间学习景德镇传统的五彩、红绿彩、青花、高温颜色釉等方面的传统技艺。最后他将这些技艺融汇到作品中，开创了许多大型的、进入公共空间的当代环境陶艺。最有代表性的作品有韩国首尔麦粒音乐厅中的《时间与空间的畅想》《生命之光》《岁月》《黑与白的对话》，韩国济州岛肯辛顿酒店的《生命之绽放》《天水之镜像》，浦东机场的《惠风和畅》等。这些作品是将中国最传统的陶瓷手工技艺与当代艺术表现形式相结合，将陶瓷艺术从架上空间扩展到了建筑的室内室外空间。同时将中国哲学中的“气韵生动”“物我两忘”“天人合一”“天地人和”等理念注入其中，使其作品犹如有生命的皮肤生长在现代的建筑空间中，给人以视觉和心灵的冲击。他的雕塑也很有特点，将传统的红绿彩瓷和青花瓷技艺融入其中，给人耳目一新的感觉。他的这些作品在国内外的艺术界引起了巨大的关注。

（五）谭维维的《华阴老腔一声喊》

这里还要说的一个案例就是不久前年轻的摇滚音乐家谭维维演唱的《华阴老腔一声喊》红遍中国。华阴老腔系明末清初以当地民间说书艺术为基础，发展形成的一种皮影戏曲剧种，主要流行于陕西省华阴市的双泉村。其声腔具有刚直高亢、磅礴豪迈的气魄，听起来颇有关西大汉咏唱大江东去之慨；落音又引进渭水船工号子曲调，并由此进入我国第一批国家级非物质文化遗产名录。尽管它有很强的艺术性，但在谭维维没有把它搬上舞台、没有用现代摇滚的方式去演绎它之前，并无很高的知名度。因此，谭维维是开发了这一非遗传统资源并给予了其新的生命力的重要艺术家。

三、非遗保护 3.0 时代的集体创新驱动

非遗保护 3.0 时代的到来不仅体现在这些著名的科学家、文学家、艺术家的身上，其同样体现在一个时代的创造性精神的勃发上。有人说，西方的优势在于其创新驱动，而我们中国还只有资源驱动，落后了一个等级。但笔者认为中国已经开始出现创新驱动的苗头，笔者在这里再举一个案例。景德镇是一座传统的陶瓷手工艺城市，到 2006 年以后，在这座城市出现了一个新的名词——“景漂”。这些“景漂”是一些毕业于各美术院校的大学生，还有来自全国各地甚至国外的一些艺术家，他们来到景德镇和当地的工匠合作开设自己的工作室，有的是进行艺术创作，有的则是在这里扎根创业。他们挖掘景德镇传统的手工艺技术，利用景德镇传统的手工艺生产体系开创出自己新的事业。在景德镇陶瓷学院附近的陶艺一条街上，我们可以看到这些年轻人富有传统特色，但又让人耳目一新的展示厅，当然也可以叫店铺，只是这是一种全新的、在景德

镇历史上从未出现过的店铺形式。

其可以叫店铺，也可以叫陈列室或陶廊，之所以叫店铺是因为里面所有的陶瓷产品都是可卖的，而将里面的东西叫作产品，我总有点不忍心，因为其并不是简单的产品，而是具有艺术性的陶瓷陈设品或日用品，每件都体现了作者的匠心，有许多还是作者手工绘制而成。其陈设的方式完全不同于传统的店铺，是以陈放艺术品的方式极其讲究地摆放着。有的墙角还放着一架古筝或古琴，有的在花瓶中插上几枝蜡梅或枯荷，里面的产品大都清雅、散淡，具有宋代文人的品格。里面还有茶室，购买者进来后可以与作者一起对饮、聊天、谈艺术。但这些作品的主人一般白天都在工作室做作品，请人帮忙看店，只有晚上才会来到这里会见顾客或朋友。这种模式让我们感到既传统又耳目一新。在景德镇这座古老的城市里，你感到了一股复古风，人们正在用他们新的陶瓷器皿推动着茶道、花道、香道等古文化的回归，让人们回归一种古雅的礼仪生活。而推动着这种类似文艺复兴工作的人并不是本土的工匠，也不是国家认定的非物质文化遗产传承人，而是一些年轻的艺术家，其中大部分是外来的“景漂”或景德镇陶瓷学院的师生。本土的工匠们大部分还是执着于清代以来的传统艺术，但这些外来的青年艺术家眼光更独到，一方面他们向本土的工匠学习，挖掘本土工匠精湛的技艺，但他们又不局限于本土的历史限定。他们会将求索艺术的眼光跨越到任何时代，尤其是宋代，那是中国文化发展的最高峰，也是瓷文化发展的一个高峰时期。这些具有很强学习能力的年轻艺术家，他们的学习甚至并不局限于本国，所谓“礼失求诸野”，有许多唐宋的瓷文化在中国已难以寻找，他们甚至到日本、韩国重新找回来，并在此基础上发扬光大，创作出许多新的釉色、许多新的造型，新的文化风尚进入中国中产阶级、白领阶层的家中。为了生存，他们创作的作品大都是可以进入生活的，当然这样的生活是一种高雅的、具有艺术情调的生活。人类学家曾把物质产品看成模塑人品格的文化设备，人类的某些文化特点就是在这些物质产品中被塑造出来的。

不仅在景德镇有这样一些年轻人，笔者在江苏的紫砂壶之乡——宜兴、江苏的刺绣之乡——镇湖等许多传统的手工艺之地都看到了许多这样的年轻人，他们也是中国走向非遗保护 3.0 时代的最有希望的生力军，并且是一支浩大的促使中华民族文化复兴的生力军。由于他们的出现，许多传统的手工艺城市和传统的手工艺地区获得了新的生命力，并开始成长为新的文化和经济中心。

四、在全球化的空间中争取话语权

当今的世界是一个全球发展的世界，国与国之间的相互交流与合作会超过以往的任何时代，由此，在全球化的空间中争取话语权就是争取国家发展权的一个重要举措。而在当今时代，国家话语权的争取不仅依靠经济实力和军事力量，更是依靠创新成果带来的认同，这样的成果有来自科学技术方面的原创性成果，也有来自文化和艺术方面的原创性成果。在这里我们必须要强调原创性，近 200 年来，中国在西方国家面前为什么落后和丧失话语权，就是因为无论是在思想哲学、科学技术、文化制度等方方面面，我们都丧失了原创性，所有的一切都只是在采用“拿来主义”，都只是在享用西方世界所创造的成果，也因而处处被动。所以，要想中国的未来发展能在世界获得话语权，首先就必须有自己方方面面的原创性成果出来。

要发明出原创性的高科技成果促进整个人类社会的发展，创作出优秀的文学艺术作品贡献给世界的人们，形成让人耳目一新的审美风格，由此而设计出具有原创性的世界流行产品，要让具有原创性的中国审美成为世界人们愿意追随和欣赏的流行审美，从而让中国的文化理念成为大家都愿意认同并采纳的理念，如能有如此的发展趋势，中国就能真正地掌握自主发展的话语权。

近年来，中国具有原创性的科学艺术方面的成果不断地出现，文章前面所举的屠呦呦、莫言，还有谭盾、杨丽萍、蔡国强、吕胜中、朱乐耕，包括谭维维等案例，都是这样一批具有代表性的科学家、文学家、艺术家。他们的特点就是他们的科学艺术成果不仅在中国，而且在国际上也得到了巨大的认同。如屠呦呦和莫言是诺贝尔奖的获得者；谭盾的作品风靡整个西方世界，并得到高度的认同；杨丽萍的作品在不同国家巡回演出，场场爆满；蔡国强的作品被纽约市政府、哈佛大学佛格美术馆、纽约现代美术馆、日本水户艺术馆，以及德国、丹麦、希腊、荷兰、澳大利亚、奥地利、法国、瑞典、比利时等国家的美术馆收藏，并在国际上获得多种奖项；吕胜中的作品曾在威尼斯双年展等国际重要展览中获奖；朱乐耕的作品曾在不同国家展出，得到世界陶艺界的高度认同，尤其在韩国有非常高的知名度，在许多韩剧中都有他的作品“出镜”，2016 年 9 月，韩国人为他修建的朱乐耕艺术馆在韩国济州岛开始动工。在他们的身上，我们看到了中华民族的原创性活力正在不断地喷发，而这种喷发已经引起了国际社会的高度认同。不仅是他们，最重要的是还有一批犹如“景漂”“宜漂”和“绣二代”一般的年轻创客，他们正在把非遗中的种种本土资源开发出来，用在自己新的设计、新的创作中，将中国的传统文化融入我们新的生活中，他们的力量也是不可小觑的。正是这些著名的大科学家、大艺术家与年轻的创客，还有非遗传承人合力创造出新的中国文化，同时迎接了一个新的时代的到来，我认为这个时代就是中国非遗保护的 3.0 时代。其时代特征就是我们国家整体进入一个以本土文化为资源，重新焕发中华民族新的生命力的时代。传统的非遗是蕴藏在我们身边的富矿，但富矿需要开发和提炼才能升华其价值，非遗保护的 3.0 时代就是新的文化在传统基础上的再生长。

非遗保护 3.0 和 1.0、2.0 是同时存在，并且是不能相互取代的，如果没有对非遗保护 1.0 的整理、认定和记录，我们的许多非物质文化遗产就很可能流失；作为非遗保护 2.0 时代的非遗传承人的认定和传承也很重要，他们是非遗保护 3.0 发展的基础，无论是谭盾的《女书》《地图》，杨丽萍的《云南映象》，还是谭维维的《华阴老腔一声喊》，都是和当地非遗传承人们合作完成的。还有景德镇的“景漂”们，他们之所以会聚集在景德镇，就是因为景德镇有众多的本土工匠可以传授技艺给他们，或者是参与他们的作品制作。还有镇湖的“绣二代”更是当地非遗传承人的后代，他们是在继承父母技艺的基础上再发展的。

非遗保护 3.0 是促使本土性的现代化产生的基础，也是未来文化多样性发展的基础。也就是说，未来的全球化时代一定是“多元一体”“和而不同”的，这样的趋势是符合辩证法发展的，也唯有如此，中国文化才会有自己的原创性和独立性发展。也唯有如此，中国才能走出一条具有自己民族特色的现代化道路，成为世界新的当代文化的一部分。

五、走向新的相互交融的时代

从以上的范例中我们还可以看到的是，在我们强调作为非遗本土性的重要的同时，也要虚心地接受现代西方高科技成果的洗礼，并与其紧密地结合。可以说没有现代的科学技术，屠呦呦不可能提炼出青蒿素；没有现代的 3D 影像技术，没有西方的大型交响乐的介入，谭盾的影像音乐不会有如此震撼的艺术效果；没有现代的声光电技术，杨丽萍的《云南映象》也不会如此让人耳目一新；没有借助氢气球、录像等现代技术，蔡国强的许多作品无法完成，也无法保留和呈现；没有借鉴当代西方的艺术表现形式，吕胜中的“小红人”也不会有如此磅礴的气势；没有现代窑炉的出现，朱乐耕的环境陶艺根本难以产生。所以，一方面，现代艺术家需要从本土的传统艺术，也就是我们所说的非物质文化遗产中去挖掘资源；另一方面，许多的非物质文化遗产也需要用新的现代科学手段去传承创新并发扬光大，以往把东方的传统与西方的现代化对立起来的时代过去了。所谓的非遗保护 3.0 时代就是传统与创新互为依存，东方和西方的智慧相互借鉴的时代。传统，也就是非物质文化遗产如果不能进入现代的生活空间，也就没有了新的生命力；现代，如果没有传统作为基础，没有非物质文化遗产作为其巨大的富矿和资源库，其会由于没有原创性而只能跟在西方文化后面拾人牙慧。在新的时代，东方传统需要西方现代化来挖掘其内涵，同样，西方的现代化也需要通过东方的传统来为其注入新的活力。只有如此，才能将整个人类发展的历史推向一个新的高度，也只有如此，才能将中国的传统和原创性精神融入整个人类社会发展的洪流中去。

活态的文化遗产需要活态的传承

在许多人的观念中，非物质文化遗产保护和文化创新是两条根本不同的线路，甚至认为二者是一种对立的关系。但通过多年的田野考察及大量文献材料的阅读，笔者越来越认识到，非物质文化遗产保护与文化创新不仅不是一种对立的关系，反而是一种相互依存、互不可缺的关系。

笔者花了八年的时间带领一个课题组在西部地区做考察，经过解剖70多个案例，最后完成了总报告书，书名叫《从遗产到资源——西部人文资源研究报告》。这个题目并不是一开始就有的，而是通过大量的考察实例，我们看到非物质文化遗产并不是一个过去式，其与当今的文化建设、当今的经济发展密切相关。其已经成为各种力量相互博弈并不断利用的政治资源、文化资源、经济资源等。

另外，通过大量的文献阅读，笔者还了解到，各国的文化遗产保护最开始实际上都是从物质文化遗产开始的，从文物保护开始的，后来在欧洲由对物质文化遗产的保护引发了对自然遗产的保护。而由对物质文化遗产保护到关注对非物质文化遗产保护的则是日本、韩国以及非洲、拉丁美洲的一些国家，还有生活在美国的拉丁美洲裔和印第安后裔的有色人种等。这些非西方主流国家对非物质文化遗产保护的呼声是在人类意识到文化多样性存在的重要性以后，对自己民族国家传统文化反思及寻根以后的结果。非物质文化遗产保护实际上是一种弱势国家对文化多样性保护的呼唤，所以非物质文化遗产这个观点在欧洲和美国这样的发达国家里呼声是不强烈的，为什么会这样呢？因为对他们来讲，他们的历史从没被遮蔽过，他们的历史没有被否认过。但是作为我们这些非发达的国家，我们的历史是被否认的，是被遮蔽的，因为我们从来都认为那是一段落后的历史，所以我们要向发达国家学习，学习它们新的思想、新的技术，所以我们都曾经否认过我们的过去。那么在现在全球一体化的过程中，人们开始寻找过去我们失去的文化，包括一个民族文化的根。所以在这样的呼唤下，非物质文化遗产保护的呼声出现了。那么非物质文化遗产跟物质文化遗产最大的区别在什么地方呢？最大的区别在于它是一种观念，是一种形而上的东西，是一种意识形态。那么，这种观念和意识形态怎么去保护？因为思想和观念必然是流动的，所以在联合国教科文组织的保护条例里称其为“活态的”，并提出要“活态的传承”，既然是活态的，是流动的，那么它现在根本就没有死，它没离开我们的生活，它还在我们的生活当中，还要继续传承下去，它不是什么遗产，而是我们活生生的传统文化。这就意味着它的保护方法和文物的保护方法是不一样的。文物的保护方法是我们可以当它死掉了，它就是过去，我们承认它是过去的东西。但是非物质文化遗产它不是一个死的东西，它是活的东西，那么我们应该怎么对待它？我认为跟物质文化遗产是完全不一样的方法，所以要是我们把文化的保护和文化的创新割裂开来，我们就没办法保护它，因为它还活着，你必须找到它在当今社会的位置，以及它如何存在于当今社会的方式。

比如萨林斯的《甜蜜的悲哀》里面谈到在后现代主义社会里，整个世界发生了变化，其中最大的变化就是，传统文化和现代文化不再是一对矛盾，而是可以融为一体、相互促进的。所以现在就出现了所谓“本土性的现代化”。就是说，以前以为现代化仅仅有一个模式，但现在的现代化不只有一个模式，而是不同的国家有不同的文化模式，这个模式就是在原有的本土文化上建构的现代化。另外丹尼尔·贝尔的《后工业社会的来临——对社会预测的一项探索》中说，在农业文明时期，人们主要是通过跟大自然互动建构他们的文化；在工业社会时期，人们主要是跟生产技术发生互动，是通过人工造物来建构自己的文化的；但是在后现代社会以后，人们主要是生活在人工建构的第二自然里，在这样的时代，不再有什么原生态的东西，任何东西都是被人工化了的，所以这个时候建构文化的方式是在原有文化的基础上重新创造文化。

也就是说，我们要建构我们新的文化往往是在原有的文化中重新建构的，而非物质文化遗产就是我们原有的文化，那么我们要在原有的文化基础上重新创造的文化，原有的文化就成了我们创造新文化的一个非常重要的基础，或者是一个非常重要的资源。另外，对我影响比较大的还有澳大利亚人类学家墨菲编的《艺术人类学读本》，里面收集了大量人类学家近年来的最新考察报告，通过那些考察报告我们看到，现在的各种非物质文化遗产也好，传统文化也好，都成了不同国家、不同民族建构新的文化、新的政治、新的经济的重要资源。在这样的基础上我们才会认识到，非物质文化遗产的保护跟物质文化遗产的保护是完全不一样的保护方法，如果说我们只是把它当作物质文化那样保护，以修旧如旧、修旧如新等这样传统的概念去保护，我们会做不好。

我们只有把它和文化创新，包括新农村文化建设融合在一起，这样的非物质文化遗产保护才会富有生机。当我们创造新的文化或者设计新的建筑的时候，我们能把非物质文化遗产考虑进去，能把中国的传统符号、传统智慧糅合在里面，我们的非物质文化遗产才有可能真正地活态地传承下去。

费孝通先生曾经把传统文化比喻成种子，比喻成基因，并认为一个民族文化的发展和创造与这种健康的基因和种子密切相关。因此，我认为一颗种子不管它多强壮，如果我们不给它营养，不给它养分，它就没有生命。我们只有给它养分、阳光、雨露，它才会有生命，它才会蓬勃生长。非物质文化遗产也是这样，我们要想让它活在我们当今的生活中，就必须赋予它新的生命力。因此，它不是几个传承人就可以传承或代表的，也不是说我们把它保存在那个地方就可以了，如果要它继续存活，它就必须发扬光大，就必须参与我们的文化创新，我们就不能仅仅把它看成遗产，而是要把它看成资源。

将其看成资源，就是让其与当今社会发展有关系，就是让其参与我们当今的社会发展，让其成为当今文化创新的一部分。非物质文化遗产是活的，它需要人去传承、去创造，那么这人是谁呢？不光是政府官员，不光是学者，更是民众。民众才是文化的主体和文化的创造者，所以，只有人民才能去延续它、去继承它、去把它发扬光大。如果我们在非物质文化遗产保护的过程中把民众去掉了，我们就什么都没有了。所以非物质文化遗产的保护不是几个传承人就可以做到的，而是需要一个群体，本身它就是一个群体的生活。

所以我们一方面要加强非物质文化遗产的保护，另一方面必须关注民众自身的创造力。首先，我们要思考的就是为什么非物质文化遗产会这么热？为什么这么多人关注非物质文化遗产的保护？因为民众参与了它的创造，推动了它的发展。为什么这样说呢？如果我们有意识地去研究、去关心，我们就会发现，在北京的南锣鼓巷、什刹海，在上海的田子坊、莫干山等到处都能看到民众在传统基础上表现出的新的创造，新的具有传统特色的胡同文化，新的具有传统特色的服饰、家具、首饰等设计。尽管它有很强的商业意识，但在商业意识里面也不妨碍萌发新的创造力。

另外，我还认为一个国家要是能把自己的文化遗产当作发展自己新的文化的基础，当作创造自己新的文化的资源，这个国家就是自信的，就是强大的。因为一个国家如果没有自信，在做任何创造、任何设计的时候，就会不屑于考虑自己民族的文化符号，只会崇拜外来文化；只有有了这种自信，才会考虑自己民族的文化符号、文化特点。所以，我觉得中国的经济发展也带来了中国民族文化的复兴、文化的自觉与自信。所以我们才会在北京的南锣鼓巷、上海的田子坊看到很多地方都有保护得非常好的传统文化，并被发扬光大，我觉得这些创造比那种少数的传承人更厉害。我们到底是要那种原封不动的传承还是需要在传承的过程当中加入新的文化，让这个非物质文化遗产成为我们新的文化肌体的一部分？要是我们有意识地在我们新的文化当中去传承这种非物质文化遗产，那我们还去保护它干吗呢？它本身就是我们的一部分啊！我们之所以要保护它，就是因为它离开了我们的肌体，它不再是我们文化的一部分了，我们才要去保护它，如果说我们让它成为我们的一部分，我们为什么还去保护它？它本身就是我们的现在、我们的当下。所以，我觉得对非物质文化遗产最大的保护、最有效的保护就是让它成为我们新的文化的一部分，成为我们现在文化肌体的一部分，不断地流淌在我们民族的血液里。

其实许多实践已经开始这么做了，比如我在田子坊发现那里许多商店的手工艺品既现代又有民族味。包括上海世博会的中国馆，我也感触很深，其非常的现代但又含有中国传统的东西在里面，在那里，传统文化、非物质文化遗产是很自然地融于其中的。实际上中国的民众已开始有这种创造力，但是我们没关注到。

我之所以关注到这些问题，一方面因为我是人类学家，习惯通过用生活中的实例来认识问题；另一方面也是通过读书，从理论上来加深对社会的认识。启发这些认识的，大多是一些人类学的著作。

探索非物质文化遗产保护的新高度

——从“文化自觉”走向“文化自信”

中国非物质文化遗产的保护工作已经启动了许多年，对这一问题的讨论已不再是一个新鲜的话题，但我认为仍然重要，而且国家仍然在重视它，学界也仍然在重视它，因为它与中国当今的文化发展、经济建设，包括国家形象的塑造有着密切的关联，但要认识到这一点就必须将其提到一个新的高度，同中国的“文化自觉”和中国的“文化自信”联系起来，站在一个更加宏观的角度上来探讨。

一、世界性非物质文化遗产保护的缘起

这几年我一直在关注非物质文化遗产保护工作，为此做了不少的研究，看了不少国内外的相关著作，其中包括一些人类学的考察报告，以及各个国家有关非物质文化遗产的看法、观点、理论、保护条例等。

通过阅读，我看到各个国家的文化遗产保护最初实际上都是从物质文化遗产保护开始的。到后来，在欧洲由对物质文化遗产的保护引发了对自然遗产的保护，于是出现了各种新博物馆的理念，最有代表性的就是生态博物馆的建立，其与传统博物馆的最大区别就是由文物保护到生活方式和生产方式的保护，其关注的是文化与自然生态的互动关系。

而由对物质文化遗产保护到关注对非物质文化遗产保护的则是日本、韩国以及非洲、拉丁美洲的一些国家，还有生活在美国的拉丁美洲裔和印第安后裔的有色人种等。这些非西方主流国家对非物质文化遗产保护的呼声是在人类意识到文化多样性存在的重要以后，对自己民族国家传统文化反思及寻根的结果。从某种意义上来说，非物质文化遗产保护实际上是非西方主流国家对文化多样性保护的一种呼唤，所以非物质文化遗产这个观点在欧洲和美国等发达国家的呼声是不强烈的，为什么会这样呢？因为对他们来讲，他们的历史从没被遮蔽过，他们的历史没有被否认过。

但是作为发展中的或非西方的国家，他们的历史是曾经被否认的、被遮蔽的，因为近代的哲学思想、社会制度还有科学技术都是以西方为榜样。所有的非西方国家的生产技术和生活方式也就自然成为落后的，也就由此成为落后的历史。所以这些国家要向发达国家学习，学习他们新的思想、新的技术，许多非西方国家都曾经否认自己的过去和自己的传统文化。

在现在全球一体化的过程中，人们开始寻找过去自己失去的文化，包括一个民族文化的根。在这样的呼唤下，非物质文化遗产保护的呼声出现了。因此，非物质文化遗产的保护实际上是非西方国家的“文化自觉”的开始。中国的非物质文化遗产保护也应该将其视为中国“文化自觉”的一部分，只有这样，非物质文化遗产保护才会有一个高起点、大抱负。

二、我们为什么需要“文化自觉”

费孝通先生曾说过：“中国正在走一条现代化的路，不是学外国，而要自己找出来。我为找这条路做的最后一件事情，就是做‘文化自觉’这篇文章。”现在费孝通先生去世了，中国的社会也发生了许多的变化，其中最大的变化就是中国正在从以经济发展为中心转向以文化建设为重要目标，文化成为当今中国社会发展中最值得关注的问题。于是当年费孝通先生提出的“文化自觉”已经成为大家的共识，并引起了从国家领导人到学界的重视。

但什么是“文化自觉”？我们为什么需要“文化自觉”？这是一个非常需要讨论的问题。笔者认为“文化自觉”就是要对自己国家的文化有一个深刻的认识，能够讲清楚自己国家的文化历史和来龙去脉，并能将中国放在一个全球化的时代空间中来认识，不仅要从中国角度来认识世界，还要从世界角度来认识中国，从而认清当代中国的历史定位和世界定位。这样的问题看起来很简单，但实际上很不简单。

首先，如何认识中国的历史文化，并讲述清楚其来龙去脉这一问题就不简单。长期以来中国的经济落后，西方的科学技术昌盛，为了奋勇直追西方的先进科学技术和先进的政治体制，近百年的中国一直沉浸在努力学习西方文化、西方的先进生产技术，视本土传统文化为落后文化，甚至是封建文化。许多年轻人对西方哲学思想及文化理念的了解甚至多于对本国哲学思想及传统文化的了解，现在英语已经非常普及了，但能看懂文言文的人却越来越少。

近年来，随着中国经济的发展，中国文化在世界范围内受到了关注，因为中国已经成为一个飞速发展的国家，是世界的大工厂，也是世界的大市场。一方面，越来越多的人想了解中国，因为他们需要越来越多地与中国打交道；另一方面，作为中国不能使自己仅仅成为世界的加工厂，还需要向世界展示自己的文化，同时寻找自己文化的新的创造力，以便能使自己有一天从输出产品转向输出思想、输出设计和输出时尚，不再是来样加工，而是领导世界新潮流。但如果是由一群连自己国家文化历史都说不清楚的人组成的国民，要做到这一点就非常困难。首先是需要去理解自己的民族文化，其次是要能向世界表述清楚自己的民族文化，另外，还要将自己的文化与其他的文化做比较，在尊重自己文化的同时还要尊重其他的文化，从世界文化的角度来反观自己的文化、反省自己的文化。这就是“文化自觉”的真正含义。

但是要真正做到文化自觉、重新认识中国的文化历史是不容易的。一方面，由于长期以来对自己文化历史的不重视导致许多年轻人在这一方面的知识奇缺；另一方面，中国历史悠久，文化内涵非常丰富且地大物博，有不同的地域文化，还有不同的少数民族文化，有精英文化，还有民间文化，等等。我们应该如何去认识它们？而我们又应该如何教育下一代并为他们提供全面认识中国文化的机会？这非常重要。因为伴随全球化而来的就是不同国家、不同文化的交流越来越频繁，在经济一体化的同时如何认识自己民族文化在世界的地位，又如何给自己的民族文化在世界上定位，这不仅是中国而且是全世界所有国家都在面临的问题。

三、非物质文化遗产的保护最重要的是理念的认识

非物质文化遗产跟物质文化遗产最大的区别就在于它不是一个形而下的、具体的文物，首先它是一种观念，是一种认识，是一种形而上的东西，是一种意识形态。观念和意识形态是流动的、变化的、活态的，严格来讲它不是遗产，也不是过去了的产物，而是还存在于我们生活中的、活生生的传统文化。如果我们能认识到这一点，并有意识地去传承它、发展它、记录它、研究它、认识它，并让它成为当今文化的一部分，成为当今文化发展的基础以及当今文化创新的资源，成为中国“文化自觉”中的一种教育方式，也许有关它的保护工作就有可能成为中国文化复兴的一个起点，也可能成为中国新的创意产业的一个新的增长点等。

如果我们能有这样的认识，我们不用保护非物质文化遗产也不会消失。相反，如果我们没有这样的认识和胸怀，我们再做多少技术性的保护工作都会是有一定局限性的。

美国人类学家萨林斯认为，在后现代主义社会里整个世界发生了变化，其中最大的变化就是传统文化和现代文化不再是一对矛盾，而是可以融为一体、相互促进的力量，于是就出现了“本土性的现代化”。就是说以前以为现代化仅仅有一个模式，但现在的现代化不只有一个模式，

而是不同的国家有不同的文化模式，这个模式就是在原有的本土文化上建构的现代化。因此，传统文化不仅不会和现代文化产生冲突，还会成为现代文化的发展基础。

另外，我阅读了大量人类学家近年来的最新考察报告，通过那些考察报告我们看到，现在的各种非物质文化遗产也好，传统文化也好，都成了不同国家、不同民族建构新的文化、新的政治、新的经济的重要资源。也就是说，当代的“文化自觉”最重要的不仅是重新认识自己的文化历史，还要重新认识自己文化在当今社会发展中的重要作用，只有有了这样的认识，我们才能知道重要的不仅是保护传统文化，更是发展和创造新的文化。

如何创造？我认为要在“文化自觉”的基础上走向“文化自信”，所谓的“文化自信”就是相信在中国的传统文化中也有许多优秀的、值得我们今天重新发掘的思想。在思考这一问题的时候，我们不仅要站在中国人的立场上来思考，还要站在一个世界性的角度来思考。首先思考中国的文化如何能融入当今的世界文化中去，在世界已经成为一个地球村的今天，这样的思考非常重要，地球村的发展需要有一个共同的村规民约，一套世界性的社会秩序，一个可供不同文明对话的基础。因此需要有一套普适性的、大家都愿意遵循的价值观。近百年来都是西方文明在主导世界，所以一谈到普适性的价值观，大家的第一反应就是西方的价值观。其实如果我们自信，当今中国为什么不可以参与当今世界性的普适价值观的建立？一个真正强大的国家不仅在于它的经济的强大，还在于它的文化的强大，一个没有思想、提不出普适性的价值观的民族，永远不会是一个强大的民族。当然，要做到这一点需要有基础，这一基础就是首先要对中国的文化历史以及哲学思想有一个深刻的认识，还要对当代的西方文化有一个深刻的认识，所谓“知己知彼”。这也就是我们的“文化自觉”，只有以“文化自觉”为基础，才有可能达到“文化自信”。而且只有“文化自信”了，我们才有可能做到文化创新。

文化向来有多个层面，一个层面是精英文化和大众文化，另一个层面是精神文化和物质文化。它们是相辅相成的，没有大众文化的发展就产生不出精英文化，同样，任何精神文化都是以物质为载体的。因此，在“文化自觉”和“文化自信”中我们要关注精英文化，还要关注大众文化，要关注民众在的日常生活中所表现出来的创造力。非物质文化遗产概念中的重要价值就在于，其不仅包括中国的精英文化，也包括中国的民间文化；其不仅包括中国的汉族文化，还关注中国的少数民族文化。在这里我们看到的是文化的多样性、民众性和平等性。

由此，在非物质文化遗产保护的过程中我们不仅要关注到精英的参与和精英的推动，还必须关注到民众的参与和民众的推动。因为只有民众参与了，民众加以创造和推动了，它才会成为一种社会潮流，并成为我们生活的一部分、我们中华民族“文化自觉”和“文化自信”的一部分。为什么这样说呢？如果我们有意识地去研究、去关心，我们就会发现在北京的南锣鼓巷、什刹海，在上海的田子坊、莫干山等，我们到处都能看到民众在传统基础上表现出的新的创造，新的具有传统特色的胡同文化，新的具有传统特色的服饰、家具、首饰等设计。尽管它有很强的商业意识，但在商业意识里面也不妨碍萌发新的创造力。而这种创造力是建立在文化自信上的，因为一个国家如果没有自信，做任何创造、任何设计的时候，就会不屑于考虑自己民族的文化符号，只会崇拜外来文化。只有有了这种自信，才会考虑自己民族的文化符号、文化特点。所以中国的经济发展也带来了中国民族文化的复兴、文化的自觉与自信，所以我们才会在北京的南锣鼓巷、上海的田子坊等很多地方看到保护得非常好并被发扬光大的传统文化，成为当代时尚文化的一部分。如果中国只有从西方搬来的时尚文化而没有自己的品牌的时尚文化，中国文化就不可能走向世界。因为中国文化走向世界不是靠政治宣传，不是靠意识形态的传播，而是靠文化的传播和交流，这其中，产品的输出、时尚的流行非常重要。任何文化都需要以物质为载体，如果许多国家的人不仅崇尚中国人的文化观念、中国人的生活方式，还流行具有中国文化特点的时尚产品，中国的文化就真正地走出去了，就像我们接受西方的文化和时尚一样。

只有如此将中国的非物质文化遗产内化成当今民众生活的一部分，内化成当今新的时代潮流的一部分，推动着中国的文化和经济向前发展，我国的非物质文化遗产保护才会有更加深刻的意义；而且这是一种无形的保护，其缘于当今中国人的一种文化自觉与自信。

［原载《徐州工程学院学报》（社会科学版）2011 年第 4 期］

非遗保护，古籍研读与“文化自觉”

一、关注非遗的研究和保存工作

我国非物质文化遗产的保护工作已经进入第八个年头了，这八年来，我国在保护名录和传承人的认定、非物质文化遗产的普查等方面取得了不少成绩。但下一步工作如何进行下去？笔者认为，非物质文化遗产的研究和保存工作非常重要。所谓的非物质文化遗产的研究工作，就是要将许多活态传承的非物质文化遗产的来龙去脉和传承历史讲清楚，让大家知道它的价值何在，其与中华文化的整体发展有何联系，对于中华文明甚至世界文明的未来发展有何重要意义？所谓的保存工作，就是将非物质文化遗产文献化、多媒体化，将其用一个物质的载体保存下来以留给后世。

在联合国教科文组织有关保护非物质文化遗产的策略和目标里曾谈到非物质文化遗产的保护：“应包括增加关于传统文化的知识，帮助传承者研究和使传承者将自己的传统文化表达文献化。”在其总结保护非物质文化遗产活动的经验时也提到“应视需要建立清单、数据库、档案库、文献化中心”。而且要“在研究和文献化方面训练个人传承者，使他们能够从事田野研究和文献化的收集与管理工作”。

从这里我们可以看到联合国教科文组织也是非常重视非物质文化遗

产的研究和保存工作的。其提出要训练个人传承者的田野研究能力和文献化的收集与管理工作，这一工作说起来很容易，但做起来却不容易。尤其是在中国这样一个有着悠久历史且多民族聚集的国家，任何一项非物质文化遗产都是盘根错节的，其根须不是伸展到远古就是连接着其他地区和民族。因此做这项工作时，不仅要有训练有素的田野工作的能力，还要能够阅读典籍，这是中国非物质文化遗产保护的特点之一。

二、文献典籍在非遗的研究和保存中具有重要意义

中国是世界上唯一没有中断自己文化历史的文明古国，三千多年的文明史，从甲骨文的记录到今天的文明，祖先为我们积累了大量的文献典籍资料，这是前人把当时的非物质文化遗产物质化以后留给我们的巨大财富。之所以称其为巨大的财富，不仅是因为其记录了许多过去了的历史，还因为这些所记录的历史与今天的中华文明息息相关。我们要想知道今天许多非物质文化遗产的来龙去脉和历史价值，还需要结合对这些文献典籍资料的研究才能说清楚。

随着我国非物质文化遗产保护工作的不断深入，人们越来越意识到在非物质文化遗产的保护工作中，除活态传承外，保存的工作更是迫在眉睫。我们一方面在保护非物质文化遗产，但另一方面也看到有些非物质文化遗产的消失是不可抗拒和不可避免的，因此，记录、研究和整理的工作非常重要、非常迫切。同时，并不是所有的非物质文化遗产都是现成地在那里等待着我们去记录和整理的，也有一个逐步理解、认识和发掘的过程。

文献典籍在非物质文化遗产保护中的重要性是笔者在具体考察的过程中认识到的。过去我们常认为文献记载的精英文化和口头传授的民间文化没有什么关系，但通过长期的田野考察笔者认为二者关系非常大。我们在做田野考察时必须要做大量的案头工作，阅读相关的文献，这样我们所记录下来的非物质文化遗产才会有历史的厚度且更具文化的价值。

古人说“礼失求诸野”，许多文献记载的历史文化及风俗在精英阶层和城市及经济发达地区消失了，但在交通不发达的偏远农村却被保存了下来。我们今天看它是民间的，但在千百年前它却是精英的，甚至是宫廷的。我们今天看它是口头传授的，但在千百年前却是有文字记载的。

如2001年到2004年期间，笔者主要在陕西的关中地区和陕北地区做考察。在考察的过程中发现，关中一带的农村由于临近古代的长安城，其婚丧嫁娶的许多礼俗仍然遵循周代古俗。在考察的过程中还了解到，西安附近的一个村庄千余年来一直在许多民俗活动中演奏着唐代的宫廷音乐，还保存着非常完好的唐代宫廷乐谱。因此我们在研究它的历史时，只有利用唐代的古籍才能解释清楚。笔者还考察过陕北的剪纸，通过对文献的研读笔者了解到这一带曾是仰韶文化和龙山文化的中心地之一。而且这个地方毗邻内蒙古，在汉唐时期曾是非常重要的军事关塞；元明以后，随着蒙汉一家的局面形成，其重要性开始减退。由于地处偏僻，交通不便，其文化的流速减慢，当地的民间艺术包括民间习俗还保持着原始时期和汉唐时期的传统，某些剪纸的风格和汉画像砖的风格尤为接近。剪纸是一种民间艺术，而汉代的画像砖全是贵族阶层用来装饰墓室的，是一种贵族的艺术，其风格的相似说明贵族艺术和民间艺术是有一定相通性的。

从这些例子可以看到我们现在认为的是口头相传的非物质文化遗产，在历史上可能是有文献记载的，我们现在认为的民间艺术在历史上可能是宫廷艺术或贵族艺术。

还有一个明显的例子就是民间巫术，从历史的源头来看，巫术也并不完全属于民间。中国的巫术文化有很久远的历史，并在长期的发展中形成了理性化、典籍化、体系化的特点，儒家的《周易》《礼仪》等经典就是这种巫术的文化结晶。所以我们在考察民间巫术时，也需要研究古代的典籍。

不仅是汉族文化如此，少数民族文化也是如此。笔者曾于2005年的夏天和2006年的春天在贵州省六枝特区梭戛乡考察苗族的一个分支——

箐苗，这是一个古老的、没有文字的、有着自己特殊历史和文化习俗的民族，当地的老人不会使用公历，也不懂农历。他们是用与十二地支相配的十二生肖记日。那里的集市是用生肖作为周期轮流转的，每一个集市用两个生肖来表示，6个场一个周期。日子则是12天一个周期，一个月36天，一年10个月。相传在帝舜时代，我们先民成熟的历法是太阳历，或称华夏族纪年法，而箐苗所使用的历法与之相似。例如，诗经《七月》叙述了从一月至十月的年中行事，中间没有出现过十一月和十二月。在汉族中早已失传的太阳历却在少数民族中被保存了下来。还有汉族早期的祖先崇拜文化也在这个族群得以完整地保留。

所以，笔者认为，非物质文化遗产保护的进一步深入不仅应该对其进行认定、记录、建档、建立健全调查信息共享机制，还必须对所要保护的非物质文化遗产进行认真的研究和挖掘，说清楚其历史渊源和来龙去脉，从而做到进一步深刻地理解中华文明的来历、发展及深刻的文化核心。费孝通先生在谈到文化自觉时，常常提到的就是首先我们要认识自己的文化，要讲清楚自己文化的来龙去脉。所以我们一方面要读万卷书，通过读书来了解我们文化的来龙去脉，同时还要行万里路，通过考察和记录活态的非物质文化遗产来将古今的中华文化融会贯通。只有做到这一点，我们才可能通过非物质文化遗产的保护，达到全民族的文化自觉，只有做到了文化自觉，我们才可以获得文化上自信和自强的能力。

非物质文化遗产的特点是无形的、非物质的，但如果我们要将其保存下来，首先就必须要将其物质化，也就是必须要用物质化的手段和物质化的载体将其保存下来。传统的物质化手段就是用文字来记录，物质化的载体主要是纸张和书本。而在科学高度发达的今天，我们保存这些非物质文化遗产的手段越来越丰富，除文字手段之外，还有音频、视频和图片等多媒体的方式。尤其是还可以通过数字化的手段，采用GPS定位手段制作出便于储存和查询的数据库，就像是文化的基因库。许多必然会消失的、无法活态保留的非物质文化遗产，只要通过数字化技术保存在类似基因库的数据库里，我们就可以非常完整地将其保存下来。就如费孝通先生所说的，作为生物的生命体死后是不会复活的，但作为文化的生命体只要有环境和社会的需要就会再次复活，而数据库的存在为其复活创造了条件。

因此，当今非物质文化遗产的保存工作首先要从数据库的建立开始，而数据库所收集的数据必须是具有权威性和研究性的才会有价值与意义，这就回到了古籍的研读和活态非物质文化遗产的实地考察上，必须是同时并进，我们才会获得有价值的有关非物质文化遗产的文字信息和多媒体信息。

另外，非物质文化遗产的保存工作非常重要，但是保存下来的资料如何存储、如何展示、如何传播、如何成为教育民众的工具，图书馆很重要。以后的图书馆不仅要有大量的图书资料，还需要有大量的多媒体资料供大家查找和阅读。在未来，我们不仅要将图书馆建成一个储存图书、教育民众的工具和传播知识的场所，还要将其建造成一个帮助民众理解、阅读、展示、交流、宣传和传承、培训非物质文化遗产的工具与场所。让人们在这里一方面阅读古人的文献，另一方面观看当今还活着的非物质文化遗产的文字资料和多媒体资料。把历史与当代、过去与现在联系起来，让非物质文化遗产的传承形成一个社会的文化氛围，把广大的民众引向文化的自觉与自省，从而走向文化的自信与自强。如果广大的民众都以传承自己的文化为美、为时尚和新潮，那么非物质文化遗产的保护就不再是一个问题。

文化立国的中国期待

工业文明时期，人类社会的竞争是以物的制造和消费以及经济的发展为基础的，但当人类社会进入后工业文明时期以后，文化开始成为一种软实力，许多国家纷纷打出了文化立国的口号。中国也不甘落后，国家领导人不仅把文化看成国家发展的软实力，还提出了从“文化自觉”到“文化自信”“文化自强”的战略目标。

但中国如何才能成为一个文化大国，如何才能在下一轮人类社会转型和发展中取胜？笔者认为，首先要发展文化，但发展文化必须要有文化基础，必须从最基础的工作做起。大家都知道，中国具有五千年从未中断过的文明史，这是世界上任何一个国家都不曾拥有的。古埃及、古印度、古巴比伦、古希腊、古罗马等，虽也历史悠久，但其文明都曾被中断，唯有中国文化历史源远流长。从甲骨文的记载到今天，祖先为我们留下了大量的古文献、大量的物质文化遗产和非物质文化遗产，因此，中国是世界上文化基础最雄厚的国家。

记得在 15 年前，一位非常有学识的韩国朋友告诉我，在未来的社会发展中，中国将会用“一把土”打败美国。当时笔者不明白其含义，后来他解释道，“土”的含义就是文化，在以高科技立国的时代，美国人走到了世界的前列，而在未来以文化立国的时代，中国将会超过美国。因为中国自古以来就是一个文化大国，在文化的发展方面有着雄厚的根基。

15 年过去了，虽然我们还没有明显地看到他所说的迹象，但中国在世界的地位的确提高了，文化的重要性也在日益加强和显现。

中国的文化发展有基础，这是谁都不会否认的，但有基础、有老祖宗留下的财富，也要看你如何去利用、发展和整理这些财富。所谓的“文化自觉”，首先就是如何去认识、研究和整理这些财富，知道中华文明是怎么一回事，哪些智慧和哪些财富是今天我们所需要的，是当今整个人类社会所需要的。

中国在历史上曾是一个高度发达的文明国家，是一个礼仪之邦，我们的祖先为人类社会的发展创造过许多的物质财富和精神财富。孔子、老子，包括孙子的思想至今还在被世界关注。15 世纪至 19 世纪，中国制造的精美的瓷器、丝绸、家具、金银器至今还闪烁在欧洲及美国的各大博物馆中。但在中国的故宫博物院，除了一些皇家的奢侈品，我们很难看到这些伟大的物质文明和精神创造。是我们选择的眼光有问题，还是我们已经失去了这些财富？不仅是物质的，也包括精神的？

文化需要积累，也需要不断地整理与研究。文化不是静静不动地等在那里让我们很轻易地去摄取、去占有；它需要我们去读解、去探究、去挖掘，去找出我们今天所需要的精华。西方的文艺复兴是在大量探究了古希腊、古罗马文化的基础上开始的。同样，中国的文艺复兴也需要我们去读懂、去认识祖宗留给我们的财富。韩国人说中国能用一把土打败美国，那是在中国人达到了高度的“文化自觉”，把中华文明的精髓理解透彻，把中国历史的来龙去脉说清楚以后才行。

但非常遗憾，纵观中国近百年的历史，我们就会看到中国的知识分子根本就没有机会也没有时间好好做学问。从清末的鸦片战争到后来的五四运动、辛亥革命，到抗日战争、解放战争，中国就一直没有安定过。到 1949 年中华人民共和国成立了，本来以为国家安定了，可以坐下来做学问了，但“反右”“文化大革命”等政治运动，搞得人心惶惶。到后来好不容易改革开放了，国家迎来了前所未有的安定团结，经济也得到了大力发展，中国的发展势头蓬勃向前，知识分子们终于遇到了好时光，原以为可以安定下来做学问了，但物质的诱惑力太大，官本位的思想太严重，而且在信息爆炸的时代，很难有人安静下来做学问。

一个国家一百余年来没有机会好好做研究、做学问，整个国民会不会变得集体没有文化，集体对自己国家的文化没有深刻的思考和认识？如果是这样，即使祖先留给我们的财富再多也是白搭，机会再好也有可能错过。

当然，也许笔者说得太过了一点，目前还是有许多的学者在默默地做研究，但这些学者往往是弱者，很容易被权力边缘化，被物质财富边缘化，社会往往对他们视而不见。但他们才是国家的栋梁，国家所需要的人才，因为我们要想文化崛起，要想文化立国、文化自强、文化自信，都离不开我们对自身文化的深刻认识和深刻理解。如果我们连古文都看不懂了，连历史上的重要典籍都没有时间看了，我们还能称自己有文化吗？

而且我们不仅要读懂自己的文化，还要读懂西方世界以及其他国家的文化，只有将自己国家的文化放在一个世界文化的坐标上来审视，我们才会知道自己的未来发展还需要什么。欧美国家之所以发达，不在于它的高科技，而是在于它的思想认识和它的文化高度。其不仅是近两百年来高科技的发源地，也是现代思想的发源地。它们为什么能做到这一点，看看它们研究学问的方式就知道了，它们不仅是研究自身的学问，还研究大量的其他国家的学问，包括中国的学问。美国的一位学者可以在中国的一个小乡村待上许多年，将这个村庄的文化历史、社会组织、民俗风情等地方性知识弄得明明白白。而我们的学者何时能到欧美国家去做如此细致的研究？就是在本国，也难有时间静下心来做如此细致的乡村调查。

因此，中国的文化立国不仅要认真地研读中华民族的文化历史，还要能认真学习西方的文化和历史，并向世界表述新的中国见解。

（原载《人民论坛》2011年第25期，本文有删改。）

第六编　艺术乡村建设

论艺术介入美丽乡村建设

——艺术人类学视角

一、论文写作的缘由与问题

笔者写作这篇论文的缘由是：2016 年 8 月在北戴河召开了由中国艺术研究院主办、中国艺术研究院艺术人类学研究所和树美术馆承办的“艺术介入社会：美丽乡村建设”的学术研讨会，这次论坛主要讨论的问题是艺术如何介入社会建构，如何介入城市空间和美丽乡村建设的问题。在这场讨论中促使大家思考的是：在人们的概念中艺术是远离日常生活的高雅活动，其如何会介入乡村建设以及城市建设的重新建构之中，又如何可以在乡村建设这样一个人类重大的命题中起作用？人类学家和艺术家在这样的系列命题中将如何对话，通过对话能得出哪些结论，又能够产生哪些可以指导当下社会实践的中国本土理论？笔者之所以会提出这些问题并不是凭空的，而是在艺术人类学的民族志及其田野考察中所呈现、产生的一些思考。

笔者之所以成为这一论坛的主要主持者和倡导者，是因为笔者曾担任过国家重大项目“西北人文资源环境基础数据库”、国家重点项目“西部人文资源的保护、开发和利用”的课题组长与首席专家，两个课题共分十个子课题组，成员以中国艺术研究院的学者为主体，联合来自不同研究机构的学者们，前后花了八年的时间，足迹遍及西部的许多乡村及少数民族地区，目睹了城市化以后乡村的凋敝状况，收集了大量的资料和数据，并写下了70多份报告和多本专著；西部课题结束后，笔者又参与了台湾蒋经国基金会资助的大型国际研究项目“历史视野中的中国民间社会研究”的研究，并承担了其中的一个子课题“景德镇传统陶瓷手工艺与社会发展”，进入传统的手工艺城市景德镇做考察，对景德镇陶瓷手工艺的复兴做了深入的研究。另外，受文化部国家当代艺术中心的委托，笔者带领学生们考察了北京的798艺术区和宋庄，先后指导完成了四本博士学位论文；近两年，又担任了国家重点课题“社会转型与传统工艺美术的发展研究”的课题组长，与艺术人类学所的同事联合外所的课题组成员一起研究手工艺的复兴问题，并分别对景德镇瓷器、宜兴陶器、佛山香云纱、潍坊风筝、镇湖刺绣、莆田红木家具、云南金银器、北京雕漆等12个地区的手工艺复兴状况进行了考察。通过实地考察我们看到：什么地方有艺术家的聚集，有传统手工艺的复兴，什么地方就充满着生机，并能得到蓬勃发展。

这些现象在告诉我们一个什么问题？为什么艺术家聚集到什么地方，就能让什么地方化腐朽为神奇？而艺术家聚集的地方大都是废弃了的工厂和疏离化了的乡村，都是一些被闲置的资源在艺术家手里得到了再利用。除此之外，还有一个现象就是手工艺的复兴也能带动当地的文化和经济（在人类学视野下，手工艺和民间艺术属于传统艺术的范畴）的发展。这些现象是偶然现象还是预示着社会正在发生转型，而艺术体现的是一种新的文化的可视性形式？如果是后者的话，其关乎的不仅是艺术，也不仅是文化，还是社会未来发展的某些趋势的显象以及某些启示。

于是，笔者决定要发起一个学术研讨会来讨论这一文化现象，这一倡导得到了中国艺术研究院领导和学者们的支持。来参加研讨的主要有人类学学者、艺术学学者、策展人、艺术家、设计师等。他们带来了自己正在实践或研究的案例，希望能以事实案例来参与问题的讨论。因此，本论文是在人类学学者、艺术学学者以及艺术家们的相互启发和碰撞下产生的一些思考和提出的一些问题，艺术人类学学者正是介于这些多学科边缘的探索者，笔者希望通过这样的一种跨学科研究，对“艺术介入美丽乡村”这一话题提出自己的一些见解。

二、乡村重建：中国的百年之痛

这次会议召开之初，我们并没有想专门讨论乡村的问题，但最后大家还是把焦点集中到了乡村建设的问题上，说明乡村问题是学者们最关注的问题，也是中国目前所遭遇的最大的问题。因此，有人说中国的问题就是农村问题，只有解决好农村问题，中国的社会发展才是走向了真正的进步。

在这里，笔者提出“乡村重建是中国的百年之痛”的说法，是因为这一问题并不是现在才摆在我们面前的，早在19世纪末、20世纪初就出现了。这一问题引起了当时知识分子们的极大关注，他们不仅讨论这一问题，还亲自去实践、去参与当时的乡村建设，就像是今天的我们。只是当时这些参与者、倡导者大多数是社会学家、文化学者、教育学者，而我们是人类学家和艺术家。参与的群体不同，切入点也不一样，这既是一种偶然现象，也是一种时代的必然现象，这也是笔者在后面要讨论的问题之一。

在这里笔者想把读者们带回到20世纪的二三十年代，看看当时的知识分子为什么关注乡村建设，又是用什么方式来参与当时的乡村建设的，为什么最终没有成功？

此话题要从19世纪末开始说起，当时的中国面临西方工业文明的冲击，遇到了前所未有的来自文化、政治、经济方面的危机，其中最大的危机就是中国农村的破产。说到底，就是伴随着现代化和工业化进程而出现的乡村社会急剧衰退的一种危机，这一危机并不仅仅是经济的破产，也是文化社会的整体衰败。

到民国时期，面对急剧的乡村衰败，中国知识分子里出现了三个派别：“重工派”“重农派”“第三条道路（农村工业化道路）”。[①]“重农派”的观点是要先稳固农业才能发展工业，教育农民、提高农民经营能力，倡导知识分子下乡，与农民打成一片，复兴农村。“重工派”则是提倡顺应世界潮流，以发展来解决农村过剩的人口。“第三条道路”主要是解决严重的农民离乡问题。这一派人意识到工业革命带来的农村破产问题不仅是中国所遭遇的，也是全世界所遭遇的一种普遍现象。如18世纪西欧农村破产就是当时产业革命带来的产物[②]，还有20世纪30年代美国农业危机呈现持续走高态势[③]等。

在近代史上，以工业化、现代化、城市化为导向的历史发展，无一不是以牺牲乡村为前提的。是乡村加速度的崩溃促成了城市的发展。因此，当时有人提出保护中小农业，留存农村共同社会的精神，使其不致重蹈欧美资本主义覆辙。当时在农村做考察的费孝通先生也认为，在西洋的机器文明中“人和机器之间并没有完善的调适”[④]。因此，他赞成将工业保留在农村的第三条道路。学者张培刚则认为工业化是一种必然趋势，提倡农村工业化，尤其是把农村工业当成走向工业化的过渡的方法自然是倒行逆施[⑤]，当时提倡的农村工业就是家庭作坊式的手工业，有学者认为“这好比是独轮车与火车竞赛”[⑥]，失败是必然的。

---

① 池子华：《民国时期乡村危机与应对策略：路径探索与现实关怀》，载徐秀丽、王先明主编《中国近代乡村的危机与重建：革命、改良及其他》，社会科学文献出版社2013年版，第33页。

② 千家驹编：《中国农村经济论文集》，上海书店1990年版，第2页。

③ 日本农林省米谷局编：《世界各国粮食之政策》，曹沈思等译，商务印书馆1937年版，第41页。

④ 吕文浩编：《中国近代思想家文库：费孝通卷》，中国人民大学出版社2015年版，第69页。

⑤ 池子华：《民国时期乡村危机与应对策略：路径探索与现实关怀》，载徐秀丽、王先明主编《中国近代乡村的危机与重建：革命、改良及其他》，社会科学文献出版社2013年版，第33页。

⑥ 同上。

提倡乡村建设的是“重农派”，这一派的知识分子是以梁漱溟、晏阳初、杨开道等学者为代表，其中以梁漱溟、晏阳初的影响最大。他们的理论时至今日仍然可以激起我们的许多思考，仍然具有非常重要的价值。梁漱溟当时的观点是人类的生活“大约不出三种路径样法”，就其精神而言，西方文化“意欲向前”，中国文化“意欲自为、调和、持中”，印度文化“意欲反身向后”。印度文化固然不能学，西洋文化同样也不能学，因为它处于人类文化的第一路向上，重在解决“生存问题”。但是生存问题逝去后，人类将从“对物质问题之时代转入人对人问题之时代，此时人类文化要有一次根本的变革：由第一路向改为第二路向，亦由西洋态度改为中国态度”。因此，中国文化“是为人类所不能废的”[①]。今天看来，民国时期的知识分子对中国的传统文化还是很有自信的。

正因为如此，梁漱溟认为解决中国问题只有走自己的路，即创造性地转换中国文化。具体地说，就是“批评地把中国原来的文化态度重新拿出来”，这个中国“原来的态度”就是近代以前中国人原有的物质生活方式，尤其是精神生活方式，而乡村就是这个“中国文化有型的根”[②]。因此，梁漱溟断言：“求中国国家之生命必与其农村求之，必农村有新生命之后中国国家乃有新生命焉。”[③]

所以其乡村建设的最终目标就是“要从旧文化建设出一个新文化来”“故所谓乡村建设，实非建设乡村，意在整个中国社会之建设，可云是一种建国运动”[④]。这样的目标可谓是大目标，他认为要实现这样的目标可以从日常生活开始，也就是从“一个社会过日子的方法”开始。在梁漱溟看来，人类的文化就是在“过日子的方法”中形成的。只有通过更新中国人过日子的方法，才能从“旧文化转变出一个新文化来”，也就

---

① 梁漱溟：《梁漱溟全集》（第一卷），山东人民出版社 1990 年版，第 493—494 页。

② 同上书，第 614 页。

③ 同上书，第 434 页。

④ 同上书，第 161 页。

是要“以乡村、以老道理为根，另开创出一个新文化来”[1]。

但是，在当时全球工业化的世界大潮中，他这样的想法只能是一个理想主义，根本不可能实现。就连他自己都认为“号称乡村运动，但乡村不动”[2]，乡村建设的目标之一是唤醒农民自觉，但农民对乡村建设漠不关心，仿佛与自己无关，只是乡外的人在那里瞎嚷嚷。究其原因，第一，工业文明取代农业文明在当时是一股无法抗拒的历史潮流。第二，在强大的物质生活的冲击下，无人再甘守清贫，对于当时的中国农民来讲，生存和摆脱贫困是第一位的。第三，当时的这些知识分子只是居高临下地去介入乡村生活，完全无视农民自身的生活体会和创造力。当时晏阳初就认为，中国农民所患的是“贫、愚、弱、私”“四大病”，他去做乡村建设就是要去治这四种病。矛盾的是，这些农民曾是中国文化的创造者，他们为何失去了这种创造精神？这是居高临下的知识分子缺少探讨的，他们说是与农民打成一片，但事实上并没有去真正了解农民的内心世界，没有站在他们的角度去思考他们的问题。故此，这样的乡村建设也就以失败而告终了。

重建中国的乡村不仅是民国时期的任务，也是中华人民共和国成立以后中国共产党的任务。为了不让乡村衰败，当时的国家策略就是走社会主义的道路，成立人民公社，用农村户口将农民们稳定在了乡村。中国的乡村的确没有衰败，保持了中国大部分人口还生活在乡村的状态，但没有因此走出贫困，因为人多地少，又没有工业或手工业，甚至没有副业，贫困是必然的。

正因为如此，改革开放后户口放松，不再把农民困在土地上，农民就蜂拥地进了城，他们的进城加速了中国的城市化进程，也加速地将中国造就成了世界工厂，最终使中国成为世界第二经济大国。于是，第一次，中国城市的人口超过了农村的人口，也就是说从现在起，可以说中

① 梁漱溟：《梁漱溟全集》（第一卷），山东人民出版社 1990 年版，第 161 页。

② 同上。

国的大多数人都居住在城市。但是中国的农村从此就开始衰败下去了，每天都有许多古村落在消失，每天都有许多乡村在空巢化。2001 年至 2008 年，笔者在中国西部的乡村做田野调查，到过许多的村庄，看到村里只有孩子和老人，90% 的年轻人都进城了。要想看到村里的年轻人，只有在过年的时候才有可能，目前这种情况恐怕是更严重了。民国时期的知识分子认为中国文化的根柢在乡村，“求中国国家之生命必与其农村求之，必农村有新生命之后中国国家乃有新生命焉”[①]。笔者认为这是没有错的，我们今天要保护的非物质文化遗产大部分在乡村，我们要传承的优秀的传统文化也大部分在乡村。但现在中国的情况是城市亮起来了，乡村暗下去了；城市时尚起来了，乡村却落后和衰败了；城市人多为患，乡下却没有了人，没有了生气。这不是一种平衡的社会发展方式。因此，如何重新振兴乡村又开始成了我们心中的一个痛，我们又回到了民国时期，又需要重新思考乡村重建的问题。

三、乡村重建的新背景

在这样的时代重新思考乡村建设和半个多世纪前有哪些相同和不同？这是值得思考的。相同的地方都是面临乡村的凋敝和衰败，不同的地方有很多。

第一，半个多世纪前中国的城市并未得到发展，但今天的中国一座座城市拔地而起，到处可见的是经济繁华的闹市，有了城市反哺乡村的能力。

第二，在城市得到发展的同时也开始出现了城市病，而且由于集约化、标准化、规模化，全世界的城市失去了多样性和自身的特点，同时拥挤、环境污染也成为城市难以解决的问题。相反，乡村的空间充满多样性和各种新的发展的可能性，极有可能产生人类探索重新发展

① 梁漱溟：《梁漱溟全集》（第二卷），山东人民出版社 1990 年版，第 434 页。

的、与传统文化嫁接后的新文化。我们可以在此基础上探索一条本土性、地方性的现代化道路，当年费孝通、梁漱溟没有实现的愿望也许能在今天实现，建立一个中国模式的现代化社会。

第三，由于当年的人民公社化，中国的乡村一直非常完好地保留到20世纪80年代，而真正的农民规模化进城大多是在90年代初以后。因此，尽管中国的乡村在迅速地衰败，但与欧美等发达国家相比保存相对完好。有的村庄人虽然走了，但村子的建筑格局仍然存在，有些传统的仪式和手工技艺也还存在。我们将这些传统的文化、表演技艺以及手工技艺称为非物质文化遗产，但今天看来其不仅是遗产，更是文化资源和中国社会未来发展的基础，是先辈们为我们储存下来的一笔巨大的文化财富。这样的文化财富在欧美一些发达国家早就已经消失殆尽，因为在那些国家，乡村早就农场化、机械化了，和城市一样走向了集约化的现代化道路。曾参加艺术人类学研究所课题并和我们一起做景德镇研究的英国杜伦大学人类学系的莱顿教授，当他和我们一起到景德镇附近的农村做调查看到那里还有保存得那么完好的古村落，偶尔还能看到有牛耕地时感到非常惊奇。他告诉我们在英国早已看不到如此的景象了。更让他惊异的是，中国不仅保留了大量的手工技艺，而且许多地方出现了手工艺复兴的现象。这对于已经有300年工业史的老牌资本主义国家来说是难以想象的，因为在他们国家手工业已消失100多年了。

第四，现代高科技的发展将会改变人类的生活图景，包括社会结构和生存方式，互联网的出现使社会结构由集中式、集约式转向散点式、扁平式的多中心发展模式。以前，人们要居住在城市里是因为需要共享信息、共享电力、共享城市的各种设施等公共资源，但现在有了互联网，信息资源开始平面化，城市和乡村基本做到了同步化。另外，互联网信息技术与可再生能源的出现将可能带领我们进入可持续发展的后碳时代，太阳能、风能、水资源、地热、生物能、海浪和潮汐能通过数百万个不同的能源采集点收集起来，然后用智能网络进行整合、分配，这样扁平式的能源机制为工业回到乡村打下了基础，并将由此衍生出“一个更加分散、合作的工业革命使其所创造的财富得到更加平均的分配”[①]。同时，工业 4.0 的智能化生产使人类可以摆脱大烟囱式的生产方式，也可以促进手工业生产的回归，大量的下岗人员也许可以从事手工艺之类的自由职业。而且 3D 打印也让手工劳动变得容易，并充满更多创造性。所以，手工艺回到生活、回到乡村也是完全有可能的。因此，民国时期主张走“第三条道路”，即将工业留在乡村的知识分子们的理想有望在这一时代得以实现。

第五，后现代思潮在改变人们认识世界的方式。人类社会已由现代社会进入了后现代社会，其变化不仅表现在社会形态和经济形态上，也表现在人们认识问题的角度上，这种角度来自自然科学发展所带来的新视野。如果说现代精神是以原子物理学为基础的，那么后现代精神的拥护者们则用生态学和量子物理学在说明世界构成的内在关系。由这样的观念所引导出的后现代思想是彻底的生态主义的，它为生态学运动所倡导的持久的见识提供了哲学和意识形态方面的根据。[②] 由于对现代主义的反思，后现代主义开始恢复对前现代的关注和敬意，并认为“前现代比现代更有助于我们去构想后现代，尤其是它暗含的生态学世界观”[③]。在这样思考的背景下，传统不再是现代化的敌人，也不再是人类进步的绳索，反而是未来文化进步的阶梯。“后现代主义把多样性看作一种资源”[④]，并用这种具有地方性的多元性去抗击现代主义带来的一体性。于是，富含传统文化以及具有多样性发展可能的乡村，应该成为人类对未来思考和创造的一块有用之地。

综上所述，高科技的发展以及新的世界文化思潮为今天的乡村建设提供了一种新的思考。当年梁漱溟的“以乡村，以老道理为根，另开创

---

① ［美］杰里米·里夫金：《第三次工业革命》，中信出版社 2012 年版，第 118 页。

② ［美］大卫·雷·格里芬：《后现代精神》，王成兵译，中央编译出版社 2011 年版，第 27 页。

③ 同上书，第 21 页。

④ 同上书，第 18 页。

出一个新文化来”[①]，在今天也许有可能实现。而且笔者认为，高科技发展以及后现代主义思潮将导出的是一个新的社会形态，这个新的社会形态就是生态社会，而生态社会的根基在农村而不是城市。中国的大片农村今天看上去是衰败的，但若干年以后可能是导向绿色文化、绿色生活的可用武之地、可实践之地。当年梁漱溟先生的“求中国国家之生命必与其农村求之，必农村有新生命之后中国国家乃有新生命焉”[②]，这样的观点也许是对的，中国的未来有可能就在中国的乡村。中国如果能通过乡村的重建成为世界率先进入生态社会的国家，中国就将成为新一轮社会变革的强国，由此导出的新的价值观也将会影响世界，唯有如此，中国的文化才能真正走向世界。

四、艺术介入乡村建设

在民国时期，推动乡村建设的群体是社会学者和文化学者，今天当我们提出乡村建设的时候加入了艺术家这一群体，这一群体的加入意味着今天的乡村建设和民国时期有了什么样的不同？当然前面已经讲过了，中国的经济和20世纪初相比较已经发生了质的变化，当代的高科技让今天社会的基础设施也发生了质的变化。这样的变化不仅改变了我们的物理世界，也改变了我们的精神世界，包括人们的消费需求。

费孝通先生当年考察了中国乡村以后为自己树立的学术目标就是“志在富民”，因为当时的农村最需要解决的问题就是让农民致富。当然，现在的中国农民仍然想致富，但他们想致富的地点已经改变了，从农村转移到了城市。要想使乡村发展，要想把农民吸引回乡村，甚至把知识精英都吸引到乡村去，不仅要让乡村富起来，还要让乡村美起来、时尚起来、生动起来，甚至文艺起来，具有地方特色起来。这

---

① ［美］大卫·雷·格里芬：《后现代精神》，王成兵译，中央编译出版社2011年版，第18页。

② 梁漱溟：《梁漱溟全集》（第二卷），山东人民出版社1990年版，第434页。

样就需要有新的创意，有新的生活样式，还要是一片能找到灵魂的归属之地。所以我们现在提的是“美丽乡村”建设，而不是“富裕乡村”建设，实际上这样的提法无意识地提出了当今人们的心灵需要。而能够解决这一问题的不是社会学家，不是历史学家，不是文化学者，而是艺术家，因为艺术家可以把看不见的文化变成可视、可听、可感觉到的气氛及象征性的文化符号，并让其渗透到我们的生活空间而成为一种新的生活式样，所以艺术家是和人类的灵魂站在一起的人。

同时，艺术家又大都是反现代性、反一体化和物质至上主义的，所以其天然就贴近大自然，喜爱自由，总爱在边缘地带寻求多样的可能性。因此，艺术家喜欢聚集在一般人眼里有点野性、有点荒凉、有点特点的地方，当然还与比较便宜、比较宽敞、有可以改造的可能性等因素有关。这也就是为什么艺术家总是爱聚集在被废弃了的工厂、被疏离化了的城乡接合部的村庄里的原因，这都是和主体的城市文明有所区别，同时有历史沧桑感但又最有多元发展可能性的地方。

如“798”是北京国有电子工业老厂区的名称，这里曾是废弃的工厂。1998 年以后，一群体制外的艺术家聚集于此，艺术家们在对原有的历史文化遗留进行保护的前提下，将原有的工业厂房进行了重新定义、设计和改造，带来的是对于建筑和生活方式的创造性的理解。这些空置厂房经他们改造后成为新的建筑作品，并在历史文脉与发展范式之间、实用与审美之间，与厂区的旧有建筑展开了生动的对话。并引申出了一种新的文化概念以及 LOFT 时尚的居住与工作方式，简称“798 生活方式”或“798 方式”，使这里成为北京都市文化的新地标。

还有一个案例就是景德镇，这里本来是一座传统的陶瓷手工业城市，中华人民共和国成立后经历了手工业改造、建立合作社、成立国有工厂，即从手工业迈向机械化工业的发展历程。从 20 世纪 80 年代末的改革开放开始，这座城市从计划经济走向了市场经济，在旅游业的促进下出现了仿古瓷，于是开始恢复了部分的手工陶瓷作坊。随着中国经济的起飞，出现了艺术品收藏的市场，景德镇开始出现了名人陶瓷艺术品，促使了更多名人手工艺作坊的崛起。到2000年以后，景德镇那些废弃的工厂、周边的疏离化了的乡村以及当地手艺人的精湛技艺，吸引了大量外地艺术家到这里来建工作室或不定期地来搞创作，还有各艺术院校毕业的美术专业的学生到这里来就业。他们的到来改变了景德镇的经济结构以及陶瓷产业的知识结构和产业结构，这一改变是与整个社会风尚联动的，中国现在正在出现一股强劲的传统文化复兴的风潮，带动了茶道、花道、香道的复兴，而这些传统文化是需要有器物来承载的，谓之“器以载道”，这就为景德镇新兴的陶瓷手工艺品打开了出路。而制作这些具有传统意味又有当代文人风尚的陶瓷器具的作者并不是传统的陶瓷艺人，而是那些从各美术院校毕业的富有创造力的年轻艺术家，他们正在利用传统的手工技艺和传统的文化资源创造新的中国时尚文化。这和当年梁漱溟的将“旧文化转变出一个新文化来”的理想何其相似，在民国时期不能实现的想法在今天却可以得到实现。

景德镇虽然是城市不是乡村，但它的文化底蕴是农业文明时期留下的，因此在这里还蕴含着“中国文化有型的根”；而其创造的器物文化恰恰是梁漱溟先生提出来的中国人“过日子的方法”的载体。要重新振兴中国文化就是要从人们的日常生活开始，而这些艺术家的新创造就有可能重建中国人新的“生活样式”，但这种新的“生活样式”是成长在传统文化的基础之上的。不仅在景德镇，在许多的传统手工艺城镇和乡村都在发生着这样的故事，这应该引起学者的关注和研究。

宋庄艺术区又是另外一个类型的案例。宋庄是一个农业大镇，一共有47个行政村、116平方公里，当时的状态是大面积的农村企业倒闭，大量的工业厂房闲置，大量农民的住宅出现空穴（农民住宅的空穴率达到46%以上）。很多的民宅因为农民进城家里无人居住，有的空置，有的近于坍塌。2000年以后，164位艺术家进驻宋庄，2006年成立宋庄美术馆，艺术家的到来给宋庄的发展带来了新的活力。现在宋庄共有一万多名来自全国各地的艺术家，还有200多位来自37个国家的外籍艺术家。艺术家促进了文化产业的发展。税收从原来的7000多万元增加到了现在的13亿元。

在这次研讨会上，我们请到了宋庄艺术区最早的领导者——原宋庄的镇书记胡介报先生，他在发言中说，宋庄揭示的就是“艺术如何进入农村、进入社会，艺术如何成为一个经济发展的亮点；反过来，又揭示了农村如何涵养艺术、如何促进艺术的繁荣与发展等问题。我觉得这是很有价值的案例，也恰恰是因为这样，宋庄才引起了全国、引起了社会，甚至引起了国际各界的关注；也正是因为这样，才有了2007年联合国环境署和人居署把宋庄作为一个最佳的案例，发给宋庄一个最佳案例推动奖”①。他在发言中还透露，北京作为世界级城市，有中关村科技创新区，有朝阳的CBD商务区，唯独缺少一个中央艺术区、文化创新区。未来宋庄有望成为一个与中关村科技创新区平起平坐的文化创新区、艺术创新区。也许这就是未来的一个趋势，一个国家的发展仅仅有高科技是不够的，还必须要有文化的发展，而艺术是促进文化发展的先头兵。

除艺术家们集体推动某一个地区或某一个村庄发展的案例外，还有某一个机构或某一个艺术家参与乡村建设的案例，如果说前者是艺术家们集体无意识的聚集，而后者则是艺术家有意识的行动与计划。在本次会议上，日本的策展人椹木野衣先生提供了一个重要的案例。他在发言中指出，其实日本从20世纪70年代就开始做乡村重建的工作，但也许是时机未到，一直没有得到真正的成功；20世纪90年代以后，日本的艺术家开始自觉和不自觉地参与乡村重建的工作。

椹木野衣先生提供的案例是用当代艺术重建濑户群岛中的四个岛屿，这四个岛屿的特点是岛上有很多的泉水，以前岛上的农业很发达，但在日本泡沫经济正盛的时候大家都往城市里面跑，这些岛屿最终变成了堆积工业垃圾的地方，被称为“公害岛”，惨不忍睹。而福武文化

① 方李莉主编：《艺术介入美丽乡村建设——人类学家与艺术家对话录》，文化艺术出版社2017年版，第82页。

财团的法人福武先生把这些公害岛收购重生，希望用当代艺术将其一步步变成一个艺术的乐园。椹木野衣先生是从20世纪90年代开始做艺术评论工作的，当时他有一个很深的感受，就是艺术作品并不仅仅是放在漂亮的美术馆里面展出的，而应该回到大地和宇宙中去；艺术这种行为也不仅仅是艺术家和评论家的事情，而是要跟社会各界人士联合起来做才能重新获得新生。他刚到岛屿上去做规划和实地考察的时候，看到那里垃圾漫山遍野，基本没有地方走路。他觉得要改变这里的环境，首先要考虑的主题就是艺术和农业的关系，也就是说美术馆要和周边荒废的稻田一起生长出来。他找到了当地一个古老的神社所在地建了一个美术馆，馆里只有法国艺术家 Christan Boltanski 的一件作品《心脏音档案室》，游客们可以在这里戴上耳机，听着各种各样的心跳声，看着大海。他之所以认可作者这个创意，是因为作者很好地把人和自然通过声音融为一体，在神社的遗址上构成了一个祈祷和听心跳的场所。

另外还有日本艺术家内藤礼和建筑家西泽立卫共同合作的一件作品，也是以一个美术馆就只有一件作品的形式呈现的，这是一个开放的建筑，里面没有柱子，在圆形的屋顶上有一个圆的洞口，这个圆洞会映透进一些风景，每个季节的风景不同，实现了作品内外的呼应。在这个美术馆里展览的只有一个作品——水。这个岛是一个泉水很丰富的地方，在这个作品的地面上设计了很多小孔，好像泉眼，水会间歇性地冒出来，而地面复杂的坡度变化又使水滚动的速度非常有变化，这些水也可以说就是一个流动的雕塑，而水最终会流出去、流到稻田里。这个作品把岛屿的地理景观和农业生产以及艺术家这三者有机地融合在一起。

福武文化财团和椹木野衣先生运营团队就这样在20多年的时间里，一起选择、考察并购买了各种废弃的岛屿，清理垃圾并制作了这些户外的大地艺术作品。他们的行为给岛屿和原住民带来最大的变化是：原来的岛几乎是无人岛，有的仅仅是残留的老人和臭气熏天的工业废弃物……而现在，它们变成了举世闻名的艺术圣地。过去令人绝望的垃圾岛，现在变成了最有人气的地方，世界各地来观光和居住的人越来越多了，这里变成了一个非常受欢迎的漂浮着前卫和时尚的濑户群岛。[①]

在本次论坛中还有一个案例，那就是梁克刚讲述的有关渠岩的“许村计划”。渠岩是一位前卫艺术家，他的“许村计划”在艺术界引起了广泛的关注，被艺术策展人王南溟称为“行动艺术”，渠岩的“许村计划”是作为一名艺术家基于对现代化的反思和对精神家园的重建的思考，率先发起的一项社会实践。渠岩说：“家乡是我们最后的精神家园，西方追求的是灵魂不朽，而中国追求的是生生不息的生命繁衍。”“中国人的约束不是来自宗教而是家族，把人都赶到城市去，离开家族的约束，会出现很多问题。”[②]他清楚地看到，乡村的传统文化是建立在家族文化的基础上的，而家族文化的魂又被附着在村里的老建筑上，所以他在许村要做的第一项工作就是修复那些明清时期留下的老房子。他认为“修复保护老房子，是要恢复家族的荣耀，召回一百年来我们模仿西方、模仿城市所失去的神性”。他为了让农民从保护老房子里得到自信和实惠，在村里举办了艺术节，许村为了接待外国人做了翻天覆地的改变：县里出钱在村里设了垃圾箱，村民们每人领到了一本文明手册，上面写着基本文明用语和文明行为。艺术节开幕那一天，一个澳大利亚艺术家站在露台上看到村里人头攒动，发出感慨：悉尼死了。[③]渠岩让外国人看到了一个区别于北京、上海的陌生的中国，这是一个既新又旧的中国的象征，因为在这里可以让人感受到中国人的灵魂。

渠岩引进了许多艺术家到村里居住和创作，村民们和艺术家们生活在一起觉得很有意思。渠岩说他做这一切是为了“让年轻人能回来”，他

---

① 方李莉主编：《艺术介入美丽乡村建设——人类学家与艺术家对话录》，文化艺术出版社2017年版，第105—109页。

② 杨璐、韩阿润：《许村复兴：以艺术的力量》，《三联生活周刊》2013年7月10日（http://www.lifeweek.com.cn/2013/0710/41414.shtml）。

③ 同上。

认为年轻人能回来“才是乡村复苏的根本问题”。最后，他的目的达到了，不少村里的年轻人回到了村里，因为他们觉得在被艺术化了的村里的生活比在城市打工更有意思。“许村计划”不是渠岩一个人的项目，它是一个艺术家、建筑师、自然科学家和社会科学家以及村民以政府的政策和行政行为为中介的互动过程，但是渠岩以艺术家身份的率先介入才使“许村计划”得以启动。也就是说，渠岩的“许村计划”得以进行，向我们证明了：“艺术代表了活力，许村因行动艺术而被激活。”[①] 因为其不仅保护了传统，还为村民带来了一种全新的生活样式，让村民为自己的传统文化感到自豪，也觉得生活更有意思和价值了。

在本次会议上，于长江教授还谈到了一个案例：有几个四川美术学院的艺术家自发开展的一个驻村活动。那是在一个很小的村落里，原来是典型的穷山恶水，十分贫困，有几个艺术家因为偶然的原因移驻到那里去了，他们完全是自发的，也没有“乡村建设”之类的意识，只是觉得到这个地方挺好，师生们轮流到这里来住一两个礼拜画画，仅此而已。他们在翻修自己住的房子的过程中，非常注意融入当地的生活传统，尽量不破坏当地房子的原有结构和式样，因此他们在村里交了很多朋友。但他们在这里的生活开始慢慢地影响到了当地人，产生了一些很有趣的效果。在艺术家的感染下，这个村里面有人居然把自己家没用的房子拿出来办了个“艺术空间”，实际上是一个房子摆上他们自己画的、刻的一些东西而已，外人可能根本看不出这是个“艺术空间”，但他们追求艺术感觉的态度是很真诚的。艺术家在自己的房子外墙上，顺着原来的砖色土色加画上一些颜色，使之色彩更浓，这种方式引起村民的关注，有一些村民就想模仿他们，主动找上门来求他们帮忙在自己家房子的外墙上也这么画。村里有一个卖西饼的小店，受艺术家影响把西饼店的名字改成了“西饼美术馆”。他们卖西饼时，如果有人订做生日蛋糕，他们就为顾客 P 一张照片，将其 P 到欧美一些著名背景中，比如说埃菲尔铁

① 王南溟：《许村计划：渠岩的社会实践》，《公共艺术》2013 年第 4 期。

塔、克里姆林宫等，让客人在照片上过一把去欧美的瘾。有趣的是，这种做法引出了一些意想不到的效果——有的小孩原来贪玩不喜欢学习，但在照片被 P 到那些外国背景中之后，天天看自己在欧美背景中的形象从而激发了动力开始好好学习，发誓将来一定要真到外国那些地方去看看……[①]

以上的一些案例让我们看到，艺术家的行为比其他学科的专家更容易得到民众的认同，而且他们的情感式介入能够召唤更多的公众热情。

五、人类学家如何与艺术家结成同盟介入乡建

如果说今天的艺术家开始从美术馆进入生活现场介入社会建构，包括介入乡村建设，那么人类学家从来就在生活现场，因为乡村就是他们传统的田野，他们是在田野中了解乡村、研究乡村，也是在乡村里了解人类社会、研究人类社会的变迁与重构。今天他们在乡村里遇见了艺术家，于是他们结成了同盟共同思考乡村建设，这好像是一股水到渠成的潮流和趋势！

艺术是人类从心中流出的情感的表现形式，是人类文化的可视性、可感性的符号，其所有的表达都直指人类的心灵；而人类学研究的对象是人类的文化，其中包括宗教、亲属关系、社会组织、象征符号、认知体系等，当然也包括人类的艺术。其研究成果是超越专业、具有普适性价值的，其宽阔的视野常常会对不同的专业产生影响。同样，其研究成果也在不断地影响着当代艺术发展的每一个阶段，使这两个专业有着非常深刻的血缘关系，而艺术人类学的产生更是在两个专业之间架起了一条相通的桥梁。

人类学对当代艺术的第一次影响是在 19 世纪末。在那以前，美学界

① 方李莉主编：《艺术介入美丽乡村建设——人类学家与艺术家对话录》，文化艺术出版社 2017 年版，第 232—235 页。

对艺术的定义是"美的艺术",而艺术与现实的关系就是艺术如何"再现真实的世界"。[①]直到19世纪末,人类学家从世界不同原始部落收集到的艺术品在纽约、巴黎、伦敦等大都市的博物馆中得以展示时,西方艺术家才恍然大悟:他们那种能够逼真再现的艺术与整个世界的艺术相比,实在是一个微不足道的小支流。于是,"艺术家开始向美洲、非洲的原始艺术和东方文明古国的艺术形式学习,美学史家开始重新审定他们老祖宗的言论和著作"[②]。于是,西方人开始重新定义什么是艺术,在定义中,哲学家将康德对形式美的论述极力扩展;心理学家则通过艺术形式同无意识或集体无意识的关系揭示艺术形式的特殊意味。人类学家博厄斯也提出:"我们必须记住艺术效果的双重源泉。其一,仅以形式为基础;其二,是以与形式有关联的思维为基础。"[③]在这样的基础上,20世纪初,英国的艺术评论家克莱夫·贝尔得出了"艺术乃是有意味的形式"[④]这样的新的定义,开启了当代艺术理论的先河。同时,毕加索、马蒂斯、高更等受到原始部落艺术的影响,创造了现代艺术的新形式。

人类学对当代艺术的第二次影响是来自艺术家从人类学理论中演绎出来的"行为艺术",这一艺术形式的出现受特纳"社会剧场"的概念的启示,以人类学家有关"身体的塑造就是社会的塑造,复杂的社会组织过程正是通过种种关于身体的话语运作逐渐展开的"[⑤]这一理论为基础,艺术家将自己的身体作为基本素材,试图在行为表演的过程中达到一种人与物、人与环境的交流,同时在这种交流的过程中表现出的一种特殊审美现象。[⑥]在人类学家看来,人们在仪式中一次次重复的身体展演影射的正是社会语境针对身体的严苛规训。在规训的控制与诱导下,人们的

---

① 高明潞:《西方艺术史观念——再现与艺术史转向》,北京大学出版社2016年版,第16页。
② [英]克莱夫·贝尔:《艺术》,马钟元译,中国文联出版社2015年版,第2页。
③ [美]弗朗兹·博厄斯:《原始艺术》,金辉译,上海文艺出版社1989年版,第4页。
④ [英]克莱夫·贝尔:《艺术》,马钟元译,中国文联出版社2015年版,第2页。
⑤ Marry Douglas, *Natural Symbols*, Harmond- sworth: Pelican, 1973, p.93.
⑥ 黄鹤:《艺术人类学视域下的行为艺术》,《民族艺术研究》2011年第3期,第142页。

行为举止具有了“高度的结构性”，而特纳的贡献就在于他“将象征符号置于特定的社会行动场域中加以思考”①。人类学家对于前工业时期仪式讨论的理论形成了艺术家将艺术形式在社会场景中进行展演的冲动。我们在行为艺术的展演过程中时常会看到普通社会意识荡然无存，甚至就连社会秩序也在展演的过程中被颠倒过来，出现了有别通常“正结构”的“反结构”等，而这些观念无一不是来自人类学。

人类学对当代艺术的第三次影响就落脚到了艺术家所参与的社会实践了。有关这一问题，张原在本次论坛的发言中谈到了一个重要的观点，他认为“当代艺术经历了三个形态，1.0 的形态是‘物象艺术’，2.0 的形态是‘行为艺术’，3.0 的形态是‘行动艺术’”。“物象艺术”就是有固定的形态、可以触摸的艺术，如绘画和雕塑；有关行为艺术前面我们已经解释过了；有趣的是他谈到的 3.0 的“行动艺术”，按张原的解释，所谓的“行动艺术”就是“那些回到现实的乡村现场”的艺术家的社会实践，将艺术家的社会实践作为艺术作品来呈现的这一概念的来由，笔者还没有查到。但笔者看到了艺术策展人王南溟在其文章中，将渠岩的“许村计划”称为“行动艺术”，并认为“一个社会实践足以成为艺术本身”，而“前卫艺术把社会现场作为‘画布’，并在社会现场的画布上行动”。这样的概念比行为艺术又进了一步，使其彻底地离开了美术馆，离开了高雅的艺术殿堂。如果说行为艺术还有表演的意味，那么行动艺术就是彻底地回归到了生活的现场。而且，艺术学和人类学在此面对面地相遇了，因为这样的“生活现场”就是人类学多年占据的“田野现场”。

在这样的语境中，人类学应该做些什么样的思考？尤其是以研究艺术为己任的艺术人类学学者，这是很有意思的问题。从传统来讲，人类学往往是站在边缘的社会中来反思主流社会的问题，但随着全球化和现

① Victor Turner, “Are There Universals of Performance in Myth, Ritual, and Drama”, in *On the Edge of Bush*, E. Turner, ed., Tucson: University of Arizona Press, 1985, pp. 291–301.

代化的加速度发展，许多文化都已经被去地域化，且通过循环的相互影响，许多地方性文化已经开始根植于世界的文化体系中，所以要向新的文化权威挑战就必须采用不同的方式，因此人类学开始进入主流文化的内部进行思考。在这思考的过程中，人类学，尤其是艺术人类学开始从以往关注乡村和少数民族的艺术，转移到关注现当代艺术。但没想到当代艺术的思考再次将人类学带回到了乡村，带回到了其所熟悉的语境中，在这样的语境中，前卫艺术与人类学相遇了。之所以将其称为“前卫”，因为“艺术永远都在参与新的运动、风格、时尚”①中，当他们来到乡村就意味着乡村建设将会成为这一时代的新时尚，也意味着时尚将会从城市转移到乡村。未来的时尚一定是绿色的、生态的、有特色的、具有地方性经验的，能够体验到大自然风光等的社会潮流，而这些潮流的特征都是乡村的特征，不是城市的特征。作为以研究艺术行为为主体的艺术人类学家，如何从人类学的角度去关注这样一种文化现象和艺术思潮？并如何在这新一轮的乡村文化重建中与艺术结成一种联盟关系？这是我们在当下的学术研究中要思考的问题。

首先，艺术和人类学具有重叠的话语领域，因为两者都关心文化和价值的生产、都关心有关地方文化价值的重估、都关心人类心灵的修复等问题。如渠岩在“许村计划”中谈到有关艺术介入乡村建设的原则时就强调：发现乡村价值，重估乡村价值，修复乡村价值。②笔者认为渠岩的主张和人类学家的看法基本可以达成一致。如果从人类学的角度来理解，他在这里讲的“发现乡村价值”，是以对现代化危机和发展代价的反思为前提的，同时也是对城市一元化发展模式的反思。“重估乡村价值”，就是要在尊重乡村的独特性和历史传统的基础上，把乡村价值放在文化多样性和社会共生的视野中，重估乡村的主体性和在

① ［美］乔治·E. 马尔库斯：《文化交流：重塑艺术和人类学》，广西师范大学出版社 2010 年版，第 38 页。

② 杨璐、韩阿润：《许村复兴：以艺术的力量》，《三联生活周刊》2013 年 7 月 10 日（http://www.lifeweek.com.cn/2013/0710/41414.shtml）。

世界未来多元发展中的地位。“修复乡村价值”就是修复乡村秩序，修复人与人之间的关系。民国时期，梁漱溟先生曾经谈到西方文化重在解决“生存问题”。但是当生存问题逝去后，人类“将从对物质问题之时代转入人对人问题之时代”，他认为在转入人对人的问题的时代时，中国的文化是有优势的。的确，近百年来，中国通过学习西方，物质发展得到了长足的进步，但道德开始混乱，价值观趋于模糊，而修复乡村价值就是在修复人与人之间的关系，就是在修复中国传统文化，而中国传统文化的根基在乡村。

如果从人类学的角度来看待中国的传统文化，就会发现其所有的文化传统都与祖先崇拜的信仰有关系，传统的中国人无论在外取得多大的成就，都会期待荣归故里、光宗耀祖、叶落归根。村里的祠堂是人们敬拜祖先的地方，也是每个人日后都有机会进去的地方，每个人只要有后代，都会有机会成为祖先受后人祭拜，因此每个人都希望自己百年以后能成为祖先、成为后人的榜样。这样就将日常生活神圣化了，修行、修身、修德成为每个人的道德准则，甚至成为每个家族的道德准则。于是，每个家族不仅有自己的家谱，还有家训。中国的古村落大都是由一个或几个大家族所组成，每一个家族都会有自己的祠堂，大的祠堂里除有祖先牌位外，还有戏台、私塾、村里讨论重大问题的议事厅等。这样的建筑空间不仅是村里的神圣空间，也是政治空间、娱乐空间和教育空间。除了这样的空间，村庄里还有自己的历史空间，如有的祠堂前还立有功名旗杆，这是为某个家族出现了科举考取功名后的人所立的，一方面是光耀门第，另一方面也是树立榜样、鼓励后学。另外，如果村里出过名人还会立有牌坊，这是当时的统治者为表彰功勋、科第、德政以及忠孝节义所立的建筑物，同时也是祠堂的附属建筑物，昭示家族先人的高尚美德和丰功伟绩，兼有祭祖的功能。

综上所述，我们可以看到村民们的日常居住空间就是围绕着这样一些空间所建造的。因此，村庄是“具体的——与某个特定的建筑聚集区联系在一起，无论置身何地，人们都认为它不仅是自己的家，也是他们守卫的神灵的家，古代建造一座城市的最初灵感就是要与诸神同在”①。早期美索不达米亚的城镇基本都是神庙社区，欧洲的许多小镇和村落也都是围绕着教堂而建造的，和中国的乡村是围绕着祖先的英灵即家族的荣光而建造的是一样的。

因此，中国村庄的合法性就在于其放置了祖宗牌位的祠堂，村庄赖以生存的规则、制度以及日常的生活都需要祖先的恩典，搬走了祖宗的牌位，或者毁坏放置祖宗牌位的祠堂和记录了村庄光荣历史的牌坊、旗杆等，就会剥夺一个村庄存在的合法性。所以修复乡村的价值首先就包括修复其传统的建筑，以及这建筑所承载的各种历史和意义，而这一工作需要有人类学家的参与。

因为记录一个地方性的历史和文化就是人类学家的任务，人类学家在村庄里完成的民族志是帮助这个村庄重建的重要文本。之所以需要这样的文本，是因为中国的村庄已经被破坏得千疮百孔，直到20世纪80年代以前，中国人虽然大部分还生活在乡村，但“文革”和“破四旧”让乡村的许多具有神圣性的建筑遭到了破坏，从20世纪90年代开始，农民们离开乡村进城打工，乡村就成了没有年轻人的空壳，乡村社会也由此失去了其整体的社会记忆，而人类学家就成了帮助乡村重新建立文化记忆的人，同时也是在全球化过程中重新发现地方价值的人。

虽然人类学也在关注城市和主流社会，但其更关注的是后现代、全球化和本土运动外表下对当下的体验。② 因为其“还绝对没有成为社会学，后者的兴趣完全局限于现代性的框架和概念类型当中。人类学的历

---

① ［美］段义孚：《空间与地方——经验的视角》，王志标译，中国人民大学出版社2017年版，第123页。

② ［美］克利福德，［美］马库斯编：《写文化：民族志的诗学与政治学》，高丙中、吴晓黎、李霞等译，商务印书馆2006年版，第4页。

史、感受能力和方法仍然是独特的”[①]。正是这样独特的感受力和方法论使其可以和艺术家一起介入乡村建设，并帮助艺术家理解和关注乡村文化与历史的关键符号，不至于将其符号从社会的语境中孤立地抽离出来，而抹杀掉其差异性。

另外，人类学家和当年的梁漱溟、晏阳初等民国时期从事乡村建设的知识分子最大的区别是，其不是“自上而下”高高在上的视农民为需要教化和启蒙之人，而是站在平等的位置上去感知农民的感知，从他们的角度去理解他们的问题。正如费孝通先生所说的，人类学家到乡村去就是为了“记录农民生活，发现农民创造，寻找农民出路”。在这里，费先生首先肯定农民是有创造力的人，因此乡村建设离不开农民自身的创造力，离不开农民共同参与、思考及行动。

六、结束语

不仅是人类学家、艺术家在思考“如何建设中国的乡村”这一问题，还有来自不同领域的专家，包括企业家都在思考这一问题并发出不同的声音，在这些声音中，艺术家和人类学者是非主流的声音，更加主流的声音也许是来自企业家和经济学家的。如笔者在一个以企业家为主体的论坛上看到他们正在提倡“走一条农民、农村、农业协同发展的乡村现代化道路”，提出要学习欧美，将中国乡村建成“庄园集群、风景区与风情镇三位一体的空间结构”[②]，另外有经济学家提出了“从乡土中国到城乡中国”的口号[③]。这样的一些建议和口号看起来很好，但都是一个目的，那就是消灭传统的乡村，或者让乡村成为城市与城市之间的驿站，将现代化的理念从城市扩展至乡村。如果国家真的下如此决策，那中国

① 同上书，第20页。

② 《特色小镇：创意乡村4.0视角下的田园综合体建设》，“谈新事儿”微信公众号。

③ 刘守英：《从“乡土中国”到“城乡中国”》，“村庄与城市”微信公众号。

乡村的地域文化将会被连根拔去，而其拔去的将不仅是乡村的传统文化，而且是整个中国的传统文化，国家的非物质文化遗产保护工程和传承优秀传统文化的决策都将成为泡影。而没有了传统文化为根基，我们将如何去谈民族的文化自觉和文化自信？

要建设中国的新的乡村文化必须要走中国人自己的路，这条路必须是中国人用自己的脚走出来，而不是盲目地跟在欧美国家的后面。一定要看到中国的乡村不仅是我们的先辈留给中国人的一个巨大财富，也是留给人类的一个巨大财富，我们一定要珍惜它并合理用好它。

最后，笔者认为中国不能走从“乡土中国”到“城乡中国”之路，而是一定要走从“乡土中国”到“生态中国”之路。所谓的“生态中国”之路就是高科技加传统文化，即在互联网加新能源加工业4.0的基础上实现传统乡土文化的复兴之路。这是民国时期知识分子所向往的将工业、第三产业留在乡村的“第三条道路”，而这样的工业不再是工业化时代的机械工业，其有可能是复兴的手工业，是4.0的智能化工业；而当代的乡村第三产业是文化产业、休闲产业、旅游业等，当然，其主业是生态农业。这条生态之路不仅会构成新的产业结构、新的社会结构、新的生产方式，甚至是新的社会发展模式，还将会复兴中国传统文化中的许多重要价值，既有如何处理人与人之间关系的传统价值，也有如何处理人与自然之间关系的传统价值，其中还包括了许多传统农业文明积累下来的生态观和生态智慧。

因此我们一定要认识到，中国的乡村不是一块可供随意开发的荒芜之地，而是许多农民祖祖辈辈生活的家园，是蕴含着中国文化之根的宝地，也许是人类社会再次寻找到新的发展模式的一块包含农业文明智慧的生态之地。

工业文明的发展模式和价值理念都已发展到了一个瓶颈，唯一能够破除瓶颈的就是创建出一个新的、可持续发展的绿色文明，这一文明就是生态文明。其必须从乡村中生长出来，因为其不仅具有农业化的表现形式，还因为它需要有可以支撑这一文明的价值体系。但这一价值体系的发展是需要有基础的，这一基础就是中国的农业智慧，既包括中国人的“天地人和”的宇宙观，也包括类似二十四节气这样的农业知识体系，更包括中国人家族繁衍的“人生文化”，以及传统中国人的“生活式样”。

人类的工业革命率先出现在欧洲，其文化的根基在于轴心时代的古希腊文明，古希腊文明是城邦文明、商贸文明，故在此基础上发展起来的欧洲文化最终将人类社会推向了工业文明。但当工业文明已经走向危机，需要人类社会进行再次转型的时候，我们需要重新回到轴心时代思考人类的未来发展。同是轴心时代的先秦文化是在中华大地上生长出来的农业文明的代表，从先秦以后的汉代开始，直至 19 世纪的两千年历史中，中国都是世界上最发达的农业文明国家，其为我们积累的宝贵资源也许可以成为人类未来生态文明发展的基础。

在每一场新的社会转型的前夕都会有一场“文艺复兴”的现象出现，14—16 世纪发生在欧洲的文艺复兴触及了人们的灵魂，最后推动了科学技术的发展以及社会的变革。而今天的艺术家通过乡村建设来促使人们对现代化进行反思，并以艺术的形式及手段重建传统文化的符号和生活样态，我们是否也可以将其看成一场新的“中国式的文艺复兴”？

继这场“文艺复兴”之后将是代表人类未来的生态文明的产生，如果中国能率先进入生态社会并能在中国传统文化复兴的基础上提出一套新的价值体系，中国就能成为世界的率先发展之国，同样，中国的文化就能“化成天下”，影响世界。

这一切必须从当代中国的乡村建设开始，正如梁漱溟先生所说的：“故所谓乡村建设，实非建设乡村，意在整个中国社会之建设，可云是一种建国运动。”还有费孝通先生所说的：“中国正在走一条现代化的路，不是学外国，而要自己找出来。”[①] 如果说在工业文明时代，梁漱溟和费孝通两位先生的主张难以得到实现，那么在工业文明已经得到高度发展同时又遇到了发展瓶颈的今天，他们的主张值得我们深思，同时也未尝不是一条我们今后要走的道路。

① 张冠生:《费孝通传》，群言出版社 2000 年版，第 642 页。

方李莉：艺术乡建的人类学视野、方法与观念

李修建（《美术观察》特约记者、中国艺术研究院研究员，以下简称李）：方老师好，中国艺术研究院艺术人类学研究所从2016年开始主办“中国艺术乡建”论坛，邀请相关艺术家介绍他们的乡建案例，人类学家参与对话，共同探讨，目前出版了由您主编的《艺术介入美丽乡村建设：人类学家与艺术家对话录》（文化艺术出版社2017年版）取得了非常好的反响，您作为一名艺术人类学家为何会关注到这一话题？

方李莉（以下简称方）：我之所以成为这一论坛的主要主持者和倡导者是因为长期的田野考察让我认识到，人类社会发展到今天，工业文明的发展模式和价值理念都已走到了一个瓶颈，唯一能够破除这个瓶颈的就是我们必须要创建出一个新的、能够可持续发展的绿色文明。这一文明不可能从城市中生长出来，因为城市在现代化的侵染下已经失去了与自然相处的多样性发展的可能。我们只有从乡村寻找新的智慧和新的价值体系，才能找到人类新的发展路径。中国是一个以农为本的国家，有着世界上面积最大的乡村，那里蕴含着我们世世代代积累下来的中华文明的智慧。这一智慧不仅包括了中国人的“天地人和”的宇宙观、“二十四节气”这样的农业知识体系、代代相传的手工技艺，更包括了中国人家族繁衍的“人生文化”，以及传统中国人的“生活式样”；今天，

我们将其称为“非物质文化遗产”。任何文化必须是活的才可以世代流传，永不腐朽。因此，我们不要仅仅满足于“保存”这些遗产，而是要去进一步“激活”这些遗产为今天所用。艺术的最大特点就是能通过艺术的表达去唤醒沉睡的传统和濒于消亡的非物质文化遗产，这就是艺术介入乡村建设的价值所在。

李：近几十年来，中国社会取得了长足的发展，与此同时，中国乡村却出现了空心化、传统价值观失落、生态荒漠化、世态冷漠化等诸多严重问题，乡村建设由此也成为中国急需面对的大课题，目前参与乡建的力量非常多元，艺术家介入乡村建设在您看来有何突出优势？

方：其实你所提的有关目前中国乡村所遇到的这些问题并不是今天才出现的现象，早在19世纪末中国面临西方工业文明的冲击就开始了，那时中国遇到了前所未有的来自文化政治经济方面的危机，其中最大的危机就是农村的破产。说到底就是伴随着现代化和工业化进程而出现的乡村社会急剧衰退的一种危机，这一危机并不仅仅是经济的破产，也是乡村社会、文化的整体衰败。

也就是说，在近代史上以工业化、现代化、城市化为导向的历史发展，无一不是以牺牲乡村为前提的。是乡村加速度的崩溃促成了城市的发展。工业革命带来的农村破产问题不仅是中国所遭遇到的，也是全世界所遭遇的一种普遍现象，中国自然不能幸免。

尽管在民国时期有一大批知识分子提出了乡村重建的口号，但在大的时代潮流的冲击下始终没有成功。但是他们的理论时至今日仍然可以激起我们的许多思考，仍然还具有非常重要的价值。尤其是改革开放以后，农民蜂拥进城，加速了中国的城市化进程，也加速了中国的工业化进程。于是，第一次，中国城市的人口超过了农村的人口，也就是说有史以来中国的大部分居民都是居住在乡村，而从现在起，可以说中国的大多数人都居住在了城市。但是中国的农村从此就开始进一步地衰败下去了，每天都有许多古村落在消失，每天都有许多乡村在空巢化。民国时期的知识分子认为中国文化的根柢在乡村，“求中国国家之新生命必于其农村求之，必农村有新生命而后中国国家乃有新生命焉”[①]。这是没有错的，我们今天要保护的非物质文化遗产大部分在乡村，我们要传承的优秀的传统文化也大部分在乡村。但现在中国的情况是，城市亮起来了，乡村暗下去了；城市时尚起来了，乡村却落后和衰败了；城市人满为患，乡下却没有了人，没有了生气，这不是一种平衡的社会发展方式。因此，当前如何重新振兴乡村又开始成了我们心中的一个痛，我们又回到了民国时期，又需要重新思考乡村重建的问题。

你问到艺术家介入乡村建设有什么样的优势，我认为这是时代使然。费孝通先生当年考察了中国乡村以后为自己树立的学术目标是“志在富民”，所谓的志在富民就是当时的农村最需要解决的问题是让农民致富，当然现在的中国农民仍然想致富，但他们想致富的地点已经改变了，从农村转移到了城市。要想使乡村发展，要想把农民吸引回乡村，甚至把知识精英都吸引到乡村去，不仅要让乡村富起来，还要让乡村美起来、时尚起来、生动起来，甚至文艺起来，具有地方的特色性起来；这样就需要有新的创意，有新的生活样式，还要是一片能找到灵魂的归属之地。所以我们现在提的是“美丽乡村”建设，而不是“富裕乡村”建设，实际上这样的提法无意识地提出了当今人们的心灵需要。而能够解决这一问题的不是社会学家，不是历史学家，不是文化学者，而是艺术家，因为艺术家可以把看不见的文化变成可视、可听、可感觉得到的气氛及象征性的文化符号，并让其渗透到我们的生活空间而成为一种“新的生活式样”，所以艺术家是和人类的灵魂站在一起的人，是和人类新的生活式样站在一起的人。

李：艺术介入乡建的过程中，存在多方面的“角力”，如村民、艺术

---

① 《梁漱溟全集》第二卷，山东人民出版社 1990 年版，第 434 页。

家、相关资本、政府，这些主体之间的诉求往往很不一致，甚至有严重冲突，作为一名人类学家，如何看待这些力量之间的复杂关系？如何理解乡民的主体性？

方：是的，你提的这个问题很重要，这里面最重要的核心问题就是无论是哪一股力量介入乡村建设都必须重视村民的主体性，因为我们做的所有的乡村建设的工作都必须首先是为当地的村民服务，如果我们疏忽了他们，他们不能从中得利，不能从中改善自己的生活，建立自己的生活自信从而获得幸福感，那么我们的乡村建设就失败了。

作为人类学家，我对于知识分子把自己看成高高在上的精英和先知去教育农民、对农民进行所谓的启蒙是持怀疑态度的。包括民国时期的知识分子，他们介入乡村重建本意是好的，但他们以居高临下的姿态去介入乡村生活，完全无视农民自身的生活体会和创造力。当时晏阳初就认为中国农民所患的是“贫、愚、弱、私”“四大病”，他去做乡村建设就是去治这四种病。矛盾的是，这些农民曾是中国文化的创造者，他们是如何失去这种创造精神的？这是居高临下的知识分子缺乏探讨的，他们说是与农民打成一片，但事实上并没有真正去了解农民的内心世界，没有站在他们的角度思考他们的问题。所以当时梁漱溟先生看到的是“号称乡村运动，但乡村不动”[①]，乡村建设的目标之一是唤醒农民自觉，但农民对乡村建设漠不关心，仿佛与自己无关，只是乡外的人在那里瞎嚷嚷。故此，这样的乡村建设也就以失败而告终了。

因此，无论是政府、资本、艺术家、学者，要介入乡村建设首先要尊重当地村民的主体性，和他们打成一片。在任何项目实施之前都要开展调查研究工作，多开听证会，了解当地村民们的生活现状和生活需求，同时激发他们自身的创造力并关心和重视他们的创造性劳动。

---

① 《梁漱溟全集》第二卷，山东人民出版社 1990 年版，第 434 页。

李：在艺术家参与乡建的案例中，既有大量成功的案例，更有不少失败的例子，您认为乡建成功的关键在什么地方？从失败的案例中应该吸取怎样的教训？

方：我认为成功的案例大多是深刻地了解当地村民的需求，并能与当地村庄的历史和人文融为一体的艺术劳动。所谓的不成功案例往往是脱离乡村的实际情况，对村民的需求并不了解，只专注于自己的艺术追求的案例。

正是因为关注到了这一问题，我才提出要建立艺术家和人类学家介入乡建的学术共同体。理由是当艺术家介入乡村建设后，他就不再是高高在上脱离人间烟火的形而上的艺术家了。他必须要走进乡村，和农民们生活在一起，倾听他们的声音，感知他们的感知，急他们所急。这本来是人类学家们的田野工作，也就是在这里艺术家和人类学家相遇了。在这相遇之时，如果他们能合力工作，取长补短，也许可以为中国当今的乡村建设做出重要的贡献。

艺术家的特长是能建立具有象征意义的视觉、听觉以及肢体语言符号，将无形的文化有形化、公共化。但受专业的局限，其对符号背后的意义世界往往有所疏忽或理解不深。

而人类学家的特长是善于记录和建构地方性的历史和文化知识体系，人类学家在村庄里完成的民族志是帮助这个村庄重建的重要文本。之所以需要这样的文本，是因为中国的村庄已经被破坏得千疮百孔，20世纪80年代以前虽然大部分中国人还是生活在乡村，但“文革”和“破四旧”让乡村的许多具有神圣性的建筑遭到了破坏。从20世纪90年代农民们离开乡村进城打工开始，乡村就成了没有年轻人的空壳，乡村社会也由此失去了其整体的社会记忆。而人类学家就成为帮助乡村重新建立文化记忆和文化知识体系的人，同时也是在全球化过程中重新发现地方价值和地方性知识的人。

李：从艺术人类学的视角看，您认为艺术乡建应该秉持怎样的方法论和价值观？

方：如果从人类学的角度来看待中国的传统文化，就会发现其所有的文化传统都与祖先崇拜的信仰有关系。传统的中国人无论在外取得多大的成就，都会期待荣归故里、光宗耀祖、叶落归根。村里的祠堂是人们敬拜祖先的地方，也是每个人日后都有机会进去的地方，每个人只要有后代都会成为祖先，受后人祭拜。因此，每个人都希望自己百年以后能成为祖先，成为后人的榜样。这样就将日常生活神圣化了，修行、修身、修德成为每个人的道德准则，甚至成为每个家族的道德准则。每个家族不仅有自己的家谱，还有家训。中国的古村落大都是由一个大家族或几个大家族所组成，每一个家族都会有自己的祠堂，大的祠堂里除有祖先牌位外，还有戏台、私塾、讨论村里重大问题的议事厅等。这样的建筑空间不仅是村里的神圣空间，也是政治空间、娱乐空间和教育空间。除了这样的空间，村庄里还有自己的历史空间，如在有的祠堂前竖有功名旗杆，这是为某个家族出现了科举中功名的人所立的，一方面是光耀门第，另一方面也是树立榜样、鼓励后学。另外如果村里出过名人，还会立有牌坊，其是当时的统治者为表彰功勋、科第、德政以及忠孝节义所立的建筑物，同时也是祠堂的附属建筑物，昭示家族先人的高尚美德和丰功伟绩，兼有祭祖的功能。

综上所述，村民们的日常居住空间就是围绕着这样一些空间所建造的。因此，村庄是“具体的——与某个特定的建筑聚集区联系在一起，无论置身何地，人们都认为它不仅是自己的家，也是他们守卫的神灵的家，古代建造一座城市的最初灵感就是要与诸神同在”[①]。早期美索不达米亚的城镇基本都是神庙社区，欧洲的许多小镇和村落也都是围绕着教

① ［美］段义孚：《空间与地方——经验的视角》，王志标译，中国人民大学出版社 2017 年版，第 123 页。

堂而建造的，和中国的乡村围绕着祖先的英灵即家族的荣光而建造是一样的。

因此，中国村庄的合法性就在于其放置了祖宗牌位的祠堂，村庄赖以生存的规则、制度以及日常的生活都需要祖先的恩典，搬走祖宗的牌位，或者毁坏放置祖宗牌位的祠堂和记录了村庄光荣历史的牌坊、旗杆等，就会剥夺一个村庄存在的合法性。

所以，艺术家参与修复乡村价值首先就包括修复其传统的建筑，以及建筑所承载的各种历史和意义，而这一工作需要有人类学家的参与。虽然人类学也在关注城市和主流社会，但其更关注的是后现代、全球化和本土运动外表下对当下的体验。[①] 因为其“还绝对没有成为社会学，其兴趣完全没有局限于现代性的框架和概念类型当中。人类学的历史、感受能力和方法仍然是独特的”[②]。正是这样独特的感受力和方法论使其可以和艺术家一起介入乡村建设，并帮助艺术家理解和关注乡村文化与历史的关键符号，不至于将其符号从社会的语境中孤立地抽离出来，而抹杀掉其差异性。

李：您认为我们该怎样看待乡村在当前中国社会中的位置？艺术乡建该如何处理乡村共性和个性的问题？

方：不仅是人类学家、艺术家在思考如何建设中国的乡村这一问题，还有来自不同领域的专家，包括企业家都在思考这一问题并发出不同的声音。在所有这些人的声音中，艺术家和人类学者是非主流的声音，更加主流的声音也许是来自企业家和经济学家的。如笔者在一个以企业家为主体的论坛上看到他们正在提倡“走一条农民、农村、农业协同发展

① ［美］克利福德，［美］马库斯编：《写文化：民族志的诗学与政治学》，高丙中、吴晓黎、李霞等译，商务印书馆2006版，第4页。

② 同上书，第20页。

的乡村现代化道路”，提出要学习欧美，将中国乡村建成“庄园集群，风景区与风情镇三位一体的空间结构”[①]，另外有经济学家提出了“从‘乡土中国’到‘城乡中国’”[②]的口号，这样的一些建议和口号看起来很好，但都是一个目的，那就是消灭传统的乡村，或者让乡村成为城市与城市之间的驿站，将现代化的理念从城市扩展至乡村。如果国家真的下如此决策，那中国乡村的地域文化将会被连根拔去，其拔去的将不只是乡村的传统文化，而是整个中国的传统文化；国家的非物质文化遗产保护工程和传承优秀传统文化的决策都将成为泡影。而且没有了传统文化为根基，我们将如何去谈民族的文化自觉和文化自信？

要建设中国新的乡村文化必须要走中国人自己的路，这条路必须是中国人用自己的脚走出来，而不是盲目地跟在欧美国家的后面。一定要看到中国的乡村不仅是我们的先辈留给中国人的一个巨大财富，也是留给人类的一个巨大财富，我们一定要珍惜它并合理用好它。

最后我认为，中国不能走从“乡土中国”到“城乡中国”之路，而是一定要走从“乡土中国”到“生态中国”之路。所谓的“生态中国”之路就是高科技加传统文化，即在互联网加新能源加工业 4.0 的基础上实现传统乡土文化的复兴之路。这是民国时期知识分子所向往的将工业留在乡村的“第三条道路”，而这样的工业不再是工业化时代的机械工业，其有可能是复兴的手工业，是 4.0 的智能化工业，而当代乡村的第三产业是文化产业、休闲产业、旅游业等，当然，其主业是生态农业。这条生态之路不仅会构成新的产业结构、新的社会结构、新的生产方式，甚至是新的社会发展模式，还将会复兴中国传统文化中的许多重要价值，既有如何处理人与人之间关系的传统价值，也有如何处理人与自然之间关系的传统价值，其中还包括了许多传统农业文明积累下来的生态观和

① 中国特色小镇高端总裁峰会推荐：《特色小镇：创意乡村 4.0 视角下的田园综合体建设》，“谈新事儿”微信公众号。

② 刘守英：《从“乡土中国”到“城乡中国”》，“村庄与城市”微信公众号。

生态智慧。

因此我们一定要认识到，中国的乡村不是一块可供随意开发的荒芜之地，其是许多农民们祖祖辈辈生活的家园，是蕴含着中国文化之根的宝地，也许还会是人类社会再次寻找到新的发展模式的一块包含农业文明智慧的生态之地。

人类的工业革命率先出现在欧洲，其文化的根基在于轴心时代的古希腊文明，古希腊文明是城邦文明、商贸文明，故在此基础上发展起来的欧洲文化最终将人类社会推向了工业文明。但当工业文明已经走向危机需要人类社会进行再次转型的时候，我们需要重新回到轴心时代思考人类的未来发展。同是轴心时代的先秦文化的价值是在中华大地上生长出来的农业文明的代表，从秦以后的汉代开始直至 19 世纪的两千年历史中，中国都是世界上最发达的农业文明国家。其为我们积累的宝贵资源，也许可以成为人类未来生态文明发展的基础。

在每一场新的社会转型的前夕都会有一场文艺复兴的现象出现，14 世纪发生在欧洲的文艺复兴触及了人们的灵魂，最后推动了科学技术的发展以及社会的变革。而今天的艺术家通过乡村建设来促使人们对于现代化的反思，并以艺术的形式及手段重建传统文化的符号和生活样态，我们是否也可以将其看成一场新的“中国式的文艺复兴”。

继这场“文艺复兴”之后的将是代表人类未来的生态文明的产生，如果中国能率先进入生态社会，并能在中国传统文化复兴的基础上提出一套新的价值体系，中国将能成为率先发展之国影响世界。

这一切必须从当代中国的乡村建设开始，正如梁漱溟先生所说的：“故所谓乡村建设，实非建设乡村，意在整个中国社会之建设，可云是一种建国运动。”[①] 还有费孝通先生所说的：“中国正在走一条现代化的路，不是学外国，而要自己找出来。”[②] 如果说在工业文明时代梁漱溟和费孝

---

① 《梁漱溟全集》第二卷，山东人民出版社 1990 年版，第 161 页。

② 张冠生：《费孝通传》，群言出版社 2000 年版，第 642 页。

通两位先生的主张难以得到实现，那么在工业文明已经得到高度发展而又遇到了发展瓶颈的今天，他们的主张值得我们深思，同时，也未尝不是一条我们今后要走的道路。

（记者：李修建，原载《美术观察》2019 年第 1 期）

方李莉：艺术乡建需要艺术人类学介入

以艺术人类学的方法观察和研究乡村建设，方李莉的这项工作已经进行了20个年头。

最初，她的战场在江西景德镇——这个毕业于景德镇陶瓷学院美术系，后在中央工艺美术学院（现清华大学美术学院）史论系取得博士学位，又到北京大学社会学人类学研究所跟随著名社会学家费孝通读博士后的“准景德镇人”，很早就将视线投向自己的家乡，《传统与变迁——景德镇新旧民窑业田野考察》《景德镇民窑》《飘逝的古镇——瓷都旧事》三本书，是她20世纪90年代至2000年的研究成果。其后，她的学术视野更为阔大，完成了《中国陶瓷史》的写作，艺术人类学的视角和全球性的观照是其主要特点。

“艺术人类学的研究和其他的学术研究不同，后者多为总体性的研究，而前者是通过不同的案例做分析和解释，在景德镇的实践就是用来解释我的理论最重要的根基。”对往昔学术成果的回溯，让方李莉很是感慨，“我在那里考察了20年，现在看来，只有把研究对象放到相当长的时段才能看到其动态的部分，只考察一个点或者一个时段，而不能看到其演变过程，就无法得出客观而准确的结论。为了进一步研究当下的景德镇，我将研究对象的观察和研究延伸到一百年的长度，所以目前手上还有一本正在写的《景德镇陶瓷业百年变迁史》。其实我要描述的不仅是景德镇的百年变迁，也是中国的百年变迁，景德镇只是其缩影。为了写这部书，从2012年开始我已经做了一百多人的口述史”。

显然，只在书案旁来做这些研究是远远不够的，田野调查成了她的家常便饭。从她的著作《梭戛日记——一个女人类学家在苗寨的考察》《陇戛寨人的生活变迁——梭戛生态博物馆研究》《西行风土记——陕西民间艺术田野笔记》中，可以看到她的足迹遍布大江南北，“光研究一个地方我觉得会片面，我会关注到不同的点，这项工作不是我一个人在做，而是由一个团队在做”。

2016年，方李莉开始了一个国家课题“社会转型与传统工艺美术的发展研究”。之所以聚焦手工业，是因为她在考察中发现不光在景德镇，在全国很多地方出现了手工业复兴的迹象。“现在景德镇从事手工陶瓷制作的有12万人左右，在福建莆田仙游镇做木工的有20万人左右，在江苏宜兴做紫砂壶的有10万人左右，这不是一个简单现象，背后的原因是什么呢？”为此，她组织了12个课题在不同的地区做考察。通过调研和分析，方李莉认为形成这种现象的关键是消费市场的存在，“新崛起的中产阶层和富裕阶层正在成为消费的主力，时尚变了，审美变了，对待品位的看法变了，人们已经认识到带有中国母体文化的东西才是有品位的。现在人们的生活不是太慢而是太快，所以需要有慢的制衡，手工业以其文化含量和个性渐渐吸引了广大的消费人群”。

而这一切的改变，是基于世界在变、中国在变。“这种变化带来的有可能是一场新的文艺复兴，很可能是新一轮文明的出现。人类历史上已经发生过四次工业革命了，再发展下去，也许会出现一个新的文明形态，或许叫智能社会，或者叫智能 + 生态社会。”

方李莉认为世界目前正在发生一场文艺复兴，这场复兴不只在中国，但中国也许是其中最重要的国家。“中国传统农业文明的知识和社会结构可能会对未来的文明有影响力。我想把中国的文艺复兴和当年欧洲的文艺复兴做对比，欧洲的文艺复兴是对人自身的重新认识，它的批判对象是宗教，倡导的是人性解放，所以表达的工具主要是文学和绘画。我觉得这场新的文艺复兴则是人类对自身文化的重新认识，它的批判对象是工业革命带来的环境破坏等问题，这样的形式是以‘生活方式革命’表现出来的，这场革命通过艺术来表达，就是手工业的复兴和生活的艺术化。每一次人类历史和社会的转折一定是由新的技术带来的，眼下这场手工业的复兴和传统的手工业方式是有区别的，在智能化的时代，未来有可能是手工业 +3D+ 电脑的模式。”

“手工业不单是技术，而且是一套价值体系，其体系与生态、与绿色文明紧密相连。”方李莉说，人类社会发展到今天，工业文明的发展模式和价值理念已走入“瓶颈”，唯一能够破除此“瓶颈”的，就是我们必须要创建出一个新的、能够可持续发展的绿色文明。“当我们进入智能社会以后，所面临的不是物质的匮乏，而是如何拥有丰富的文化和精神生活的问题。这要从生活革命开始，从生活艺术化开始。”

方李莉关注乡村建设就是基于以上理念而做出的努力。2019 年 3 月，中国艺术研究院举办了第三届“中国艺术乡建论坛”，同时在中华世纪坛展出了由方李莉策展的“中国艺术乡村建设展”，并举办了“艺术介入乡村建设”学术论坛。可以说这是方李莉投身乡村建设研究的一个阶段性成果。从 2016 年开始，她每年组织一次“艺术介入乡村建设”论坛，今年已经是第三届。2017 年，由她主编的《艺术介入美丽乡村建设——人类学家与艺术家对话录》出版，从那时起她就在试图梳理和研究当下艺术乡建的若干案例。

此次“中国艺术乡村建设展”选择了安徽大学新闻传播学院副教授左靖的“景迈山”、广东工业大学城乡艺术建设研究所所长渠岩的“从许村到青田”，以及西北师范大学美术系副教授靳勒的“石节子美术馆”三个案例。

方李莉表示，现在很多乡建案例是承接政府项目而做的，主要是为了完成工作任务。“而我选择这三个案例却是艺术家们自发的，是为完成自己的理想去做的，而且牺牲了许多个人利益，坚持了十来年，这样的做法更值得鼓励。”

“初心、动机很重要。”方李莉举例说：“渠岩本来是个知名的艺术家，现在全身心投入乡建，自己的作品没时间做，也没有时间挣钱，对个人来讲牺牲很大。但他的理想很崇高，希望通过自己的努力去体现乡村的价值，让乡村成为可以安顿灵魂的家园。左靖是个策展人，他不是用言语来说服村民，而是用无声的艺术表现去启发村民，他的团队为村民拍照、拍纪录片，把老宅改造成艺术空间，做展览，这是在做艺术教育工作。而靳勒呢，我是从人类学的角度去关注他的思想动机，他从大学老师到现在的村主任，把村里的14户人家都变成美术馆，他希望通过艺术建立农民的自信心，找到自己的尊严。”

方李莉说：“未来的社会发展，仅仅有高科技和智能化不行，还要有人性和人文关怀。”从这样的角度来看，人文学科的研究就很重要。目前，方李莉担任着中国艺术人类学学会会长的职务，她倡导年轻学者要走出书斋、走进社会、走向调查研究，深入到人民的生活中去关心人们内心的需求，“尤其是社会发展以后，人们对精神化、艺术化的需求就更高了”。

从乡土中国到手艺中国

《艺术市场》：费孝通是如何看待乡村建设问题的，你受到了哪些启发？

方李莉：我读费孝通先生的书学到很多东西。他认为，从历史来看中国是农工中国，并不完全是农业中国。因为自古以来中国就是人多地少，单纯的农业是养不活这么多中国人的，不仅今天如此，古代也如此。

所以传统的中国农民是农忙时种地，农闲时做手工艺，他们是农民，同时也是陶匠、木匠、石匠、铁匠、泥瓦匠等，很多乡村有自己的手工业。因此中国古代的乡村从来不是贫困的，而是富裕的。古代中国的手工艺制品不仅自给自足，还提供给国际市场，今天的“一带一路”就是中国手工艺出口贸易的通道。但19世纪工业革命以后，手工不敌机器，中国乡村的手工业被淘汰了，纯农业生产是养不活乡村的，所以中国走向了贫困。这样的贫困让我们忘记和疏忽了我们的手工业历史；所以我们不要忘记，中国不仅是乡土中国，也是手艺中国。

也因为如此，民国时期费孝通曾提出工业下乡的建议，因为他知道仅靠农业是不可能养活农民的，而农民进城只有可能让乡村走向衰败，这在工业化时代几乎是难以避免的。工业革命的特点是规模化、集约化、标准化，所以工业只能在城市不能在乡村。但智能化时代来临以后，其特点将会是扁平化、散点化、小型化、个性化；因此工业下乡完全可能，而且有可能是手工业加文化产业或加生态农业。费先生一辈子研究的是乡土中国，其志在富民，希望乡村富起来；我这一辈子研究的是手艺中国，志在美民，希望乡村在富裕的基础上美起来，这是两代学者不一样的任务。

《艺术市场》：艺术家到乡村有哪些事能做，哪些事不能做？

方李莉：艺术家可以通过艺术来激活乡村，因为艺术家知道消费市场需要什么，他们可以把乡土的东西变得时尚、变得艺术化。艺术家去乡村是为了激活传统，不是消灭传统，艺术家的直觉很重要，但艺术家不要把村庄变成自己的艺术作品——你只是村庄的一部分，村庄不属于你。艺术家、设计师在做这些事情的时候，最好把自己变成准人类学家，并不存在谁指导谁的问题，人类学家和艺术家是需要互动的。

艺术乡建没有样板、模式

《艺术市场》：乡村建设为什么越来越重要，你的乡建观是怎样的？

方李莉：乡村重建对中国目前来说是最大的战略转移。改革开放以来我国最大的发展是城市化，但问题是40多年的发展让所有的城市千篇一律，而我们如果要走向未来就要有多元的经验、多元的文化互动。为什么我很着急地到处讲乡村建设问题，是因为目前中国只有乡村没有被一体化，还相对保留了比较多元的状态；但让人担心的是，这些具有多元价值的乡村很有可能在一夜之间就没了。

目前乡建有一种理念是城乡一体化，也就是把乡村建设得和城市一样，或是变成城市的后花园、城市与城市之间的驿站，供城市人养老和休闲之用。那我要问：乡村文化到哪里去了？我们的历史到哪里去了？我们如果把乡村振兴变成乡村房地产开发，在这一过程中农民就会失去土地，那么乡村将面临一次人口大迁移。

在我看来，没有农民的乡村就没有根、没有家园。乡村不光是一个物理空间，还是一个历史和文化空间，村民们祖祖辈辈生活在那里，他们的祖屋、祖坟都在那里，我们不能让他们都迁徙到城市里，不能让乡村都变成风情小镇、度假村，而且未来未必会有这么大的需求。

我认为，中国乡村发展的前途在于从乡土中国迈向生态中国，要将乡村变成绿色的、可持续发展的实验之地，今后绿色和可持续发展就是最先进的文明理念，哪一个国家率先进入绿色的可持续发展道路，哪个国家就走在了世界发展的前列，就创造了大家都能认同的先进价值观。所以乡村是个宝呀！我们一定要重视这个宝贝，将它发展好，而不能轻易地破坏了。

《艺术市场》：艺术乡建有无模式可循？

方李莉：艺术乡建没有样板、没有模式，但有观点、有立场。立场就是我们一定要改变对乡村原有的看法，一定要把自己变成“无知者”，一定要弯下腰来向当地农民学习地方性的知识和传统。

要认识到乡村不是贫瘠的、落后的，而是富有的、有知识的，这些知识就是农业时代留给我们的智慧。要建构未来的生态文明和绿色文明一定需要古代的农业知识。就像欧洲的文艺复兴从学习古希腊、古罗马开始，创造出的却是一个全新的工业文明。我们今天也一样，向传统学习为的是建造新的时代。如传统材质建造的房子，无论是用木头、石头还是泥，最后原材料都是可以回收、再循环利用的，但现在的钢筋水泥建筑所产生的垃圾怎么解决？将传统的智慧与现代高科技结合，也许就是未来的发展方向。艺术乡建就是用艺术去激活这些传统，让它亮起来、时尚起来、引人注目起来。

（记者：梁毅，原载《艺术市场》2019 年第 8 期）

乡村振兴中的热门话题：艺术介入乡村建设读解

乡村振兴几乎成为目前国家最重要的战略，各个领域的学者都在讨论这一问题，因为这一问题的讨论不仅关乎中国乡村的保护与重建，还关乎中国的未来发展如何找到一个文化和经济的新的增长点的问题，甚至关乎中国的未来发展之路如何前进的问题。当今人类面临的最大问题就是如何做到社会的可持续发展，如何走出一条绿色文明的发展之路，哪个国家能找到这条路，哪个国家就能掌握优先发展权。

在这样的背景中，许多艺术家、设计师们也开始积极参与到乡村建设的热潮中，他们的参与对于中国目前的乡村振兴战略有何意义？艺术家与设计师们是以何种方式介入乡村建设的？这引起了大家的关注。为此，中国艺术研究院艺术人类学研究所从 2015 年开始，每年举办一次艺术介入乡村建设论坛。为了将这一研究成果更好地呈现给社会，2019 年 3 月 23 日至 4 月 10 日，由中国艺术研究院主办的“艺术介入乡村建设展”在中华世纪坛展出，笔者是此次展览的策展人。这次展览的三个案例笔者已经关注并研究了许久，另外在中国艺术研究院艺术人类学研究所 2015 年举办的首次艺术介入乡村建设论坛上，这三位艺术乡村建设者所做的有关工作已经作为重要的案例被参会的人类学者们讨论过，因此应该是比较成熟的和比较有代表性的艺术介入乡村的案例。

第一个展览的案例是渠岩先生主持的“从许村到青田”。渠岩先生从事乡村建设工作许多年了，他所做的“许村计划”已经在社会上引起了非常大的关注，青田是他新近做的正在实践的另一个案例。“青田计划”的主题是“重估和重建乡村价值”。他说：“家乡是我们最后的精神家园，西方追求的是灵魂不朽，而中国追求的是生生不息的生命繁衍。”“中国人的约束不是来自宗教而是家族，把人都赶到城市去，离开家族的约束，会出现很多问题。”他清楚地看到，乡村的传统文化是建立在家族文化的基础上的，而家族文化的魂又被附着在村里的老建筑上，所以他在许村所要做的第一项工作就是修复那些明清留下的老房子。他认为：“修复保护老房子，是要恢复我们家族的荣耀，召回一百年来我们模仿西方、模仿城市所失去的神性。”对他的这些观念我们是非常认同的。通过对老房子文脉的修复、通过凸显传统符号，让村民们在保持集体记忆的基础上建构新的生活样态，让乡村成为我们能回得去的家园。

渠岩先生的乡村建设实践向我们证明了：“艺术代表了活力，许村因艺术而被激活。”其不仅保护了传统，还为村民们带来了一种全新的生活样式，让村民们为自己的传统文化感到自豪，也觉得生活更有意思和价值了。

许村的工作结束后，他又到广东开始了他新的工作。他告诉我们，因为有了许村的经验，青田会做得更有意思。他这次的展出中包括：（1）刘家祠堂：人与灵魂的关系——宗族凝聚；（2）青藜书院：人与圣贤的关系——耕读传家；（3）关帝庙堂：人与神的关系——忠义礼信；（4）村落布局：人与环境的关系——自然风水；（5）礼俗社会：人与人的关系——乡规民约；（6）老宅修复：人与家的关系——血脉信仰；（7）桑基鱼塘：人与农作的关系——生态永续；（8）经济互助：人与富裕的关系——丰衣足食。可以说是对一个村落的人与自然、人与社会、人与人之间的传统关系的总体展示，但他对于传统的态度，并不是将其看成凝固的遗产，而是将其看成可以不断生长的根脉。在重建中走出乡愁，去寻找我们民族的灵魂，去接续我们的根脉。

第二个展览的案例是左靖先生的“景迈山计划”。此次展览将要展出的是“作为‘遗产’的景迈山”。其主题为“接续遗产，眺望未来”。左靖先生是非常著名的参与乡村建设的艺术家，曾经做过多次相关的案例。

他的案例和渠岩先生的区别是：他并没有完全参与到当地人的乡村建构中去，而是邀请了一批关注乡村的艺术工作者前来驻村创作，借助他们的作品让山里与山外的人们看到“另一个”景迈山。展览通过“概况”“日常”“茶林”“人与物”“建造”“作品”“拾遗”七个单元来呈现我们眼中的景迈山，同时，展览也是对景迈山地方性知识（Local Knowledge）的一种视听再现。

通过展览，他告诉我们：“作为‘遗产’的景迈山，并不是一个用来缅怀过去的标本，而是有着面对自己未来方向的地方。随着茶产业的发展，景迈山的本土力量正在壮大，年青一代亦开始产生文化自觉，参与到地方知识的传续之中。有了‘申遗’的契机，国内外的关注越来越多，外部力量业已介入到当地的商业、文化与社会的逻辑之中。各方力量竞争又协作，增强了景迈山在文化与生态上的多样性，从而形成强大且持续的生产力。”而且通过展览，他在村民们前面竖起了一面镜子，村民们在这面镜子里照见了自己，发现了自己的美，从而增加了自己的文化自信，能更自觉地去传承自己的文化传统，并在此基础上努力发挥自己新的创造力。

左靖先生还试图将他们的展览作为一种地方性的“乡土教材”带到城市；在针对城市观众方面，他们“放大”了艺术工作者驻村创作的作品，来传达一种他者的建构，其中包括通过他者来凝望“自己”。他想呈现的景迈山不是一个用来缅怀过去的标本，而是一个有着明确方向并充满蓬勃生机的地方。

第三个展览的案例是靳勒先生所做的“石节子美术馆”。展览的主题是“让艺术与村庄发生关系，让村民以新的眼光来审视自己的历史与未来”。策展人靳勒先生是在甘肃天水市秦安县叶堡乡石节子村土生土长的，是该村庄 20 世纪 80 年代的第一位大学生。他从 2007 年召集石节子村 4 名农民去德国参与第 12 届卡塞尔文献展中艾未未的作品《童话》开始，尝试让艺术与村庄发生关系，并在2009年正式创建了石节子美术馆。他想用艺术改变乡村，被村民看作“能人”，被村民选为荣誉村主任。

靳勒把自己所认知的有限的信息——艺术分享到村庄，让村民有机会与艺术、艺术家发生关系，面对面交流；给他们提供去大都市考察的机会，有所思有所想，重新认识自己，减小差距，逐渐消解身份，让村民们找到自信，激发自身的创造力。他这次展览的主题词是：“让我们一起飞”，他希望通过这次展览让更多的人来关注村民、改变村庄，为新农村建设提供一种新的可能性，缩小农村与城市的距离，共同走向新的发展道路。

以上的三个展览属于三种不同类型的艺术介入乡村建设的案例，让我们看到艺术介入乡村建设有不同的角度和方法，而所有方法的前提就是我们要尊重乡村的传统价值，这种传统价值也就是我们现在所说的非物质文化遗产。我们首先要认识它的价值、尊重它的价值，才有可能珍惜它、保护它。在这样的过程中，我们不仅要看到历史和传统，还要面对未来，要认识到过去与未来是在同一条根脉上，这是一棵巨大的生命之树，不能因为我们的介入和重建去砍断或肢解这一巨大的生命之树。我们无论是从艺术的角度，还是从文化、经济、生态的角度去重建乡村，都一定要关注到这一点。

乡村重建是一个系统工程，仅仅有艺术是不够的，我们只能说我们将艺术作为一个切入点去激活某些沉睡的传统，去寻找某些正在失去的地方性知识和地方性智慧，然后用艺术去点亮村民们心中的某些梦想和追求，去激活村民们的想象力和创造力，然后从文化、经济、生态等各方面的角度，与各方面的专家结成一个共同体，去全方位地关注今天的乡村建设。

艺术介入乡村建设展览策展人语

家园的重建

渠岩先生是一位当代艺术家，他从20世纪80年代开始投身于中国现代美术新思潮运动，1992年起赴欧洲学习工作，任捷克布拉格美术学院教授，讲授东方艺术。于1997年回国，现定居北京生活与创作。从2007年起，渠岩开始了雄心勃勃的艺术推动乡村复兴计划和实践，从那时至今已经去过了12年，他先是从北方山西太行山的一个古村落许村开始，后又转战到南方广东的古村落青田。所以他这次展览的题目是“从许村到青田”。

他最初引起我关注的就是他提出的“重估和重建乡村价值”的口号，他说：“家乡是我们最后的精神家园，西方追求的是灵魂不朽，而中国追求的是生生不息的生命繁衍。”“中国人的约束不是来自宗教而是家族，把人都赶到城市去，离开家族的约束，会出现很多问题。”他清楚地看到乡村的传统文化是建立在家族文化的基础上的，而家族文化的魂又被附着在村里的老建筑上，所以他在许村要做的第一项工作就是修复那些明清留下的老房子。他认为：“修复保护老房子，是要恢复我们家族的荣耀，召回一百年来我们模仿西方、模仿城市所失去的神性。”而乡村的神性与合法性在于乡村的信仰和乡村的祠堂，他说他从许村到青田看到的最大不同就是北方乡村的信仰体系基本荡然无存，而在南方的广东却基本香火未断，人们还在信仰关公和祖先。而广东一带经济发达和他们讲究诚信与情义有关系，这样的传统信仰规范了人们的道德行为，同时也保持了经济社会的有序发展。

他是一位艺术家，但关心的却是社会发展的大问题，其理念是让艺术走下神坛成为社会革新的工具，让它从审美的系统变成一股推动社会进步的系统。他的这一理念让我们看到我们不仅要重估乡村价值，同时也要重估艺术的价值，艺术不仅是一套审美体系，也是一套价值体系，其承载着人类追求新生活的向往和理想。因此每一次的社会变革中，艺术总是成为先锋，包括人类从农业文明迈向工业文明前期所出现的文艺复兴运动。如今，在人类社会从工业革命迈向生态革命的过程中，艺术是否能再次成为社会变革的先锋，从乡村开始推动一场新的文艺复兴?这场新的文艺复兴就是在传统的基础上构建出一套新的与自然生态和谐发展的文化模式。在这一过程中，艺术家与设计师还有工匠一起为构造人类新的生活服务，创造出一种新的生活样态，表面是复兴传统，实际是建造新的生活方式和新的社会发展方式。

这一社会现象给我们的启示就是：最早人类的生活环境是根据大自然的特点来构造的，受制于自然环境；但在人类社会已经构造出全球一体化的人工环境时，人类的生活不再受制于自然环境，但新的生活必须要根据传统的特点来构造，不然人类文化的多元性将会消失。正因为如此，像渠岩这样的艺术家就不仅要懂得艺术的形式法则，还必须要懂当地的传统，包括这些传统形成的根由。这些根由来自当地的自然生态，来自当地的农业知识以及传统的文化知识，包括信仰体系。这是一个庞大的社会再造体系，其体现的不仅是过去与传统，更是延伸与未来。

我关注渠岩的艺术乡建工作已经好几年了，我一直没有机会去许村，但我去了两次青田，并在他所建的青田学院住了几个晚上。那是由两栋破旧的传统民居改造成的，通过设计师的改造，通过渠岩先生的布置，这里成了村里最耀眼、最时尚的区域，砖墙配花格窗户，透过落地窗看到的是一棵四百多年的老树，鱼池边上的水榭周围种满果树，一张圆桌几把椅子，我们坐在那里喝茶聊天，突然感到这就是我们可以安居乐业的宁静家园。渠岩说：“现代社会发展得太快，我们建起了一座座高楼大厦的城市，但回过头却发现我们那远在乡村的家没了。”没有了家，灵魂没有了可以安顿的地方，祖先的祠堂荒废了，生生不息、血脉相连的传统被割断了。

乡村的重建就是家园的重建，就是传统和血脉的接续，有了这些根基我们才会有走向未来的可能性。

连接未来的景迈山“遗产”

左靖是艺术介入乡村建设的代表性人物，他的第一个乡建地点是在安徽碧山，第二个在贵州茅贡，第三个是在云南景迈山。他从事这样工作已经快十年了，他的主要工作方式是梳理记录当地民间工艺、古建筑改造和再生利用、乡土文化的梳理展陈和复兴乡村公共文化生活等。长期以来他的这些工作已在业内产生了非常大的影响，并形成了自己的一种工作模式。

这次展出的是他的最新项目“作为‘遗产’的景迈山”。景迈山位于云南省的西南边陲，以普洱茶盛名，景迈山上有 14 个传统村落，其中翁基是风貌保存最完整的一个以布朗族为主要人口的村寨，这个小小的只有 89 户居民的村寨，却有 3133 亩茶林，四面被茶林和山林围绕。这次展出的许多内容都来自这个村寨。

左靖团队做的第一件事情就是对景迈山进行了近三年的田野调查，在考察中，他们不仅收集当地的文物典籍，还进入当地人的日常生活中，记录和研究当地人的自然、经济、文化与信仰等本土知识。

第二件事情就是改造当地的民居。景迈山的村民几乎没有出外打工的人，传统的文化体系也保留得很好。这里盛产茶叶，村民们采茶、做茶、售茶，生活富足，而围绕着茶叶产生的各种民俗活动也保留得很好，是完整的一套文化体系。

只是富起来了的村民们希望能过更现代化的生活，景迈山的村民们也一样，他们想把传统的干栏式木房改成随处可见的水泥式建筑。这也没有什么不对，但建筑是当地的人文景观，一旦改变，长期在这一自然环境中流传下来的人文景观就消失了，地方的特色也顿时不见了。对于布朗族的人来讲，房子不仅是他们生活的物理空间，也是他们生活的精神空间，里面不仅有世俗性，还有神圣性；里面不仅有他们在居住，他们祖先的灵魂也依附在其中，许多的文化礼仪是在房子里举行，建筑不仅有功能性，还有文化性。

因此，如何保留这些建筑以及乡村所承载的文化价值体系，就成为进驻到这些村庄的左靖团队一直在思考的问题。为此，左靖团队将当地传统的干栏式民居建筑做了功能性的改造，外观和结构基本不改，但增加了房子的亮度和防水能力，另外进行了新的使用区隔，让房子里有卫生间、有储存柜、有卧室和客厅等，改变了以往布朗族房子的内部空间没有区隔的传统。左靖团队与政府合作，将改造好的建筑作为样板房供村民们观看，让他们认识到改造过的建筑和水泥房子一样实用，但更美、更有特色，让村民们在提高自己生活质量时能多一种选择。

第三件事情是给 5 幢改造好的民居注入文化展陈、社区教育与生活服务等功能。这个团队有建筑设计师、摄影师、画家、编剧等，是一个名副其实的艺术团队。他们以不同的方式记录和整理了村庄的文化和历史，挖掘乡村里最珍贵的、最值得保留的文化传统与习俗。在改造过程中，他们拍了许多录像、照片，同时解剖了不同类型的传统建筑，做了许多建筑模型，画了许多线描图。他们通过各种艺术手段将乡村文化的美尽可能地发掘和展现出来，然后通过文化展陈让村民们来参观他们自己的文化。这样的展览就像是一面镜子，让村民们在镜子面前第一次清楚地看到了自己，觉得自己原来这么美、这么有情趣，在这样的感受中他们找到了自信，也激发出了极大的创造力。现在他们仍然在种茶和做茶，但已经会用微信在网上开网店卖茶叶、招揽游客了，传统的生活与现代生活的相互连接，这就是景迈山的未来，也许是未来所有乡村的未来。

为了了解左靖团队的工作，我到寨子里住了几天，在这里我享受到了美景、美食、美丽的生活和新鲜的空气。我还认识了村里的几位美女，有的丈夫在美国，有的在北京，据说还有一位在德国，他们都没有想要把妻子带到国外，而是自愿到这里来生活一辈子。嫁给了一位美国人类学家的玉亩姑娘告诉我，她和她丈夫要从她的娘家搬出来盖自己的房子，她希望我下次再来景迈山可以住在她家。从她充满了向往的眼里，我看到以后也许生活在乡村才更有幸福感，但前提是如何保护、发掘与再创造，这将是我们这次乡建展览和论坛要反复讨论的问题。

让我们一起飞

靳勒先生从小生活在甘肃省天水市秦安县叶堡乡石节子村，这是一座普通的西北村庄，干旱缺水，交通不便，山上的土地贫瘠，农作物很少，只有一些花椒树，少数的杏树、桃树和苹果树。据说这个村里的农民在新中国成立前没有自己的土地，主要是给附近的地主当雇工。村庄里没有出过文化人、没有村史的记录、没有祠堂，也没有族谱，是一个既缺乏自然资源也缺乏人文资源的乡村。他们所拥有的最大资源就是靳勒先生，他是这个村庄的第一位大学生，第一位大学教授，第一位大学问家。

20 世纪 80 年代以后青壮年都出去打工了，只剩下老人和小孩，这样的村庄基本是属于边缘、废弃的状态，西北地区的许多村庄都是如此。靳勒先生每年回到村里，除了看到村里的人老了、小孩少了、年轻人少了，再没什么变化。于是他开始产生一个愿望，即用自己所学到的艺术知识来改变这座村庄。2007 年，他召集石节子村 4 名农民去德国参与第十二届卡塞尔文献展艾未未的参展作品《童话》，让从来不知艺术为何物、从未离开过山沟的村民们第一次出国，而且还参观了国际性的艺术展。对于村民们来讲，他们的心灵几乎是跨越了一个前所未有的大鸿沟。

于是靳勒开始设想将整个村庄里的每家每户包括四周的山山水水，都囊括为一个乡村美术馆，村民们的家庭、村民们的生活、村民们的生产劳动等都是美术馆的一部分。这是一个非常“当代艺术”的想法，别人用现成物当艺术品，他却用现成的、活生生的农民生活当艺术品、美术馆。

在没有建立美术馆之前，村民们的生活就是日常生活，但现在这里的村民们开始艺术地生活着。为此村民们开始自尊、自信起来，为了接待外来的艺术家到这里做创作和做交流，村里开始变得干净整洁了。靳勒先生说他做艺术乡建并不仅仅是为了脱贫致富，还为了让村民们有尊严的活着。他从小生活在农村，刚进入城市的时候他胆小、自卑，觉得自己土气，而且敏感，总害怕被人瞧不起。是艺术帮他找到了自信，找到了认识世界的方法和角度。只有自信的人才会有创造力和想象力，人心的改变才是最大的改变。

互联网和新媒体时代让社会生活成为可以观看的剧场，石节子美术馆村民的活动也由此被放到了社会的聚光灯下。也就是说，石节子美术馆的建立让村民们看到了外面的世界，同时也让外面的世界看到了一个极其偏远的小山村人的生活。艺术作为桥梁沟通了城市人和农村人的相互了解，消除了城市人和农村人之间曾经有过的鸿沟。石节子美术馆曾经做过一个活动，即外来的艺术家们和村民们一起做艺术创作，题目是“一起飞”。不仅是艺术家们和村民一起飞，也是城市人和农村人一起飞，城市和乡村一起发展。这也许才是乡村振兴的最大目标！

艺术乡建与智能化生态中国之路

继2019年4月由中国艺术研究院在中华世纪坛主办了“中国艺术乡村建设展”以后，当下又由华侨城与中国艺术人类学学会在深圳联合主办了“中国艺术乡村建设展·深圳”，这是一次比上次更加完整、更加多元化的艺术乡村展，其标志着中国艺术乡村建设的实践与概念得到了进一步提升，并上了一个新的台阶。

此次展览的项目有：由渠岩教授主导并担任分策展人的广东顺德青田村的艺术乡建；左靖教授主导并担任分策展人的浙江泰顺徐岙底村的艺术乡建；靳勒教授主导并担任分策展人的甘肃天水石节子村的艺术乡建；华侨城主导，任珏博士、尹疏俊设计师担任分策展人的海南中廖村、文门村及深圳光明小镇迳口村、成都安仁镇南岸美村的艺术乡建；华侨城主导，焦雯担任分策展人的浙江松阳陈家铺、斗米岙村、后畲村的艺术乡建。

这是一个由来自不同主体主导及参与的带有学术思考的中国艺术乡村建设展，之所以将其称为学术思考展而不是成果展，是因为中国的乡村振兴工作尚在路上，尤其是在新的时代将艺术与乡村建设结合的方式还在努力的探索之中。主办单位之所以举行这样的展览，主要是希望通过展览为国家乡村振兴战略寻找各种新的可能性，同时从不同的角度提出问题，并试图通过艺术激活传统文化，找到将人文建设、经济发展和生态保护融为一体的乡村振兴的路径和方案。

为此，此次展览提出了两组关键词，第一组是“艺术、生态、智能”。所谓的“艺术”在这次展览中包含有三层含义：一是以艺术激活乡村的传统产业，尤其是传统手工艺。中国自古以来就是一个手工业大国，在传统的乡村，农民忙时种地、闲时做手艺，几乎每个村落都有与当地自然环境和自然资源相匹配的手工产业，而工业化以后这些产业几乎都消失了。当我们复兴乡土文化、发展文化产业时，这些曾消失的手工业在地域文化复兴的今天成为文化产业发展的重要资源，也成为建构新的中国生活样态的重要生产方式和生产技艺。但其需要与当代艺术和当代设计相结合才能成为引领新的文化生活的时尚载体，才能构成不同地域特色新的人文景观和地方风尚。二是艺术激活乡村的传统民俗文化，包括各种仪式、节日庆典的表演，使其成为建构乡村新的文化符号的重要手段。所谓艺术化的乡村，是包含传统地方产业和传统地方文化的再建构与再生产的因素的新乡村，里面不仅包含有新的文化增长点，还包含新的经济增长点。三是近年出现的艺术家进驻乡村的现象应该引起重要的关注，艺术跟进的往往是前卫与时尚的潮流，以往的前卫与时尚只在大城市，与中小城市无缘，与乡村更无缘，而今天，一批批的艺术家从城市进驻到乡村代表了一个什么样的新风尚？是社会在转型，还是人们的价值取向在转变？如果乡村成为社会发展和文化发展的前沿之地、生活追求的时尚之地，就会吸引大量的人才与知识转移。由此可见，艺术是新时代潮流涌动的风向标，因此，艺术与乡村的这三层关系将是我们这次展示的重要内容。

所谓的“生态”，是在被艺术激活的传统产业和传统文化基础上滋生出的生态化的生产方式和生活方式。传统文化和传统手工技艺所承载的是一套与自然相和谐的、物尽其用的中国哲学观，通过传统文化和传统手工艺的复兴寻找到一条绿色的、可持续发展的生态之路，并在此基础上建构出新的价值体系和新的社会发展模式，也是在此次展览中所要体现的一种重要的精神和内容。

所谓的“智能”，是互联网、物联网、智能化生产，包括新能源、新的交通技术等在乡村的建设，这是实现艺术乡建和生态乡建的基础，只有在这样的物质设备的基础上，我们才能将乡村的传统文化、传统产业通过艺术的手段转化为具有新的人文价值的时尚生活方式和生产方式。在这次展出中，华侨城作为国家文化产业的龙头企业在这方面已率先做出了一些前期的探索，也是这次展览的亮点之一。

此次展览的第二组关键词是“富强、美丽、美好”。近一二百年来中国遇到的最大挑战就是工业文明对农业文明的挑战，在这一挑战中，乡村曾一度陷于贫困，追求富强曾是整个中国乃至乡村的目标。但改革开放四十年来，随着国家经济的高速发展，富强不再是广大人民追求的唯一目标，人们开始在富强的基础上追求美丽，因此美丽乡村建设成为当下乡村建设的更高标准。从富强到美丽是提高了一个层次，但我认为还有一个更高的追求，就是从美丽到达美好。富强和美丽都是可以通过经济建设来达到的，美好却是仅仅靠经济做不到的，需要心灵回归、心灵相通。

也就是说，今天的乡村建设不仅是经济建设，也是文化建设和心灵建设，但其与经济建设并不相悖，未来，文化产业必将与高科技产业一起成为社会发展的两大支柱产业。而中国的文化之根、中国的文化多样性在乡村，如果说城市是高科技产业的主要阵地，乡村就是文化产业的主要阵地。文化是地域性的，是多元化的，是与所属地的民众紧密相关的。因为人是文化的载体，是文化的搬运工，也是文化的传承者和创造者。因此，文化产业又被称为“高感情”产业，所谓的“高感情”产业就必须要有人的情感参与其中，而这些人不仅是到乡村去旅游、去接受乡村知识、接受乡村景观洗礼的人，还包括提供乡村知识和情感互动的当地村民。

遵循这样的理念，在这次展览中我们不仅要突出以艺术为载体而连接的生态系统、智能系统，还将以艺术突出乡村人的情感、乡村人的知识、乡村人的感受和心愿，以及在艺术乡村建设中当地人所起的作用。

唯有如此，中国的乡村振兴才可以惠及广大的农民，也才可以惠及通过乡村得到心灵洗礼及文化教育的城市居民。也为此，以艺术为媒介，将经济发展与文化发展有机结合，将高科技的最前沿成果与地方性传统文化与传统手工艺有机结合，并提出一套新的生态价值理念和新的生活实践方式，为建设智能化的生态中国而贡献一些绵薄之力是这次展览的重要目标与要讨论的学术内容。

由于艺术乡村建设才刚刚开始，一切都在探索之中，我们要做的首先是确立目标和观念，然后再不断地去努力完善！敬请多提宝贵意见！

第七编　非遗保护理论的国际对话

非遗保护理论与实践的国际对话

——中国艺术人类学前沿话题三人谈之十

方李莉、荻野昌弘[①]、王永健[②]

一、国际非遗保护公约的认知与解读

方李莉（以下简称方）：非常欢迎荻野教授到中国艺术研究院艺术人类学所来和我们一起做研究，尤其是到景德镇来和我们一起做田野调查。荻野先生曾经参与过联合国教科文组织《保护非物质文化遗产公约》的起草，而中国现在非物质文化遗产保护非常地热门，政府非常地重视，学者们也非常重视。但怎么去理解，又如何去做非物质文化遗产保护的工作？现在在中国有很多不同的声音和不同的看法。我们到景德镇来做研究事实上也是想通过研究景德镇这样一个传统陶瓷手工艺城市的案例来理解什么是非物质文化遗产，怎么去保护这样的非物质文化遗产，又如何去传承这样的非物质文化遗产；在传承和保护的基础上，又怎么去创造自己新的民族文化。我觉得日本和中国有很多的情况都非常相似，都曾经因为要进入工业化而抛弃过自己的传统文化；当工业化发展到一

---

① 荻野昌弘，男，1957 年生。教授、博士生导师，日本关西学院大学社会学部主任。

② 王永健，男，1981 年生。博士，中国艺术研究院艺术人类学研究所助理研究员。

定阶段时，又返回到传统文化中去寻找自己民族文化的根，所以我很想知道日本人是如何思考这一问题的。中国也曾经否定过自己的传统，一切向西方学习，但是自从“非物质文化遗产保护”这个概念提出来之后，人们才开始认识到我们自己的文化也是非常重要的，社会的发展不仅需要西方在工业文明中产生的文化，同样也需要悠久的东方式的文化存在。据我所知，非物质文化遗产的概念最早是从日本的“无形文化财”的概念中演化过来的。所以我觉得日本在有关非物质文化遗产保护方面的思考比中国更早，也许考虑得更深刻，遇到的各种问题会更早。据说联合国教科文组织设立《保护非物质文化遗产公约》时，是日本人在担任联合国教科文组织的总干事，所以这一公约的形成最早是日本人推动的，而且荻野先生曾参与了这一公约的制定。我们希望荻野先生给我们介绍一下当年《保护非物质文化遗产公约》的形成过程，以及日本人是怎么认识这个问题的。

荻野昌弘（以下简称荻野）：首先，“无形文化财”的概念首次出现在1950年的《文化财保护法》，这是与文化遗产保存相关的全体性法律，不是指单纯的无形文化遗产，是包括有形文化遗产在内的总括性法律。其中首次出现了“无形文化财”的概念。围绕“无形文化财”概念出现的背景有各种各样的争论，其中最大的争论是关于日本的“能剧”。“能剧”是日本传统的艺术，在“二战”结束前主要是依靠有钱人出钱来维持的。但是日本战败后，这些有钱人也消失了，所以那些表演能剧的人也就无法维持生活了。因此，大家就思考如何解决这个问题，能剧在战前也是非常重要的东西，那些表演能剧的人也在思考自己应该如何生活。就在这个时候开始出现关于“无形文化财”的思考。能剧表演需要各种各样的道具，如面具及服饰等，这些道具在当时都处于不被使用的状态。这类道具比如面具，按照当时欧美的想法应当把它放进博物馆里保存起来。但是如果把这些道具放进博物馆，那么能剧就无法再表演了。所以当时就出现了一些新的想法，认为欧美式的那种利用博物馆把这些东西保存起来是没有意义的。那么在这种情况下怎么办呢？演出能剧的演员应该如何生存下去？虽然面具、服装之类的道具很重要，但是，演技、传统的能剧表演方法、演出时的美感、各种技巧，这些东西才是最重要的。如果没有这些，只有物品，如面具和服饰，是没有意义的。

事实上，文化指的并不只是那种有形的东西，也包含很多无形的东西。围绕这个问题当时出现了持续的争论，虽然最后争论都一致认为要通过“无形文化财”来保护多种多样的传统文化，但是，在日本除了能剧之外，还有各种各样的传统文化，并不是每一个人都赞同“无形文化财”这样一种观点。比如说与景德镇联系密切的陶艺界，最初就认为“无形文化财”这样一种观点是不好的。陶艺归根结底是要制作陶器的，陶器是作为物品存在的，如果说文化是无形的，那么有形的物品是不需要的吗？比如说日本民艺运动的代表人物柳宗悦在一开始就明确反对这样一种提法。最终陶艺界也认为如果自己不被认定为“无形文化财”也是不可以的，所以也加入了“无形文化财”的范畴。当时争论的另外一个问题就是，无形文化财是没有形状的，那么无形文化财究竟存在于哪里呢？所以出现了“无形文化财”传承人这样的概念。所谓的无形文化财传承人是指自己拥有技术，这些技术虽然说平时是看不见的，但是比如说在演出能剧、制作陶器时，这种技术就显露了出来。在日本，无形文化财传承人是限定范围非常小的一群人。比如从事陶艺的人，不是每个人都能成为无形文化财传承人，而只有非常少的人每年通过国家的认定成为无形文化财传承人。

王永健（以下简称王）：请问荻野教授，在日本对于无形文化财传承人的认定有专门的委员会吗？这样的认定范围是多大？认定的标准是什么？

荻野：是由文化厅所属专门委员会的委员们商讨认定的。无形文化财传承人评选的限定范围是很小的，但说到是按什么标准来选拔的话，单纯地维持传统是无法成为无形文化财传承人的，而是应当在传统的基础上增加新的元素。比如在能乐里增加新的“人物角色”；陶艺也不是单纯地复制传统，否则是无法成为无形文化财传承人的。

方：联合国教科文组织是在什么时候、什么背景下提出的非物质文化遗产公约？与日本有什么关系吗？中国知道这个公约是在 2003 年。

荻野：这个公约确实与日本有关系，当时美国从联合国教科文组织退出了，日本成为每年缴纳会费最多的国家，联合国教科文组织的总干事也由日本人出任，所以在当时的教科文组织内部出现了与传统的欧洲式思考不同的新思想。而且在谈到欧洲式的思考时，欧洲学者对日本无形文化财制度的研究一直有着较高的关注度。特别是日本媒体广泛报道且大众也非常熟知的“人间国宝”，欧美学界也非常关注究竟什么是“人间国宝”。

王：当时参与公约制定的学者都来自哪些国家？这些来自不同国家的学者在讨论公约的时候是不是有一些博弈呢？

荻野：我认为当时没有什么反对意见。为什么没有呢？其原因在于联合国关于文化遗产（有形文化遗产）的条约是以欧美为中心的，比如说像中国这样历史悠久的国家有很多文化遗产，但是也有很多地区，比如说非洲基本上没有文化遗产。所以当时大家都认为仅依靠文化遗产保护制度来保存文化遗产的想法已经落伍了，这种意识在进入 21 世纪后越发高涨起来。联合国的文化遗产保护公约与日本的文化财保护还是存在不同的。

方：不同之处在于哪里呢？

荻野：首先是联合国的文化遗产保护制度中，关于如何选定文化遗产的过程是非常不透明的。比如，我觉得最奇怪的就是像和食（日本料理）、法国料理之类的也成为非物质文化遗产。

方：在我的理解看来文化是多样性的，法国菜好，日本菜也好，大家都好。

荻野：具体说哪里奇怪的话，在日本只有在某个领域拥有特定技能的人才能被认定为非物质文化遗产传承人，但是联合国用的是范畴这样一个概念，比如说和食，并不是认定某一个厨师，而是放在同一个范畴内来认定。

二、中日非遗保护的实践与对话

方：据我所知，欧洲在20世纪七八十年代出现了一个新的概念叫作“生态博物馆”。生态博物馆的概念与以前纯粹的文物保护是不一样的。文物保护就是把物质的东西放在博物馆里，生态博物馆就是让物质的文化遗产仍然在人文环境和自然环境下，仍然使用它。所以我想这样的概念其实与日本的无形文化财有点像，它等于把无形的文化和有形的文化结合在一起，所以我想当时大家意见一致其实也跟欧洲发展出这样的观念有关系。

荻野：生态博物馆的概念确实在七八十年代的欧洲，特别是法国和英国很流行。当时，对日本无形文化财的关注度也在不断地提高。我在法国调查过的一个案例就是当时人们想要重现古代制铁的方法，但是当人们在进行这项活动的过程中发现不懂古代制铁窑炉的使用方法，因为已经没有人在使用了。这个问题被当时偶然来到法国的一个摩纳哥工匠解决了。当人们在20世纪七八十年代开始关注这些古老的物品，也就是在开展生态博物馆概念时，对非物质文化遗产的关注程度也在不断提高。

方：我曾经在贵州梭戛生态博物馆做过研究，这个生态博物馆是中国的博物馆专家和挪威的博物馆专家一起合作建成的中国第一座生态博物馆，也是亚洲的第一个生态博物馆，建成于1995年。我的研究是从2005年，就是在这个生态博物馆建成10周年纪念日的时候开始的。我希望通过研究可以看到生态博物馆经过10年的建立是否成功，是否达到了它以前所预期的目标。在研究的过程中，我发现欧洲和日本的概念略有区别。日本无形文化财的概念更注重技术，但欧洲的生态博物馆概念是一个更为整体的概念，不仅包括技术，还包括文化习俗、价值观、制度，它是一个整体的概念，所以如今我们看到的非物质文化遗产内容很丰富，其不仅包括技术，还包括宗教、仪式、歌舞。但是通过研究我们发现这种保护是很困难的。我们去考察的地方是一个物质生活落后的苗族地区，当他们面对整个现代化的生活时，不会觉得自己的文化有多好，反而觉得自己的文化是落后的。在没有建立生态博物馆之前，他们不知道外面的世界是什么样子的，因为他们的生活很封闭。生态博物馆建立之后，他们被放到了世界舞台的聚光灯下，外来的政府官员、学者、游客开始进入这个地方。当他们与外来文化进行交流的时候，他们突然感觉到自己的文化实际上是很落后的，物质是极度贫乏的。他们不但不想去保护这种文化，反而是急于去改变这种文化。当他们看到外部的世界之后，他们的审美观都改变了，他们认为自己的衣服是最难看的，自己的歌是最不好听的，所以只有在客人来参观的时候，他们才会穿自己本民族的衣服，一旦客人走了，他们就穿汉族的衣服。音乐和歌曲也是如此，当客人来的时候，他们就吹自己本民族的三眼箫，唱本民族的歌，客人走了他们就弹吉他，唱现代歌曲。所以通过研究我得出一个结论：当一个民族的经济基础达不到一定高度的时候，在文化上是没有自信的，很难会有意识地去保留自己的传统文化。

对景德镇的研究也是这样，我认为在景德镇这座传统的陶瓷手工艺城市里，其陶瓷手工艺的非物质文化遗产不仅仅是技术，也包括了它的行业组织形式、工匠之间约定俗成的行规、生产运行方式等。但当这一套文化体系在20世纪50年代受到西方文化体系冲击的时候，整个中国人都没有了自信。当时的知识分子不仅想从技术上学习西方，甚至在整个文化体系上也要全部改变，要整体地学习西方。当时景德镇的工匠们面对外来文化的冲击试图保存这一套文化体系，因为这是他们整个的经验世界，如果没有了这样的经验世界，他们就会感到自己的生活无所依托。当时的政府官员以及一些知识分子就觉得这些工匠顽固不化，太无知，甚至想放弃景德镇，到景德镇附近的九江、鄱阳去建厂。

经过近一个世纪，也就是最近30年，中国的经济得到发展，在经济得到发展的基础上，中国人才开始对自己的文化有所自信。另外，整个世界已经厌倦了工业产品的批量化、标准化，希望找到有个性的、富有情感的手工艺制品。所以从20世纪90年代开始，景德镇恢复了手工艺陶瓷的生产。当时不仅恢复了手工的技术，也包括手工艺的那一套生产方式、组织形式，也就是陶瓷手工艺的非物质文化遗产体系。而且这是民众自发的，没有政府号召，也没有学者参与。对于这些老百姓来说，他们根本不懂什么叫作非物质文化遗产，是市场的需要促使他们自觉地保护和传承了这些非物质文化遗产。2000年以后，随着中国的经济起飞，这里的手工艺复兴发展到了一定高度，不仅有海外的市场（20世纪90年代是以海外华人市场为主），还有广阔的国内市场。由于市场的需要，在很多地方手工艺的技术、生产方式和生产制度等都已经消失了；但是在景德镇不仅没有消失，还得到了复兴与发展。正因为如此，才吸引了全中国乃至全世界的艺术家，还有年青一代大学刚毕业的本科生和硕士生来到景德镇从事他们新的设计和新的创作。这些人的到来又给了景德镇新的生命力，因为没有这些人的到来，景德镇还是在生产传统的瓷器（20世纪生产的就是仿古瓷），单一品种的市场是很容易饱和的，必须要有新的创作性的产品出现，才能不断地给予市场生命。外来的艺术家之所以来到景德镇，就是因为这里有保存完好的陶瓷手工艺的非物质文化遗产，他们将这些遗产作为可以开发的资源，寻找到新的灵感和新的表达语言。所以在景德镇就出现了一个新的现象，就是当地的工匠和外来艺术家的合作。当地的工匠贡献他们精湛的技术，那些外来的艺术家，包括那些年轻的从艺术院校毕业的学生，他们带来的是新的观念和新的设计，还有新的想法。这样的合作改变了整个景德镇的面貌。一方面，大家越来越重视传统的保护；另一方面，大家也越来越重视创新。

荻野：说到景德镇的特征，我想方老师应当是非常清楚的。从历史性上谈到景德镇的特征时，景德镇与其他地方在文化体系上最为不同的应当是景德镇的匠人们都是从外地来到景德镇的。之前交谈时，方老师也提到法国的传教士来到景德镇，学习了景德镇的技术，然后带到欧洲，使欧洲不再购买景德镇的瓷器，而是开始在欧洲生产瓷器。所以方老师刚才提到的景德镇的这种文化体系可以说是一直都存在的。

方：我觉得景德镇的这种文化体系是一个逐步发展起来的过程。

荻野：所以说在漫长的历史发展中，逐渐形成了能够容纳外部文化体系的土壤，也就是说有很多人从外地来景德镇，当然有景德镇名气大的原因在内，但另外一个很重要的原因是景德镇本身的开放性。

方：荻野先生说的是正确的。事实上我们通过考古发现，景德镇在晚唐、五代时候的产品还是很粗糙的。到了宋代以后才开始发展到一个不错的阶段，那就是影青瓷的出现。到了南宋以后，因为政治中心南迁，我想是因为从北方窑口来了一些工匠，这些工匠带来了新的技术，这些技术不仅是烧制的技术，还包括绘画的技术。所以在宋代的时候，景德镇并没有青花瓷，但是到了元代，景德镇出现了青花瓷。一是北方的窑口带来了新的绘画技术，二是伊斯兰国家带来了他们的青花原料和来样定制图案纹饰。所以景德镇一方面吸收了北方窑口的绘画技术，另一方面又学习了伊斯兰国家的装饰图案和造型风格，所以才开始形成新的品种——青花瓷。包括景德镇的彩瓷可能都受当时磁州窑红绿彩的影响，磁州窑在金代就开始出现红绿彩瓷，我想肯定也影响到了明代景德镇彩瓷的出现，而清代景德镇的粉彩瓷又受到了欧洲珐琅彩的影响。所以荻野先生的理解是对的，景德镇是一座不断学习的城市。

但是，今天跟古代又有所不同。古代景德镇的工匠虽然也是来自不同的地方，但主要是在中国境内，而且主要来自景德镇周边的省份及农村地区。但是今天到景德镇来的不仅是中国境内的多个省份与城市的人，还包括不同国家和地区的人。所以景德镇现在的工匠来自世界各地，这是全球化的体现。所以我在文章中提出了一个问题：“谁是景德镇非物质文化遗产的传承人？”很多人都认为肯定是景德镇当地的工匠。但是现在有那么多从高校毕业的学生来到景德镇，他们也在学习景德镇的传统技术，还有很多外国的艺术家来到景德镇，他们不光跟景德镇的工匠合作，同时也在学习景德镇的传统技术。这些人是不是非物质文化遗产的传承人？更有意思的是，大学毕业来到景德镇的年轻人受的是双重教育，一方面，他们在大学里面受过系统的当代艺术的训练；另一方面，他们来到景德镇以后，又向当地的工匠学习传统知识。所以他们的知识面显得比工匠更宽，而且，我觉得他们的学习能力更强。景德镇当地的工匠只会从师傅那里传承，但是这些年轻人不一样，他们会向不同的时代学习，他们甚至会越过民国、清代，去学习明代甚至宋代的东西。他们认为学习和传承与朝代没有关系，只要是最优秀的就可以去学习、去传承。有些宋代的陶瓷工艺和表现风格在中国已经没有了，他们就去日本、韩国学习，因为在日本和韩国还保存了很多宋代的釉料及宋代的陶瓷艺术表现风格。这些年，一些年轻人正在恢复柴窑的烧造，因为景德镇传统的柴窑太大，不符合现代人烧窑的方式，所以他们没有学习景德镇的柴窑方法，而是到美国、日本去学习现代柴窑的做法。柴窑在景德镇消失已经有半个世纪了，现在又开始复兴。但是复兴柴窑的并不是当地的工匠，而是这些外来的学生。荻野先生还记得昨天晚上我们去看的那些柴烧的东西吗？他们为什么要恢复这个呢？也是跟喝茶有关系，他们认为用柴窑烧出来的杯子和茶碗喝茶味道不一样。

荻野：日本在这一点上也是这样认为的。

三、非西方式文艺复兴的提出

方：我在想，为什么50年或者100年以前，大家觉得景德镇的传统是不好的，要把它消灭掉。而现在，一方面是政府的号召，另一方面是民众自主的、自觉的传承和保护这些非物质文化遗产。这是为什么？我认为这是整个人类社会的文化发生了转折，现在的人类社会又面临着一场新的、非西方式的文艺复兴。在14—16世纪有一个欧洲的文艺复兴，但是我认为现在的人类正面临着一场非欧洲式的，也就是非西方式的文艺复兴。因为工业革命带来的世界一体化已经受到了反弹。以前，非西方国家都认为我们要想走向现代化必须学习西方，必须否定自己的文化。但是现在大家越来越认识到其实世界文化的发展需要多元化的互动，所以很多国家的人都在寻找适合自己国家传统的现代化。在这样的背景下，很多国家的传统都在恢复，中国也在恢复传统文化。体现在与景德镇手工艺陶瓷相关的生活上，就是茶道、花道，甚至香道的恢复。正是因为这些传统的文化在恢复，所以景德镇的这些既有传统文化又有艺术性的手工艺陶瓷器皿才有市场。但是这种恢复又不是完全的恢复，因为历史从来不会走重复的道路，我认为这是在传统旗号下的另一种新创造。

因此费孝通先生曾说，中国要走现代化的道路，但不是学习外国，而是要自己找出来。我认为这可能就是中国人自己找到的适合中国人发展的现代化道路，这个道路就是在中国传统基础上生发出来的、新的发展模式。所以我认为现代社会的发展模式不仅有西方式的模式，还应当有东方式的模式，只有在这样的基础上，我们东西方文化才可能平等地对话。我最近写了一篇文章，叫作《非遗保护3.0时代的到来》，非物质文化遗产的3.0层级是怎么分的呢？我认为，1.0是我们要去梳理、记录这些传统文化，保护它们，不要让它们消失了，所以这个1.0的工作很多是由学者在做。2.0就是匠人们的传承，是包括景德镇在内的本地工匠们的工作。3.0就是当代艺术家和年轻的大学毕业生的工作，是他们与工匠们的合作创新。我认为非物质文化遗产如果不能带来新的创造力，不能把中国的文化推向本土性现代化模式，价值就没有那么大了。如果还让中国保持旧的传统而没有新的表现，那我认为非物质文化遗产的保护是不成功的。我不知道荻野先生的想法如何？

荻野：我其实一直有着与方老师相同的问题意识。我是在法国度过了自己的求学时光，在法国人的文化观念中，一直认为欧洲的文化是先进的。这种意识即使没有被明确地表达出来，但这种观念是一直存在的。对此我是很反感的，就像刚才方老师所说的那样，这只不过是每个地区、每个民族、每个国家都有属于自己的文化，应当是平等的。那么为什么在保护文化的制度上面，也认为欧洲的体系是好的呢？当时我就有很大的疑问。所以当时在思考非西洋性的东西究竟在哪里时，就已经注意到了日本的“无形文化财”。我在法国做学生的时期就一直认为东方也存在着属于自己的近代化思想。

王：刚才方老师提到了非西方式的文艺复兴的观点，很是振奋人心。这种非西方式的文艺复兴在今天出现并不是偶然的，它可能是一种必然。从1840年鸦片战争开始，中国的国门被迫打开，西方列强强行闯入侵略中国，封闭的中国在面对西方的挑战时举步维艰、力不从心。到了20世纪以后，尤其是中国1919年开始的五四新文化运动，中国的思想及文化的大门被彻底打开，西方的思想及文化大量涌入。在这个过程中，中国是被动接受的，没有积极地去应对，所以在面对西方列强的坚船利炮和文化强势闯入之后心理落差拉大，开始怀疑自己的文化，故而文化上也陷入了一种自卑的状态。这种文化上的自卑状态持续时间很长，新中国成立后大量的国有经济体建立，也一直在向西方学习机械化生产，但是生产的产品在国际市场却无法与西方国家的工业产品在竞争中占据优势，甚至20世纪90年代以后，国有经济体纷纷下马。但是中国人对于文化自信的追求却始终没有停止过，1978年是一个重要的历史节点，中国实行了改革开放的伟大战略，把原来的计划经济逐渐变成了市场经济，经济盘活了，并得到了极大的发展，综合国力和人民的生活水平都得到了极大的提高。所以在这样的背景之下，人们的思想也发生了一系列的变化，由原来的文化自卑慢慢向文化自信转变。一个重要的文化事件就是2003年中国实行了非物质文化遗产保护工程，以国家力量推动非物质文化遗产的保护，这是中国社会生活中的一件大事。非遗保护在这个时间节点上发生也不是偶然的，因为经过了这么多年经济上的积累、国力的增强，再加上世界非遗保护趋势的推动，人们对本民族文化的自信逐渐建立起来了，所以就努力推进非物质文化遗产的保护。所以我们回溯历史，通过这一系列的事件串联起来看，方老师刚才提出的非西方式文艺复兴和非物质文化遗产保护等一系列重大事件的出现，实际上经历了相当长一段时间的酝酿。

非物质文化遗产保护在中国已经走过了10多年的时间，今天我们也开始谈非物质文化遗产保护的经验，10余年非遗保护的探索与实践过程很曲折，在这个过程中我们遇到了很多的问题。如在非物质文化遗产传承人的认定问题上，有一些民间的集体性项目需要由一群人来共同完成，但是在认定非遗传承人的时候只能认定其中的一个人为非遗传承人。这种认定可能会对非物质文化遗产的保护产生一些不利的影响，因为认定了一个人为非遗传承人之后，其他参与集体项目的成员就不高兴，也容易产生矛盾。类似的例子还有很多，实际上也是中国非遗保护进程中遇到的非常突出的矛盾问题。我想请教一下荻野教授，在日本非物质文化遗产保护的过程中，类似这样的问题有没有出现过？如果有的话，日本有什么样的经验可以提供给我们，作为可资借鉴的一些经验。

荻野：当然日本与中国一样，在各个领域中只能选定一个非遗传承人。比如在陶艺领域，有很多个传统的窑口，比如备前烧、有田烧、清水烧等。在备前烧这个领域中只能选定一个非遗传承人，所以在最开始就有和中国同样的问题。以备前烧为例，如果说原本的非遗传承人去世了，而在这个领域又没有其他人的话，那么备前烧的发展就会很困难，所以就会有备选的人存在。虽然也会有人有意见，但是一个领域只有一个非遗传承人已经作为制度被认可。而且不管哪个领域都是非常小的一个圈子，一般不会说在这个圈子里存在好几个很优秀的人，只会有一个最顶尖的人，这种社会评价是稳定的，这与年纪或者资历没有很大的关系。以我个人的例子来讲，德田八十吉是九谷烧的第三代传人，很年轻就成为“人间国宝”，我在他成为“人间国宝”之前就买入他的作品，在成为“人间国宝”之后作品的价格就大涨了。

方：我觉得中国和日本不一样，因为中国地大物博，人口众多，地域文化也非常地丰富，所以完全用日本的经验也是挺困难的。因为日本人少，讨论问题更为容易。所以在非遗保护问题上，不同的国家应当有不同的方式，可能中国跟日本的方式还是有所不一样。日本是单一民族的国家，中国有 56 个民族，不仅人口众多，而且民族复杂，所以更是不容易。但是我觉得，在很多方面日本的文化无论在保护和创新上都做得相当不错。记得我在美国访学的时候发现，很多美国的学生对中国的了解只限于中国的历史，对中国的当代文化几乎不了解；但是他们都对日本的当代文化非常了解，所以我认为日本的创新比中国走在前面。我知道的建筑师里面，有安藤忠雄、矶崎新，服装设计师里有的三宅一生，包括当代陶艺有八木一夫，都是举世闻名的人。但是中国的当代艺术家包括当代设计师，在国际社会有影响力的并不多，都只是在中国国内有名。我们说文化走出去，如果这个国家的设计师、艺术家、学者没有能够在世界知名的，文化如何能走得出去呢？我觉得在这一方面日本人比中国人做得好，这也许是他们现代化比我们早的原因。

荻野：您先生朱乐耕老师就做得很好，他的作品在国际上也很知名。

方：是的，中国现在正在或已经出现了许多国际知名的艺术家、文学家，如获诺贝尔奖的莫言先生等。我认为中国真正的文化复兴一定要出现世界一流的艺术家、一流的设计师、一流的哲学家、一流的人类学家、一流的考古学家，这才叫作中国文化的崛起，否则是谈不上的。我相信会有这样一天，因为今后的世界不是谁的文化一统天下，而是大家相互共同推进。因为在不平等的条件下，达不到共同交流与合作的目的，只有在平等的基础上才能进行交流合作。所以中国也要努力寻找机会，与世界上所有的文化进行平等的对话、共同的交流合作，这才是今后真正的发展道路。我觉得未来的世界会面临很多的问题，比如战争、疾病、环境的问题，这么多的问题需要所有国家团结一致，形成共同的力量去对抗这些外来的对人类有所威胁的问题。所以我认为未来的世界应当是一个相互合作的时代，不应该存在哪一种文化独大，应当是大家平等合作交流，这样世界才会变得更有力量，才可能对付这些人类共同面对的问题。我认为非物质文化遗产保护的优点在于，它让更多的非西方国家对自己的文化有了自信，有了与西方文化平等对话的基础。

四、非遗复活乡村生活空间

荻野：还是回到之前的话题，虽说景德镇也许会成为一个文化复兴的典范，但是在景德镇之外的地方，比如说在中国的其他地区，或者是非洲，能否进行这样的文化复兴还是存在着很多困难的。景德镇毕竟拥有悠久的历史，并且已经进行了十数年的文化复兴活动，形成了文化复兴的新形式。也就是说没有悠久的历史就没有文化的复兴，在中国的其他地方能否进行相同的文化复兴？即使是日本，在谈到这个问题时，也因为地方人口的过疏化，乡村里只剩下了老年人，而使文化复兴成为一个很重大的课题。即使景德镇模式的文化复兴成功的可能性非常高，但在其他的地方是否可以采取这种形式，还需要继续探讨。

方：我讲一个我的想法，类似景德镇这样的地方还是有不少的，比如我们课题组考察的江苏宜兴、镇湖，还有福建的仙游、山东的潍坊等地区。宜兴是一个做陶的城市，镇湖是一个以苏绣为主的地方，仙游是一个做红木家具的地方，潍坊是做风筝的地方，这些地方跟景德镇一样都属于手工业城市，现在这些传统的手工艺城市都在复兴。但是乡村的文化没有这么乐观，现在许多村庄里的年轻人都到城市里去了，村庄全部都空了，这种情况应该怎么办？今年我们在北戴河举办了一个“北戴河艺术论坛”，就是针对这个问题进行的讨论。我曾经在西部做了 8 年的考察，到过很多的村庄，那些村庄几乎就只剩下老人和孩子，有很多空置的房子没人居住。所以，一方面城市的灯光亮了，另一方面农村的灯光暗了，没人住了。这种问题怎么解决？我也一直在思考这样的问题。后来我发现，像这些空的没有人住的地方却吸引了许多的艺术家，艺术家喜欢亲近自然，又喜欢自由，他们到这些空房子里居住以后就给当地的文化带来了活力。有些地方，由于艺术家去了，和当地人互动带来了许多新的变化。就像我们采访过的黄清华、黄薇夫妇做的东郊书院一样，他们俩研究生毕业以后来到了进坑村，给这个村庄带来了新的活力，建了这个书院，还帮助这个地方发展旅游，恢复文化的活力。所以这次我们在北戴河开这个会议，就是请这些激活了乡村发展的艺术家、企业家等和我们一起来讨论这个问题。针对这个情况，我想起费孝通先生在 20 世纪 40 年代写的文章，他在 20 世纪 40 年代对中国的农村做了大量的调查。他在文章中说，以前的中国农村是富裕之地，是人才积聚的地方，当时的农村不光有土地，还有手工业。中国出口到世界很多地方的手工艺制品，有些是来自手工业城市，有些就直接来自农村的手艺人。正因为当时的农村包含了手工业，所以中国的农村是富裕的。

而且传统的中国人不管当了多大的官，挣了多少钱，都要把钱寄回乡下，要在乡下建祖屋，每年要回乡去。他们认为荣归故里是一生之中最大的荣幸，所以不管走得多远，最后都会荣归故里。村里还有祠堂，祠堂里刻有每一代人的名字，无论是谁都要叶落归根，去世之后进入祠堂。所以那个时候的人，无论是经商还是当官都和家乡有着密切的联系，那里是他们老了以后的居住之地，所以那时的乡下储存了大量优秀人才。

但是受到西方文化的冲击以后，中国的传统文化就没有了，所以祠堂也没有了，也不要荣归故里了，能考上大学、能接受现代教育的人都到城市去生活了，不再回乡下了，所以乡下不仅流失了手艺，也流失了人才。以前在农村里面，虽然很多农民是文盲，但是仍然有很多乡绅，那些乡绅就是有文化、有修养还有一定资本的人，他们支撑了农村的一部分繁荣。

进入工业革命以后，城市的发展并没有直接影响农村。但农村失去了手工业生产的那一部分就影响到了农村。为什么呢？因为从那以后，农村就再也没有手艺了，一切日常的手工艺品都可以由工业制品来代替。以前乡下人农闲时可以织布、做陶、做木匠、做石匠挣钱，但是在工业革命以后，所有的一切都由城市来提供。农村光靠种地是养不活农村众多的人口的，所以从那时开始中国的农村就走下坡路了。

当时费孝通先生在想，怎么解决这个问题？他认为，中国要走现代化的道路，但是不一定要走西方式现代化的道路，能不能找出属于自己的现代化道路？他认为农村要发展，但必须在发展农业的同时发展工业。所以他的姐姐费达生为了实现这样的愿望，曾经在日本读过蚕业学校，回国之后在费先生考察过的开弦弓村进行实验，把科学化的养蚕业带到农村里，教这里的人怎么科学养蚕，怎么用机器来纺织。但是在那个科学昌明、机器发达的时代，费先生的想法其实是实现不了的，因为工业化时代就是规模化时代，以小土地经济为基础的乡村是无法承受现代工业发展的。但是，我认为实现费先生理想的时代现在到来了，这些艺术家不仅要到农村去做他们的艺术品，还需要跟农民一起合作发展手工艺，我觉得今后手工艺时代又有可能来临。恢复手工艺不仅有文化基础，也有社会基础，这个社会基础就是互联网、工业 4.0、3D 打印等技术，还有新能源的出现。以前人们不愿意在农村生活，都愿意在城市生活，因为在城市可以集中发电、供暖、消费，而且能够很快得到信息。有了互联网，你在任何地方都不会被边缘化，得到的信息与城市是同步的。新能源出现以后，每栋房子或许都可以自己发电，不需要集体供电。另外，智能化时代的来临让人们生产物品变得更加快捷，所以会余出很多的劳动力，这些劳动力干什么？我认为这些多余出来的劳动力可以从事手工艺创作，最后会导致一场生活方式的革命。

以前人们只满足于吃饱穿暖，今后人们希望过精致的、有品位的、个性化的生活，所以手工艺品可以满足这样的需要。而且这些手工艺品是专门为你做的，你会非常珍惜它，不会一次性用完扔掉，这样人们就可以从珍惜物品到珍惜自然、珍惜生命。在这样的情况下，也会出现新的哲学思想，这种哲学思想可能是新的东方式的哲学思想，这就是我们所说的文化基础。在这样的基础上，将会引导出生态文明的发展趋势。在生态文明的时代里面，东方人与大自然相处的方式可能更适合于那种时代，所以需要挖掘东方的文化思想。但是我们也不能否定西方，如果没有西方的这些新的高科技的发展，人类的文明达不到这样的高度，所以我认为未来的时代是东西方文明合流的时代。所以，我想持续地讨论这个问题，今年的北戴河艺术论坛是第一次，我想每年开一次会来讨论这样的问题。

荻野：北戴河艺术论坛是关于乡村重建这个话题的吗？

方：是的，如果您愿意我们可以每年邀请您来参加。

荻野：非常愿意。在考虑文化遗产问题的时候，历史意识是非常重要的，或者说时间意识是很重要的。西方和以中国、日本为代表的东方，在历史及时间意识的认识上是不同的。西方的历史进程是一条直线式的、朝一个方向前进的，所谓的近代化是一步步推进的。但是在中国或者日本，历史并不是一条直线式地朝一个方向前进的，这或许是我们在考虑西方和中国、日本的问题时需要注意的。仔细思考一下会发现，刚才方老师也谈到现在的年轻人为了去模仿或者追求宋代的东西，而去日本寻找。由此可见时间在很多时候是跳跃的。在欧洲、美洲，能够回溯历史确实也是存在的，但并不是支配性的观点。在东方，回溯历史是一种非常常见的、非常一般性的观点。虽然在看待历史的观点态度上有所不同，但是中国人与日本人都没有西方式的那种直线式的近代化观点。也就是说存在着两种完全不同的历史观，一种是西方式的直线式进步的历史观，还有一种是回溯过去的历史观。如果我们能够同时引入这样两种历史观，那么东西方的对话和交流也许会更加顺畅。

王：刚才方老师提到乡村的艺术建设，其中手工艺是一个很重要的方面，在中国的云南、贵州还有一些少数民族村落，他们除了手工艺之外，还通过仪式展演等为乡村重建注入了活力，也营造了新的生活空间，像贵州从江县留存有侗族大歌的村寨，游客去了当地，除了吃当地的美食之外，还要看当地的展演活动。

方：其实最早做这种活动的是日本，叫“一村一品”，也用“祭”的形式来进行展演。

荻野：我 1994 年第一次来中国的时候去了云南的村寨，在当地彝族的村寨待了 3 天，参加了他们所有的仪式，都拍了视频记录了下来。过了 20 年，我再去那个村寨，虽然那些仪式还在进行表演，但是与 20 年前相比，已经完全不同了。所以这种仪式的保护确实是很难的，就像刚才说到的那样，随着社会经济的不断进步，村里的年轻人都到城市去了，能够进行表演的人也越来越少，所以也就很难维持这种仪式的表演。我 20 年前在彝族村寨的时候，也有跟大家一起跳舞，当时大家都是扶老携幼一起参加，氛围很好；但是 20 年之后再去，年轻人带着孩子都去了城市，虽然舞蹈还在表演，但是整体的氛围不同了。

方：是的，所以我们需要探讨一个如何让社会得到持续发展的未来，还要探讨非物质文化遗产保护与未来社会发展的关系，也就是非物质文化遗产保护的未来价值。我想这样的讨论我们可以一直持续。今天的讨论给了我许多的启发，也让我由此产生了许多的思考。谢谢荻野先生，谢谢永健博士！

（原载《民族艺术》2017 年第 2 期）

未来的遗产·遗产的未来
——方李莉访谈录

内容介绍

方李莉，中国艺术研究院艺术人类学研究所所长，研究员。20多年来，她领导了许多重大的非物质文化遗产研究和艺术人类学研究的项目，出版了众多的著作、发表了许多的论文。2017年8月，方李莉在北京接受了本人的采访。本人主要想请方李莉谈谈多年来她在景德镇所做的有关陶瓷手工艺复兴的研究，其中本人最感兴趣的是景德镇陶瓷手工艺复兴与非物质文化遗产传承过程中所发生的种种变化，因为我们正在合作一个有关遗产与人类未来发展的课题，在其有关景德镇的研究中，我们也许可以看到一些端倪，这是我访谈她的最大目的。

夏麦兰（以下简称夏）：您已经在遗产保护领域，尤其是非物质文化遗产领域工作很多年了，我想知道您有没有感觉这个领域里有什么大的变化，或者说发展？

方李莉（以下简称方）：我觉得有很大的变化，我是从20年以前开始关注非物质文化遗产保护的，那个时候没有非物质文化遗产的概念，所以我当时关心的是传统文化。因为20世纪90年代中国面临的是改革开放以及西方文化不断的冲击，所以当时我就思考一个问题：在这个现代化、全球化的过程中，传统文化还有没有价值，它会发生哪些重构，会发生哪些变化？是消失，还是再生？如果是再生，它会以什么形式再生，这是我 20 年以前就开始考虑的问题。

我从那个时候开始研究我的家乡景德镇。景德镇是一个有着一千多年的制瓷历史的城市。当时我就在思考，景德镇这么一座有名的城市，它通过一千年积累下来的精湛技术，还有那一套完整的手工艺体系，如果我们不记录它、不研究它，它就很可能全部消失了。于是我就开始去记录这些文化，在记录的过程当中我就发现在 20 世纪 90 年代的时候，景德镇有些手工艺复兴的迹象，例如开始出现一些手工艺的作坊。早在 50 年代，国家在景德镇建立了国有工厂，几乎就没有手工艺作坊的存在，但是到了 90 年代，这些手工艺作坊重新出现了，这促使我思考它背后的原因是什么。

夏：景德镇传统陶瓷手工业的发展经历了这么多断层，传统的手工技艺仍然没有被遗忘吗？

方：是的。从 1949 年到 1990 年之前的 40 年时间里，中国没有多少重工业产品去换取外汇，所以在景德镇国有工厂中保留了少量的手工艺人从事传统工艺美术产品的制作，其中大多数人是在从事仿古瓷制作，并用仿古瓷到国际市场上去赚取外汇。

就是这样一小部分手艺人还在从事并传承着传统的陶瓷手工艺技艺。20 世纪 80 年代中国实行改革开放政策以后，不少外国游客到景德镇来旅游，他们希望能在景德镇买到精美的陶瓷手工艺产品，这些人大多数是居住在世界各国的华人，还有喜欢景德镇传统陶瓷的日本人、韩国人等，这样就形成了一个新的市场。于是，开始有人在景德镇附近的一些村庄建立作坊，制作仿古瓷。

当时我在北京大学做博士后，我觉得这一现象很有意思，非常值得研究。因为在改革开放初期，我以为中国会进行大规模的现代化，景德镇的传统文化包括工匠的传统技艺都会全部消失。但在景德镇附近村庄出现的这些传统手工艺作坊却在告诉我们，传统并没有全部消亡，并且还有可能复兴。于是我就选择了景德镇一个做仿古瓷的村庄作为博士后工作的研究对象，在那里做这方面的研究。我当时的研究目标是搞清楚这些手工业作坊的出现是一种偶然的现象还是会长期存在下去，如果长期存在下去，它会给这座城市的未来发展带来一些什么样的影响？而且这样的现象肯定不是工业文明的现象，但是又绝对不可能是农业文明的现象，因为它毕竟是发生在20世纪90年代，那个时候已经出现后现代主义思潮，后现代主义思潮的最大特点就是对传统重新表示尊重和认同。所以我就想景德镇传统手工艺作坊的复兴是不是一个后工业文化的现象，如果它是后工业文化的现象，就有可能对景德镇的未来产生影响，甚至成为景德镇未来发展的一个趋势。另外，从某种意义上来讲，这样的研究不仅是有关景德镇的研究，也是关乎传统在整个人类社会发展过程中所具有的价值和意义的问题，更是关于人类社会未来发展的一种研究。

我认为，工业化时代的产品基本上是标准化的、规模化的，但后工业时代以后，人们将喜欢多品种、少批量的，具有个性化的产品。从这个角度来思考，手工的产品具有后现代文化的特质。

在这之前我研究过景德镇的历史，景德镇这座城市的陶瓷手工艺在历史上非常有名，曾经是世界陶瓷之都。但是在这座城市发展机械化的陶瓷大生产并没有优势，因为它的瓷土材质好，工人的技术好，并不适合工业化生产。但未来景德镇回到手工生产，它的优势就是非常明显的。

因此我当时思考的一个问题就是有关景德镇的未来，占主流地位的不是机械生产，说不定是手工业的复兴。但当时景德镇只有一些做仿古瓷的作坊，仅仅是这些产品并不足以养活景德镇，而且手工业的复兴绝对不会以仿古为主体，因为仿古并没有那么大的市场，未来的发展还需要有更多人的参与，最重要的是还要生产出一种适合现代人生活日用的艺术化的日用产品。当然仿古也很重要，机械化以后当地的许多工匠已经忘记了过去的技术，所以当时的仿古是学习过去技术的一个手段。仿古瓷的制作是在帮助景德镇重新找回他们的传统技艺，培训有这方面技艺的匠人。

通过考察，我看到当时景德镇的仿古瓷作坊的工作方式表面上看起来和农业文明时期一样，但仔细观察就会发现，现代景德镇的仿古瓷作坊的工作方式不仅与工业化生产有区别，与农业时代的生产方式也有区别，区别在什么地方呢？在农业时代的竞争主要是劳动力的竞争，谁拥有更多的劳动力，谁的竞争力就强。在工业化时代的竞争是资本的竞争，谁拥有的资本雄厚，谁就更有竞争力。但是我当时考察的景德镇陶瓷作坊既不是劳动力的竞争，也不是资本的竞争，而是知识的竞争，是创造力的竞争还有信息的竞争，谁拥有仿古瓷的知识，谁就有创作出新图样的能力，谁能掌握来自市场的新信息，谁就拥有竞争力，而这样的竞争方式就已经具有了后工业社会的一些特质。

所以我认为这并不是复古，而是传统文化的复兴，这种复兴不仅会带来人们价值观的转变（即重新认识古典），也许还会带来经济结构的转变，甚至是社会结构的转变。这一研究我前后做了九年，完成了《景德镇民窑》《飘逝的古镇——瓷城旧事》《传统与变迁——景德镇新旧民窑业田野考察》三本书。

夏：后来您又做过一些相关的研究吗？

方：到 2000 年以后，中国开始实施西部大开发战略，着力开发中国的西部地区。中国的西部是中国传统文化相对集中、各种不同民族的文化相对集中的地方，假如一旦进行经济开发，就有可能破坏它的传统文化，这个时候我已经结束了景德镇的研究，所以我申请到了一个新的国家重点课题——“西部人之资源的保护、利用和开发”，事实上这里所讲的人文资源也是传统文化。

我当时之所以关注这个研究，第一个是想通过国家课题来记录中国西部的一些即将消失的传统文化，第二个还想研究如何保持文化多样性的生命力，也就是传统文化是否还有可能在当今的社会得到存活或重构的问题，这个问题与我的景德镇研究有一定的关系，因为我在景德镇已经看到了传统文化在复兴的苗头。我当时的一个观念就是，保护文化的多样性对于人类的未来很重要，因为每一种文化都跟它的地域环境和历史有关系，在长期的历史发展中，这些文化都发展出了一套与自然相处的智慧，如果我们失去了这些多样性的传统文化，那么很多的人与自然相处的智慧就没有了，包括景德镇也一样，它有很聪明的与自然相处的文化，还有很聪明的如何保护自然资源的文化。我是一个环保主义者，因此，当时我是从这样的角度去研究传统文化和非物质文化遗产的。

除了“西部人文资源的保护、利用和开发”之外，还有一个与之配套的国家重大课题“西北人文资源环境基础数据库”，由于文化资源的内容比较广，不仅有不同地方的艺术门类，还有民俗与考古等，所以共分为十个子课题组，一共187位学者参加，当时我是课题组的负责人和首席专家。我们在中国西部不同的地方取样做研究，我们研究的目的是看看这些传统文化在现代化的冲击下正在发生哪些变化，哪些东西是我们可以保留下来的，哪些东西是我们可以重新开发利用的。我们一共做了76个案例研究，拍了许多的照片和录像，后来我们出版了一套《西部人文资源研究丛书》，一共12本考察报告和专著，我还主编了一本《从遗产到资源——西部人文资源研究报告》的总报告书。在此期间，我还完成了《遗产：实践与经验》《陇戛寨人的生活变迁——贵州梭戛生态博物馆研究》《梭戛日记—— 一位女人类学家在苗寨的考察》等专著。

夏：这项课题研究目前仍在继续吗？

方：没有。2006年非物质文化遗产保护工程在中国启动了，是由国家政府启动的。非物质文化遗产保护工作开展以后，大家都开始关注非物质遗产，所以我们叫传统文化或者文化资源好像都不太切题了。

夏：我觉得您的思考非常有趣。您并不认为有些东西会消亡，而是会发生重构并继续地存活下去。那么我想问，在您所做过的众多个案研究中，什么样的文化遗产会直接消亡，又有哪些可以继续传承下去呢？

方：我在西部做研究的时候发现，凡是能转化成艺术的就留下来了，不但不会消失，而且会复兴起来，比如手工艺、传统歌舞。但是跟日常生活、跟艺术没有关系的，既不能表演又不能变成旅游产品的传统文化，就很容易消失。像进行农业生产的工具等，因为生产方式改变了失去了用途。但是相关的手工艺制品，比如筐子、草帽等，这些能够变成家里的工艺品的东西就很容易留下来。

夏：现在中国有对日常农具的收藏和研究吗？

方：应该是有的，毕竟中国是泱泱大国，有56个民族、不同的地域文化，各种用具非常多。我当时的想法就是多用影像的方法把这些东西记录下来，做成数据库就可以将它们保存下来了。所以我们也做了很多这样的工作，现在我的电脑里面、我们的资料中心还有很多当时的照片包括视频。

夏：在中国，对于这些日常用的农具以及跟农业生产有关的工具有没有系统化收藏的博物馆？

方：有的，但是可能不那么完整。中国不光是一个农业大国，也是一个手工业大国，古代手工业特别发达，各种工具、用具还有手工业品是大量的、繁多的。

夏：比如说当博物馆收藏这些日常农具或者您在拍照片留资料的时候，您觉得应该全部记录还是分门别类？

方：会分门别类的。在记录和整理时，我们会把它们分成交通工具、劳动工具、储存工具、炊具、照明工具等。有的是按照用途来分，有的也可以按照材料来分，比如说铁器、铜器、木器和瓷器。

夏：您认为现在的研究对于保护现存的非物质文化遗产已经足够了，或者说到位了吗？可不可以说保护工作已经系统化了？

方：任何东西都不可能是百分之百到位的，但有些地方还是做得非常好，在那里大家都认识到了传统的重要性。现在在中国，保护传统、重视传统已经成为大家的一个共识了，但是也有一些薄弱的地方，因此在记录方面、研究方面可能还需要加强。

夏：过去英国的传统文化研究其实做得非常系统也非常具体，但是面对当代生活的一些传统手工艺就没有了头绪，不知道要记录什么，保护什么，你们是否有类似的情况？

方：在研究中，我开始关注到传统不仅是用来保护的，实际上它是可以用来创新的，而且跟我们的未来生活是有密切关系的。这样的认识是我结束了西部考察以后重新回到景德镇做研究的时候产生的。2008 年我重新回到景德镇做考察，发现我在 20 世纪 90 年代的预测全部是正确的。20 世纪 90 年代末以后，景德镇大型的国有陶瓷工厂全部关闭了，与此同时，几千个私营的手工业作坊出现了。

据不完全统计，景德镇目前有 3000 多个作坊，12 万手艺人。这个时候的手工业作坊不完全是制作仿古瓷，做仿古瓷的手工业作坊并没有增加，甚至还在缩小。但是出现了大量的做艺术瓷和艺术化手工日用瓷的作坊和工作室。

这个时候我的研究目标就是了解这些新的作坊在做什么，是谁在做？为谁做？我在考察中发现，这些新的作坊有些是当地的手艺人，还有的是来自世界各国的艺术家，最多的是来自全国不同大学毕业的艺术专业的年轻学生。那些从世界各地到景德镇来的艺术家，利用景德镇的手艺人（他们的手艺很精湛）做自己的艺术品。因为我丈夫是当代陶艺家，所以我经常会和他一起去不同国家看国际陶艺展，在这些展览上我经常可以发现一些不同国家的陶艺家在景德镇做的作品。

我一直在思考，他们为什么愿意到景德镇来做陶瓷艺术而不到其他的地方做，后来我发现这是景德镇的非物质文化遗产在起作用。因为景德镇这些工匠的手艺非常好，只要你能想得出来，他们就能做得出来。而且这里有各种各样的景德镇工匠祖祖辈辈研究出来的做瓷器的釉料可以去实现那些艺术家的各种想法，景德镇还有一套工匠的分工合作的制度，也非常适合艺术家来做作品。

在景德镇有专门烧窑的作坊，有专门画画的作坊，有专门做瓷坯的作坊，所以每个环节你都可以请别人做，或者是你自己做某些环节，有些环节你不想做也可以请别人做，这是艺术家到景德镇来做作品的原因。

但还有一些年轻人是来景德镇创业，他们不能靠作品为生，因为艺术作品需要有名气才容易卖掉，那么他们是怎么在景德镇找到自己的生存之道的？这也是我在研究的。在研究中我发现这些在景德镇创业的年轻人，大多数不是做艺术作品，而是做艺术化的茶具、艺术化的花器、艺术化的盘子，等等，都是艺术化了的日用品。

这些年轻人也在学习传统，他们做这些手工茶具、花器等并不想做得很现代、很西化，他们希望做得很有中国的文人气息。他们开始向当地的工匠学习，但是当地的工匠只会做民国时期或者明清时期那种风格，而市场上的一些白领和中产阶级，他们喜欢宋代那种非常高雅的、文人式气息的器皿。但是这样风格的器皿在中国已经消失了，反而在日本和韩国还保存得比较多，很多的技术和风格被日本和韩国继承了，所以很多年轻人也到日本和韩国去学习。当然，他们也从博物馆和古代的文献中学习，所以这些年轻人可以学习任何时代的东西、任何国家中遗留下来的中国传统的东西。

在这12万手艺人里面，不光有当地的工匠、外来的大学生、全世界各地的艺术家，也有周边来的农民工。大家都是为了景德镇的非物质文化遗产而来的，都是为了创业和开发景德镇的非物质文化遗产而来的，而不仅仅是为了保护。

所以我就有一个观点，我认为遗产已经变成了资源，大家都在用这个资源。“从遗产到资源”是我在西部考察完了以后提出来的一个重要观点，这样的观点到处都适用，而且到处都可以看到这样的现象。为此，我发现越是传统的城市越是有新的文化产业发展的可能性。

我觉得这是很值得研究的问题，为此我完成了《本土性的现代化如何实践——以景德镇传统陶瓷手工艺技艺传承的研究为例》《论非遗传承与当代社会的多样性发展——以景德镇传统手工艺复兴为例》《有关“遗产资源论”观点的提出》等论文来讨论这些现象。

夏：这个很矛盾，因为一方面景德镇的传统手工艺非常有活力，正发生着火热的变化，但是课题研究还是旨在关注文化遗产纯保护方面的东西，这是否形成冲突？

方：其实景德镇市文化局也在做纯保护的那部分工作，他们恢复了景德镇的明清官窑，还恢复了一些民国时期的老作坊。所以景德镇有两个面，其中一个面就是纯保护，包括指定非物质文化遗产传承人，有许多家里几代人都是做陶瓷的。这些都是国家级的非物质文化遗产的项目。

夏：所以外来的人参与到景德镇的传统手工艺制造中并带来了改变和影响，这对于非遗保护来说也是可以接受的？

方：我觉得不应该把传承和保护完全割裂开。刚才我谈的是我的想法，在这里我想谈一谈政府想法的变化。最早的时候，我们的政府也是非常严格地按照联合国教科文组织的宗旨，以保护为主，然后才是活态传承，但是后来政府意识到其实它也是一种生产力，所以又提出了“生产性保护”的口号。

我认为，每个国家都不能永远停留在过去，它也需要创新，但怎么创新是个问题。完全没有基础的创新是很难的，如果说我们在传统的基础上去创新，那么这个国家的活力可能会更大。所以现在中国在提倡非物质文化遗产传承人进学校，把他们的手艺传授给学生，让学校的学生来学习非物质文化遗产，然后在非物质文化遗产中创新。

任何学习都是双向的，一方面非物质文化遗产传承人影响了学生，但同样，学院里面很多新的设计想法和思考也影响了非物质文化遗产传承人。

而且像景德镇这样的故事不仅发生在景德镇，也发生在很多地方。现在我又申请到了一个国家重点课题，课题的名称是“社会转型与传统工艺美术的发展研究”，这个课题除了我们所的同事参加，我还邀请了其他单位的学者一起参加。我们选了 12 个手工艺复兴的点做考察，现在已经做了两年的考察。举例来说，苏州有一个叫镇湖的地方，以前就是传统刺绣非常发达的地方，现在那个地方有 8 万绣娘在做传统的刺绣手工艺。宜兴是个传统制陶很有名的地方，跟景德镇做瓷一样，在那里有 10 万陶工。在福建莆田一带有 20 万木匠在做传统家具。在潍坊还有不少做风筝的工匠。在佛山那边还有许多做手工香云纱（一种传统的布料）的工作坊。当然还有在北京做传统金银器、做漆器的工匠等。我们发现很多地方都在发生跟景德镇一模一样的故事。

而且在研究的过程中我们还发现了有“绣二代”“陶二代”，什么叫“绣二代”？就是指绣娘的孩子，绣娘挣了钱把子女送到国外去留学，宜兴那些手工艺大师也是如此，赚了钱之后把孩子送到英国或其他地方留学。这些“二代”留学回来以后都改行，不学父母的技艺了。但是他们发现改行做其他的事情还不如回来跟着妈妈做刺绣，或者跟着爸爸做陶器，因为在中国一些著名的手工艺大师收入非常高。那些从国外回来的“二代”，会用他们在国外学习的技术来帮助父母更好地发展他们的事业。

比如说在镇湖做刺绣的一位绣娘，她的孩子是在国外学纳米技术的，回国后他和他的母亲一起工作，把纳米技术用在刺绣上，用了纳米技术后，刺绣的作品就不会被打湿，即使水浇上去也没有关系，这样能保持其长新不变色；还有一位绣娘的女儿曾在荷兰学金融，回国之后当妈妈的经纪人。在宜兴我也碰到过一位在国外学 IT 的年轻人，他回来以后发现做 IT 业还没有做陶工有意思，所以他又回来跟他爸爸开始做陶器。所以这些新的手艺人不光在中国受教育，而且还在国外受教育，所以中国手艺人的知识结构发生了很大的变化。我在思考为什么发生这样的故事，这些手艺人他不会自己长出来，这些手艺人聚集在一起是因为在中国有这样的市场，这个市场在什么地方？谁来消费这些东西？为什么会买这样的东西、消费这样的东西？这是我接下来要讨论的。

在讨论的过程中我们就会发现，经过 40 年的改革开放，中国人的价值观还有生活方式发生了巨大的变化。以前的中国人很喜欢“洋”，说你“好洋气”就是好时髦的意思，觉得外来的东西是很时尚的，而现在的中国人开始对自己的传统感兴趣了。

夏：我不知道中国人这种价值观念的转变是不是跟现在全球化背景下中国人想要树立自己的形象有关？

方：应该是有关系的，但还有一个因素就是中国现在白领阶层发展起来了，这个阶层是相对富裕的、相对有知识的、有自己想法、不随大溜的人，现在有一大批这样的人。他们很喜欢有品位的生活、有特点的生活，通过这些日用品让自己看起来很有文化，这种审美品位让自己有了阶层的象征。因为喜欢传统需要懂历史，需要有文化，而且手工的东西一方面是它有特点，另外一方面手工艺品售价也比较昂贵，一般的老百姓买不起。如果你用这样的东西就代表了你是一个知识阶层的人，而且是收入比较高的人。像一些有钱的女性，她们可能会去定制衣服，定制衣服需要有人专门为她绣花，这个衣服可能只有几件甚至一件，因此价格非常高昂。家具也是一样的，有钱人会去买红木家具，买紫檀木家具，这种家具是手工雕刻的，不是机器做的，所以也是很值钱的。在中国不仅出现了白领阶层，还出现了富裕阶层，富裕阶层的消费品更是私人定制的，更是要有高超的手工艺。

夏：您谈到的这些变化和现象都非常有趣，我想这有可能会引导人类未来的发展。您今天谈到了遗产的过去，更是指引着遗产的未来。非常感谢您！